UT *metro*

Munger
arbeit

UT *metro* wird
herausgegeben von
Thomas Wörtche

Zu diesem Buch

In Casey Jones' Vergangenheit gibt es einen dunklen Punkt. Weil sie im Gefängnis saß, wird sie nie eine Lizenz als Privatdetektivin bekommen. Also muss sie das Grobe für Bobby Dee erledigen, der allerdings viel zu fett, faul und gefräßig ist, um aus seinem Stuhl aufzustehen. Casey dagegen ist gut in Form: achtzig Kilo Muskeln, ein rasiermesserscharfer Verstand und ein waffenscheinpflichtiges Mundwerk. All das braucht sie in ihrem Job als Bodyguard für eine Politikerin dringend: Ihre Klientin wird des Mordes verdächtigt. Und in den Südstaaten sind zwar die Manieren fein, aber der Wahlkampf ist unerbittlich.

»Eine erfrischende Abwechslung nach all den saftlosen, kraftlosen, trockenen, kleinen DetektivInnen, die überall aus dem Boden sprießen und ihre kleinen keuschen Hände darüber ringen, dass sie keine Seelenverwandten finden.« *Thrilling Detective*

»Man wird zu schätzen wissen, dass Katy Munger alle Klischees vermeidet, die dieses Genre sonst hat.« *Ed's Internet Book Review*

»Meine Bücher sind an der Oberfläche witzig, in der Mitte warmherzig und im Innern links.« *Katy Munger*

Die Autorin

Katy Munger *(www.katymunger.com)* wurde 1956 auf Haiwaii geboren und wuchs in Raleigh, North Carolina, auf. Nach dem Studium zog sie nach New York und begann dort, Kriminalromane zu schreiben. Heute betreibt sie eine PR-Agentur in North Carolina, ist Kolumnistin und rezensiert Krimis für die *Washington Post*. Sie hat eine Tochter und ist Mitglied der respektlos »neofeministischen« Schriftstellerinnen-Vereinigung »Tart Noir«.

Mehr über Buch und Autorin im Anhang
oder auf *www.unionsverlag.ch*

Katy Munger

Beinarbeit

Ein Fall für Casey Jones

Aus dem Englischen von
Tom Appleton

Unionsverlag

Die Originalausgabe erschien 1997
unter dem Titel *Legwork – A Casey Jones Mystery*
bei Avon Books, Hearst Corporation, New York.

Deutsche Erstausgabe

Auf Internet
Aktuelle Informationen
Dokumente, Materialien
www.unionsverlag.ch

Unionsverlag Taschenbuch 197

Published by Arrangement with Katy Munger
Diese Werk wurde vermittelt
durch die Literarische Agentur
Thomas Schlück GmbH, 30827 Grabsen

Rieterstrasse 18, CH-8027 Zürich
Telefon 0041-1 281 14 00, Fax 0041-1 281 14 40
mail@unionsverlag.ch

Umschlaggestaltung: Heinz Unternährer, Zürich
Umschlagfoto: PRISMA/Schuster
Druck und Bindung: Clausen & Bosse, Leck
ISBN 3-293-20197-0

Die äußeren Zahlen geben die aktuelle Auflage
und deren Erscheinungsjahr an:
1 2 3 4 5 - 04 03 02 01

Für Ineke Patty, wo immer du dich herumtreibst.
Melde dich, wenn du einen Job gefunden hast dort droben.

1

»Das wird jetzt entweder sehr, sehr gut oder du bist gleich sehr, sehr tot«, warnte ich den Anrufer, der mich mitten in der Nacht aus meinen Träumen riss. Und ich meinte das genau so, wie ich es sagte. Ich hatte einen sechsundzwanzigjährigen Barkeeper neben meinen Runzeln geparkt. Da legte ich keinen gesteigerten Wert auf Unterbrechungen.

»Diesmal bist du aber voll reingetreten«, gluckste Bobby Dee am anderen Ende der Leitung. Seine Stimme glitschte geradezu vor öliger Zufriedenheit. Er machte sich immer ein besonderes Vergnügen daraus, mir überall irgendwelche Fettnäpfchen hinzustellen, in die ich hineintappen sollte.

»Was ist denn nun schon wieder los?«, brummelte ich, während ich noch im Halbschlaf Jacks Körper vorsichtig aus den Laken herausschälte. Oh Mann, war das ein Anblick. Ein echter Labrador Retriever in Menschengestalt. Glänzendes schwarzes Fell, große nasse Zunge, ein kräftiger Brustkorb und dazu ein umwerfend blödes Grinsen im Gesicht, besonders wenn er schlief.

»Dein Babysitterjob ist gerade voll in die Hose gegangen.« Bobby ließ dieser Ansage einen gurgelnden Röchelhusten hinterhersteigen. Ich konnte buchstäblich durch die Telefondrähte hindurch den Schleim blubbern hören. Ich weiß nicht, was es ist, was da im Innern von Bobbys massiver Wampe herumtobt, aber was es auch sein mag, die Hälfte der Zeit versucht es immer wieder, aus ihm auszubrechen.

»Es ist drei Uhr morgens«, sagte ich und grapschte nach meiner schwarzen Katzenaugenbrille. »Was zum Henker kann denn bei der Frau schon wieder schief gelaufen sein, um diese nachtschlafene Zeit? Ist sie erwischt worden, wie sie die Mitgliederunterlagen der *Junior League* hat mitgehen lassen? Oder was?«

»Sie ist festgenommen worden. Wegen Mordes.«

»Wie bitte?« Ich war auf einmal voll da. Mary Lee Masters – festgenommen? Als Mörderin? Das gabs doch nicht. Und schon gar nicht genau in der Mitte des allerletzten Monats vor den Wahlen.

Ausgenommen natürlich, sie hätte ihren eigenen Mann umgelegt. Als Gatte einer Kandidatin war Bradley Masters ja ein Musterexemplar. Als Ehemann eines menschlichen Wesens dagegen ein absoluter Schnarchsack.

»Willst du denn gar nicht wissen, wer nun eigentlich umgebracht worden ist?«, fragte Bobby. Unsere beiden Büroräume sind nur ein paar Ecken vom Polizeipräsidium von Raleigh entfernt, und Bobby hat dort irgendeinen Kissenpupser, der ihm auf der Tasche liegt – und wie! Bobby erfährt alles. Sogar, wann der Polizeichef aufs Häuschen muss – noch bevor der arme Kerl selber Zeit gehabt hat, auch nur dran zu denken, sich an den Reißverschluss zu greifen.

»Okay, ich hänge an der Angel. Sags mir. Wer war es? Wen hat es erwischt?«

»Das weiß ich nicht!«, rief Bobby, und sein polterndes Gelächter drohte schon wieder, in einen Rülpser umzuschlagen. Ich hielt den Hörer sicherheitshalber auf Distanz. Bobby gehört zu jener Sorte von Menschen, die man am liebsten permanent in einem Kleiderschrank aufbewahren möchte. Wenn man nur einen finden könnte, der groß genug für ihn wäre.

»Bobby – sag mir jetzt klipp und klar, was Sache ist, oder ich beschlagnahme deinen Sixpack. Ich meins ernst.« Ich ging auf die Suche nach meinem BH und entdeckte ein einzelgängerisches pinkfarbenes Häschenpantöffelchen, das am Türknauf baumelte. Ich konnte mich beim besten Willen nicht erinnern, wie das Ding dahin gekommen sein sollte. Auf alle Fälle hätte ich mich nie und nimmer von Jack dazu beschwatzen lassen dürfen, *Geisterfahrer* zu trinken. Und fragen Sie mich bloß nicht, was in dem Zeugs alles drin ist. Das Rezept allein reicht schon, um sich einen Affen einzufangen.

»Die Meldung ging vor etwa einer Stunde raus«, erklärte Bobby. »Männliche Leiche, bisher nicht identifiziert, auf dem Rücksitz des Jeep Cherokee, der deiner Klientin gehört. Und der parkte keine drei Meter entfernt von ihrer Eingangstür. Der Tote war in eine Plane eingewickelt. Die von der Staatspolizei sind auch schon da. Beeil dich lieber, wenn du noch was mitkriegen willst.«

»Drei Meter vor ihrer Haustür? Das ist ja wohl ein schlechter Scherz? So dämlich ist sie nun wirklich nicht!« Wo war denn nur mein gelbes Kleid abgeblieben? Wenn Jack den Zipper gerippert hatte, mach ich Hundefutter aus ihm. Ich fand es endlich – zusammengeknüllt auf einem Haufen neben dem Badezimmer, mit einer verdächtigen Substanz vorne drauf, wie ein klebriger Brustpanzer. Igitt! Vergiss es, ich würde stattdessen meine schwarze Hose tragen. Und als Bonus vielleicht sogar meine Perlen umhängen, die zu 9.98 Dollar. Alles nur für die Jungs vom SBI.

»Sie hat eine Menge durchgemacht in letzter Zeit«, sagte Bobby. »Vielleicht ist ihr eine Sicherung durchgeknallt.«

Mary Lee Masters – durchgeknallt? Nicht in einer Million Jahren. Und ganz sicher nicht mitten in der Nacht. Die Frau würde nicht mal niesen ohne komplettes Make-up, lackierte Nägel und ein farblich passendes Halstuch. Wenn sie tatsächlich mal jemanden ermorden sollte, würde das mit Sicherheit wesentlich sauberer abgehen, als es hier den Anschein hatte.

»Scheiße«, sagte ich. Ich hatte gerade laut nachgedacht. »Die werden mich nicht durchlassen zu einem Mord. Nicht diese Typen vom SBI.«

»Aber um Himmelswillen, Casey. Du bist ihr Bodyguard, hast du das vergessen? Also gehe hin, und beschütze sie!«

Da hatte Bobby allerdings Recht. Und eine gute Idee. Ich legte auf, als er erneut zu einer gastrischen Geröllawine ansetzen wollte. Ich war mir sicher, dass ich nichts verpasste. Beim nächsten Mal würden immer noch die gleichen Geräusche tief in seinem Innern herumrumoren.

Überflüssig, eine Nachricht für Jack zu hinterlassen. Ich bezweifelte, dass seine Augen um diese Stunde zu der fürs Lesen geeigneten Feineinstellung fähig waren. Stattdessen platzierte ich so viele fertig abgepackte Leckereien, wie ich nur irgend finden konnte, auf dem Küchentisch. Für sein Frühstück. Meinten Sie eben, die Pflege der Gastlichkeit sei tot? Nicht hier im Süden, und ganz gewiss nicht in meinem Haus. Hier ist sie sogar äußerst lebendig. Jedenfalls, solange es noch Konserven gibt.

Ich stoppte auf dem Weg zur Tür, um nachzusehen, ob Jack auch tatsächlich noch atmete. Er roch wie der Fußboden unter einem Bierfass am Morgen nach einer Party, aber er lebte noch. Sein zierliches Schnarchen schnurrte durch die Stille der Nacht wie ein elektrischer Außenbordmotor im Wasser. Jack war ein unverbesserlicher Gigolo. Ein überqualifizierter Barkeeper, der mit Tempo hundert ziellos durchs Leben zischte. Ein kluger Kopf, der sich lieber dumm stellte. Aber er war auch mein Freund – und ein guter Freund ist schwer zu finden. Ich deckte ihn sorgfältig zu, bevor ich das Haus verließ.

Zur Abwechslung war die Bundesstraße I-40 einmal wie leer gefegt. Die einfallenden Horden der Pendler aus dem Norden lagen friedlich in ihren zweistöckigen Einfamilienhäuschen und schliefen den Schlaf der Gerechten unter dem Mond von Carolina. Und *was* für ein Mond das war. Voll und weiß stand er am Oktoberhimmel, wie ein großer Porzellanteller, der da oben durch die Nacht schwirrte. Der gute alte Vollmond, der meinen Großpaps immer dazu animiert hatte, am Rande der Sümpfe loszuheulen wie ein Wolf. Nur um zu sehen, ob ihm jemand antwortete.

Ich hatte nicht übel Lust, selber loszujaulen, wegen des Dröhnens in meinem Schädel. Aber ich arbeitete mich durch das Pochen in meinem Hirn und näherte mich mit meinem 65er Plymouth Valiant allmählich der vibrierenden Schmerzgrenze von hundertzwanzig Kilometer pro Stunde. Er fing an zu beben, und die Türen ratterten, als ob sie jeden Augenblick davonfliegen wollten. Aber ich wusste, das Gehopse würde ein Ende haben, sobald ich fünfundachtzig erreichte. Und: Bingo. So geschah es. Ich glitt den Highway entlang, geschmeidig wie ein Haifisch, und fragte mich, wie zum Teufel sich ein Toter ausgerechnet dorthin verirrt hatte – in Mary Lee Masters' Auffahrt?

Mary Lee Masters war die typische Neue Frau des Südens. Eine Frau, mit der man sich besser nicht anlegen sollte. Eine Frau, die aus Generationen von Frauen stammte, die daran gewöhnt waren, alle Familiengeschäfte aus dem Hintergrund zu führen und ihre schwachen Männer vor sich aufzubauen und trotzdem gut aussehen zu lassen.

Aber Mary Lee war in den Siebzigerjahren aufs College gegangen, die erste weibliche Generation, die sich nicht mehr verstecken musste. Der unterdrückte Machthunger eines Jahrhunderts hatte sich explosionsartig Bahn gebrochen und dabei eine Furcht erregend charmante politische Maschine namens Mary Lee Masters hervorgebracht.

Sie war reich genug, um eine politische Karriere zu finanzieren, gewandt genug, um sich in jeder Gesellschaftsschicht des Südens bewegen zu können, und dazu auch noch hübsch genug, um den good old boys die eine oder andere Wählerstimme abzuluchsen. Sie verstand mit den Wimpern zu klimpern, aber ihre Augen dahinter waren klein, kalt und blau. Ich bewunderte sie höllisch. Eine Frau, die zwanzig Stunden am Tag Strumpfhosen tragen, sich mit lauter voll gefressenen Vollidioten rumplagen und sie auch noch mit ihren eigenen Waffen bei ihrem eigenen schleimigen Spiel schlagen konnte, verdiente meinen uneingeschränkten Respekt.

Darüber hinaus hielt ich Mary Lee Masters für das durchtriebenste Geschöpf von hier bis Tallahassee, und ich wollte sie auf meiner Seite wissen. Sie stammte aus der Gegend drüben bei Charlotte, was bedeutete, dass sie bei ihrem Eintritt in die Politik schon mal ein paar Punkte abgezogen bekam, weil Charlotte nicht als echte Stadt der Südstaaten galt, sondern eher als ein Möchtegern-Nordstaaten-Kaff. Aber sie hatte das Problem gelöst, indem sie gleich vom College weg nach Raleigh zog und von dort aus auf der politischen Leiter im Staat nach oben kletterte. Sie schnappte sich einen Job bei einem lokalen Fernsehsender als Reporterin in Sachen Konsumentenschutz, wurde dann in einen staatlichen Untersuchungsausschuss berufen und packte die Milchviehzüchter mit aller Macht bei den Hörnern, sodass sie alle glaubten, sie würde ihnen das liebe Vieh aus dem Stall führen. Nachdem sie gegen unerlaubte Preisabsprachen zu Felde gezogen war, ganz so wie ein gewisser Nordstaaten-General, der hier namenlos bleiben soll, einst brandschatzend durch Atlanta gezogen war, wandte sie sich als Nächstes den Themen Kunst und Kultur zu. Sie klotzte Museen an jede Straßenecke der Innenstadt und rettete halb Raleigh vor der Abrissbirne. Dann wagte sie den großen Sprung in die Lokalpolitik. Sie steckte die anderen Kandidaten für den Stadtrat in die Tasche wie ein Strandgigolo, der sich durch eine Bar voller Scheidungswitwen durchtrüffelt. Für alles das hatte sie fast zwanzig Jahre gebraucht. Aber nun stand sie da, mit vierundvierzig, und machte sich Hoffnungen, als erste Frau in der Geschichte von North Carolina einen Posten als Senatorin im Senat der USA in Washington zu ergattern.

Natürlich hatte sie genauso viel Chancen, damit durchzukommen, wie eine Schneeflocke in der Hölle. Alle wussten es – nur sie selber nicht. In den letzten Meinungsumfragen hatte sie zwar etwas zugelegt, aber es reichte noch lange nicht. Ich war bereit, meine eigene Unterhose zu fressen, wenn sie es schaffen würde. Es war einfach der falsche Zeitpunkt.

In jedem anderen Jahr hätte sie sich gute Chancen ausrechnen können. Aber Mary Lee Masters trat an gegen Stoney Maloney, den Lieblingsneffen von Senator Boyd Jackson. Boyd Jackson war genauso lange Senator von North Carolina gewesen, wie meine Familie schon in Armut lebte, und das heißt seit Ewigkeiten. Er war fies. Er hatte winzige Schweinsäuglein, die wie in den Schnee gepinkelte Löcher aussahen. Er war ein hinterfotziger, Pech-und-Schwefel-speiender, allseits Hände schüttelnder, zur-Kirche-gehender Heuchler allererster Sahne. Aber er schleppte den Farmern von North Carolina mehr Schweinekoteletts ins Haus, als sie im ganzen Jahr auf ihren Barbecue-Grills abbrutzeln konnten. Er war der Subventionen-King, der Tabak-Gott, der höchst oberste Rückenkrauler aller Zeiten. Und das hieß: Er war unbesiegbar. Ungenießbar. Aber unschlagbar.

Allerdings lag er jetzt im Sterben.

Kein Außenstehender konnte ihm in vierzig Jahren die Butter vom Brot nehmen. Aber nun zersetzte er sich selber, von innen her. Als sein Magenkrebs nicht mehr zu verbergen war und in Washington die Gerüchteküche heiß lief, ließ er verkünden, dass er für eine Wiederwahl nicht zur Verfügung stünde. Stattdessen ernannte er seinen Neffen Stoney Maloney zu seinem erwählten Nachfolger als Parteikandidaten bei den anstehenden Neuwahlen.

Das bedeutete: Mary Lee Masters trat an gegen den Neffen einer Ikone – zu einer Zeit, als die guten Bürger von North Carolina Ikonen dringend nötig hatten. Sie wurden verstädtert, vernördlicht, verpolitisiert, in eine neue Welt verschoben – und all diese Veränderungen jagten mindestens der Hälfte aller Bewohner des Staates einen höllischen Schrecken ein. Ich wusste, dass Mary Lee Masters eine einheimische Pflanze war. Aber sie war nicht einheimisch genug. Trotzdem, ich zollte ihr Anerkennung dafür, dass sie den Versuch wagte. Und weil sie nicht kampflos die Flinte ins Korn warf.

Ich brauchte nicht lange, um zu ihrem Haus zu gelangen. Ich kannte den Weg wie im Schlaf. Ich traf mich dort mit ihr jeden Morgen um sieben Uhr früh, um als ihre Leibwächterin anzutreten. Sie wohnte in Country Club Hills, der ersten dieser teuren Vorstädte, die Anfang der Sechzigerjahre rund um Raleigh herum wie Pilze aus der Erde geschossen waren. Mittlerweile lag Country Club Hills nicht mehr am Stadtrand, sondern verdammt nahe an der City. Eine Adresse in dieser Gegend galt sogar als noch was Feineres als eine in den alten Universitätsbezirken von Raleigh. Country Club Hills bedeutete, dass man es sich leisten konnte, ein Drittel mehr für seine Hütte zu bezahlen als die übrigen Neuankömmlinge im »Hightech-Dreieck«. (So nennt man hier die Gegend zwischen Raleigh, Durham und Chapel Hill.) Es bedeutete überdies, dass man am Anfang der Karriere stand. Und es bedeutete, dass man den Zug in Richtung Zukunft und auf das Große Geld hin schon erwischt hatte, noch bevor die Flutwelle der IBMler und anderen Schlipsträger vom Norden in den Süden geschwappt war.

Mary Lee schwamm im Geld. Sie hatte das Zeugs tonnenweise in den Familientruhen. Außerdem war sie Miteigentümerin von jeder Fabrik innerhalb der Stadtgrenzen von Winston bis Salem. Dann hatte sie noch mehr von den grünen Lappen erheiratet, als sie sich ein echtes Ken-Püppchen von einem Banker schnappte, das sogar regelrecht gehen und sprechen konnte. Alle Welt hielt Bradley Masters für einen Traum von einem Mann. Ich war mir ziemlich sicher, dass er ein treuloses Schwein war – und sonst gar nichts.

Das treulose Schwein – und sein Auto – waren nirgends zu sehen, als ich bei Mary Lees Haus eintraf. Ich fragte mich, ob es wohl Bradley Masters selber war, der da tot im Jeep lag? Er hatte den Anteil seines eigenen Familienerbes schon vor einigen Jahren verbraten und dann Mary Lees Habe angeknabbert. Vielleicht legte sie keinen Wert darauf, die guten wie die schlechten

Zeiten mit ihm zu teilen, und hatte deshalb beschlossen, das Eheversprechen im Zeitraffer nach vorne zu spulen, um schneller an die Stelle zu kommen, wo es hieß: »bis dass der Tod euch scheide«.

Ich parkte den Wagen ein Stück die Straße weiter abwärts, außer Reichweite der rotierenden Blaulichtgewitter. Die Häuser und Grundstücke in Mary Lees Nachbarschaft sahen nicht eben nach Bausparkasse aus, die Vorgärten nahmen mindestens einen halben Hektar ein. Es war komisch, so spät in der Nacht noch hier rumzulaufen. Sonst verabschiedete ich mich immer schon um acht Uhr abends. Um diese Zeit, so hatte Mary Lee erklärt, wären keine Spanner mehr unterwegs. Ich argwöhnte, dass sie einfach nur knauserig war. Oder nicht ängstlich genug, um auch noch nachts eine Leibwächterin zu bezahlen.

Ein leichter Nebel waberte aus dem nahe gelegenen Waldweg, womit die Szenerie noch traumhafter wirkte. Aber wenn Traum, dann Albtraum. Es wimmelte nur so von Agenten des State Bureau of Investigation, oder SBI, einer Art Regionalliga des FBI für übereifrige Kriminalbeamten auf der Lokalebene.

Die schwarze Kleidung stellte sich als gut gewählt heraus. Ich schlich mich unbemerkt bis an den Rand der Auffahrt heran, wo ich zwei Männer belauschen konnte, die sich soeben am Heck einer blauen Karosse ein Wortgefecht lieferten. Im Innern sah ich eine Gestalt auf dem Rücksitz, mit eingezogenem Kopf.

»Ich gebe einen Scheißdreck drauf, wer Sie sind«, knurrte der Kurze mit dem Bulldoggengesicht. Er hatte einen grauen Anzug und ein schneeweißes Hemd an – mitten in der Nacht, als wollte er damit illustrieren: »Ich bin ein Armleuchter.« Eine kleine Antenne ragte neben seinem Ohr empor, hinter einem wirklich ernst gemeinten Kurzhaarschnitt. Er dachte wohl, damit sähe er irgendwie wichtig aus. Für mich sah er aus wie ein Marsbewohner. »Versuchen Sie es gar nicht erst, mein Lieber«, sagte er gerade. »Bis zum Morgen haben wir hier alles in der Hand.«

Die Antwort des zweiten Mannes ließ keine Sekunde auf sich warten. »Überlegen Sie mal, Shorty. Morgen früh wird es in allen Zeitungen stehen, dass das SBI so bescheuert war, überall auf dem Rasen herumzutrampeln, wichtige Indizien zu zerstören, die Leiche zu beseitigen – und nicht einmal davor Halt gemacht hat, der Hauptverdächtigen in den Arsch zu kriechen.«

Ich war verblüfft über den Akzent des zweiten Mannes. Er stammte eindeutig nicht aus dem Süden. Er besaß den gequetschten, näselnden Tonfall eines Mannes aus dem Raum von New York. Was zum Kuckuck trieb der denn hier unten?

»Sie sind nicht von hier, was?«, fragte der Kurze. Sein Lächeln war das übliche siegesbewusste Grinsen eines Klugscheißers: flach, dünn und bedrohlich.

»Oh, doch! Und ob ich verdammt noch mal von hier bin«, antwortete der andere. »Ich bin nämlich verdammt noch mal schon seit drei Jahren von hier, also heben Sie sich Ihre Cowboy-Scheiße für jemand anderen auf. Ich kenne die Gesetze in diesem Staat, in dieser Stadt und in diesem Land. Hier ist verdammt noch mal mein Zuständigkeitsbereich, und hier habe ich verdammt noch mal das Recht, mit der Verdächtigen zu sprechen.«

Ei, verdamm mich. Der Mann schien mir gar eine Spur erregt.

»Wie sagten Sie doch gleich war Ihr Name?«, fragte der Kurze und flippte einen Notizblock hervor, als ob er gleich eine Bestellung für Rühreier mit Beilage aufnehmen wollte.

»Ich bin William Bryant Butler und kein anderer.« Der große, lange Mann hielt einen Ausweis hin und stach dem Kurzen fast das Auge aus, während er langsam seine Dienstnummer vorlas. »Und vergessen Sie nicht: William Bryant Butler, festnehmender Vollzugsbeamter«, sagte er, nachdem der Kurze die Zahlen in sein verschämtes, kleines Büchlein eingetragen hatte.

Festnehmender Vollzugsbeamter war genau der richtige Ausdruck. Bill Butlers Erscheinung war so fesselnd wie sein Vokabular. Er trat hervor in das gleißende Licht einer Straßenbeleuchtung, und ich konnte sein Gesicht genauer betrachten. Ich schickte meine Gedanken schamlos auf die Suche nach irgendwelchen Missetaten meinerseits, die eine sofortige Festnahme samt Vollzug einer Ganzkörperuntersuchung rechtfertigen würden.

Er war groß, schlank und breitschultrig. Und er trug meine Lieblingskleidung: alte Jeans und ein schwarzes T-Shirt. Er hatte lange Hände und wunderschön lang gezogene, schlanke Finger, braune Augen, mittellanges braunes Haar, lange Wimpern, eine lange Nase, einen langen Schnurrbart und ein langes Lächeln. Gegen lange Dinger hatte ich nichts einzuwenden. Oh Himmel, und dabei bot ich nicht gerade mein strahlendstes Erscheinungsbild.

»Entschuldigen Sie«, unterbrach ich geschickterweise an dieser Stelle. Beide Männer machten vor Schreck einen Satz, als ich aus dem Schatten hervortrat. Nur gut, dass ich mich vorhin gegen das angekotzte Kleid entschieden hatte. »Ich bin die Leibwächterin von Miss Masters und mache mir Sorgen wegen ihrer Sicherheit. Wo ist sie, bitte?«

»Leibwächterin?«, fragte der Kurze ungläubig. Er begutachtete meine nicht gerade schwächliche Figur mit übertriebener Skepsis. »Was würden Sie tun, wenn ich Sie jetzt angriffe, hm?« Er kam auf mich zu, mit ausgestreckten Händen, offenbar um mir die Arme hinterm Rücken zu verdrehen.

Was ist nur los mit kleinen Männern? Immer wieder versuchen sie zu beweisen, dass sie größer sind, als es nun einmal der Wirklichkeit entspricht. Es wurde Zeit, diesen hier auf seine wahre Größe zurechtzustutzen.

»Also zunächst einmal würde ich Ihnen kurz in die Eier treten«, sagte ich und beugte mein linkes Bein zur Balance, während ich das rechte vorschnellen ließ – nur um knapp zwei Zentimeter vor seinem Zwickel Halt zu machen, den Absatz meiner Ferragamos, Schuhgröße 44, bereit zum ultimativen Kick. Der Kurze erstarrte.

»Hübsch, die Schuhe«, sagte William Bryant Butler. Das genügte: ich war hingerissen von dem Mann. Er ließ seinen Blick über meine Schwarzsamtenen streifen und begutachtete auch das Übrige mit Sorgfalt. »Stehen Sie bequem, Sergeant«, sagte er dann mit einem Lachen. Ich setzte meinen Fuß nieder und lächelte den Kurzen spitz an, während er zurückwich. »Ihre Klientin befindet sich auf dem Rücksitz dieses Fahrzeugs«, erklärte Butler, und ich bemerkte, dass er nicht nur braune Augen besaß – sondern sogar tiefbraune.

Oh, mamma mia. Es war, als ob eine Million Schmetterlinge an meinen Magenwänden herumknabberten. »Sind Sie verheiratet?«, fragte ich ihn. Ich konnte nicht anders. Es war eine Art Reflexhandlung. Verstehen Sie? Außerdem habe ich mir immer schon viel auf meinen delikaten Stil zugute gehalten.

Der Kurze stampfte davon, auf die blaue Karosse zu, dankbar, dass ihm noch ein wenig von seinem Stolz geblieben war, von den Weichteilen einmal ganz zu schweigen.

»Im Moment nicht«, erwiderte der Kriminalbeamte, den meine hemmungslose Neugier bewundernswert wenig aus der Fassung brachte. »Und wie stehts mit Ihnen?«

»Ich bin im Moment auch nicht verheiratet.«

»Was für ein Zufall. Hätten Sie was dagegen, wenn ich Ihnen ein paar Fragen stelle?« Er zückte sein Notizbüchlein. Verdammt. Er war also ein Arbeitstier, kein Romantiker. Mir war schon klar, warum er nicht mehr verheiratet war.

»Sie sind also ein Detective?«, fragte ich.

»Erster Klasse – durch und durch.« Er zog ein kleines Etui aus seiner hinteren Hosentasche und ließ es aufklappen. Ich liebe es, wenn sie das tun. Die Marke blinzelte mich an und schnappte dann wieder zu. »Ich heiße William Butler. Aber Sie können Bill zu mir sagen.«

»Wie alt sind Sie – Bill?«, fragte ich, nur um den Namen mal auszuprobieren.

»Alt genug, um es besser zu wissen. Haben Sie was dagegen, wenn ich hier die Fragen stelle? Und Sie die Antworten geben?«

Mitnichten, dachte ich. Nun hör schon auf damit, ermahnte ich mich selbst. Hier geht es um ernsthafte Arbeit. Meine Klientin sitzt dort drüben auf dem Rücksitz eines Wagens und wird von einem Zwerg bewacht, der mit Steroiden vollgepumpt ist. Hol deine Gedanken aus der Schmuddelecke, Mädchen.

»Sie kennen sich aus in der Lokalpolitik?«, fragte ich Bill Butler. »Sie wissen, wer in dem Wagen da vorne sitzt?«

Bill nickte. »Ich weiß, wer sie ist. Wie lange arbeiten Sie schon für die Lady?«

»Ungefähr seit einem Monat«, sagte ich.

»Warum?«, fragte er.

»Warum was?« Es ist echt schwer, einem Gespräch zu folgen, wenn man damit beschäftigt ist, sich den Gesprächspartner unbekleidet vorzustellen. Er hatte prächtige Zähne, klein und gleichmäßig und weiß. Es könnte nett sein, zur Abwechslung mal einen Freund zu haben, der Wert auf persönliche Reinlichkeit und Körperpflege legte. Schließlich müssen wir alle gelegentlich mal was Neues probieren.

»Warum arbeiten Sie für die Lady?«, wiederholte er ungeduldig. »Sind Sie auf Drogen, oder was?«

Die Frage war wie ein nasser Waschlappen ins Gesicht. »Ich? Gott bewahre. Warum fragen Sie?«

»Sie kommen mir ein bisschen weggetreten vor.«

»Na ja, es ist noch verdammt früh. Vier Uhr morgens ist nicht meine übliche Aufstehzeit«, erklärte ich ihm. »Wie fühlen Sie sich denn zu dieser Stunde?«

»Stinknormal. Stinksauer. Haben Sie lange genug im Gebüsch gestanden, um mein Gespräch mit dem Schrumpfkopf da drüben mit anzuhören?« Er nickte zu dem Kurzen hinüber.

»Aber wenn ich Ihnen aushelfe, helfen Sie mir dann auch aus?« Ich hielt es für die beste Taktik, direkt zur Sache zu kommen.

Er hatte ein prächtiges Lachen. »Ich glaube, so ganz weggetreten sind Sie dann doch nicht. Was lässt Sie glauben, dass ich irgendwas weiß?«

»Alles, was ich wissen will, ist die Identität des Opfers«, sagte ich. Es war nicht alles, was ich wissen wollte, aber ein guter Anfang.

»Wer meinen Sie denn, dass es ist?«, entgegnete er.

»Oh, nein!« Ich schüttelte den Kopf. »Was wir hier brauchen, ist etwas gegenseitiges Vertrauen, sonst kommen wir nicht weit miteinander.«

»Okay«, stimmte er zu. »Sie beantworten mir zwei Fragen, und ich beantworte Ihnen eine.«

»Abgemacht«, sagte ich. »Und dann kann ich endlich mit meiner Klientin sprechen.«

»Hey, nicht mal ich kann mit ihr sprechen«, protestierte er.

»Kein Problem. Ich kann uns da beiden aushelfen. Also schießen Sie los.«

»Warum hat man Sie überhaupt als Bewacherin angestellt? Reichen die örtlichen Sicherheitsbeamten nicht aus?«

»Mary Lee hat denen nicht getraut. Sie meinte, die leiten Informationen weiter an die Maloney-Kampagne. Womit sie sogar recht haben könnte. Maloney ist der Neffe von Senator Boyd Jackson, und Boyd Jackson hat hier jeden in der Tasche.«

»Und warum hat man ausgerechnet Sie angeheuert? Sie wirken nicht gerade übertrieben … äh …«

»Wie liebenswürdig, dass Sie das bemerkt haben«, sagte ich. Er hatte diese verwirrende Art, mich anzustarren, während er auf eine Antwort wartete. Zu dumm, dass ich meine Brille aufgesetzt hatte. Aber wie üblich – wo waren die Kontaktlinsen, wenn man sie gerade brauchte?

»Sie wollte eine Frau«, erklärte ich. »Und nicht eine ganze Truppe um sich herum haben.«

»Haben Sie überhaupt eine Lizenz?«, fragte er.

»Sie hatten bereits Ihre zwei Fragen«, wies ich ihn mit gewinnendem Lächeln zurecht. Puh. Noch mal Glück gehabt.

Er zuckte mit den Schultern. »Und was ist Ihre Frage?«

»Wer ist der Tote?«, wiederholte ich und starrte die steile Auffahrt hinauf, wo der Jeep Cherokee stand, umringt von einer Horde forensischer Spezialisten in gelben Regenhäuten. Sie sahen aus wie ein Schwarm Riesenhornissen, die um ein Gefäß mit Honig herumschwirrten.

»Thornton Mitchell«, verkündete er. »Sagt Ihnen der Name was?«

»Scheiße!«, sagte ich. »Sie machen Witze.«

»Bestimmt nicht«, versicherte mir Bill Butler. »Ich mache nie Witze, wenn es ums Berufliche geht.«

Irgendwie nahm ich ihm das sogar ab.

Thornton Mitchell, tot – das machte den Fall schwierig. Die Hälfte aller Einwohner von North Carolina hätten ein Motiv gehabt, ihn zu töten. Man konnte ihn nur entweder lieben oder hassen. Man liebte ihn, wenn man ihm ein Stück Land verkauft hatte und dafür eine dicke Stange Geld kassierte, während er seine Wohnhäuser und Einkaufsstraßen errichtete. Aber man hasste ihn, wenn man auf der Straße weiter unten, hinter einem seiner kleinen Erschließungsprojekte wohnte, und die ewigen Verkehrsstaus, den Lärm und den Verlust der Privatsphäre ertragen musste, die sich unausweichlich daraus ergaben. Thornton Mitchell hatte aus North Carolina seine ganz private Torte gebacken und sie aufgeteilt, wie es ihm gefiel. Im Lauf der Jahre hatte er sich dabei mit Straßen- und Häuserbau eine goldene Nase verdient. Er gehörte zu den großen Spendern in politischen Kreisen, aber für die Gegner von Mary Lee Masters. Und: er lebte in Wake Forest, gute dreißig Kilometer entfernt. Was zum Uhu hatte er also hier zu suchen gehabt, tot, in ihrem Wagen?

Ein Telefon trillerte in der plötzlichen Stille und der Kurze ging in Habachtstellung. Er kramte ein Mini-Handy aus der Jackentasche, klappte es mit militärischer Präzision auseinander und bellte dann etwas Unverständliches in das Sprechsegment. Ich hasse Mobiltelefone. Ich verspüre eine unbändige Lust, sie all den Handynervern aus den Pfoten zu reißen und an die Birne zu ballern.

Der Kurze drehte uns den Rücken zu und flüsterte fieberhaft in den Hörer; danach lauschte er aufmerksam und nickte immerzu nachdrücklich mit dem Kopf, als ob er im Fernsehen wäre.

»Ich begleite den Fall, Sir«, sagte er laut, und ich wusste, dass er mit dem Gouverneur sprach. Wenn nicht sogar mit dem lieben Gott persönlich. Er winkte wie wild, damit jemand seinen Platz beim Bewachen des Wagens einnehmen sollte, um Bill Butler keine Chance zu geben, Mary Lee zu befragen. »Jawoll, Sir. Sofort, Sir.« Er klappte das Handy zu seinem lächerlich winzigen Format zusammen, verstaute es in seiner Innentasche und sprintete den Hügel hinauf.

»Da stellt sich einem doch die Frage, ob Thornton Mitchell wohl zur letzten Kampagne des Gouverneurs finanziell etwas beigetragen hat?«, meinte Bill Butler, während er zusah, wie die gedrungenen Beinchen des Kurzen den Rasen des Anwesens zertrampelten.

»Ich würde die Frage mit Ja beantworten«, pflichtete ich ihm bei. »Hier ist unsere Chance. Folgen Sie mir.«

Der Ersatz für den Kurzen war noch immer einen Viertelhektar entfernt, als ich an Mary Lees Rücksitzfenster anklopfte. Es wurde heruntergekurbelt und Mary Lees Gesicht kam zum Vorschein. Ich war verdutzt. Ich hatte sie noch nie zuvor ohne Make-up gesehen. Sie sah tausendmal besser aus, viel zarter und viel ansprechender. Viel ansehnlicher und angenehmer. Sie hatte ein rundliches Gesicht mit breiten Backenknochen und einem dünnen, geschäftsmäßigen Mund, der üblicherweise dick mit einem hellen, roten Lippenstift verkleistert war. Ihre Nase sah vor der Kamera lang aus, aber aus der Nähe besehen hatte sie eine hinreißende kleine Stupsnase mit einem Knopf an der Spitze. Sie gehörte zu der Sorte von Leuten, die schon in der High School Schminkunterricht genommen hatten und die jeden Morgen dreißig Minuten lang vor dem Spiegel verbringen, damit es so aussieht, als hätten sie nichts auf der Pfanne.

»Was zum Donnerwetter wird hier eigentlich gespielt, Casey?«, fragte sie. Aha, sie war also doch noch ganz die alte – die altgewohnte Mary Lee. »Denken die denn allen Ernstes, ich wäre so hirnlos und würde diesen Schleimbeutel umbringen und wäre dann auch noch so dämlich, dass ich seinen elenden Kadaver vor meiner eigenen Haustür liegen ließe?«

»Mary Lee, ich würde Ihnen gerne Kriminalinspektor Bill Butler, Detective! Erster! Klasse! vorstellen.« Mein nicht eben subtiler Wink mit dem Holzknüppel wurde verstanden. Sie setzte ihr Öffentlichkeitslächeln auf, und ihr Südstaatenakzent wurde milder. In weiteren fünf Sekunden würde sie eine Trauerhymne auf den Verlust eines der edelsten Mitbürger von North Carolina anstimmen.

»Wo ist denn Bradley?«, fragte ich nach ihrem Gatten, bevor sie Zeit hatte, den Plastikcharme ganz aufzudrehen. Aber ich hatte das Gefühl, Bill Butler würde sich ohnehin nicht so leicht was vormachen lassen.

»Auf Geschäftsreise, was sonst?«, sagte sie. »Wo ist denn mein Anwalt?«

»Auf dem Weg hierher«, sagte Butler und blitzte sie mit seinem, wie ich schwer vermutete, breitesten Grinsen an. »Sie hätten nicht zufällig Lust, zuerst mit mir zu sprechen? Diese SBI-Leute machen mir das Leben unnötig schwer. Ich möchte Ihnen nur ein paar Fragen stellen. Die Kollegen verhalten sich ein bisschen übermäßig bemüht um Ihren Schutz, meinen Sie nicht auch?«

»Was ich denke ist, dass die Kollegen Ihnen das Leben schwer machen, weil Ihr Männer eben alle ein Y-Chromosom zu viel habt«, erläuterte Mary Lee mit zuckersüßem Lächeln. Sie öffnete die Tür und winkte mir, einzusteigen, genau in dem Moment, als die Ablösung für den Kurzen eintraf, um Protest anzumelden.

Mary Lee fixierte ihn mit einem stählernen Blick. Ihre tiefgekühlten Augen blitzten voller Trotz. Sie war es gewohnt, dass man ihr gehorchte. »Dies ist meine Leibwächterin, und sie wird in diesen Wagen einsteigen. Die anderen können draußen bleiben.«

Ich sprang sofort hinein, ohne zu zögern, denn ich wusste, dass sie mir die Tür voll ans Bein knallen würde, wenn ich mir zu viel Zeit ließ. Ich war kaum auf dem Polster gelandet, als sie die Tür auch schon mit einem satten Rumms zuschlug.

»Männer!«, sagte sie und trat mit beiden Füßen gegen den Vordersitz. »Nur schade, dass wir sie nicht alle umbringen können!«

2

»Ich sehe ein, dass ich nur Ihr Bodyguard bin und nicht Ihr Anwalt. Aber das würde ich nicht noch mal sagen.«

Mary Lee stampfte wieder gegen den Vordersitz, diesmal noch heftiger als zuvor, und schmollte.

»Warum hätte ich den alten Bock denn umbringen sollen?«, fragte sie. »Mich interessiert etwas ganz anderes. Ich will wissen: wer hat mir diese Schweinerei angetan? Und übrigens. Sie sind soeben befördert worden.«

»Was bin ich?«, fragte ich, leicht begriffsstutzig. Es ist schon schwierig genug, mit Mary Lee bei Tageslicht Schritt zu halten. Ganz ohne Schlaf war es mir praktisch unmöglich.

»Finden Sie raus, wer mir das angetan hat«, sagte sie und betonte jedes Wort als wäre ich der größte Idiot auf der ganzen Welt. »Ich zahle Ihnen das Doppelte.«

Den Teil verstand ich. Ich nickte. »Kein Problem. Dafür bin ich ausgebildet. Bodyguard mache ich nur nebenbei.«

Sie wusste, dass ich Schrott redete, aber es war ihr egal. Sie war wie die Böse Hexe des Westens im *Zauberer von Oz*. Sie wollte nur, dass man ihr zu willen war. Ich bemerkte, dass sie halblaut etwas vor sich hin murmelte. »Wie bitte?«, fragte ich.

Ihr entrüsteter Gesichtsausdruck zeichnete sich klar im Licht der Straßenbeleuchtung ab. »Ich sagte, ich kann es einfach nicht fassen, dass die mich für so minderbemittelt halten, jemanden in meinem eigenen Garten abzuknallen. Ausgerechnet mit einer Schrotflinte!«

»Mit einer Schrotflinte? Wie kommen Sie denn darauf?«

Sie zog ihre Augenbrauen in die Höhe und bedachte mich mit einem sehr überlegenen Blick. »Es war das riesige Loch mitten in seiner Brust, das mich darauf gebracht hat, Sie Sherlock Holmes.«

»Ach so«, sagte ich. »Ich war noch nicht so nah dran.«

»Also, ich bin eine Spur zu nahe an ihn herangekommen.« Sie schüttelte sich mit einem damenhaften Schaudern. »Der Schrumpfkopf vom SBI da draußen meinte wohl, es würde mich so verunsichern, dass ich gleich hintenüber kippen und ein Geständnis ablegen würde. Er hat mich praktisch gezwungen, den Kopf in den Wagen hineinzustecken und mich drin umzusehen. Mir hat es fast mein Höschen ausgezogen, als ich sah, dass es Thornton war.«

»Eine bekannte Reaktion. Er wirkte auf viele Frauen so«, meinte ich. Thornton war als Schürzenjäger berüchtigt gewesen.

»Als Toter?«, fragte sie ungläubig. Sie verstand den Witz, aber sie fand ihn nicht zum Lachen. So war sie. Klug genug, um zu merken, wenn man sie verarschte, aber ohne Sinn für Humor. Sie brauchte auch keinen. Wenn sie witzig sein wollte, hatte sie Schreiberlinge, die für tausend Dollar pro Tag dafür sorgten, dass sie witzig war.

Sie bohrte an einem kleinen Riss in der Polsterung von Shortys schäbigem Dienstwagen »Ich möchte gerne wissen, wer da angerufen hat«, sagte sie. »Irgendjemand muss den Mord doch gemeldet haben. Das würde uns zeigen, wer hinter der ganzen Sache steckt. Wer würde mich auf diese miese Tour erledigen wollen?«

»Sie erledigen wollen?«, fragte ich. »Ist nicht Thornton Mitchell derjenige, der den Löffel abgegeben hat?«

»Ja doch«, sagte sie ärgerlich. »Aber jetzt ist mein Wahlkampf versaut, und ich habe sogar eine Mordanklage am Hals. Wo zum Geier steckt Hooter eigentlich? Wozu bezahle ich ihn denn?«

Hooter Henderson war Mary Lees Anwalt. Sein wirklicher Name war Ambrose. Aber im Süden ist das so: Je reicher man ist, umso dämlicher werden die Spitznamen. Es war also ziemlich offensichtlich. Hooter war reich. Stinkreich.

»Haben die Ihnen Ihre Rechte verlesen?«, fragte ich. Der große F. Lee Bailey war als Anwalt ein bloßer Stümper im Vergleich zu mir.

»Klar. Ungefähr ein Dutzend von den Typen. Alle zusammen im Chor. Meinen Sie, die werden mich einbuchten?«

Ein Mercedes hielt am Straßenrand gegenüber. »Fragen Sie Hooter. Da kommt er schon.«

Sie griff nach meinem Arm und grub ihre Fingernägel so tief in mein Fleisch, dass ich sie durch den Pullover hindurch spüren konnte. »Hören Sie, Casey. Hier geht es nicht um Thornton. Hier geht es um mich. Irgendjemand versucht, mein Leben zu zerstören. Kriegen Sie raus, wer es ist.« Sie machte eine Pause, ließ mich los und fing an, an einem perfekt gepflegten Fingernagel zu knabbern. Dann verwarf sie auch diese Geste, rollte stattdessen eine braune Haarsträhne um ihren Finger und legte die Stirn in Falten. Ich hatte den gleichen Ausdruck bei ihr schon früher gesehen, als sie die Ergebnisse der letzten Meinungsumfrage gehört hatte. »Fangen Sie mit Bradley an. Er benimmt sich in letzter Zeit ziemlich komisch. Ich kann mich nicht von ihm scheiden lassen, aber das heißt nicht, dass ich ihm vertrauen muss. Ich werde das Gefühl nicht los, sie hätte was mit ihm zu tun. Verstehen Sie?«

Ich nickte und schwor mir innerlich gleich noch einmal, dass ich selber nie wieder heiraten würde.

»Aber lassen Sie niemanden wissen, was Sie da machen, okay?«

»Warum, meinen Sie, nennt man uns Privatdetektive?«, fragte ich und rieb meinen Arm, um wieder etwas Gefühl hereinzubekommen. »Ich weiß, was ich zu tun habe.«

Ihr Lächeln war schmal. »Ich mag Sie, Casey«, sagte sie. »Sie sind gescheit. Sie wissen, wann Sie die Klappe halten müssen. Und Sie lassen sich nicht unnötig von Regeln und Vorschriften aufhalten.«

»Dann könnte ich auch gleich in die Politik gehen?«, schlug ich vor.

Sie fixierte mich mit einem unterkühlten Blick. »Hab ich was davon gesagt, dass Sie witzig sind? Ich glaube nicht. Sagen Sie Hooter, er soll reinkommen.«

War das nicht mal wieder typisch Mary Lee? Da saß sie als Mordverdächtige auf dem Rücksitz eines SBI-Wagens und benahm sich ganz so, als wäre sie im Salon einer aufgemotzten Hotelsuite in Atlanta beim Treffen mit politischen Hintermännern.

Hooter schob mich beiseite und verschwand im Innern des Fahrzeugs. Den Job, mit dem Wächter klar zu kommen, überließ er mir.

»Was meinen Sie, obs heute regnet?«, fragte ich munter. Das war nicht eben geistreich, aber die Sonne zeigte sich gerade in einem dünnen, gelben Streifen am Ende der Straße, und ich habe nun mal gelernt, mir meine Inspirationen zu holen, wo ich sie kriegen kann.

»Wer zum Teufel glauben Sie, dass Sie eigentlich sind?«, fragte der SBI-Mann säuerlich.

»Casey Jones, Privatdetektivin«, sagte ich forsch und schnippte ihm meinen Ausweis entgegen. Bei Tageslicht, in den Händen eines Berufspolizisten, hätte das Ding keine Chancen gehabt. Aber im Zwielicht taugte es gerade genug, um der Inspektion durch eine Dumpfbacke standzuhalten.

»Danke für die Info«, unterbrach eine tiefe männliche Stimme, die mir bekannt vorkam. Mein kleines Herz fing gleich wieder an zu flattern. Ich blickte auf und sah in die tiefen braunen Augen von Bill Butler, dem höchst fesselnden Beamten.

»Immer noch da?«, sagte ich unschuldig.

»Ihr zwei kennt euch?«, wollte der SBI-Typ wissen.

»Ich kenne jeden«, erklärte ich. »Hab ich vergessen zu erwähnen, dass ich ausgesprochen beliebt bin?«

»Mich kennen Sie nicht«, erwiderte der SBI-Lakai, hingerissen von seinem eigenen Witz.

Ich patschte mir mit der flachen Hand gegen die Stirn. »Mein Gott«, sagte ich, »wie konnte ich Sie nur übersehen?«

»Kommen Sie mit, Casey«, sagte Bill Butler mit gebieterischem Tonfall. Er ergriff meinen Ellbogen und steuerte mich davon, in Richtung auf das Gebüsch.

»Hier ist meine Karte«, sagte er und zog ein kleines, weißes Quadrat aus einer Tasche seiner eng anliegenden Jeans. »Rufen Sie mich an«, befahl er mir.

»Sie anrufen?«, wiederholte ich. Ich drehte die Karte um. Mist. Keine Privatnummer auf der Rückseite, keine unsterbliche Liebeserklärung.

»Falls Sie irgendwas rausfinden«, erläuterte er behutsam. »Ich bin sicher, Sie haben da drin nicht gerade über Politik miteinander geredet«, fügte er hinzu und nickte zu Shortys Dienstkarosse hinüber.

»Doch, das haben wir«, sagte ich wahrheitsgemäß. »Aber ich werde Sie bestimmt anrufen.« Ich wollte gerade noch weitere Gründe anführen, weshalb ich das tun würde, als ein weißer Kastenwagen um die Ecke rauschte und auf uns zugeschossen kam. Seine ausladende Antenne wippte in der Luft wie das Geweih eines Riesenelchs. Der örtliche Fernsehsender hatte endlich Lunte gerochen. Und genau rechtzeitig, wie es schien, um mit zu verfolgen, wie die Leiche aus dem Jeep gehievt wurde. Ich weiß das, weil einer der Tonleute mich im Vorbeirennen fast mit seinem Kabel stranguliert hätte. Nur der rasche Zugriff des guten alten Bill Butler bewahrte mich vor dem Erwürgtwerden.

»Passieren Ihnen solche Sachen öfter?«, fragte er, während er ein zweites Kabel löste, dass sich um meinen Knöchel gewickelt hatte.

»Wie haben Sie das erraten?«, fragte ich und klammerte mich an ihn. Nur zur Stütze, versteht sich.

»Sie scheinen der Typ dafür zu sein«, erklärte er.

Ich fragte nicht, was das wohl bedeuten sollte. »Ich muss jetzt gehen«, sagte ich. Mir gefiel die Richtung nicht, in die das Gespräch abdriftete. »Außerdem bin ich kamerascheu.« Ein zweites Auto war eingetroffen und entlud ein rasendes Reportertrio. Sie waren alle jung. Zwei mit Bart, die Dritte mit Wischmopphaarschnitt, zwecks höherer Effizienz. Einer hatte zwei Kameras um die Schulter geschlungen. Und alle hatten offenbar auf dem Weg hierher eine Riesenpapptasse mit Kaffee bei *Hardees* runtergestürzt. Jetzt standen sie da – voll gepumpt mit zu viel Koffein, zu viel Adrenalin und zu viel Dustin Hoffman und Robert Redford in *Die Unbestechlichen*. Endlich einmal hatten sie eine richtige Sensation, und sie würden daraus herauspressen, was das Ding nur hergab.

Bill Butler ignorierte die Reporter und zog ein kleines schwarzes Notizbuch hervor. »Ich brauche Ihre Telefonnummer«, sagte er, und ich schrieb sie ihm hinein. *Oh still, mein pochend Herz.*

Es machte nicht viel Sinn, nach Hause zu gehen. Jack war nicht halb so unterhaltsam, wenn ich nüchtern war. Außerdem hatte Bill Butler die Latte beträchtlich höher gelegt, was meinen Standard betraf. So ist das bei mir. Und so ist das bei allen Frauen, vermute ich mal. Eine Zeit lang ohne Sex, und jeder Mann sieht gut aus. Wenn du dann den Sex gehabt hast, wirst du wieder wählerisch. Ich fühlte mich an diesem Morgen unbeschreiblich wählerisch.

Die Straßen waren fast leer gefegt, nur hier und da fuhren ein paar Pendler zur Arbeit. Ich nahm den Umweg über *Hardees,* um eine Teigtasche mit Hühnerfleisch zu kaufen, und vergaß auch nicht, wenn ich schon mal dabei war, gleich noch ein Dutzend von der Sorte mit Würstchen drin mitzunehmen. Für Bobby Dee. Ich würde etwas brauchen, um ihn zu bestechen, damit er seinen fetten Hintern in Bewegung setzte, denn ich brauchte ein paar Antworten, und zwar rasch.

Raleigh sah müde aus im Morgenlicht. Vielleicht lag es an meiner Stimmung, aber ohne Leute sah die Innenstadt immer etwas verloren aus. So als ob der Zug der Zeit längst abgefahren war. Eine Stadt, die voller Angst und Sorgen in die postindustrielle Welt hinausblinzelte. Ich wusste, wie sich das anfühlte.

Vielleicht war das der Grund, weshalb ich beschlossen hatte, dass Raleigh der nördlichste Punkt sein würde, an den ich jemals hinziehen wollte. Wenn du von irgendwo wegläufst, ist es immer gut, ein Ziel vor Augen zu haben. Mein Ziel war es gewesen, weit genug weg zu kommen von meinem Ärger, aber nahe genug dran zu bleiben, aus Gründen der Rache. (Nur: das eilte nicht.) Ich war von der I-95 nördlich von Fayetteville abgebogen, damals vor zwölf Jahren, und allem Anschein nach mitten in ein Militärlager hineingeraten. Ich ließ die Jungs in Grün hinter mir, so schnell sich die Räder an meinem armen kleinen Auto drehen wollten, und war in die Hauptstadt des Staates North Carolina getürmt. Und hier war ich geblieben. Es war nicht mein Zuhause, aber ich fühlte mich wie zu Hause, und das war mehr, als ich von Raleigh erwartet hatte. Die Stadt war groß genug, um sich ein wenig drin zu verlaufen, wenn man das wollte, aber klein genug, dass die Leute dich noch anlächelten, wenn du auf dem Bürgersteig an ihnen vorbeigingst. Ich war ein Mädchen vom Lande, und Raleigh war, in mancher Hinsicht, auch nichts weiter als eine aufgetakelte Landpomeranze.

Es gab wie immer reichlich Parkplätze. Ich parkte in einer Lücke direkt vor unserem Fenster aus Flachglas, manövrierte meinen kleinen Valiant so in Stellung, dass der hellrote Schein von Bobbys *Kautionen & Kredite*-Schild ein fröhliches pinkfarbenes Muster auf die Motorhaube blinkte. Auf diese Weise konnte ich vom Büro her mein Auto im Auge behalten, um hinauszurennen und eine Münze einzuwerfen, wenn ich die Politessen heranrücken sah.

Ich starrte durch das Fenster und sah Bobby dabei zu, wie

er Knusper-Creme-Donuts in seinen Rachen stopfte. Er ist zu bequem, um einmal aufzustehen und die Jalousien vor den beiden Panoramafenstern an der Vorderseite des Gebäudes zuzumachen. Also lassen wir sie immer offen. Das macht es den Passanten leichter, sich wie in einer Schaufensterauslage genau anzusehen, was Bobby gerade futtert.

Er hatte eine Sechserpackung Budweiser im Mülleimer neben seinem Schreibtisch auf Eis gelegt. Er feierte zweifellos schon die fetten Kröten, die er an diesem Fall durch meine Tätigkeit verdienen würde.

»Püppchen!« Er hielt beide Arme in einer triumphierenden Begrüßung auseinander, als ich eintrat. Ich bemerkte, dass sein Deo offenbar ausgeraucht und der Reißverschluss an seiner Hose unter dem Druck der aufquellenden Fettberge geplatzt war. Seine weißen Baumwollübergrößen mit Eingriffsschlitz blitzten aus dem Spalt hervor. Aber wenigstens war die Unterwäsche rein. Für kleine Gefälligkeiten muss man dem Schicksal dankbar sein.

»Geh mit der Lautstärke etwas runter, okay, Bobby?«, bettelte ich. »Ich habe rasende Kopfschmerzen, die sogar King Kong umhauen würden.«

»Har. Har.« Wenn Bobby versucht, mich bei Laune zu halten, lacht er über alles, was ich sage. Zum Glück passiert das nicht allzu häufig und vor allem nicht in der Öffentlichkeit. Bobbys Lacher haben immer den Effekt, dass heroische Mitmenschen sich bemüßigt fühlen, ihn vor dem Erstickungstod retten zu wollen.

»Das könnte ein großer Fall werden, Casey«, sagte er. »Wir reden hier über die ganz, ganz große Kohle. Mucho dinero. Mucho Publicity. Denk nur, wie berühmt du sein wirst!«

»Denk nur an die grünen Scheinchen auf deinem Konto!«

»Genau.« Er lächelte glücklich, biss in einen weiteren Donut und schlang ihn mit gierigem Vergnügen runter. Gegen Bobbys

Tischsitten wirkt sogar Heinrich der VIII. wie Miss Manners, die Benimm-dich-Tante aus der *Washington Post.*

»Die hier habe ich dir zum Nachtisch mitgebracht«, sagte ich und warf ihm die Tüte mit den Würstchen-Teigtaschen auf den Schreibtisch. Ein Stapel leerer Alubehälter flog auseinander und landete scheppernd auf dem Fußboden, wo er sich zu dem Haufen, der schon auf dem Teppich lag, dazugesellte.

»Hey, danke«, sagte er, ehrlich gerührt. Über Essbares machte Bobby keine Witze. »Und wie kann ich mich revanchieren?«

»Durch eine kleine Gefälligkeit«, antwortete ich.

»Ohne mich schaffst du es nicht, stimmts?«, fragte er und stopfte sich noch einen Donut in die Backe, wie ein groteskes Riesenmurmeltier.

Ich schluckte meine Antwort runter. »Kannst du herausbekommen, wer den Toten gemeldet hat?«, fragte ich. »Ich möchte einfach gerne wissen, ob es ein Mann oder eine Frau war.«

»Kein Problem, Püppchen«, sagte er und rückte seinen Gürtel zurecht, als ob eine Umschichtung des Fetts mehr Platz für die Teigteilchen schaffen würde. »Bis wann brauchst du das?«

»Bis übergestern.« Ich seufzte und ging zu meinem Schreibtisch, wo ich die Packung mit dem Aspirin in der obersten Schublade aufbewahrte. Meine Tampons waren auf die andere Seite hinübergeschoben worden. Was für ein mieser Schnüffler! »Bist du wieder in meinen Intimbereich eingedrungen?«, fragte ich.

»Vorgedrungen vielleicht, eingedrungen noch nicht«, sagte er. Und da war sie auch schon wieder, die dreckige Lache.

Warum um alles in der Welt hatte ich ihm diese Frage überhaupt gestellt? Er antwortet ja doch immer mit demselben verdammten Mist!

Bobby Dee hat jedoch einen Pluspunkt. Er zahlt meine Miete. Und er hält sich für so was wie eine Arme-Leute-Version von Nero Wolfe. Bloß, dass wir hier von »arm« im Sinn von »richtig abgebrannt« sprechen. Bobby Dee und Nero Wolfe haben zwei Dinge gemeinsam. Erstens, beide haben eine Lizenz als Privatdetektiv, und zweitens haben sie alle beide riesige wabernde Fettpolster bei einem geschätzten Gesamtgewicht von zweihundert Kilo aufwärts. An der Stelle hören die Gemeinsamkeiten aber auch schon wieder auf. Köpfchenmäßig liegt Bobby ziemlich weit hinter Nero Wolfe zurück. Und Nero Wolfe soll sich gelegentlich schon mal von seinem Stuhl erhoben haben. Bobby dagegen hockt jeden Morgen, wenn ich reinkomme, schon auf seinem Hinterteil, und, soweit ich sehe, bleibt er für den Rest des Tages an den Stuhl festgeleimt, vielleicht sogar die ganze Nacht hindurch. Er wird wohl mal aufs Häuschen gehen, das muss ja sein. Aber weiter will ich nicht darüber nachdenken müssen, weil mir sonst vielleicht noch schlecht wird. Modemäßig bevorzugt Bobby bekleckerte Polyesterjacken, vermutlich, weil sie so gut zu seinen Hosen passen. In dieser hochkarätigen Nobelmode hängt er jeden Tag herum, ab und zu ruckelt er mit seinem gigantischen Nacken, der so dick ist wie ein Baumstamm und einen umwerfenden Kontrast bildet zu seinem kleinen, tomatenförmigen Kopf mit den Knöpfchenaugen. Das Tomatenmotiv wird noch verstärkt durch das braune Toupet im Stil der Schmalzsänger aus den Siebzigerjahren. Ausgenommen die fette Stirnlocke, die wie eine Rhabarberstaude direkt nach oben wächst. Diese unsägliche Aufmachung wird noch akzentuiert durch den schweren Goldschmuck, mit dem Nero Wolfe nicht mal bei seinem eigenen Begräbnis erschienen wäre.

Davon abgesehen ist Bobby Dee echt, und Nero Wolfe, so Leid es mir tut, ist es nicht.

Doch ich überlasse Bobby seinen Illusionen. Er bezahlt mich gut. Offiziell bin ich seine Empfangskraft. Aber nur weil, technisch gesehen, ich nichts anderes sein darf. Da gibt es diese unbedeutende kleine Angelegenheit einer Vorstrafe wegen Einfuhr, illegalem Besitz und Handel mit Betäubungsmitteln vor vierzehn Jahren, als ich zehn Kilo leichter, sehr viel jünger und noch sehr viel dümmer war als heute. Ich hatte gerade so viel von dem Zeugs bei mir, dass ich unter den Knackis landete. Es reichte, um nie mehr eine Lizenz als Privatschnüfflerin zu bekommen. Und es reichte, um mich von dem Schweinehund scheiden zu lassen, der mich gebeten hatte, den Wagen für ihn zu fahren, und der sich dann auf Nimmerwiedersehen verdünnisierte.

Achtzehn Monate hinter Gittern in einem Frauengefängnis in Florida änderten mich total. Ich wurde eine heißhungrige Leseratte und ein kluges Köpfchen, das jedes faule Ei schon auf zwanzig Meter riechen kann. Außerdem wurde ich eine Feministin, die keine Frauen mag, und eine Frau, die keine Männer mag, aber trotzdem mit fehlgeleitetem Optimismus immer wieder mit ihnen ins Bett steigt.

Meine Haltung hat ihr Gutes, wenn ich untreuen Pärchen hinterherrenne und in den Lebensgeschichten von Eheleuten herumstochere. Das ist es, was ich normalerweise für Bobby mache, während er rumsitzt und so viel Bier und Sandwichs in sich reinschaufelt, wie man braucht, um ein Dritte-Welt-Land mühelos eine Woche lang durchzufüttern.

Warum ich das alles tue? Ich finde es geruhsam, mit anzusehen, wie andere Leute ihr Leben verkorksen. Bei mir selber läuft in der Hinsicht wenig. Irgendwann überlege ich mir noch, was ich mal sein will, wenn ich groß bin. Einstweilen arbeite ich eben weiter für Bobby und lebe in North Carolina. Und das ist besser, als da zu sein, wo ich früher einmal war.

Über meinem Leben steht der gleiche Titel wie auf dem Buch von Thomas Wolfe – *Es führt kein Weg zurück.*

Und auch das ist ein Fakt. Ich werde nie damit rausrücken, wo das war, mein Zuhause. Das einzige, was ich dazu sagen werde, ist, dass wir immer viel zu viel damit zu tun hatten, vor den Alligatoren abzuhauen. Wir hatten keine Zeit, um uns Krokodilledertäschlein aus ihnen zu basteln.

Ist auch egal. Ich habe ein neues Leben. Ich hab sogar einen neuen Namen. Genau genommen heiße ich nicht mehr Casey Jones seit der Scheidung. Aber das ist nun mal der Name auf meiner MasterCard, warum also darüber streiten? Außerdem, nennen Sie mich sentimental, aber der neue Nachname war das einzige, was ich von meinem Ex gekriegt habe, was man nicht mit Penicillin wegspritzen kann. Also hab ich ihn beibehalten.

Jedenfalls, ich verdiene es gar nicht, meinen eigenen Namen zu benutzen. Da hat mein Ex schon vorgesorgt, als er mich dazu überredete, die Strafe wegen illegalen Inverkehrbringens auf mich zu nehmen. Ich war jung, ich war verliebt, und ein hübsches Gesicht hat mich immer schon ganz weich in den Knien gemacht. Aber: Nie wieder! Mitgegangen, mitgefangen, aber ich hätte nie gedacht, dass es meinem Großpaps so zusetzen würde. Er hatte mich aufgezogen, ganz allein, seit meine Eltern in einem Feld voller Sojabohnen aufgefunden wurden, tot, erschossen, von unbekannten Tätern in den Rücken getroffen. Ich erinnere mich nicht mal mehr, wie meine Mutter und mein Vater eigentlich aussahen, so lange ist das jetzt schon her. Aber ich weiß noch ganz genau, wie die Schamesröte im Gesicht von meinem Großpaps aussah, als er mich das erste – und letzte – Mal im Gefängnis besuchte.

Irgendeines Tages werde ich zurückgehen und ihm beweisen, dass all die Jahre, die er mich durchgefüttert und großgezogen hat, nicht umsonst gewesen sind. Und wenn ich das mache, dann gibt es mindestens einen Exehemann, der es büßen wird. Und eine Morduntersuchung, die wieder eröffnet wird. In der Zwischenzeit lerne ich, was ich lernen kann, und ich rufe Großpaps alle paar Wochen von irgendeinem Münzfernsprecher aus an. Ich rede nie lange mit ihm.

Aber genug über mich. Reden wir lieber davon, was Bill Butler von mir hielt. Ich untersuchte seine Karte sorgfältig. Die Tatsache, dass er überhaupt eine bei sich trug, bedeutete an sich schon, dass er ein bisschen anders war als der Rest dieser Knulpenstiefelträger, die sich ein paar Häuserblocks westlich von der McDowell Street rumtreiben. Und was hatte ein netter Bursche aus Long Island hier zu suchen, mitten in der Wildnis von North Carolina?

Wichtiger noch: wie konnte ich die Information aus ihm herausfitzeln? Und wenn ich damit fertig war, ob ich dann immer noch eine Chance hätte, seine Klapperknochen abzuschleppen?

Ich seufzte und legte das Problem fürs Erste auf Eis. Es war Zeit, mich an die Arbeit zu machen.

Fünf Minuten später zog ich Archivfotos und Artikel aus der Lokalzeitung – der *News & Observer* oder »N und O«, wie wir Einheimischen sie nennen – auf den Bildschirm meines treuen Macintosh. Bobby bewegt sich nie von seinem Stuhl – und ich beginne nie einen Fall ohne meinen Mac. Jeder hat eben seine Rituale. Was Computer betrifft, kenne ich mich aus. Ich habe in kurzer Zeit mehr über die Piepskästen gelernt, als jeder normale Mensch im Lauf eines ganzen Lebens. Und das alles im Büro von diesem Gefängnis in Florida. Eine reizende Dame von der Berufsförderung erklärte mir, wie man den Kasten anknipst. Und eine nicht ganz so reizende Dame, die früher mal bei einer Bank in Miami war, erklärte mir dann, wie man ihn richtig zum Schnurren bringt. Sie saß gerade eine fünfzehnjährige Haftstrafe ab, wegen Bankbetrugs, und wie die meisten weiblichen Häftlinge, hatte man sie nur deshalb erwischt, weil irgendein Typ, mit dem sie ging, Mist gebaut hatte und den Rachen nicht voll genug kriegen konnte.

NandoNet war ursprünglich der Internetzugang der *News & Observer* gewesen, bevor die Besitzer es mit einem hübschen Profit verscherbelten. Es erlaubt einem, billig im Internet zu surfen und sich Artikel aus gegenwärtigen und vergangenen Ausgaben der Zeitung runterzuladen. Ich brauchte einen etwas intensiveren Zugriff und wusste zum Glück, welche Knöpfchen ich dazu drücken musste. Diese Kenntnis verdankte ich einer jungen Dame, die man mit den Fingern in der Kasse mit den Werbeeinnahmen erwischt hatte. Den Code hatte sie an Bobby verkauft, eine Woche, bevor die Bundesheinis ihr aufs Dach gestiegen waren. »Kriminalität mit rosa Kragen« nennt man das hier. Ein Trend mit Zukunft, glauben Sie mir.

Ich ging zunächst mal die Gesellschaftsseiten durch. Ich wollte mir ein besseres Bild von Thornton Mitchell machen. Dem Opfer.

Der Süden war im Umbruch. Kein Zweifel. Die Gesellschaftsseiten waren anders als früher. Keine lächelnden Debütantinnen mehr, keine grinsenden Papis, kein Hutlüften vor den Herren mit den immer gleichen fünf Nachnamen. Stattdessen hatte das Alte Geld den Neuen Eliten Platz gemacht. Geschäftsleute, politische Führer. Generaldirektoren von Hightech-Firmen, flankiert von ihren schlanken Frauen aus dem Norden. Zu ihnen gesellten sich die eleganten einheimischen Politmacker und ihre gepflegten, aber nicht ganz so schlanken Ehefrauen. Das gefiel mir am Süden. Die echt Reichen waren immer noch richtig schlank – besonders die Neureichen. Aber, seien wir ehrlich, wenn es bei jeder Geldbeschaffungsparty hausgemachten Napfkuchen und Schweinekoteletts auf dem Grill und haufenweise gefüllte *Hushpuppies* zu futtern gab, wer konnte da erwarten, dass die Frauen ihre jungmädchenhafte Figur bewahrten? Jedenfalls nicht die tonnenförmigen männlichen Veteranen der Wahlkampagnen. In North Carolina galt es als ausgemacht, dass man für jedes Jahr im Amt fünf Extrapfund zunahm. Und wenn die Gattin dabei auch ein wenig rundlicher wurde, tauschte man sie nicht gleich gegen eine neue ein, wie das die Heiden aus dem Norden so gerne taten.

Ich fand auch Mary Lees Spuren überall. Sie war in der Society daheim. Sie war weder so dünn, dass sie Neid erweckte, noch so dick, dass sie die Stimmen der jungen Tussis verlor. Sie lag genau richtig, und ich hegte den Verdacht, dass ihre Berater die Bevölkerung regelmäßig darüber befragten, wie wohlgenährt sie ihre Politikerinnen gerade gerne hätten. Sie hatte etwas an sich, das musste ich zugeben, eine strahlende Intelligenz, die jeden anderen, der ihr nahe kam, ein klein bisschen unterbelichtet aussehen ließ. Sogar auf den Fotos. Vielleicht war es nichts weiter als die helle Tünche von Fröhlichkeit, die man bei jeder Miss-Wahl hingeklatscht findet, aber es sah echt aus, und das zählte. Ich erkannte sie neben dem Gouverneur und seiner Gattin bei einem Benefizkonzert, ich sah sie, wie sie den Präsidenten am Flughafen willkommen hieß, und ich entdeckte sie bei der Eröffnung einer neuen Sonntagsschule für ein ganzes Ackerfeld voll kleiner schwarzer Kinder in einem östlichen Winkel von North Carolina. Sie wirkte in jeder Situation völlig unverkrampft.

Thornton Mitchell – das war ein ganz anderer Fall. Er stand nicht oben, auf der Höhe der Macht wie Mary Lee. Er war einer von diesen Hinterzimmertypen, die Sorte, die um die Kandidaten herumschwänzeln, wie Aale auf der Suche nach den Weichteilen. Er erschien regelmäßig auf Fotos von Geldbeschaffungsveranstaltungen. Mit seinen glatten, schwarzen Haaren, dem tief gebräunten Gesicht und den maßgeschneiderten Anzügen sah er aus wie ein wohlgenährter Seehund. Die Archivare hatten sich wirklich Mühe gegeben, die *N&O* ins 21. Jahrhundert zu katapultieren. Ich fand Aufnahmen von Mitchell, die teilweise dreißig Jahre zurück reichten. Ich hegte den Verdacht, dass er sich das eine oder andere Mal hatte liften lassen, denn sein Doppelkinn zeigte die Angewohnheit, sich periodisch zu verflüchtigen.

Aber eines änderte sich nie: Das Alter der Tussi, die gerade an seinem Arm hing. Auf jedem einzelnen Foto, das in den letzten fünfzehn Jahren aufgenommen worden war, hielt Thornton Mitchell einen Drink in der einen Hand und eine sehr junge Blondine oder manchmal einen Rotschopf an der anderen. Seine

Spitzenleistung war eine Sechserpackung von Barbiepüppchen, alle mit gesprayten Haaren und in enge kurze Röckchen gepresst. Ich sah sie förmlich vor mir, wie sie vor dem Spiegel im Damenklo der Gouverneursredoutte saßen und ihr Make-up kontrollierten, wie sie den Sitz ihrer seidenschimmernden Glitzerstrumpfhosen zurechtrückten und wie sie den nichts sagenden Blick einübten, den junge Tussis kriegen, wenn sie in Gesellschaft nichts Falsches sagen wollen und von den anwesenden Obermotzen heftig beeindruckt sind. Gott, was machten die bloß mit einem sabbernden Tattergreis wie Thornton? Allein schon bei der Vorstellung, dass er mich berühren würde, schuppte sich mir fast die Haut vom Leibe.

Ich versuchte, etwas Mitgefühl für Thornton aufzubringen. Es gelang mir nicht. Es war ein typischer Fall von SSKM – Selbst Schuld / Kein Mitleid. Er war ein Immobilienhai, und das machte ihn, im Ehrenkodex unserer Familie, um keinen Deut besser als die Schwindler und Spekulanten, die mein Großpaps so sehr hasste – ein Hass, den er schon von seinem Vater geerbt hatte. Schwindler und Spekulanten waren es gewesen, die uns unser Land wegnahmen, die uns auf die Straße setzten, die uns am Ende zu einem Leben in rostigen Wohnanhängern und kaputten Trucks geführt hatten.

Ich bemerkte etwas Auffälliges an Thornton Mitchell, als ich alle Fotos Seite an Seite stellte und sie miteinander verglich.

Er war alt. Ich rechnete mir aus, dass er rund vierzig Jahre lang die Fäden gezogen und Parteispenden zusammengetrommelt hatte. Wie kam es dann, dass er auf keinem Foto jemals im Vordergrund zu sehen war? Dass er nie neben einem Kandidaten stand? Und wieso gab es kein einziges Foto, wo man ihn neben dem ehrenwerten Senator Boyd Jackson fand, dem Wohltäter, Pate und Drahtzieher hinter Stoney Maloney, Mary Lees Widersacher? Es war doch bizarr, ein Konservativer in diesem Staat zu sein und nicht ein einziges Mal die Hand von Boyd Jackson zu schütteln. Vielleicht trennte sie eine alte Fehde. Oder war da noch etwas anderes?

Ich merkte mir dieses Detail. Im gleichen Moment dröhnte aus dem vorderen Büro auch schon die Stimme von Bobby Dee. »Ich habe die Info, die du brauchst, Püppchen«, röhrte er.

Ich loggte mich aus bei *NandoNet* und marschierte hinüber, um zu sehen, was er ausfindig gemacht hatte. Ich konnte ja nicht erwarten, dass er zu mir kommen würde.

»Eine weibliche Person hat den Mord gemeldet«, eröffnete er mir. »Eine junge Frau entdeckte die Leiche um zwei Uhr morgens. Sie sagte, sie und ihr Freund hätten noch draußen im geparkten Auto gesessen und sie hätten eine Dame beobachtet, die ihren Wagen in der Einfahrt parkte und dann ausstieg und sich seltsam aufführte. Als die Dame ins Haus gegangen war, schauten sie in den Wagen hinein. Sie sahen etwas, das aussah wie eine Leiche, die in einer Plane eingerollt war. Sie eilten davon und benachrichtigten die Cops.«

»Welch großes Vorbild an Zivilcourage«, sagte ich trocken. »Und sie hat ausgesagt, sie hätten auf der Straße geparkt – in Country Club Hills?« Das war gequirlter Affenmist. Die Kids da draußen vögelten mitten auf dem vierten Loch vom Golfplatz. Die mussten nachts nicht rumfahren, um ein stilles Liebesnest zu finden.

»Das hat sie ausgesagt«, antwortete Bobby und spreizte beide Hände breit auseinander. »Ich habe dafür einwandfreie Quellen.«

»Wie war ihr Name?«, fragte ich.

»Das hat sie nicht gesagt.« Bobby zuckte mit den Schultern. »Sie hat die Funkleitzentrale direkt angerufen.«

»Nicht den Notdienst?«

Bobby schüttelte den Kopf. »Ah-ah. Sie rief den Nachtdienst an und war ganz aufgeregt. Sprudelte ihre Geschichte hervor, gab die Adresse an und hängte auf.«

»Und wieso meinte der Beamte vom Nachtdienst, sie sei jung?«

»Sie war nachts noch draußen und fuhr mit ihrem Freund herum, drum.«

»Bobby, wenn du noch ein kleines bisschen blöder wärst, würde ich dich als Türstopper verwenden. Da meldet sich eine mirakulöse Anruferin mitten in der Nacht, die bequemerweise bereits alle Fakten über das Mordopfer kennt – und kein Mensch zeigt auch nur die Spur von Skepsis dabei?«

»Das habe ich nicht gesagt«, gab Bobby zu. »Mir scheint auch, dass daran etwas faul ist. Und allen anderen auch. Vielleicht ist das der Grund, warum sie Mary Lee noch nicht als Mörderin verhaftet haben.«

»Hooter würde das nicht zulassen.«

Bobby zuckte mit den Schultern. »Wie auch immer. Sie ist jetzt schon seit zwei Stunden unten in der Innenstadt, im Polizeipräsidium, und wird ausgefragt. Wahrscheinlich wird man sie den ganzen Nachmittag dabehalten. Die Reporter drehen schon durch. Das Ganze passierte zu spät für die Ausgaben von heute Morgen, und vielleicht kriegen sie nicht mal eine Aussage von ihr für die morgigen Nummern.«

»Wie schrecklich ineffizient von Mary Lee«, murmelte ich. »Sie muss unbedingt dran denken, beim nächsten Mord einen günstigeren Zeitpunkt zu wählen.« Dann fiel bei mir der Groschen. »Im Polizeipräsidium?«, fragte ich. Hatte Bill Butler den Kampf um die Rechtszuständigkeit schließlich doch noch gewonnen? »Wer leitet denn die Untersuchung?«

»Die Untersuchung wird mit vereinten Kräften geleitet«, antwortete Bobby. »Auf lokaler und auf Bundesebene. Alle sind dabei, außer Andy Griffith.«

»Überraschung, Überraschung, Überraschung«, sagte ich, während ich zu meinem Auto hinüberstapfte. Ich wollte nach Hause und meinen Kater ausschlafen. Mein Kopf dröhnte nur so. Ich war hundemüde. Ich brauchte eine Mütze Schlaf, um alles zu überdenken. Ich sollte Mary Lees Ehemann Bradley unter die Lupe nehmen, aber fürs Erste war das Einzige, was ich mir aus der Nähe betrachten wollte, mein Kopfkissen.

»Wo gehst du hin?«, rief Bobby hinter mir her. »Wir haben noch jede Menge Arbeit zu erledigen.«

»Dann erledige sie doch«, rief ich ihm zu. »Wenn du mal aufstehen willst, greif einfach mit den Händen nach den Sessellehnen, und drück dich ganz fest ab.«

Fünfundzwanzig Minuten später steckte ich schon zwischen meinen eigenen angenehm kühlen Bettlaken. Meine Wohnung lag still im Licht der Mittagssonne, eine Stille, die nur dann und wann unterbrochen wurde von einem Frachtzug, der durch die Innenstadt klapperte.

Ich hatte das Telefon abgestellt und die Lautstärke auf meinem Anrufbeantworter runtergedreht. Es war dringend notwendig, dass ich Mary Lee und ihren Fragen auswich. Ich war zu müde, um anderer Leute Theorien anzuhören.

Ich schaltete einen lokalen Radiosender ein, der ein Oldies-Programm ausstrahlte, und rollte mich im Bett zurecht. Die Klänge von Glenn Miller füllten das Zimmer, und ich schloss die Augen und dachte an Bill Butler und daran, wie gut er in einer Uniform aus dem Zweiten Weltkrieg ausgesehen hätte. Ich brauchte in diesem Moment etwas Musik aus einer anderen Zeit. Ich fühlte mich wie auf Flügeln davongetragen und hoffte, dass das Gefühl noch lange anhalten würde.

Ich schlief endlich ein, während ich Johnny Mathis zuhörte. *Hilflos wie ein Kätzchen,* sang er. Genau so fühlte ich mich.

3

Ich wachte um fünf Uhr früh am nächsten Morgen auf. Der Zeitungsjunge zielte und traf – voll daneben. Es krachte am Fenster neben meinem Bett. Es war noch dunkel, als ich die Zeitung reinholte. Der eisige Oktobermorgen auf der Veranda ließ den Beton unter meinen Füßen gefrieren. Wo war bloß mein zweiter Häschenpuschen? Ich überlegte kurz, ob Jack ihn mitgenommen hatte. Aber nein, ein Pantoffelfetischist – so fantasievoll war er nicht.

Der Mord nahm die gesamte Titelseite ein. Und jeder einzelne von den Reportern hatte seinen Senf dazu gegeben. Schrumpfkopf hatte sich nicht nur in eines, sondern gleich in drei Fotos hineingewieselt. Bill Butler war nirgends zu sehen. Mist! Eine Pressemitteilung aus dem Lager von Mary Lee Masters gab es ebenfalls nirgends. Ich wusste, warum. Sie ließ niemals ein Statement aus dem Haus, das sie nicht vorher durchgecheckt hatte. Und sie war wahrscheinlich zu beschäftigt gewesen, im Polizeipräsidium Fragen abzuwimmeln, um auch noch eine offizielle Stellungnahme abzusegnen.

Mary Lees Gegner, Stoney Maloney, war da wesentlich schneller am Ball. Die *N&O* druckte seine Mitteilung auf Seite zwei, neben einem hinreißenden Kampagnenfoto bei einer Versammlung, die erst neulich stattgefunden hatte. Stoney wirkte wie ein Sieger. Er war hoch gewachsen, stark gebaut, kantiger Kiefer, klare Augen, römische Nase und ein voller Schopf frühzeitig silbern verfärbter Haare, sorgfältig geschnitten, damit nur ja keine lose Locke unterhalb des Kragens die Kirchgänger aufwühlen konnte. Er stand vor einem Podium. Die Hände weit gespreizt, beugte er sich vor zum Mikrofon. Die Kamera hatte ihn eingefangen, als er gerade einen wichtigen Punkt erläuterte, und die Leute sehen ja immer besser aus, wenn sie sich nicht unnötig in Pose werfen. Wenn er nur auch als Person so beeindruckend gewirkt hätte wie auf den Fotos. In der Öffentlichkeit wirkte er oft steif und zurückhaltend, was man nicht häufig bei Politikern findet. Vielleicht hasste er es, den Pausenclown zu mimen, weil ihm die Rolle nicht gefiel. Oder vielleicht steckte ihm einfach nur ein Besenstiel im Hintern.

Ich las seine Pressemitteilung gründlich durch. Je nach dem, wie man es betrachtete, war es entweder eine sehr faire Stellungnahme oder eine sorgsam ausgedachte Masche. Ich wollte gerne glauben, dass er es ehrlich meinte, aber ich wusste, dass Stoney niemals etwas dem Zufall überließ.

Er hatte Politprofis angeheuert, Medienspezialisten aus New York importiert und war mit einer Kriegskasse ausgerüstet, die groß genug war, um sich den ganzen Herbst hindurch für jeden Abend reichlich Fernsehzeit zu kaufen. Einer seiner Konsulenten, Adam Stoltz, war erst achtundzwanzig Jahre alt, und es hieß schon, er sei der Roger Ailes der nächsten Generation. Ob das ein Kompliment sein sollte oder das Gegenteil davon, hing völlig davon ab, wie man zu Ronald Reagans einstigem Pressesprecher stand.

Trotzdem, die offizielle Erklärung klang bieder und ehrlich. Stoney habe erfahren, dass seine Gegnerin zur Befragung festgenommen worden und dass eine männliche Leiche auf ihrem Grundstück gefunden worden wäre. Er wolle die Menschen draußen im Lande wissen lassen, dass das Opfer in geringem Maße auch Gelder zu seiner Kampagne beigesteuert hätte – so wie für praktisch jede andere Kampagne im Staate auch. Aber Stoney habe ihn nicht persönlich gekannt. Er drücke sein tief empfundenes Mitleid der Familie des Opfers aus. Was er nicht erwähnte war, dass Thorntons Familie aus einer verbitterten Exfrau bestand und aus zwei entfremdeten Sprösslingen im Collegealter, die sich von den unreifen Exzessen ihres Vaters schon lange peinlich berührt zeigten. Stoney sagte dann als Nächstes, dass er Mary Lee immer für eine faire, integre Frau gehalten habe. Er war zuversichtlich, dass sie unschuldig sei und dass die Behörden das Geheimnis bald aufklären würden.

Allgewaltiger! Noch so 'ne Nummer und sie schmissen ihn hochkant aus der eigenen Partei.

Der Mann war mir ein Rätsel. Ich hatte ihn schon bei vielen Debatten erlebt, wo er gegen Mary Lee antrat. Er war immer ernst, er hörte immer zu. Aber er war ein bisschen zu nett, um wahr zu sein. Und natürlich war er verwandt mit Senator Boyd Jackson. Man sah Stoney auf den Fotos häufig flankiert von seiner Mutter – der älteren Schwester von Boyd Jackson – und seiner weiblichen Begleiterin zum jeweiligen Zeitpunkt, gewöhnlich eine stille Frau mit der Persönlichkeit von Fensterkleister. Jeder andere Typ, der mit vierundvierzig noch nie verheiratet gewesen war, wäre längst als Schwuler eingestuft worden. Aber nachdem mittlerweile jeder Mensch in North Carolina Stoney Maloneys Mutter kannte, wusste auch jeder, warum der Goldjunge noch immer ein Single war. Keine Frau der Welt würde sich jemals mit diesem Drachen von Schwiegermutter anlegen wollen.

Das Gerücht lautete, dass es eigentlich Sandra Douglas Jackson war, die das Zepter in der Familie schwang und auch immer schon die treibende Kraft hinter dem Erfolg ihres Bruders Boyd gewesen war. Sie war klein und drahtig, mit einer kurz geschorenen grauen Flechte aus grauem Haar und einem brüchigen Glitzern in den Augen. Sie wusste, was sie erreichen wollte, und sie wusste, was jeder andere zu tun hatte, und sie scheute sich auch nicht, die Welt das wissen zu lassen. Ich habe tausende von Frauen wie sie im Süden getroffen. Sie hätte jeden Job wesentlich besser machen können als die Männer, aber sie hatte nie die Chance dazu gehabt. Sandy Jackson war Mary Lee ohne das Geld, das attraktive Äußere oder die Gelegenheiten. Ich kannte sie nicht und wollte sie auch nicht kennen lernen. Sie war wohl der Grund dafür, dass der gute Stoney so scheintot wirkte.

Der Anruf, den ich erwartete, kam knapp nachdem ich geduscht, meine schwarzen Haaransätze im Spiegel begutachtet und mein Lieblingsschlauchkleid des Tages übergezogen hatte.

»Casey?«, sagte Bill Butler in geschäftsmäßigem Tonfall. »Ich brauche Sie heute Nachmittag hier im Polizeipräsidium, um Ihnen ein paar Fragen zu stellen. Es ist offiziell.« (Übersetzung: fünf Knallköpfe vom SBI saßen dicht neben ihm und sperrten die Lauscher auf.)

»Kein Problem«, sagte ich. »Um welche Zeit?«

»Zwei Uhr nachmittags?«

»Ich bin da.«

Ich rief bei Mary Lee an, kaum dass ich aufgelegt hatte, und kriegte ihr Mädchen für alles an die Strippe, Peggy Francis. »Casey hier«, teilte ich ihr mit. »Sollte ich vorbeischauen oder nicht?«

»Lieber nicht«, meinte sie. »Hier kriechen überall Leute herum, Parteiheinis, das ganze Wahlkampfteam, Hooter und seine Mannschaft.«

»Und Bradley auch?«

»Der noch nicht«, sagte Peggy, mit säuerlicher Missbilligung in der Stimme. »Ich habe versucht, ihn durch sein Büro zu erreichen, aber dort sagte man mir, er ist unerreichbar. Mary Lee hat keinen Schimmer, wo er steckt.«

»Was für eine miese Null.« Mehr fiel mir zum Thema Gatte nicht ein. Peggy sagte nichts darauf. »Lassen Sie mich mal mit Mary Lee sprechen«, verlangte ich und hoffte, dass meine Entschlossenheit mich zu ihr durchdringen ließ.

»Sie ist beschäftigt«, erwiderte Peggy. Es war ein Reflex.

»Sagen Sie ihr, dass ich es bin«, sagte ich zuversichtlich. »Dann kommt sie bestimmt an den Apparat.«

Ich war platt, als es funktionierte. »Was haben Sie rausgekriegt?«, fragte Mary Lee. Mit einem »Hallo« hielt sie sich erst gar nicht auf. »Wo ist Bradley?«

»Wenn ich das wüsste«, sagte ich, mit ein bisschen Schuldgefühl dabei, weil ich den Auftrag nicht ausgeführt hatte. Aber, pfui Teufel noch eins, selbst der mieseste Hund kriecht von selber nach Hause, wenn er hört, dass seine Frau eine Mordanklage am Hals hat.

»Er muss doch irgendwo sein. Was hat man in seinem Büro gesagt?«

»Dass er unerreichbar ist.« (Vielen Dank, Peggy Francis.) »Ich arbeite noch dran. In der Zwischenzeit habe ich in Thorntons Umfeld herumgestochert.«

»Ich sage Ihnen, bei diesem Fall geht es um mich, nicht um ihn.«

»Ich denke, er hat mit Ihnen beiden was zu tun«, erklärte ich geduldig.

»Wenn Bradley in der Sache drinsteckt, bringe ich ihn um«, sagte Mary Lee.

»Könnten Sie dafür einen anderen Ausdruck wählen?«, erinnerte ich sie.

»Ach ja, richtig. Also, ich habe zu tun. Wir müssen bis heute Nachmittag ein Statement herausbringen, und ich habe es noch immer nicht geschrieben. Die Presseleute sind unglaublich.« Sie schien nicht vollkommen unglücklich mit der Situation. Das überraschte mich nicht. Was Mary Lee brauchte, war Aufmerksamkeit. Die hatte sie jetzt massenweise.

Ich beschloss, zunächst mal den guten alten Bradley Masters ausfindig zu machen. Dann wählte ich die Nummer seines Büros und traute meinen Ohren nicht, als sich ein Quäkstimmchen meldete wie eine *Bugs-Bunny*-Imitation: »Paradigm Investment Banking.« Sie sprach »Paradigm« aus wie »pair of dimes«, was wohl der Wahrheit entsprach. Mehr als zwei Zehnerlein hatte Bradley sicher nicht mehr an Kapital aufzuweisen. Er war finanziell eine Flasche und nur seine Familien-Connections bewahrten ihn vor dem totalen Bankrott.

»Hier Susan Montooth von der *First Federal Bank.* Ich muss umgehend Mr Masters sprechen. Es ist dringend!«, log ich mit meiner besten VIP-Stimme.

»Mr Masters ist heute Vormittag außer Haus. Er wird erst am frühen Nachmittag zurückerwartet.«

»Wo ist er?«, herrschte ich sie an, in der Hoffnung, dass ich so klingen würde, als wollte ich ihm jeden Augenblick den Gerichtsvollzieher ins Haus schicken. »Es ist außerordentlich wichtig.«

Doch die Dame blieb cool. »Er kehrt von einer Geschäftsreise aus dem Ausland zurück, Miss Montooth. Kann ich eine Nachricht entgegennehmen?«

Aus der würde ich nichts herausquetschen. Sie klang so, als hätte sie schon den ganzen Morgen über solche Anrufe abgewimmelt.

Aber ich hatte eine Idee. Wenn er wirklich am frühen Nachmittag im Büro erwartet wurde, dann müsste er eigentlich demnächst mal in der Stadt eintreffen. Der Mord hatte an der ganzen Ostküste für Schlagzeilen gesorgt, und er hätte gewiss angerufen, wenn er die gesehen hätte. Aller Wahrscheinlichkeit nach war er also außerhalb der Staaten gewesen. Es gab nur einen Flughafen in der Gegend von Raleigh und Durham und nur eine Ankunftshalle für internationale Flüge. Ich würde die Kanaille als Erste finden. Ausgenommen natürlich, irgendein übereifriger Nachrichtenfuzzi kam mir zuvor.

Aber es kam mir keiner zuvor. Als Bradley Masters durch die Doppeltür am Flughafen Raleigh-Durham wandelte, war ich die Einzige, die auf ihn wartete. Ich beobachtete ihn, wie er den Korridor entlangging, und dachte, wie schade es doch sei, dass er als Mensch eine solche Null war. Denn er war ein wirklich gut aussehender Mann. Das heißt, wenn man auf den Typ Beach Boys stand. Er war groß gewachsen, seine breiten Schultern und der Waschbrettbauch sorgfältig in Form gehalten durch regelmäßige Besuche im teuersten Fitnessstudio von Raleigh. Er hatte immer noch reichliche Mengen blondes Haar, das sich nicht lichtete, dank *Rogain*. Er bewahrte einen Zweijahresvorrat davon hinter den Handtüchern in seinem Privatbadezimmer auf. Ich wusste das, weil ich dort regelmäßig nachschaute. Seine Augen waren groß und mandelförmig und sogar noch blauer gefärbt durch die Kontaktlinsen, die er trug. Seine gerade Nase und der schmale Mund verliehen ihm ein adligeres Aussehen, als er verdiente, wenn man bedachte, dass er die Persönlichkeit eines Frettchens besaß.

Er hatte offenbar nichts zu verzollen gehabt, abgesehen von der zylindrischen Sporttasche in der einen und der zweitsemestrigen Collegeabgängerin an der anderen Hand. Sie löste sich von ihm wie eine Präzisionsschwimmerin, als sie mich kommen sah. Sie hatte offensichtlich Erfahrung darin, wie man sich vor eifersüchtigen Ehefrauen wegduckt.

»Na, eine alte Bekannte getroffen?«, fauchte ich und krallte mir seine Tasche, als ob ich ihm beim Tragen behilflich sein wollte. In Wirklichkeit wollte ich das Gewicht prüfen. Möglich, dass ich ihn mit zwei Kilo Koks erwischte und auf ein paar Jahrzehnte wegsperren lassen konnte, was uns allen eine Menge Schwierigkeiten ersparen würde. »Waren Sie lange weg?«

»Was treiben Sie denn hier?«, fragte er säuerlich zurück. »Gott, ich hoffe es sieht uns keiner zusammen. Und was hat es denn mit Ihren Haaransätzen auf sich? Können Sie sich nicht einmal ein Fläschlein *Clearasil* leisten? Und was ist mit Ihren Kleidern? Sie sehen ja aus wie eine Wurst. Und dieser schwere Kajalstrich, der war doch auch schon uralt, als meine Großmutter noch lebte.«

»Passt Ihnen was an meinem Äußeren nicht?«, fragte ich unschuldig.

»Kein Mensch, den ich kenne, findet, dass Sie normal aussehen«, antwortete er. »Was wollen Sie eigentlich?«

»Wo waren Sie?« Ich starrte auf seine Sonnenbräune. Sie war

tiefer als sein normaler Toasterteint. »Neue Sekretärin oder neue Joggingpartnerin?« Ich nickte zu der Brünetten hinüber, die schon auf und davon und auf halbem Weg zum Ausgang war.

»Geht Sie das irgendwas an?«, entgegnete er.

Ich betrachtete seine teure Hose und schüttelte den Kopf. »Wussten Sie nicht, dass es schlechter Geschmack ist, in der Karibik Armani zu tragen?«

Ich merkte an dem verblüfften Gesichtsausdruck, dass ich ihn erwischt hatte. Ich hatte richtig geraten. Er war einfach zu knauserig, um eine Schnepfe irgendwo anders hin mitzunehmen.

»Was wollen Sie?« Er blickte auf seine Uhr. »Hat meine Frau Sie hergeschickt, um hinter mir herzuschnüffeln?«

»Ihre Frau ist eine Gefangene in ihrem eigenen Haus. Sie steht unter Verdacht, Thornton Mitchell ermordet zu haben.«

Das verschlug ihm die Puste. Er blieb wie ein Grabstein in der Landschaft stehen. »Was haben Sie gesagt?«

Seine Sporttasche fühlte sich an, als enthielte sie zwei Badehosen und nicht sehr viel mehr. Er brauchte ja keinen Koffer voller Kleidung, um sich drei Tage im Bett zu vergnügen. Ich machte mir seine Verwirrung zunutze, um den Umschlag des Flugtickets zu betrachten, das aus einer Seitentasche seines Duffelbags herausragte. Er war in Nassau auf den Bahamas gewesen, mit Zwischenstopp in Miami. »Ich erzähl Ihnen mehr darüber auf der Heimfahrt«, sagte ich. »Am besten fahren Sie jetzt direkt nach Hause.«

»Natürlich fahre ich jetzt direkt nach Hause.« Er fügte nicht hinzu: »Für wen halten Sie mich eigentlich?« Das war gut, wenn ich bedenke, wie meine Antwort darauf gelautet hätte.

»Weiß die Presse schon Bescheid? Ist es durchgesickert, dass ich nicht hier war?«

»Keine Ahnung«, sagte ich. »Es ist alles ziemlich verwirrend. Mary Lee hält sich bedeckt. Sie wird in zwei Stunden eine Presseerklärung abgeben.«

»Um Himmels willen, schaffen Sie mich nach Hause«, verlangte er und fing an, loszutrotten, als er meinen Rostkübel sah. »Sie kann die Pressekonferenz nicht abhalten ohne mich an ihrer Seite. Das sieht in den Zeitungen nachher schrecklich aus.« Mary Lee und Bradley waren ein tolles Gespann. Wie zwei Schauspieler, die ihre Rollen vor der Kamera spielen.

Und dieser Gedanke setzte sich in mir fest: wie zwei Schauspieler. Ganz genau.

Der Oktobertag hatte sich zum spektakulären Altweibersommer gewandelt, den man nur in den beiden Carolinas, Nord und Süd, antrifft. Der Himmel war von einem klaren, hellen Blau mit weißen Trickfilmwolken, die auf einer kühlen Brise dahinsegelten. Die Luft roch frisch, als ob sie über einem sauberen Ozean ausgetauscht worden wäre, nur um meinen Lungen eine Freude zu machen. Sogar der Highway sah frisch und jungfräulich aus, der frisch geteerte Asphalt eingefasst in Reihen von Hartholzbäumen, die ihre tief orangefarbenen und gelben Blätter im Wind flattern ließen.

Schade, dass ich mit jemandem zusammen im Auto steckte, den ich verabscheute, statt über diese friedvoll aussehenden Hügel zu wandern.

»Also, wo waren Sie?«, fragte ich Bradley wieder, als wir an einem Farmlaster vorbeizogen, der die I-40 entlangtuckerte mit einer Ladung Kürbisse hinten drauf für die Yuppie-Supermärkte in Raleigh.

»Das geht Sie einen feuchten Kehricht an«, antwortete er, wie immer ganz der Gentleman.

»Mich geht es vielleicht nichts an, aber ich garantiere Ihnen, dass ich nicht der letzte Mensch sein werde, der Ihnen diese Frage stellt.«

Er schwieg.

»Sie stecken bis zu den Knien in der Scheiße«, erklärte ich ihm. »Die Polizei wird wissen wollen, wo Sie waren.«

»Warum zum Donnerwetter sollte sich jemand dafür interessieren, wo ich war?«, sagte er bitter und pflanzte seine teuren Schnürschuhe auf mein Armaturenbrett, nur um mich zu ärgern. Was ihm gelang.

»Armer Bradley«, sagte ich und schnalzte mitleidsvoll mit der Zunge. »Da werden Sie in Zukunft gezwungen sein, zehn, zwanzig Stunden in der Woche zu arbeiten. Sie vertreten wohlhabende Geschäftseigentümer, die Ihnen von Mary Lee vermittelt wurden. Das Geld der Familie Ihrer Frau sichert Ihnen den Lebensstil, an den Sie gewöhnt sind.«

»... ins Knie«, murmelte er.

»Manche Leute würden meinen, Sie sollten Mary Lee ruhig ein bisschen mehr Dankbarkeit bezeugen«, schlug ich ihm vor.

»Diese Leute leben aber auch nicht mit ihr unter einem Dach, so wie ich es tue«, entgegnete er. »Wie würde es Ihnen gefallen, vierundzwanzig Stunden am Tag herumkommandiert zu werden? Was würden Sie sagen, wenn jede einzelne Ihrer Bewegungen daraufhin analysiert würde, was für eine Wirkung sie wohl auf die Meinungsumfragen haben könnte. Und unterdessen lachen sich alle hinter meinem Rücken ins Fäustchen, weil sie in unserer Familie die Hosen an hat.«

Ich vermutete, dass das wirkliche Problem darin lag, dass Mary Lee ihm keinen ablutschte. Aber es wäre vermutlich unzivilisiert gewesen, ihn darauf hinzuweisen, also hielt ich den Mund. Abgesehen davon – wenn er wirklich seine Lebenssituation so sehr hasste, wäre es ihm ein Leichtes gewesen, einfach auszusteigen.

»Es ist Ihre Entscheidung, ob Sie bleiben«, erwiderte ich.

»Ersparen Sie mir die Eheberatung«, antwortete er. »Ich bemerke, das Sie an Ihren Fingern auch keine Ringe tragen.«

Ich beschloss, ihm den an meinem Nabel vorzuenthalten.

Danach fuhren wir schweigend weiter. Ich zischte über eine ganze Serie von roten Ampeln, nur um ihn rechtzeitig nach Hause zu bringen. Das erhöhte seine Dankbarkeit aber nicht wesentlich. Als wir vor dem Haus vorfuhren, wirkte es leer und verlassen. Ich hatte erwartet, dass der Vorgarten gerammelt voll mit TV-Trucks und Medienfahrzeugen stehen würde. »Wo sind die denn alle hin?«, fragte ich.

»Ich bezweifle, dass sie die Pressekonferenz einen Meter neben der Stelle abhalten werden, wo die Leiche gefunden wurde«, meinte Bradley abfällig und stieg aus. »Die wird wohl eher in der Wahlzentrale stattfinden.«

Peggy Francis kam heraus auf die Veranda und stierte Bradley an. »Nun machen Sie schon!«, rief sie ihm zu. »Wir müssen in fünfzehn Minuten in der Innenstadt sein.«

Bradley verschwand im Innern des Hauses. Erst dann kapierte ich, was er eben gesagt hatte. Woher zum Teufel wusste er, wo man die Leiche gefunden hatte? Von mir nicht. Ich hatte kein Wort darüber gesprochen.

Ich konnte mich nicht entscheiden, ob ich enttäuscht oder erleichtert war, als ich zu meinem Termin im Polizeipräsidium auftauchte. Nur Bill Butler schien an mir Interesse zu zeigen. Die SBI-Leute hielten mich wohl nicht für wichtig genug. Andererseits gab es mir die perfekte Gelegenheit, Bill nach Informationen abzuklopfen. Und um meine Augenlider flattern zu lassen, natürlich.

Ich hatte extra für diese Gelegenheit meine Kontaktlinsen eingeworfen und betrachtete das als ein echtes Opfer.

»Was treibt eigentlich ein ungehobelter Kerl wie Sie in so einer netten Stadt wie dieser?«, fragte ich Bill, als ich an dem Konferenztisch gegenüber der Stelle Platz genommen hatte, wo er saß, ganz herausgeputzt mit schwarzem T-Shirt und schwarzer Jacke. Der Raum war im Stil der frühen Achtziger mit Neoresopal ausgekleidet. Sehr aufheiternd. Das erdige Braun des Fußbodens wirkte besonders ansprechend, gerade in Verbindung mit den zahlreichen Kaffee- und Schmutzflecken, die seine Oberfläche gesprenkelt hatten.

»Ich bin vor ungefähr drei Jahren aus Long Island hier heruntergezogen«, erzählte er mir, während er gleichzeitig eine Tasse Kaffee über den Tisch zu mir herüberschob, ohne mich erst zu fragen, wie ich ihn am liebsten hätte. Es machte nichts. Ich hatte nicht vor, ihn zu trinken. Ich hatte diesen Kaffee schon bei einer früheren Gelegenheit genossen und nachher beinahe ein neues Gebiss benötigt.

»Und warum sind Sie hierher gezogen?«, fragte ich. Ich tat so, als tränke ich den Kaffee, damit ich ihn über den Rand meiner Tasse hinweg beobachten konnte. Sein Gesicht war ein wenig zerfurcht. Sexy Falten an den Augenrändern. Ein langer schwarzer Schnurrbart, der ihn ein bisschen wie einen mexikanischen Banditen aussehen ließ.

»Ich bin jemandem nachgereist«, sagte er und sortierte einen Stapel Papiere.

»Jemandem gefolgt – wie? Einem Verdächtigen? Einer Freundin? Einer Ehefrau?«

»Wissen Sie, Casey, ich denke, Sie bringen da wohl etwas durcheinander. Ich stelle die Fragen. Sie geben mir die Antworten. Ist das soweit klar?«

Ich zuckte mit den Achseln. »Und wo ist der Schrumpfkopf?«

»Er und seine Mitagenten sind im Sandkasten spielen gegangen.«

Ich lachte. Er lachte nicht. »Sie meinen, ich mache Scherze?«, sagte er. Er seufzte und zog einen kleinen Tisch mit Papieren zu sich herüber. »Warum hat Miss Masters Sie als ihre Leibwächterin engagiert?«, fragte er. »Ich möchte gerne Genaueres darüber erfahren.«

»Sie ist in den Meinungsumfragen gestiegen«, erklärte ich. »Entgegen allen Erwartungen, sollte ich dazusagen. Aber als sie höher punktete, begann sie auch diese Anrufe zu kriegen.«

»Drohanrufe?«, fragte er.

Ich nickte. »Echte Drohungen. Der Anrufer wusste, wo sie

wohnte, was sie im Bett trug, so was alles. Und er hatte ganz spezifische Pläne mit ihr. Bizarre Sexualpraktiken größtenteils. Fesselspiele und so. Wollen Sie die Details davon hören?«, fragte ich hoffnungsfroh.

Er schüttelte den Kopf. »Warum hat sie uns das nicht gemeldet?«

»Es ist schwierig genug, als Frau in diesem Staat ein Amt anzustreben. Wer würde dann noch die Tatsache, dass man auf gewissen Gebieten verletzlich ist, den Wählern unter die Nase reiben.«

»Verstehe«, sagte er. »Was noch?«

»Er wusste eine Menge persönliche Sachen über sie«, fuhr ich fort. »Und er hatte eine Gänsehautstimme. So rauchig, belegt, sehr Angst einflößend. Mary Lee ließ ihre Sekretärin ein paar von den Anrufen aufzeichnen. Der Typ war echt schizo.«

»Was ist denn gegen die normale Bewachung durch die Landespolizei oder die städtischen Beamten einzuwenden?«, fragte Butler. »Sie sagten vergangene Nacht, Mary Lee hätte ›denen‹ nicht getraut.«

Er hatte ein gutes Gedächtnis. »Ein- oder zweimal ist es passiert, dass Stoney Maloney genau in dem Moment mit einer neuen Thematik an die Öffentlichkeit ging, als Mary Lee den gleichen Fragenkomplex vorbereitete. So war sie gezwungen, auf das zu reagieren, was die Gegenseite vorbrachte, statt selber die Themen im Wahlkampf vorzugeben. Sie vertraut ihren Mitarbeitern – sehr sogar. Die sind alle schon lange mit ihr zusammen. Aber es gab irgendwo eine durchlässige Stelle. Sie kam also zu dem Schluss, dass es ihre Bewacher waren, und sagte ihnen allen, sie könnten sich schleichen, und ich nahm ihre Stelle ein.«

»Sie haben die Stelle von drei Männern eingenommen?«, fragte er, die Augenbrauen hochgezogen bis an den Haaransatz.

»Ich hätte auch mehr ersetzen können, aber es waren ihr nun mal nur drei zugewiesen worden«, vertraute ich ihm an.

Er versuchte sein Lächeln zu verbergen, aber es gelang ihm nicht ganz. »Haben die Anrufe seitdem aufgehört?«

Ich nickte. »Eine Zeit lang. Jetzt haben sie wieder angefangen. Ich denke, es ist ein manisch Depressiver, der gerade wieder einen depressiven Schub durchmacht, oder so was. Vielleicht ein freiwilliger Wahlhelfer.«

»Warum hat sie ausgerechnet Ihnen den Job gegeben?«, fragte er.

»Ich bin die einzige weibliche Privat ...« Ich korrigierte mich und legte mir eine neue Strategie zurecht. »Ich bin der einzige weibliche Leibwächter im ganzen Bundesstaat. Und sie wollte eine Frau für diesen Job.«

»Warum?«, fragte er, eindeutig mehr aus Neugierde, denn aus Chauvinismus.

»Damentoiletten spielten eine große Rolle in den Szenarien von diesem Widerling. Mary Lee hatte Angst, allein pinkeln zu gehen. Meine Hauptbeschäftigung während des letzten Monats ist es gewesen, vor der Tür von ihrem Häuschen zu stehen und zu versuchen, nicht hinzuhören.«

»Ich bin sicher, Sie sind ausgezeichnet qualifiziert für diesen Job«, sagte er.

Ich ignorierte seinen Tonfall. »Es ist kein Witz«, sagte ich. »Haben Sie eine Vorstellung, wie viele Gläser Eistee die Frau am Tag trinkt? Sie verbringt mehr Zeit auf dem Klo als jeder Koksschnüffler. Und wenn sie pinkelt, ist jede Rennstute ein Waisenkind gegen sie. Ich schwöre Ihnen, die Frau hat eine Zusatzblase. Was ich Ihnen über Bedürfnisanstalten in North Carolina erzählen könnte!«

»Wenn ich nur die Zeit hätte, mir das alles anzuhören.« Ich verstummte. »Wer glauben Sie, hat es getan?«, fragte er.

Ich fühlte mich geschmeichelt und begann sofort, mich zu fragen, ob es ein Trick war. »Jemand in Stoney Maloneys Kampagne käme in Frage«, mutmaßte ich. »Da sie gerade in den Umfragen gestiegen war. Oder vielleicht war es ihr Ehemann?« Ich zögerte. »Die wirken oberflächlich wie ein glückliches Paar, aber das ist nur für die Kameras. Sie hassen einander.«

»Natürlich tun sie das«, stimmte er zu. »Sie sind ja auch verheiratet.«

Aha, er war also geschieden. Es ist toll, eine Detektivin zu sein. Man findet so viel über andere Leute heraus.

»Und wie stehts mit der Möglichkeit, dass sie es wirklich selber getan hat?«, fragte er. »Und dann versucht hat, es so aussehen zu lassen, als wäre sie reingelegt worden?«

Ich erwog die Idee. »Möglich. Und auch bequem. Sie brauchte nur den Typ wegzupusten und dabei so nachlässig zu verfahren, dass jeder sofort denkt, dass man sie reinlegen will.«

Er nickte. »Das ist der Dreh dabei.«

Ich schüttelte den Kopf. »Niemals. Was wäre ihr Motiv?«

»Eine Affäre zwischen den beiden. Sie brach sie ab. Er drohte, an die Öffentlichkeit zu gehen.«

Ich kotzte fast in meinen Kaffee. »Wenn Mary Lee eine Affäre gehabt hätte, dann nicht mit diesem Schmalzfass. Außerdem ist sie dreißig Jahre und zwanzig Pfund jenseits der erlaubten Obergrenze für Thornton Mitchell. Die beiden haben ganz sicher keine Affäre miteinander gehabt.« Er blickte immer noch skeptisch drein. »Bill«, versicherte ich ihm, »vertrauen Sie mir in diesem Punkt. Mary Lee würde nicht ein Leben im Dienst der Öffentlichkeit dadurch gefährden, dass sie eine Affäre mit jemandem hat, der aussieht wie eine schlecht gealterte Version von Engelbert Humperdinck.«

»So schlecht sah er aus?«

»So schlecht!«, sagte ich mit Nachdruck.

Er seufzte und trommelte mit den Fingern auf dem Tisch. Seine Augen suchten die grüne Farbe, die von den schmutzigen

Wänden abblätterte, nach sachdienlichen Hinweisen ab. Ich wartete. Wenn man warten musste, war Bill Butler eine nette Abwechslung.

»Schauen Sie, Casey«, sagte er schließlich. »Ich weiß nicht, was Sie mit alledem zu schaffen haben, aber mir scheint, Sie sind sauber.«

»Sie sagen die reizendsten Sachen.«

»Ich habe nicht behauptet, dass Sie perfekt sind«, betonte er. »Aber ich habe mich erkundigt, und obwohl mir aufgefallen ist, dass offenbar noch nie irgendjemand eine Ermittlerlizenz mit Ihrem Namen drauf gesehen hat, so meinen anscheinend doch alle, dass Sie kompetent sind.«

»Ich habe eine Lizenz mit meinem Namen drauf«, sagte ich empört.

»Oh, daran hege ich keinen Zweifel«, sagte er, aber es war nicht ganz durchsichtig, wie er das meinte.

»Mein Boss ist offiziell von Mary Lee Masters angeheuert worden, sich um diese Mordsache zu kümmern«, erklärte ich. Das war nur halb gelogen. Bobby Dee war angeheuert worden, aber ich war diejenige, die den Fall bearbeitete. »Ich helfe ihm nur mit der Schreibarbeit aus, als Bodyguard. Büroverwaltung. Sie verstehen schon.«

Er war bereit und willens mitzuspielen, aber er wollte mir klar machen, dass er nur mitspielte. »Ich habe Ihren Boss gesehen«, sagte er. »Wenn der jemanden beschatten kann, ohne dabei aufzufallen wie ein Walfisch in der Badewanne, wäre ich sehr überrascht.«

»Guter Vergleich«, gratulierte ich ihm. »Aber was wollen Sie damit sagen?«

»Sie wissen doch, dass ich Sie nicht an diese Sache ranlassen darf.« Ich zuckte zustimmend mit den Schultern. »Es ist eine Morduntersuchung. Das SBI ist dran beteiligt, was selten vorkommt. Auf keinen Fall werden Sie sich offiziell involvieren.

Aber wenn Sie etwas von Interesse herausbekommen bei Ihren inoffiziellen Untersuchungen, möchte ich davon in Kenntnis gesetzt werden. Ich werde mich revanchieren.«

»So nach dem Motto: Du zeigst mir deins, und ich zeig dir meins?«, fragte ich.

»So ungefähr«, sagte er. »Ich denke, ich habe eine ganze Menge mehr zu zeigen. Das versteht sich von selbst.«

»Wie bescheiden Sie sind«, erwiderte ich. Er saß nur da und wartete. Ich bewunderte ihn, wie er so cool dasaß. Schließlich gab ich nach. Mein Widerwille gegen Bradley Masters gewann die Oberhand. »Ich habe heute Vormittag Bradley Masters vom Flughafen abgeholt«, sagte ich. »Er war in Nassau. Wenigstens stand das auf seinem Ticket. Sie möchten das vielleicht noch mal nachprüfen. Es müsste eigentlich ziemlich einfach sein. Wenn er dort war, dann hat er seinen eigenen Namen benutzt. Musste er wohl, er lebt von seiner Kreditkarte. Die Rechnungen zahlt Mary Lees Buchhalterin. Außerdem wäre er zu blöd, um seine Spuren zu verwischen.« Ich ließ unerwähnt, dass Bradley gewusst hatte, wo die Leiche abgeworfen worden war. Wir Weiber haben doch ein Recht auf unsere kleinen Geheimnisse, meinen Sie nicht auch?

Er machte sich eine Notiz auf seinem Schreibblock. »Danke, das checken wir nach. Sonst noch was?«

Ich breitete beide Hände aus. »Sie sind dran.«

Er erwog das Ersuchen, wälzte es in seinem Kopf. Ich merkte, wie er die greifbaren Informationen raussortierte und durchsiebte, wie er eine Balance suchte zwischen dem wirklich Nützlichen und der leicht durchschaubaren Wegwerfinformation. Mir war es egal, was er mir gab, offen gesagt. Alles war besser als gar nichts.

»Nun«, sagte er schließlich. »Der Bericht kam herein, über die Leiche. Eine Analyse der an der Leiche gefundenen Schlammspuren weist darauf hin, dass das Opfer wahrscheinlich am Ufer der Neuse ermordet wurde.«

»Die Neuse?«, fragte ich. »Das ist ein verdammt langer Fluss!«

Butler zuckte mit den Schultern. »Das ist das Beste, was ich Ihnen bieten kann. Seien Sie dankbar für die Umweltverschmutzung«, fügte er hinzu. »Die sorgt dafür, dass die chemische Analyse ziemlich genau ausfällt.«

»Was hat man denn gefunden?«, fragte ich.

»Eine Kombination aus Sand und Schlamm. Spuren von Essig- und Schwefelsäure, Acetaminophen, Petroleum, Östrogen und ein paar Karpfenschuppen. Das SBI versucht im Moment, die genaue Stelle ausfindig zu machen.«

»Östrogen?«, fragte ich. »Damit ist die Sache klar. Das ist flussabwärts von der Geschlechtsumwandlungs-Klinik.«

Er blickte interessiert drein, bis er merkte, dass ich ihn verarschte.

»Na ja, vielen Dank für den Tipp«, sagte ich und stand auf, um zu gehen. Er hielt mich nicht auf. »Vielleicht verbringe ich den restlichen Nachmittag damit, auf der Neuse herumzupaddeln, auf der Suche nach Frauen mit Menopause.«

»Was immer Sie über Wasser hält«, sagte er mit einem Schulterzucken.

»Aye, aye, Captain«, sagte ich und erntete noch ein Lächeln. Ich blieb nicht länger, um noch ein drittes zu erhaschen. Die Neuse war ein verdammt langer Fluss, das stimmte schon, aber ich hatte eine ziemlich genaue Vorstellung, wo Östrogen im Schlamm landen könnte.

Es war ein eindeutiges Indiz – wichtiger als Bill es wissen konnte, aber ich hatte nicht vor, es ihm auf die Nase zu binden. Ich würde Bill Butler hinter Bradley Masters und den Hotels in Nassau nachforschen lassen. Ich selber hatte was Besseres zu tun.

Ich reiste auf dem Fluss ohne Wiederkehr, aber hey, Baby, ich hatte mein Paddel, und ich hatte vor, es zu benutzen.

4

Slim Jim Jones legte sich quer, der Blödhammel, bloß weil ich sein Paddelboot von ihm ausborgen wollte.

»Nun komm schon, Jim. Letztes Mal habe ich es auch wieder heil zurückgebracht.«

»Es fehlte aber das Paddel.«

»Das war nicht meine Schuld«, belehrte ich ihn. »Das war dieser Na-wie-hieß-er-doch-gleich-noch-mal?«

Er schüttelte angewidert seinen Kopf. Slim Jim hatte es in den letzten fünfzehn Jahren vielleicht gerade mal auf eine Freundin gebracht. Ich bin mir sicher, er fand Leute, die sich nicht mehr an die Namen ihrer Exlover erinnern konnten, so verabscheuungswürdig wie ein versifftes Klo. »Mir gefiel das ganze Getue nicht, direkt vor der Veranda meiner Mami und so«, grummelte er und klammerte sich an dem Kanu fest. »Du hast ihr um ein Haar einen Infarkt verpasst, als du damals vorbeigepaddelt bist, mit kaum einem Fetzen an. Und du hättest nicht unerlaubt diesen Fremden mit auf die Farm bringen dürfen. Mami hat was gegen unbefugte Eindringlinge.«

Das konnte er laut sagen. Ich bin Slim Jim das erste Mal vor ungefähr zehn Jahren begegnet, als seine liebenswürdige alte Mutter verhaftet wurde, weil sie eine Horde junger Leute mit einer geladenen doppelschüssigen Schrotflinte von ihrem Farmgelände verjagt hatte. Die alte Dame hatte ein Loch in die Rückwand ihres Lasters gepustet, als die Jugendlichen Hals über Kopf die Flucht ergriffen. Niemand hätte je gedacht, dass die Sache später mal vor Gericht kommen würde, aber da gab es einen jungen Staranwalt, der es eben nicht besser wusste, und schon ging die Post ab. Damals rief mich Slim Jim an. Er hatte meinen Namen von seinem Bruder gekriegt, einem Wärter unten im Zentralgefängnis, dem ich bei meiner Arbeit hin und wieder begegnet war. Slim gab sich selber die Schuld, weil er nicht zu

Hause gewesen war, als die Sache mit der Schrotflinte passierte. Er erklärte, dass seine Mutter eine panische Angst vor Einbrechern hatte, eine Angst, die viele Jahre zurückreichte, bis 1962, da war ihr nämlich kurz vor dem Thanksgiving-Fest ihr alter Lieblingstruthahn gestohlen worden. »Das hat sie damals mehr mitgenommen als wie Dad gestorben ist«, hatte Slim erklärt. »Sie versuchte einfach nur, ihr Grundstück zu verteidigen, als sie diese Kids vertrieben hat.«

Er bat mich, mir das soziale Umfeld der Jugendlichen anzusehen, die da unerlaubt eingedrungen waren, und als ich das tat, fand ich eine wahre Goldmine an verheimlichten Vorstrafen: Einbruch, Diebstahl, tätlicher Angriff und – das war überhaupt das Beste – Fesseln einer alten Frau in der Ortschaft Apex, damit sie ihr den einzigen nennenswerten Wertgegenstand stehlen konnten, den sie besaß – ein neues Radio. Ich suchte den Vertreter der Anklage auf und präsentierte ihm meine Informationen, woraufhin er die Ermittlungen gegen Mutter Jones einstellte. Slim sagte ihr nie, warum die Klage fallen gelassen wurde, aus Angst, dass sie den jungen Leuten gleich noch mal nachstellen würde, und er bezahlte meine Rechnungen, ohne sich zu beschweren. Er lud mich ein, jederzeit seiner Farm einen Besuch abzustatten, wenn ich mal wieder Heimweh nach Stallgeruch verspürte, und seit jener Zeit hat er sich als streitbarer, aber verlässlicher Freund erwiesen. Uns beide verbindet eine Vorliebe für Maisfelder und eine Abneigung gegen Beton. Ich halte mich allerdings fern von seiner Mutter. Man gab ihr die Schrotflinte zurück, und ich habe die rückwärtige Seite des Pritschenwagens gesehen, den diese Kids gefahren hatten. Mami Jones schießt eine ganze Spur zu gut für meinen Geschmack.

Slim Jim unterbrach meine Gedanken. »Wenn dein Typ wenigstens eine Unterhose angehabt hätte, wäre Mami nicht so ausgerastet«, wies er mich zurecht.

»Wie konnte ich denn wissen, dass er genau diesen Moment

wählen würde, um mir seine Absichten kund zu tun?« Ich bat Slim, aus Rücksicht auf unsere lange Freundschaft, die Tatsache nicht überzubewerten, dass er der einzige Mensch war, den ich kannte, der ein Kanu besaß.

Aber er blickte nur finster drein und verzog seine Mundwinkel. »Du hast einen merkwürdigen Geschmack, was deine Freunde angeht, Casey. Sie sollten zumindest schwimmen können. Ich werde nicht noch mehr von ihnen für dich aus dem Wasser fischen. Und nächstes Mal machst du ihnen die Mund-zu-Mund-Beatmung selber.« Er spuckte einen Batzen Tabaksaft aus, als ob ihm bei der Erinnerung daran immer noch ein Schaudern überkam.

»Ich habe überhaupt keinen besonderen Geschmack, was meine Freunde betrifft«, wies ich ihn zurecht. »Schau, ich putze dir die Scheune, wenn du mich dein Kanu benutzen lässt und dafür sorgst, dass jemand mein Auto bei der Ausfahrt kurz vor Raleigh Beach abstellt.« Ich wusste, dass ich ihn damit ködern würde.

Er ließ ab vom Kanu und streckte seine braun gefleckte Hand nach meinen Schlüsseln aus. »Weil du heute allein bist, darfst du es haben. Aber bring mir diesmal das Paddel wieder. Und kein Kentern.«

»Ich musste es letztes Mal kentern lassen. Meine Ehre stand auf dem Spiel.«

Er schnaubte und spuckte einen großen Flatsch von klebrigem Tabaksaft aus, der ungefähr einen Zentimeter weit vor meinen Turnschuhen auf den Boden platschte. Slim Jim macht so was mit Absicht. »Und bring es zurück vor Einbruch der Dunkelheit«, ermahnte er mich. »Und duck dich einfach, wenn du am Haus vorbeikommst und Mami auf der Veranda siehst.«

Von wegen. Ich mich ducken? Die garstige alte Nebelkrähe würde denken, das Kanu sei leer. Als Nächstes würde sie dann wahrscheinlich mit ihren durch vierundsiebzig Jahre Arbeit stahlharten Muskeln die Neuse durchschwimmen, und ich müsste ihr mit dem Paddel eins überbraten, um sie davon abzuhalten, mich wie ein Stein absaufen zu lassen. Nein danke, ich würde einfach nur winken und noch schneller von dannen paddeln, wenn ich sie sah. Slim Jim hielt seine Mutter für eine zarte Blume südlicher Weiblichkeit, aber der Rest von Wake County wusste es besser. Sie war im ganzen Umkreis bekannt als menschliches Stachelgewächs, zäh, bärbeißig und fähig, den Leuten regelmäßig eine Menge Ärger zu bereiten.

Slim und seine Mutter besaßen eine der letzten verbliebenen privaten Farmen entlang der Neuse. Ich paddelte los und empfand ein schmerzliches Gefühl des Neids, als ich durch diese Landschaft glitt. Slim Jims Felder erstreckten sich in den Flussauen in verschiedenen braun getönten Schattierungen, die abgeernteten Maisstauden standen geknickt in der Oktobersonne. Er hatte sie noch nicht für das nächste Jahr umgegraben. Wahrscheinlich war er zu beschäftigt gewesen, mir auf den Nerven herumzutrampeln. Die Strömung trug mich langsam aber gleichmäßig dahin, und bald ließ ich Slims Farm hinter mir, ohne seine kauzige Mami noch mal zu Gesicht zu bekommen.

Bald schien der geruhsame Rhythmus des Flusses sich durch den Boden des Kanus hindurch nach oben hin fortzusetzen und meine aufgekratzten Nerven zu beruhigen. Mir gefiel es, auf dem Wasser zu sein, besonders auf einem so gemächlichen Flüsschen wie der Neuse. Es war bei weitem nicht so dröge wie die Sümpfe, in denen ich als Kind Fische gefangen hatte, aber es war trotzdem alles ziemlich hübsch einlullend. An den meisten Stellen war der Fluss nicht breiter als fünfunddreißig oder fünfundvierzig Meter, das braune, schlammige Wasser plätscherte dahin, eingefasst von Ufern aus rotem Ton und Palisaden aus Hartholzbäumen. Es war ein Anblick, den man gesehen haben musste, an diesem sonnigen Oktobertag. Jeder Baum erstrahlte in herbstbunten Farben, und der Altweibersommer hielt sich so hartnäckig, dass die Ufer nur so wuselten vor sonnenbadenden Schildkröten und bunten Wolken aus Schmetterlingen, die längst jedes Gefühl für die richtige Jahreszeit verloren hatten. Geheimnisvolle Wellen bildeten sich am Rand des Wassers, wo Schlangen aus meinem Blickfeld verschwanden, als ich vorbeiglitt.

Die Neuse ist ein langer, sich dahinschlängelnder Fluss, der knapp nördlich vom Lake Michie beginnt und sich bis hinunter an die Küste von Carolina windet. Seit Jahren widersetzt er sich jeder Entwicklung und ist immer noch über weite Strecken so verlassen wie in jenen Tagen, als einzig Indianer an seinen Ufern verkehrten. Aber der weiße Mann war dabei, die Neuse in Besitz zu nehmen, und das meiste Land in der Umgebung war schon vorgemerkt für zukünftige Bauvorhaben. Es würde nicht lange dauern, bis die blaugrauen Holzfronten von vorgefertigten Ferienhäusern die farbenfrohen Hartholzbäume an den Flussufern verdrängt haben würden. Es gab Leute, die diesen Übergang sorgfältig beobachteten, und Organisationen, die sich um die Wasserqualität kümmerten, aber sie hatten wenig Geld im Vergleich zu den Leuten von den Erschließungsprojekten. Ich befürchtete, sie würden erschöpft aufgeben, lange bevor der Kampf entschieden war.

Und es war genau wegen dieser Naturliebhaber oder Bäumeknutscher – wie manche Leute sie nannten – dass ich den Plattköpfen voraus war. Ich wusste aus dem Bericht über die Schlammproben, die an der Leiche gefunden worden waren, dass Mitchell flussabwärts von den beiden ortsansässigen Pharma- und Textilfirmen umgebracht worden sein musste. Diese Firmen hatten die Genehmigung, ihre vorgereinigten Abwässer in die Neuse fließen lassen. Die Chemikalien, die man in dem Schlamm gefunden hatte, zeigten mir das. Aber in dem Bericht stand nichts über menschliche Abfälle. Und ich wusste aus einem Bericht auf der Titelseite der *N&O*, dass ein Campingplatz zwei Tage zuvor knapp unterhalb vom Strand von Raleigh Beach unrechtmäßig eine massive Abwasserflut in den Fluss abgelassen hatte. Das Wasser unterhalb des Dammes dort war voll mit Kolibakterien, die sich anhand von menschlichen Fäkalien ernähren und vermehren. Aber die Schlamm- und Wasserspuren an Mitchell wiesen dieses Merkmal nicht auf. Damit blieb ein fünf Kilometer langes Stück des Flusses übrig, an dem der Mord stattgefunden haben konnte, und das würde ich ziemlich rasch absuchen können dank Slims Kanu.

Ich hatte es eilig, weil ich wusste, dass das SBI nicht lange brauchte, um zur gleichen Schlussfolgerung zu gelangen, und ich wollte zuerst da sein. War die Stelle erst einmal markiert und abgeschirmt, würden sie mich nicht mehr dorthin lassen. Zu Fuß hätte es Tage gedauert. Ich hoffte, dass das Geraschel, das ich im Wald hörte, als ich vorbeipaddelte, von SBI-Leuten stammte, die dort entlangpirschten, und nicht von jenem psychopathischen Outlaw, der zuvor schon Mitchell umgelegt hatte und jetzt ungeduldig auf sein nächstes Opfer wartete.

Am Flussufer selbst war niemand zu sehen. Um diese Tageszeit war es zu heiß für die Fische und die Angler. Ich suchte erst das eine Ufer des Flusses, dann das andere ab. Und zwar nach einer Stelle, die man leicht mit dem Auto erreichen konnte, die sich aber wahrscheinlich auf einem Privatgrundstück oder auf sonst schwer zugänglichem Gelände befand. Wer immer Thornton am Ufer der Neuse gekillt hatte, musste ihn dorthin gelockt haben. Er war ein starker, großer Mann. Niemand hätte sich die Mühe gemacht, ihn erst ganz woanders zu töten, ihn dann zum Fluss zu schleppen und schließlich über Land zu Mary Lees Grundstück zu transportieren. Er musste sich mit jemand getroffen haben, den er kannte. Jemand, der nicht das kleinste Risiko eingehen wollte, dass man die beiden zusammen sehen könnte, sei es aus persönlichen oder politischen Gründen. Oder beides.

Einige der beliebteren Parkplätze entlang der Neuse waren ungeeignet als Tatort, da die Nachtstunden die Wachstunden für jene Horden von Teenagern waren, die an Hormonstau litten. Niemand, der einigermaßen bei Sinnen war, würde erwarten, an diesen Orten Abgeschiedenheit zu finden. Nein, es musste eine weitaus weniger öffentliche Abzweigung gewesen sein, wahrscheinlich jenseits der Brücke, über die der US-Highway 1 nach Süden führt.

Ich fand, was ich suchte, vier Kilometer und fast drei Stunden flussabwärts. Ich war sonnenverbrannt, und meine Arme fingen an zu schmerzen von der Anstrengung, gegen die Strömung zu paddeln auf den Abschnitten, die ich zweimal abfuhr. Ich bin kein Fliegengewicht, wenn es um Kraft im Oberkörper geht. Aber ich bin auch kein Arnold Schwarzenegger. Als ich eine Reihe alter Lagerfeuerstellen entdeckte, einsam und verlassen in der Spätnachmittagssonne, wusste ich, dass ich der richtigen Stelle endlich näher kam. Es war eine abgelegene Fischereigegend, und die verkohlten Lagerfeuer bezeugten, dass Welsangler hier am Ufer manchmal eine ganze Nacht hindurch hockten, entschlossen, bis zum Morgen das Frühstück und das Abendessen des nächsten Tages zu fangen.

Die Leute, die diesen Abschnitt der Neuse abfischten, benutzten keine ausgefeilten Fliegenfängerleinen, und sie warfen ihre Leinen auch nicht zum Vergnügen aus – es waren Selbstversorger, die jeden Fisch behielten, egal wie klein er war, weil sie sonst nichts anderes zu essen hatten. Es waren öfter ältere Farmer, deren Land unrentabel geworden oder von den nahe gelegenen Industrieanlagen unrettbar verunreinigt worden war. Oder es waren, was immer häufiger vorkam, mexikanische Wanderarbeiter, die sich aus dem Kreislauf der Saisonarbeit ausgeklinkt hatten und in Raleigh dauerhaft ihre Zelte aufschlugen. Sie schlichen sich bei Sonnenuntergang hinunter auf privates Land, wo die Ausbeute gut, aber eigentlich illegal war. So hatten sie sich unten am Fluss eine ganze Reihe von Trampelpfaden geschaffen. Ich paddelte ans Ufer und zog das Kanu an Land, damit ich diesen Abschnitt besser erkunden konnte. Das Ufer war von Fußabdrücken und dem üblichen Mist, den Menschen hinterlassen, übersät. Überall lagen platt getretene Pappbecher, durchsichtige Donut-Verpackungsfolien und Styroporreste, die sich bis ans Ende aller Zeiten nicht mehr auflösen würden, und eine Million oder mehr Zigarettenfilter. Herrgott, die Menschen waren wirklich schlimmer als die Schweine. Die Schweine fraßen wenigstens den Müll, statt ihn einfach nur anzuhäufen.

Es gab einige Trampelpfade, die vom Uferrand in die Wälder der Umgebung hinaufführten. Die meisten wanden sich über knorrige Baumwurzeln, die von der Erosion freigelegt waren. Dann kamen die engen Pfade, die den Wald kreuz und quer durchfurchten und einen halben Kilometer vom Ufer entfernt in eine breitere, unbefestigte Forststraße mündeten. Ich suchte aber nach einem ziemlich großen Seitenweg, der breit genug war, um ein Fahrzeug durchzulassen, das von der Forststraße abbog. Mitchell musste mit seinem eigenen Wagen hergekommen sein, und ich wusste, er war der Typ, der Wert auf ein Fahrzeug der gehobenen Klasse legen würde. Ich fand eine viel versprechende Straße, aber keine Anzeichen, dass sich dort ein Handgemenge abgespielt hätte.

Knapp hundert Meter weiter stromabwärts hatte ich mehr Glück. Das Brummen war das erste Anzeichen dafür, dass ich meinem Ziel näher kam. Es war ein seltsames Geräusch, mehr wie ein Seufzer als das Aneinanderschlagen von tausenden von Insektenflügeln. Ich ging langsamer und suchte nach der Ursache. Ich war mir voll darüber im Klaren, dass die Sonne noch immer hoch und heiß am Himmel stand. Sie würde alles, was von Thornton Mitchell zurückgeblieben war, rücksichtslos wegschmoren.

Zuerst dachte ich, es wäre ein toter Waschbär. Oder vielleicht ein aufgeschwollenes Opossum, das dabei war, in der Hitze aufzuplatzen und seinen Inhalt in alle Winde zu verstreuen. Fliegen bedeckten einen Fleck so groß wie eine kleine Pfütze am Fuß eines Baumes, der sich hartnäckig an eine steile Schlammwand am Ufer festklammerte. Ich blieb gute sechs bis sieben Meter entfernt stehen und fluchte, dass ich meine Brille nicht dabei hatte. Fliegen, die brummten, deuteten auf Aas, und wenn es kein Tier war, dann war es der gute alte Thornton. Oder wenigstens ein Teil von ihm, der zurückgeblieben war. Auf keinen Fall würde ich an diesem Ort des Geschehens herumtrampeln – nicht, nachdem Shorty vom SBI sich meine Ferragamos so genau angesehen hatte.

Stattdessen kroch ich zurück in den Wald und verließ mich darauf, dass der Teppich aus Tannennadeln jede Spur meiner Anwesenheit auslöschen würde. Auf Zehenspitzen stieg ich vorsichtig über zahlreiche große Baumwurzeln und bewegte mich so zu jener Stelle am Fuß des Baumes hin, von wo das Summen herkam. Ich hielt mich sorgfältig fest und ging in die Hocke, um einen besseren Blick auf das Aas werfen zu können. Eine Wolke von Schmeißfliegen stieg bei meinem Eintreffen auf und stob zornig an mir vorbei. Ich kniff die Augen zu und widerstand dem Wunsch, den Ast loszulassen und die Fliegen mit der Hand von meinem Gesicht zu verscheuchen. Ich atmete tief ein, öffnete die Augen und sah mir an, was es war, das sie soeben verlassen hatten. Ich war mir ziemlich sicher, dass es sich dabei um eine Blutlache handelte.

Das rötliche Ufer wies an einer Stelle, wo Steine kreisförmig um eine Einkerbung herum gelegt waren, ein tieferes Braun auf. Das war es, was die Fliegen angelockt hatte. Statt durch den Sand zu versickern, war das Blut in die Ausbuchtungen der Steine geflossen und dort zu Klumpen geronnen. Mir hob sich der Magen, aber ich verdrängte dieses Gefühl. Es hätte auch schlimmer kommen können. Wenigstens lagen keine Leichenteile herum.

Ich kroch zurück zu dem Pfad, der zu dieser Stelle herführte und überprüfte die Ränder sorgfältig, ob sich ein Hinweis darauf fand, dass hier ein oder mehrere große Autos gewendet hatten. Ich fand nichts, bis ich auf die breitere Piste stieß. Die Oberfläche dieser unbefestigten Straße war besonders aufgeweicht wegen des schlechten Wetters in letzter Zeit. Zahlreiche schwere Reifenspuren waren hier schuhtief in den Schlamm eingedrückt und hatten sich gekreuzt. Das Gebüsch am Rand war geknickt oder niedergewalzt worden. Zu viel Verkehr, zu viele Reifen. Das musste ich den Spezialisten überlassen.

Immerhin, jetzt wusste ich, wo es passiert war. Und die Stelle selbst war nicht ohne Bedeutung. Es war ein Punkt am Fluss, der fast genau in der Mitte zwischen Raleigh und Wake Forest lag, dem Ort, in dem Thornton gewohnt hatte. Für mich bedeutete das, dass seine Mörder aus Raleigh gekommen waren und diesen Flecken ausgesucht hatten, nicht allein um ungestört zu sein, sondern auch als Kompromiss. Sie hatten also auch um die Macht gerungen. Es war ein Grenzstreifen.

Ich war jetzt überzeugt, dass Mitchell von mehr als einem Gegner getötet worden war. Schließlich wog er um die hundertzwanzig Kilo. Es gab keinen Menschen auf der ganzen Welt, der ihn von diesem triefend feuchten, durchnässten Ufer hochziehen und ohne fremde Hilfe in den Kofferraum eines Wagens gezerrt haben konnte. Es mussten zwei oder mehr Täter daran beteiligt gewesen sein.

Ich dachte darüber nach, wie sie es genau angestellt hatten, seine Leiche zu bewegen, und folgte den Baumwurzeln zurück zur Blutlache. Die Fliegen waren zurückgekehrt, also blieb ich auf Distanz. Ich fand ein paar Schleifspuren, die von Riesenschildkröten hätten stammen können. Aber das konnte nicht sein. Wir waren mehrere Stunden von der Küste entfernt. Nein, der alte Thornton war mit ziemlicher Sicherheit hier an dieser Stelle in südlicher Richtung um die Wurzeln des Baumes herum geschleift worden und dann zu einer ebeneren Stelle am Ufer hin, von wo er leichter zum Auto auf der Straße hinübergezogen werden konnte. Was für eine tierische Strapaze für die Killer. Und das zeigte mir noch etwas. Der Mord muss im Affekt oder als Unfall passiert sein, nicht als vorausgeplante Tat. Es ist natürlich wichtig, dass man ungestört ist, wenn man jemanden umbringen will. Aber man muss die Leiche auch verschwinden lassen können. Das Ufer war praktisch wie Treibsand. Man hätte schon ein Masochist sein müssen, um dort einen Toten entlang zerren zu wollen.

Während ich in sicherer Distanz von der Mordstelle niederkniete und mir die möglichen Motive und Methoden für den Transport von Toten durch den Kopf gehen ließ, sah ich für einen Augenblick einen roten Blitz aufleuchten, der sich durch die Bäume auf der gegenüberliegenden Seite des Flusses bewegte. Ich war mir überdeutlich bewusst, wie ungeschützt ich war. Jeder, der sich drüben im Wald versteckte, konnte mich deutlich beobachten. Mein Puls begann unwillkürlich zu pochen. Ich blinzelte gegen die Sonne und legte meine »Horch-Ohren« an, wie Großpaps das immer nannte. Irgendjemand bewegte sich dort drüben auf der anderen Flussseite durch den Wald. Jemand, der es gewohnt war, Geräusche zu vermeiden. Jemand, der sich im Wald sehr sicher bewegte. Ich konnte das leise Knacken von Tannennadeln hören, die unter seinem Gewicht zerbrachen. Schweiß brach aus unter meinen Achseln, und meine Nackenhaare begannen sich zu sträuben. Ich dachte, es wäre eine verdammt gute Idee, sich jetzt auf Teufel komm raus von hier zu verabschieden. Ich eilte flussaufwärts zu meinem Kanu und war erleichtert, dass sowohl Boot als auch Paddel intakt waren. Ich stieß hinaus in den zähflüssigen Strom und ruderte flussabwärts. Ich hatte keine andere Wahl, ich musste wieder direkt am Ort des Geschehens vorbei. Mein Wagen stand einen Kilometer flussabwärts, und ich war in keiner Verfassung, um so eine Entfernung über Land zurückzulegen und dabei ein Paddelboot auf dem Kopf zu balancieren.

Als ich mich der Stelle näherte, wo ich die Blutlache entdeckt hatte, bekam ich schweißnasse Hände und das Paddel entschlüpfte mir. Ich verlor es in der Strömung und brachte fast das Kanu zum Kentern in meiner Hast, danach zu schnappen. Zum Glück verengte sich der Fluss an dieser Stelle und ich konnte das Paddel wieder fassen, das sich an einer Baumwurzel verfangen hatte, die ins Wasser hineinragte. Verdammt noch eins. Ich musste mehr Mut zeigen als bisher. Wer immer mich da beobachtete, würde wissen, dass ich Schiss hatte. Ich ruderte in die Flussmitte und zwang mich, tief durchzuatmen. Ich dachte an die Zeit zurück, als ich einem Alligator mit meinem Paddel eins auf die Schnauze gegeben hatte. Da war ich erst acht. Ich hatte was dagegen gehabt, wie der Alligator mein Picknick ansah. Ganz zu schweigen davon, wie er mich angesehen hatte. Mein Großpaps wurde nie müde, die Geschichte zu erzählen. Das war der Tag, sagte er, als ihm bewusst geworden war, dass ich mehr draufhatte, als all die anderen trüben Tassen zusammen, die unsere Familie seit dem Krieg von 1861 produziert hatte.

Was sollte mir diese plötzliche Erinnerung beweisen? Vermutlich, dass ich ein bisschen was Besseres machen konnte, als in einem schaukeligen Kanu zu kauern, bloß weil jemand sich diese Ecke des Waldes für einen einsamen Spaziergang ausgesucht hatte. Ich setzte mich also kerzengerade auf und paddelte mit Würde. In genau dem Moment hörte ich ein »Wusch« wie eine gigantische Libelle an mir vorbeizischen. Ein riesiger Pfeil durchtrennte die Luft, ungefähr eine Spanne weit vor meiner Nase, und grub sich volle Radelle mitten in den Stamm einer Eiche am entgegengesetzten Flussufer. Ich vergaß die Würde und duckte mich wieder flach ins Kanu.

Drüben im Wald begann jemand zu lachen und das ging mir nun wirklich auf den Keks. Ich konnte ja viele Entwürdigungen ertragen, wenn die Alternative war, entweder beleidigt oder kalt gemacht zu werden. Aber auslachen, das war was anderes. Ich setzte mich wieder auf und paddelte wie wild zum anderen Ufer des Flusses hinüber.

»Alles klar, du Schleimscheißer«, rief ich mit fester Stimme. »Du hattest deinen Spaß, jetzt komm raus und sprich mit mir.«

Ich sah niemanden, aber eine weiche männliche Stimme sprach mit gedehntem Akzent. »Was kann ich für Sie tun, Gnädigste?«

»Sie können mir verraten, warum zur Hölle Sie da eben aus mir Schaschlik machen wollten. Dies ist ein öffentlicher Fluss. Ich habe ein Recht darauf, mich hier aufzuhalten.«

»Sie waren gerade dabei, unerlaubt mein Land zu betreten.«

»Ich war keineswegs dabei, mich auf Ihrem Land niederzulassen«, sagte ich. »Warum spionieren Sie mir hinterher?«

»Was haben Sie sich da drüben angesehen?«, fragte die Stimme. »Das ist Privatgelände da drüben. Sie haben kein Recht, sich dort aufzuhalten.«

»Schauen Sie«, sagte ich, und meine Stimme klang weitaus fester als sich mein Puls anfühlte. »Ich weiß, Sie hätten mich da eben verletzen können, wenn Sie gewollt hätten. Dieser Pfeil hat den Baum dort drüben nicht zufällig getroffen. Sie sind ein guter Schütze. Ich weiß, dass Sie mir nur einen Schreck einjagen wollten. Wenn Sie mir weh tun wollten, hätten Sie es getan. Also lassen Sie den Mist und zeigen Sie sich, wie es sich für einen Mann gehört.«

Es ist immer wieder toll, wie das funktioniert. Stell ihre Männlichkeit in Frage, und schon kommen die Jungs angelaufen. Dieser hier kam, genau besehen, nicht angerannt, aber er trat aus dem Schatten einer Gruppe von Birken und trottete durch das Gras an den Rand des Flussufers. Er war hochgewachsen, mit einem Kopf voll roter Drahtwolle und einem roten Ziegenbart, der von seinem Kinn herabhing. Er trug ein rotweiß kariertes Arbeitshemd aus Flanell, dessen Ärmel abgetrennt waren, dazu ziemlich verschlissene Jeans und feste Stiefel. Er stand ruhig und gefasst da, hielt seine Armbrust und betrachtete mich wie die Langmut selbst. Das war ein gutes Zeichen. Wenigstens einer von uns war in dem Moment nicht unnötig erregt.

»Ich bin Casey Jones«, sagte ich und reichte ihm die Hand. Er ignorierte die Geste.

»Ramsey Lee«, murmelte er zurück. Und dann wurde mir etwas klar.

»Ich habe mich schon gewundert, was mit Ihnen passiert ist«, sagte ich.

»Gar nichts ist mit mir passiert«, sagte er abwehrend. »Das Leben ist mir passiert. Ihr Leute könnt auf euren Hintern sitzen und so viel fernsehen wie ihr wollt. Ich glaube daran, mein Leben zu leben und für die Dinge einzustehen, die mir wichtig sind.«

»Wie viel Zeit mussten Sie denn absitzen?«, fragte ich. Die Neugier behielt die Oberhand gegenüber den wenigen guten Manieren, die ich hatte.

»Was kümmert Sie das denn?«, fragte er zurück, aber ich bemerkte, dass er seine Armbrust an einem Baum ablegte und sich die Zeit nahm, mich vom Scheitel bis zur Sohle zu begutachten. Sein kritischer Blick machte mich nervös. Als ob er mich abmessen würde für einen Kochtopf. Außerdem versank ich langsam im Schlamm. Ich würde meine gepflegte äußere Erscheinung nicht sehr viel länger bewahren können.

»Hey, ich habe Sie bewundert für das, was Sie gemacht haben«, sagte ich. »Ich hätte Ihnen geholfen, wenn Sie mich gebeten hätten.«

»Wie hätte ich Sie wohl um Hilfe bitten können?«, fragte er. »Wo ich Sie doch gar nicht kenne?«

»Das ist nur eine Redewendung«, erklärte ich. Oh Jesus, wo hatte dieser Kerl bloß gesteckt? Er benahm sich so, als hätte man ihn zehn Jahre lang auf einem Dachboden eingemottet und eben erst zum Lüften rausgehängt. Seine Fähigkeiten im zwischenmenschlichen Umgang lagen noch unter meinem eigenen Randgruppenstandard, obwohl ich zugeben muss, dass sein Körper durchaus einige Attraktionen bot. Er hatte unglaubliche Bizepse und die Art von sonnengebräunten, sehnigen Armen, die nur jemand haben kann, der wirklich auf dem Land arbeitet. Diese Art schlanke Kraft kann man nicht in einem Fitnessclub erwerben.

»Ich habe zweieinhalb Jahre gesessen«, erklärte er mit ausdrucksloser Stimme. »Ich bin immer noch auf Bewährung.«

Ich rechnete es im Kopf aus. Das hieß, dass er erst vor knapp einem Jahr aus dem Knast rausgekommen war. Kein Wunder, dass er so menschenscheu wirkte.

Ramsey Lee war vor vier oder fünf Jahren verhaftet worden. Wegen Sachbeschädigung. Eines Nachts hatte er die Baustelle eines neuen Stadtteils besucht, der entlang der Neuse hochgezogen wurde – knapp außerhalb der Stadtgrenze von Raleigh. Mit der tätigen Hilfe von ein paar immer noch unbekannten Komplizen hatte er einen Bulldozer über eine Klippe stürzen lassen und die Motoren von mindestens sechs anderen schweren Baumaschinen zerstört. Sie hatten die Schleusen von mehreren Rückhaltebecken geöffnet, und bis zum Morgen war der größte Teil des Gebietes überflutet gewesen. Sie hatten den Rest der Anlage an vier verschiedenen Stellen mit Dynamit in die Luft gesprengt, womit jeder Zugang zu der Baustelle zerstört wurde. Außerdem wurde das neue Klärbecken zerstört und ein guter Teil eines Grundstücks in den Fluss hinuntergespült.

Ramsey Lee wurde vom SBI anhand des Dynamits ermittelt, weil ein Bündel Dynamitstangen nicht gezündet hatte. Die

Geschichte hielt sich mehrere Monate lang in den Nachrichten, insbesondere weil Ramseys Vater aus einer der alten North-Carolina-Familien stammte, die sich nach dem Zweiten Weltkrieg dem Immobiliengeschäft zugewandt hatten, um die große Asche zu machen. Das öffentliche Interesse verflog, nachdem Ramsey sich geradeheraus für schuldig bekannte und dann zu zwei Jahren Freiheitsentzug verurteilt wurde. Ich glaube, er hat niemals die Namen seiner Freunde preisgegeben. Die Zeitungen nannten ihn einen Ökoterroristen. Aber es gab eine Menge alteingesessene Leute auf dem Land rund um Raleigh, die ihn offen für das bewunderten, was er getan hatte. Dazu gehörten auch gottesfürchtige Kirchgänger, die man kaum linker Sympathien zeihen konnte. Ich war sicher, dass das SBI über diesen Typ einen Aktenberg besaß, der einen Kilometer hoch war. Sie würden ihm den Hintern aufreißen, sobald sie erfuhren, dass er gegenüber von jener Stelle wohnte, wo Mitchell ermordet worden war.

»Die Trabantenstadt ist gebaut und blüht jetzt«, erzählte ich ihm. »Die gehört heute praktisch schon zur Altstadt von Raleigh. Hässlich wie die Hölle. Ich weiß nicht, wie die Leute ihre Häuser erkennen. Eins sieht genau wie das andere aus.«

Er nickte langsam und strich sich über sein Ziegenbärtchen, indem er den strubbeligen Haarwuchs ausgiebig zwischen langen, sonnengebräunten Fingern hindurchgleiten ließ. »Die werden nicht eher davon ablassen, bis sie den ganzen verdammten Staat zugemauert haben. Gedenken Sie meiner Worte. Eines Tages wird dieser Wald ein Parkplatz sein.«

Ich starrte ihn an und unsere Blicke trafen sich. Ich war mir nicht sicher, ob mir das gefiel, was ich da sah. Irgendetwas rührte sich in mir, aber ich wusste nicht, ob es Angst oder Anziehung war. Seine Augen glitzerten mit dem Leuchten des Fanatikers und seine Stimme bebte vor Hass, wenn er sprach. Aber gleichzeitig merkte ich ihm die Verzweiflung darüber an, dass das Land, das er liebte, immer mehr zerstört wurde. Wie viele von uns glauben schon wirklich an irgendwas? Irgendwie beneidete ich ihn.

»Warum haben Sie versucht, mich so zu erschrecken?«, fragte ich.

»Ich bin es leid, dass die Leute unerlaubt da drüben auf dem Land rumtrampeln.« Er nickte zu jenem Teil des Flusses hinüber, wo ich die Blutlache entdeckt hatte. »Es wird immer belebter, besonders bei Nacht. Man sollte die Straße dort sperren. Es ist eigentlich ein Privatzugang. Ich mag das nicht, was ich da sehe, und weil der Besitzer nicht da ist, habe ich mich entschlossen, selber darauf aufzupassen.«

»Was für Sachen sehen Sie denn da?«, fragte ich und achtete in seinen Augen nach Zeichen des Ausweichens.

Er zuckte mit Reingarnichts. Und seine Stimme verlor ihre Angespanntheit. »Unerlaubter Zutritt, das ist alles. Angeln in der Nacht. Lagerfeuer. Lärm, der mich bei der Jagd stört. Gerüche, die meine Hunde ablenken. Solche Sachen eben.«

Ich glaubte ihm nicht. »Sie haben ein Problem«, sagte ich, in der Hoffnung, ihn ein wenig aufzurütteln. »Ich bin Privatdetektivin. Ich arbeite an einem brisanten politischen Fall, in den ein Mann namens Thornton Mitchell involviert ist und eine Politikerin namens Mary Lee Masters. Haben Sie je von den beiden gehört?«

»Ich weiß, wer sie sind«, sagte er düster.

»Ich glaube, Mitchell ist vor zwei Nächten dort drüben ermordet worden.«

Er zuckte mit den Schultern. »Es passieren viele komische Sachen am Fluss, besonders bei Nacht.«

»Die Cops werden Ihnen auf dem Kopf rumtanzen, wenn sie rausfinden, dass es gegenüber von Ihrem Stück Land passiert ist. Die werden wissen wollen, was Sie gesehen haben.«

Er zuckte wieder mit den Schultern, als ob es ihn nichts anging. »Ich habe gar nichts gesehen. Die Cops machen mir keine

Angst. An die bin ich gewöhnt.« Er hob seine Armbrust auf und drehte mir abrupt den Rücken zu. »Tut mir Leid, dass ich Sie erschreckt habe.« Er sprach seine Entschuldigung rückwärts gewandt über die Schulter. »Aber ich muss jetzt gehen.«

Er verschwand wieder im Wald, wo seine Farben sich augenblicklich mit denen der Bäume vermischten. Ich war ziemlich sicher, dass er log. Aber über was?

Ich setzte mich wieder in das Kanu und paddelte vom Ufer weg. Meine Knöchel waren von Moskitos zerstochen. Ich beeilte mich, flussabwärts zu kommen. Und ich musste noch eine ganze Scheune ausmisten, bevor ich nach Hause konnte.

Ich war schon ein paar Kilometer auf dem US 1 in Richtung auf Slims Farm unterwegs, als mir etwas Wichtiges wieder einfiel, was ich beim Durchlesen der alten Berichte aus der *N&O* gesehen hatte. Thornton Mitchell war auch in der Planungsgruppe gewesen, die bei dem Trabantenstadtprojekt mit dabei war, für dessen Sabotage schließlich kein geringerer als Ramsey Lee ins Gefängnis wanderte.

Es sah so aus, als stünden jemandem da noch ein paar unangenehme Stunden mir dem SBI bevor.

5

Ich habe einen Anrufbeantworter, bei dem für jede Nachricht ein Lichtlein aufblinkt. Im Moment war er dabei, stroboskopische Muster zu produzieren, wie eine Disco aus längst vergangenen Jugendtagen. Ich zählte die Lichter und goss mir eine große Cola ein. Erst das Paddeln, dann das Schaufeln. Ich war erschöpft. Es war Zeit für einen Koffeinstoß.

Hmm … sechs Nachrichten in sechs Stunden. Was für ein Zufall. Das hieß, dass sie vermutlich alle von Bobby Dee stammten.

Doch nein, welch angenehme Überraschung. Die erste Nachricht war von Mary Lee Masters. Möglicherweise hatte sie die Nummer sogar eigenhändig gewählt. Es gab mir ein warmes Gefühl in der Magengegend, zu wissen, wie wichtig ich in ihrem Leben war.

»Gottverdammt, Casey. Wo waren Sie heute den ganzen Tag? Sie sagten doch, Sie würden mich anrufen, um mich auf dem Laufenden zu halten. Was ist los? Wer ist es, der mir das angetan hat?« Dann kam eine Pause, während sie tief Atem holte. »Es ist ganz, ganz wichtig, dass ich weiß, wer hinter dieser Sache steckt. Und zwar so rasch wie möglich. Ich kann es mir nicht leisten, diese Sache wie ein Damoklesschwert über meinem Kopf hängen zu haben. Bitte. Ich flehe Sie an. Und ich gebe Ihnen das Dreifache Ihres Stundentarifs, wenn Sie die Sache bis Anfang nächster Woche aufklären.«

Da sieht man einmal, wie unnachgiebig ich verhandeln kann. Ich muss mich nur hinsetzen und zuhören, und schon kommen meine Geschäftspartner auf Knien angekrochen.

»Ich bitte Sie, Casey«, wiederholte sie. »Schaffen Sie mir diese Typen vom Hals. Und beeilen Sie sich. Ich brauche Sie hier. Ich habe schon wieder einen obszönen Anruf erhalten. Außerdem hasse ich meinen neuen Leibwächter. Ich kann nicht mal pinkeln gehen, wenn diese große Vollmütze dasteht und darauf wartet, dass ich fertig werde. Es bringt mich um. Und, Casey: Er hört mir dabei zu. Ich glaube, er ist ein Pinkelfetischist.«

Sie legte abrupt auf, und ich wunderte mich über ihre exzessive Selbstfixiertheit. Ihre Blase war ihr wichtiger als Gerechtigkeit. Andererseits – wem ist sie das nicht?

Die nächsten drei Nachrichten gaben mir mehr zu denken.

»Casey, was für einen Mist hast du jetzt schon wieder gebaut?« Bobbys Akzent war unüberhörbar. Er klingt wie ein Müllabfuhrwagen, der rückwärts fährt, nur mit einer gedehnteren Aussprache. »Es reicht dir wohl nicht, dass du deine eigene Lizenz verloren hast? Jetzt musst du mich auch noch um meine bringen?«

Oh, dieser Bobby Dee. Er bringt immer wieder alles durcheinander. Das ist eben der Grund, warum er so ein lausiger Schnüffler ist. Ich hatte ja nie eine Lizenz! Was man nicht hat, kann man auch nicht verlieren. Außer natürlich, wenn man Jungfrau ist.

»Du bist großartig fürs Geschäft, Püppchen. Einfach großartig. Zwei von diesen SBI-Knalltüten kamen heute ins Büro. Ich hatte gerade einen Kunden hier, der ist nach hinten hinaus abgedüst, als er die beiden kommen gesehen hat.«

Armer Bobby. Da muss er in einem vollklimatisierten Büro auf seinem Luftkissen sitzen und zwei höflichen Männern versichern, dass er von nichts eine Ahnung hat, während sein schleimiger Kunde, der auf Bewährung draußen ist, durch den Hinterausgang die Fliege macht. Kein Wunder, das er traumatisiert war.

»Ich will ja nicht drohen, Süße«, sagte Bobby, »aber wenn du mich nicht innerhalb von einer Stunde anrufst, fliegt dein fetter Hintern hochkant hinaus.«

Ich machte mir keine schlaflosen Nächte darüber, ob mein dicker Po aus Bobbys Tür segelte oder nicht. Die nächste Nachricht bot eine leichte Veränderung seiner Haltung. Sie begann mit einem öligen Glucksen, dass sich zu einem nervösen Gelache steigerte. »Casey Baby, Jonesy Schnuckelchen. Ich hab ja nur Spaß gemacht mit dem, was ich vorhin gesagt habe. Har. Har.«

Genau. Har. Har.

»Hör mal zu Püppi, ich hab grade einen Anruf von dieser Lady aus der Politik erhalten, auf die du in letzter Zeit aufpassen musstest. Sie sagt, sie wird uns das Dreifache bezahlen, wenn du die Geschichte bis Anfang nächster Woche unter Dach und Fach bringen kannst. Ich hab ihr gesagt, das geht in Ordnung. Du bist der absolute Star dort.«

Oh ja. Ein Superstar. Wunderbar.

»Lass dir Zeit mit dem Rückruf, Püppi. Wenn ich nichts von dir höre, weiß ich, du bist einer heißen Sache auf der Spur.« Sein öliges Gluckern ebbte ab und er hängte auf.

Ich saß auf dem alten Ledersessel, den ich aus dem Sperrmüll gezogen hatte und überlegte, während ich an den viertausend Mückenstichen auf meinen Knöcheln herumkratzte. Mal sehen. Ich könnte mich für Mary Lee abrackern. Ich könnte Bobby Dee auffordern, zur Hölle zu fahren. Oder ich könnte mich selber des Mordes für schuldig bekennen und die Gelegenheit nützen, um mich ein, zwei Stunden lang an Bill Butlers Mitleid zu klammern. Hmmm …

Die nächste Nachricht war von Bobby. Schon wieder. Seine Stimme begann allmählich, meine Nerven freizulegen. Ich fand eine alte Darvon-Kapsel, die auf dem Fenstersims dahingammelte, zweifellos als Memento einer früheren Mega-PMS-Attacke. Ich schluckte den Schmerzdämpfer hinunter, während ich zuhörte.

»Hey, Püppi. Ich will nur mal sehen wies uns geht. Hier steht ein Haufen Kohle auf dem Spiel, verstehst du, was ich meine?«

Ja, ich verstand es. Aber was meinte er mit »uns«? Was wollte Bobby denn dazu beitragen, um uns zu helfen? Plante er vielleicht, sich auf den Verdächtigen draufzusetzen, nachdem ich ihn eingefangen hatte?

Scheiß auf Bobby. Ich spulte vor zur nächsten Nachricht. Schon wieder er. Vier abgeschossen und noch zwei Versuche frei. Komm schon, Bill Butler, nimm das Telefon in die Hand und fang, an zu wählen.

»Casey Baby. Ich habe eine wirklich tolle Idee.«

Ich auch. Nimm deinen fetten Kopf und steck ihn ganz tief in die Kloschüssel rein. Bitte. Und lass meinen Anrufbeantworter in Frieden.

»Ich habe eine Kontaktperson bei der *N&O*, die jemanden umbringen würde, nur um ein paar Exklusivinformationen zu kriegen«, sagte Bobby. »Als Gegenleistung könnte sie uns mit *Hard Copy* verkuppeln, wenn wir fertig sind. Wir könnten ein bisschen mehr Kohle machen und eine Menge Publicity kriegen. Kein Grund, nicht ein bisschen vorauszuplanen, hey, was, Püppi?«

Überhaupt kein Grund, nein. Wenn du keine ethischen Bedenken hast. Und wenn du keine ethischen Bedenken hast, warum willst du nicht gleich selber für das Amt des Senators kandidieren?

Ich übersprang den Rest von Bobbys Geschwafel. Ich hatte wichtigere Dinge im Kopf.

Ich bin nicht abergläubisch. Ich mache das mit dem Glück mit mir selber aus. Aber ich kreuzte zweimal zwei Finger und beide Beine, als sich die letzte Nachricht mit einem Piep ankündigte.

»Casey? Bill Butler hier. Ich rufe nur an, um zu fragen, ob Sie Lust hätten, morgen mit mir zu Mittag zu essen? Ich bin heute noch ziemlich lange hier. Rufen Sie mich also an, wenn Sie nach Hause kommen.«

Ja. Ja. Ja. Nick. Nick. Nick.

Meine Kopfschmerzen waren verflogen.

Ich rief Bill Butler zurück, um den Lunch für ein Uhr mittags in einem bestimmten Diner in der Innenstadt zu bestätigen. Der ganze Laden hatte sich um eine Klasse verfeinert. Es gab dort großartige Krabbenküchlein, sofern man die vierminutenlange Beschreibung von allem, was auf der Speisekarte stand, ertragen konnte, die einem von der überaus beflissenen Bedienung vorgetragen wurde. Ich dachte an Bill und war drauf und dran, den Mann wirklich zu mögen. Ich fragte mich, ob er das wusste und ob er nur versuchte, mich auszunutzen.

Am nächsten Morgen nahm ich mir vor, möglichst noch vor dem Essen ein oder zwei kleine Dinge auszukundschaften, damit Bill und ich noch etwas anderes außer Zungenküsse miteinander tauschen könnten. Aber bedauerlicherweise sah es nicht so aus, als ob das so bald passieren würde.

Ich wusste, wo ich zuerst hingehen musste. Ich hatte selber eine Scheidung durchgemacht. Ich weiß, wo die Leichen im Keller liegen und wer darüber am besten Bescheid weiß. Ich würde Thornton Mitchells Exfrau aufsuchen.

Anscheinend hatte sie es dem guten alten Thornton mit gleicher Münze heimgezahlt. Adriana Mitchell wohnte in Oakwood, einem historischen Viertel, einen Kilometer entfernt von der Villa des Gouverneurs. Die Immobilienpreise dort waren in den letzten zehn Jahren raketengleich in den Himmel geschossen, und eine Menge von den Alteingesessenen hatten ihren Schnitt gemacht und waren damit ab durch die Mitte, womit die Gegend einer Mixtur aus Rechtsanwälten, Geschäftsleuten aus dem Immobilien- und Finanzsektor, Professoren, früheren Hippies und dem einen oder anderen Politiker in die Hände fiel. Ich war mir ziemlich sicher, dass Stoney Maloney auch hier irgendwo ein Haus besaß, und als Detektivin vermutete ich, dass es dasjenige war, wo zehn seiner Wahlschilder aus dem Gebüsch herausragten wie Warnungstafeln. Ich fuhr langsam dran vorbei, sah aber niemanden.

Einige der Häuser in Oakwood waren kleine Handwerkerhäuser, die aus jenen Tagen übrig geblieben waren, als hier noch etwas hergestellt wurde. Heutzutage werden sie als »charmante Bungalows« bezeichnet und man muss ein Vermögen dafür berappen. Aber auch das ist nur ein Vogeldreck im Vergleich zu den stattlichen, liebevoll hergerichteten viktorianischen Villen, die über die ganze Gegend verstreut liegen. Adriana Mitchell hatte eine der hübschesten: groß und weiß, mit grünen Fensterläden und einer riesigen Veranda, die um drei Seiten des Gebäudes herumlief. Die Veranda flößte mir Respekt ein. Als ich klein war, waren große Veranden wie diese etwas, was im Süden immer nur für die reichen Leute reserviert blieb. Ich hatte nie in einem Haus gelebt, das eine Veranda besaß.

Ein Hausmädchen kam zur Tür, und ihr rundliches Gesicht verzog sich vor lauter Missfallen, als sie meine schwarzen Haaransätze und meine Secondhand-Kleider sah. Warum wollen die Leute bloß nie verstehen, dass Kleider aus der Missions-Boutique ein modisches Statement und eine gesellschaftlich Aussage zugleich darstellen können?

Aber ich zahlte es ihr heim. Ich hielt ihr meinen falschen Ausweis entgegen, und sie machte sich fast in die Hose. Adriana Mitchell kam dann innerhalb von Sekunden an die Tür. »Ja?«, fragte sie und streckte dabei das kleine Wörtchen über drei Silben.

»Mein Beileid zum Tod Ihres Gatten«, sagte ich förmlich. Es kann nie schaden, sich einzuschmeicheln.

»Exgatte«, korrigierte sie mich mit einem siruprägen Tonfall. »Und ich werde nicht die Trauernde spielen. Unsere Wege haben sich schon vor langer Zeit getrennt. Wie kann ich Ihnen behilflich sein?«

»Ich bin Privatdetektivin und untersuche diesen Todesfall im Auftrag jener Frau, in deren Fahrzeug er, äh …« Nun, wie sollte ich es erklären?

Aber anscheinend war keine Erklärung notwendig.

»Sie arbeiten für Mary Lee Masters?«, sagte meine Gastgeberin und ihre Miene hellte sich auf. »Eine reizende Frau. Ich habe sie voriges Jahr bei der Antiquitätenversteigerung im Wohlfahrtsverein kennen gelernt. Ich kann mir nicht vorstellen, wie Thorny in ihren Wagen hineingekommen sein könnte. Es muss ein schöner Schock für die arme Mary Lee gewesen sein, einen Toten auf ihrem Rücksitz zu finden.«

»Wer ist es denn, Addy?«, rief ein melodiöses Organ aus einem Zimmer im Innern. Die Frage wurde, wie ein Echo, von einem Dutzend weiterer Stimmen aufgenommen, alle so hoch und flötenhaft wie Taubenrufe.

»Es ist eine Privatdetektivin, Mädels«, rief Addy über ihre Schulter zurück. »Eine junge Frau.«

Ich hörte Gequietsche und fragte mich, worauf zum Teufel ich mich da wohl einließ. Eine Gruppe gut gekleideter Ladies mittleren Alters strömte aus einem Raum im Innern und zog mich ins Haus hinein, eskortierte mich bis zu einer riesigen, abgeschirmten hinteren Veranda, wo man vor lauter Hängepflanzen kaum die Korbmöbel erkennen konnte. Kaffeekannen und Berge von mundgerechten Kleinstsandwichs bedeckten mehrere Kartentischchen.

»Dies ist mein Bridgeklub«, erklärte Addy, »aber wir finden, dass Karten langweilig sind. Hab ich nicht Recht, Mädels?«

Ich nahm an, das vornehme Gekläff bedeutete ein »Ja«.

»Eine Privatdetektivin ist viel interessanter«, erklärte eine Frau im Blümchenrock.

Eine andere war prosaischer. »Erzählen Sie uns ein paar gute schmutzige Geschichten«, verlangte sie und flippte dazu mit geübtem Geschick ihr goldenes Zigarettenetui auf. Die Zigarette hing zwischen ihren hellroten Lippen und tanzte auf und ab, während sie beim Anzünden daran zog.

»Ich bin eigentlich hergekommen, um von Ihnen zu erfahren, wer alles Dreck am Stecken hat«, gab ich wohlgemut zurück. Warum sollte ich nicht optimistisch sein? Teufel auch, ich war in eine veritable Goldmine der saftigsten Indiskretionen gefallen, in einen Harem voller Frauen, die nichts anderes zu tun hatten, als über das Leben anderer Leute herzufallen.

»Über wen wollen Sie denn etwas Schmutziges hören?«, fragte eine rundliche Frau mit weißem Haar. Sie wirkte verstört, als ob jeden Augenblick ernsthafte Bedenken aufkommen könnten. Eine geschickte Ablenkung schien angebracht.

»Ich verhungere gleich«, verkündete ich und beäugte einen Teller voller Winz-Sandwichs.

Ein Chor von »Oh-aber-bittes« und die hinzueilenden Hände, die Schiffsladungen voller Essen auf meinen Teller häuften, halfen mir, die Kurve zu kratzen. »Im Moment untersuche ich den Mord an Mr Mitchell«, mümmelte ich durch ein Butter-und-Schinken-Eckchen hindurch. »Ich versuche herauszufinden, wer ihn getötet haben könnte.«

»War das nicht einfach schrecklich?«, fragte eine Frau und beugte sich mit blitzenden Augen vor. »Wussten Sie, dass Thornton vergessen hatte, eine seiner Lebensversicherungspolicen zu streichen? Das Ding war über zwanzig Jahre alt und jetzt wird Addy mehr als hunderttausend Dollar kassieren. Ist das nicht zum Schreien?«

Die Seufzer der Bewunderung, die den Raum erfüllten, bestätigten meinen Verdacht, dass ein Gutteil der anwesenden Frauen von ihren Männern verstoßen worden waren, um einem jüngeren Modell Platz zu machen. Addy war offenbar die Gewinnerin ihres inoffiziellen Abzockerpreises. Sie hatte es geschafft, eine satte Prämie aus ihrem Ex herauszuholen, sogar nachdem der schon tot war.

»Das muss eine nette Überraschung für sie gewesen sein«, murmelte ich taktvoll. Es war immerhin ein Motiv.

»Ach, Blödsinn.« Addy machte eine elegante wegwerfende Bewegung mit ihrer Hand. »Ich hab das Geld nicht nötig. Mein Papi hat mir reichlich davon hinterlassen. Aber es amüsiert mich. Thornton würde im Grab rotieren, wenn er es wüsste.«

Die ganze Rasselbande explodierte in hellem, klingendem Gelächter, und ich war betroffen von der Absurdität des Ganzen. Ein Dutzend wohlerzogene Frauen, die sich gleichzeitig vorstellten, wie die Leiche von Thornton Mitchell in der kalten, klammen Erde sich um die eigene Achse drehte. Und es auch noch lustig fanden. Das Dienstmädchen musste sie alle für völlig weggetreten halten. Ich weiß jedenfalls, dass es mir so ging.

»Standen Sie Ihrem Exgatten noch nahe, Miss Mitchell?«, fragte ich.

»Ach, nennen Sie mich doch einfach Addy«, sagte sie nachdrücklich. »Addy Poole. Meine Tochter hat sich immer wieder mal mit ihm getroffen, aber ich selbst habe ihn schon seit Jahren nicht mehr gesehen und auch den Namen ›Mitchell‹ nicht mehr verwendet. Nicht, seitdem er damals mit der Endausscheidungs-Zweiten im *Miss-Fuquay-Varina*-Wettbewerb angebändelt hat. Wie sichs herausstellte, war sie erst siebzehn, und ich hätte sterben mögen, so peinlich war mir das, dass ein Exehemann von mir sich wie ein solcher Dummbatz aufführen konnte. Ich habe dann meinen Mädchennamen wieder angenommen. Aber ich bestehe darauf, dass Sie mich einfach Addy nennen.«

Das Gezwitscher der Zustimmung, das dieser Aussage folgte, klang wie die Erkennungsrufe einer seltsamen Schwesternschaft, wie das Erwachen von Selbstbehauptung, die von diesen Frauen Besitz ergriffen hatte, nachdem sie von ihren Männern abserviert worden waren. Ich bewunderte sie dafür.

»Also«, sagte ich, während ich abschätzte, wie lange es dauern würde, bis ich einen Teller voller Sandwichs verputzt hatte und wie viel Zeit mir noch zum Plaudern blieb, bis ich Bill Butler treffen konnte. »Ich habe später noch einen Termin, also vielleicht könnten Sie mich einfach alles wissen lassen, was Ihrer Meinung nach für diese Untersuchung nützlich sein kann.« Mit anderen Worten: Fangt an zu quatschen, Leute.

»Über wen genau wollen Sie denn etwas wissen?«, fragte

jemand, als ob sie sich vergewissern wollte, wie das Thema ihrer Hausaufgaben lautete. »Nur Thornton? Oder können wir auch über Mary Lee und diesen gut aussehenden Stoney Maloney sprechen?«

Ich hob die Hände behutsam in die Höhe. »Durchaus. Nehmen Sie die beiden dazu, wenn Sie mögen.«

Das war, als ob man einen streunenden Hund fragen würde, ob er ein Kotelett haben möchte. Die Ladies waren verdammt nahe dran, mich zu zerfleischen in ihrer wilden Entschlossenheit, den Preis an sich zu reißen. Innerhalb von dreißig Minuten gelangte ich an eine erstaunliche Menge von intimen Informationen. Die Betroffenen wären entsetzt gewesen, wenn sie gewusst hätten, dass diese Dinge der Öffentlichkeit bekannt waren. Ausgenommen vielleicht Thornton, der jetzt erhaben über alle Peinlichkeit war. Diese Frauen wussten, dass Mary Lee zweimal im Jahr auf ein langes Wochenende in einen Kurort fuhr, um dort Gewicht zu lassen, und dass ihre Haare regelmäßig im Salon Marianne in der Innenstadt gefärbt wurden, und zwar von der Besitzerin persönlich, wenn auch in einem Hinterzimmer, auf das niemand etwas davon erfahre. Eine der Ladies erzählte, dass bei einer Dinner-Party, die die Masters unlängst veranstaltet hatten, Mary Lee versucht hatte, die kulinarischen Kreationen als ihre eigenen auszugeben. Andere berichteten, dass sie Dienstmädchen verbrauchte wie andere Feuerholz, dass sie eine entfernte Kusine hasse, weil sie eine Affäre mit ihrem Gatten gehabt hatte, dass sie besonders knauserig mit ihrem Geld war und mit ihrer eigenen Schwester in einer Dauerfehde lag.

Die anderen standen nicht besser da. Bradley Masters war ein perfider Hund, der sich mit den Töchtern von fast jeder der anwesenden Frauen eingelassen hatte und dessen Indiskretionen sich neuerdings auf Collegestudentinnen ausgedehnt hatten. Im Kreis der Ehemänner galt er als jemand, der mit Sicherheit jedes

Geschäft kaputt machte, wenn man blöd genug war, es ihm anzuvertrauen.

Die übereinstimmende Meinung aller, was Thornton Mitchell betraf, ging dahin, dass er ein Schweinehund war, obwohl man sagen musste, dass Addy wirklich wunderbare Kinder hatte. Und dass die Hälfte aller Väter in North Carolina Grund gehabt hätten, ihn umzubringen. Dann gab es eine kurze, aber hitzige Debatte über sein Toupet und darüber, dass es im Laufe der Jahre immer offensichtlicher wurde, dass er eins trug, und ob seine Geschwister sich wohl die Mühe machen würden, ihn mit demselben zu begraben. Er hatte in letzter Zeit eine unglückliche Hand bewiesen, wenn es um Immobiliengeschäfte ging. Darin waren sich alle einig. Der Sohn einer der Frauen arbeitete in einer Bank, die die Rückzahlung eines Baukredits gefordert hatte, und der Mann einer anderen Frau hatte Geld verloren, das er in ein Einkaufszentrum investiert hatte, an dem Thornton beteiligt gewesen war. Das war in der Tat interessant, und ich speicherte die Information in meinem Gehirn.

Aber was mich am meisten interessierte, war der Dreck, der an Stoney Maloneys Stiefeln klebte. Ich erkundigte mich, ob er hier in der Nachbarschaft wohnte, und zahlreiche Stimmen beteuerten mir, dass dies der Fall sei.

»Direkt neben Elaine«, enthüllte mir eine der Damen.

Elaine lächelte, angenehm berührt durch die Aufmerksamkeit. »Ja. So ist es. Er hat einen wunderschönen Garten. Natürlich ist er das Werk eines Gärtners, weil er selber so beschäftigt ist.«

»Werden Sie für ihn stimmen?«, fragte ich die Ladies, aus purer Neugier.

»Oh nein«, sagten die meisten von ihnen und erklärten, dass sie es vorzögen, wenn eine Frau diese Stelle einnähme. Und im übrigen wären ihre Exehemänner alles Konservative, und sie seien es leid, sich Vorschriften machen zu lassen, wie sie …

»Ich werde für ihn stimmen«, unterbrach Elaine spielerisch. Ihr Schachzug funktionierte. Alle Augen waren erneut auf sie gerichtet. Sie kicherte.

»Aber Elaine. Du bist doch eine alte Demokratin. Du würdest sogar einen gelben Hund ins Amt wählen, wenn die Demokraten ihn nominieren. Wie kannst du da sagen …«

»Weil er so toll aussieht«, gab sie zu. »Dieser silberne Haarschopf!«

»Oh, Elaine!«, sagte eine Frau angewidert. Ich war beeindruckt. Bis sie dann fortfuhr: »Das ganze Tollsein ist doch für Nichts und Niemand nütze. Er ist so einer.« Sie senkte die Stimme und vermittelte den Eindruck, ohne es tatsächlich in Worte zu kleiden, als verbrächte Stoney Maloney seine Abende gekleidet in eng anliegenden Muskel-T-Shirts und tanze die Nächte hindurch mit Scharen von Schwulen auf den Dächern der hiesigen Discos.

»Nein, so ist er nicht«, versicherte ihnen Elaine und lachte in der überlegenen Manier von jemandem, der echtes Insiderwissen besaß.

»Sags uns, sags uns«, riefen ein Dutzend Stimmen im Chor.

»Ich denke, er hat eine Freundin und noch dazu nicht gerade eine graue Maus. Seine Mutter würde sich ein Bein ausreißen, wenn sie das wüsste.«

Alle beugten sich vor, alle Augen waren wie angenietet auf Elaine gerichtet. Ich nützte die Gelegenheit, um mir ein hartes Ei zu kapern.

»Jeden Mittwochabend, den ganzen letzten Monat hindurch, ist er sehr, sehr spät noch mal außer Haus gegangen.«

»Woher weißt du das?«, fragte jemand.

»Weil ich ihn beobachtet habe«, erklärte sie, bass erstaunt – als ob es dafür eine andere Erklärung geben könnte.

»Verlässt er das Haus allein?«

»Natürlich verlässt er es allein«, sagte Elaine mit herber Zurückweisung.

»Woher weißt du dann, dass er sich mit einer Frau trifft?«, fragte Addy.

Elaine hatte genügend Anstand, ein wenig zu erröten. »Ich hatte zufällig Gelegenheit, eine Nachricht auf seinem Anrufbeantworter mit anzuhören, als ich letzte Woche das Unkraut bei meinen Dotterblumen gejätet habe.«

»Dotterblumen im Oktober?«, rief eine der Frauen aus. »Oh Schande über dich, Elaine! Du bist um sein Haus herumgeschlichen.«

Das Gelächter, das dieser Bemerkung folgte, wich bald darauf der Forderung nach mehr Details, die wie das Gejohle eines Cheerleader-Chores klang.

»Es war eindeutig eine Frauenstimme und sie sagte, sie könnte es kaum erwarten, später am Abend wieder mit ihrem Felsen-Mann zusammen zu sein.«

»Felsen-Mann?«, fragte eine weißhaarige Frau. »Was soll denn *das* nun wieder bedeuten?«

»Helen!«, rief jemand. »So alt bist du nun auch wieder nicht.«

Die pragmatische Dame mit dem goldenen Zigarettenetui übersetzte mit bewundernswerter Knappheit. »Es bedeutet, er ist im Bett hart wie Granit.«

»Um Himmels willen«, sagte Helen und verfiel in Schweigen. Ich fragte mich, ob Stoney wohl soeben eine weitere Wählerin gewonnen hatte.

»Hilft Ihnen das?«, fragte Addy höflich.

»Oh, ja«, sagte ich und nickte lebhaft. Zugleich griff ich mir noch ein winzig kleines Hühnersalat-Sandwich, bevor ich gehen musste. »Ja, sehr.« Und es stimmte wirklich. Schließlich war Thornton Mitchell an einem Mittwoch getötet worden. Nachts. Und Stoney Maloney war zu diesem Zeitpunkt nicht zu Hause. Bill Butler würde beeindruckt sein.

Allerdings zeigte sich Bill nicht gerade überwältigt von meiner Ausbeute, als wir uns eine Stunde später trafen. Es machte mich ganz schön sauer, auch wenn sein grünes Polohemd noch so sehr seine großen braunen Augen akzentuierte.

»Wir wissen, dass es schlecht um Mitchells geschäftliche Angelegenheiten stand, und wir wissen auch, wo Stoney sich in jener Nacht aufhielt«, erklärte er, als ich mit dem Bericht über das, was ich erfahren hatte, fertig war. »Wir haben ihn gestern dazu befragt.«

»Also, dann sagen Sie mir doch, wo er war in dieser Nacht«, verlangte ich.

»Casey, das geht Sie nichts an. Und es ist nicht von Belang für diesen Fall.«

»Geht mich nichts an?«, fragte ich ungläubig. »Die ganze Welt geht mich etwas an.«

»Anscheinend sind Sie dieser Meinung«, sagte er. Er hatte auf mein Drängen Krabbenküchlein bestellt und dank meiner Stärkung mit mehreren Pfund an Kleinst-Sandwichs hatte ich es bisher geschafft, mit meiner Gabel nicht auf seinen Teller hinüber zu wandern, um die Soßen zu kosten. »Schauen Sie«, sagte er, so als ob er verärgert darüber sei, dass ich nichts besseres geleistet hatte, »ich habe Sie zum Essen eingeladen, um festzustellen, ob Sie etwas Nützliches erfahren haben, etwas, was mir helfen kann.«

»Ganz bestimmt«, sagte ich unheilvoll und blitzte ihn mit meinem strahlendsten Lächeln an. Wenn du ihn nicht bezirzen kannst, verwirrst du ihn am besten ganz. Lautet mein Motto.

»Was soll denn das heißen?«, fragte er argwöhnisch.

»Ich habe Ihnen schon gesagt, was ich weiß. Es ist nicht meine Schuld, wenn Sie die Bedeutung meiner Information für den Fall übersehen.« Ich lächelte wieder. Er war immer noch verwirrt. »Haben Sie das Alibi des Ehemannes gründlich durchgecheckt? Ich meine, haben Sie es doppelt überprüft?«

»Wir arbeiten noch dran«, sagte er ungeduldig, »aber ich habe das Gefühl, er ist sauber.«

»Können Sie mir sonst gar nichts sagen?«, beschwerte ich mich und hoffte seiner Exfrau zuliebe, dass er mit den Alimentezahlungen nicht genauso knauserig war.

»Ich kann über den Fall zu diesem Zeitpunkt keinen Kommentar abgeben. Er ist gerade in einem kritischen Stadium.«

»Wirklich? Wie kritisch?« Ich schob unschuldig einen Hushpuppy in den Mund und kaute, während Bill unruhig zuckte und zappelte. Ich schluckte runter und beschloss, ihn zu überraschen. »Mit anderen Worten, Mary Lee Masters ist keine Verdächtige mehr. Ihr habt jemand anderen festgenommen und quetscht ihn jetzt aus.«

»Kann sein.« Man sah ihm an, dass er sich unbehaglich fühlte.

»Und Ramsey Lee sagt kein Wort.«

Diesmal blickte er erstaunt. »Woher wissen Sie das?«, herrschte er mich an. »Gibt es eine undichte Stelle in meiner Abteilung?«

»Das nicht«, versicherte ich ihm. »Ich bin Detektivin, erinnern Sie sich? Ich habe ein großes Talent dafür, die Teile eines Puzzles zusammenzusetzen.«

»Das ist ein zu großes Stück, um es aus der Luft zu greifen.« Ich war etwas betroffen von seiner Unterstellung.

Aber das hielt mich nicht davon ab, am Ball zu bleiben. »Wirklich? Und wie stehts mit diesem Puzzleteil? Das SBI hat festgestellt, dass Thornton Mitchell am Ufer der Neuse erschossen wurde, wo er mit dem Kopf auf einen Haufen Steine aufschlug. Dann wurde er durch den Sand geschleift und im Kofferraum seines eigenen Wagens verstaut, bevor ihn jemand zu Mary Lees Haus fuhr. Weil die Stelle, wo er getötet wurde, einem Landstück gegenüber liegt, das Ramsey Lee gehört – und weil das SBI einen Ständer kriegt vor Begeisterung, wenn es darum geht, Ramsey Lee zur Schnecke zu machen –, deshalb ist er jetzt in Haft. Die wollten ihn schon damals ans Kreuz schlagen, als er so leicht davon gekommen ist, wie er die Baustelle in die Luft gejagt hat. Und das hier ist ihre große Chance.«

»Sie werden mir schon noch sagen, woher Sie das alles wissen«, warnte mich Bill. Er funkelte mich an, aber das war eher aufregend als einschüchternd. Ich wusste, dass ich Recht hatte. Und ich wusste noch etwas anderes.

»Die irren sich, Bill«, versicherte ich ihm. »Ich werde Ihnen nicht sagen, woher ich weiß, wie er getötet wurde oder wen das SBI verhaftet hat. Aber eines sage ich ihnen: dass Sie damit schief liegen.«

»Was macht Sie da so sicher?

»Ramsey Lee würde nie jemanden mit einer Schrotflinte wegpusten. Er würde ein Gewehr benutzen. Oder eine Armbrust. Und es wäre ein sauberer Schuss, direkt ins Herz. Er hätte nicht mal sein eigenes Grundstück verlassen müssen, um es zu tun. Er hätte am anderen Ufer stehen und einen Schuss nach dem anderen abfeuern können. Und was auch verdammt sicher ist: Er hätte ihn nicht auf diese Weise durch den Sand geschleift und die Leiche in Mary Lees Auffahrt platziert. Warum sollte er das tun? Was hätte er gegen sie gehabt? Und warum hätte er die Leiche überhaupt von dort wegschaffen sollen?«

»Weil der Tatort genau gegenüber von seinem Land liegt. Die Tatsache, dass die Leiche bewegt wurde, ist von grundlegender Bedeutung.«

»Grundlegend, ganz genau«, pflichtete ich ihm bei. »Aber nicht für Ramsey. Weil er es nicht getan hat. Aber irgendjemand hat es getan, und ich wüsste nur allzu gerne, warum es so wichtig war, die Leiche von diesem Grundstück zu entfernen.«

»Ramsey passt ausgezeichnet in das Täterprofil«, insistierte Bill. »Er hat eine Verbindung zu Mitchell. Er hat eine Akte so dick wie dieser Tisch hier.«

»Er hat eine Überwachungsakte so dick wie dieser Tisch«, korrigierte ich ihn. »Er hatte eine Strafakte so dick wie Schrumpfkopfs Schwänzchen. Was heißen soll, vielleicht einen winzig kleinen Zentimeter breit.«

Er überhörte das und fuhr fort: »Dann erklären Sie mir mal dies: Man hat Mitchells Wagen auf seinem Grundstück gefunden.«

»Was?«, fragte ich. »Man hat Mitchells Wagen auf Ramsey Lees Grundstück gefunden?«

»Ja, oh Sherlock. Überzeugt Sie das?«

»Und wie«, sagte ich und nickte. »Nämlich davon, dass ich recht habe.« Er rollte mit den Augen, und ich setzte nach. »Man hat seinen Wagen gefunden – am anderen Ufer, gegenüber der Stelle, wo er umgebracht wurde? Wie ist er denn dahin gekommen? Irgendjemand hat den Wagen gefahren und absichtlich auf Ramseys Grundstück abgestellt. Es ist nicht gerade ein günstig gelegener Müllabladeplatz, der sich von selber anbietet. Im Gegenteil, es ist der Ort, der sich am allerwenigsten für diesen Zweck anbietet. Da mussten die zuerst rund fünfundzwanzig Kilometer in die eine Richtung bis zur nächsten Brücke fahren und dann auf der anderen Seite wieder zurück. Was für ein Bockmist ist das denn? Und warum sollte Ramsey das Auto auf seinem eigenen Grundstück stehen lassen? Man will ihm da was anhängen und Sie aufs falsche Gleis führen. Ihr Typen verhaltet Euch alle wie die Vollidioten.«

Ich klang so sicher, weil ich mir sicher war. Und Bill kapierte das allmählich.

»Was haben Sie jetzt vor?« Sein Tonfall war nicht mehr ärgerlich, sondern neugierig. Endlich machten wir Fortschritte. »Rücken Sie raus damit«, sagte er, so nett, wie er konnte.

»Ich habe Ihnen schon alles gesagt«, antwortete ich mit einem Achselzucken. »Und Sie können entweder mit mir arbeiten oder gegen mich. Aber wenn Sie nachher nicht wie ein Blödmann vor den SBI-Typen dastehen wollen, würde ich auf meiner Seite arbeiten.«

6

Wir beendeten das Krabbenessen noch kribbeliger als zuvor. Meine romantischen Hoffnungen waren verflogen. Aber ich war fest entschlossen, es diesem ganzen Verein von testosterongesteuerten Komikern zu zeigen. Was mich allerdings am meisten irritierte, war Bills Bemerkung, er wüsste, wo Stoney Maloney sich in der Nacht, als Thornton Mitchell ermordet wurde, aufgehalten hätte. Warum wollte er es mir nicht sagen? Das Höhlenmädchen zu identifizieren, das zu Stoneys Granitklopfer dazugehörte, würde sich ein klein wenig schwieriger gestalten, so ganz ohne jeden Hinweis. Doch ich fühlte mich der Anstrengung gewachsen.

Ich kehrte zurück ins Büro, um Stoneys Terminkalender für die Woche durchzusehen. Die *N&O* druckte jeden Tag einen politischen Veranstaltungskalender für die Woche, und ich hatte ihn aufmerksam verfolgt. Die Mittwochabende waren offenbar für Strategietreffen reserviert. Traditionellerweise kamen dann alle Kandidaten zu ihren Hauptquartieren zurück, um ihre Kräfte zu bündeln und die Ereignisse für die nächste Woche zu planen. In dieser Woche war es auch nicht anders gewesen, sodass Mary Lee und Stoney beide in Raleigh waren, als Thornton Mitchell getötet wurde. Aber an den kommenden Tagen würden beide noch überall im Staat unterwegs sein. Meine beste Chance, um Stoney in Aktion zu erwischen, war an diesem Abend, bevor er sich zu seinem Auftritt in Richtung Asheville aufmachte. Er war als Redner bei einem Wohlfahrtsabend vorgesehen, der von den politischen Klubs etlicher Colleges organisiert wurde. Vielleicht würde ich die Dame seines Herzens entdecken, wie sie irgendwo in seiner Nähe in der Menge herumlungerte.

Es gab ein Foto von Stoney auf Seite eins, das ihn dabei zeigte, wie er gerade seine Pressemitteilung verlas, in der er seine

Verteidigung von Mary Lee vorbrachte. Ich sah mir das Foto lange und ausführlich an. Kein Wunder, dass seine lauschfreudige Nachbarin Elaine ihm ihre Stimme geben wollte. Er war einer von diesen Glückskindern der Natur, die umso besser aussehen, je älter sie werden.

»Bobby!«, rief ich. Ich trat meine Tür auf, damit er mich durch das Getöse seiner gastronomischen Betätigung hindurch besser hören konnte.

Er antwortete mit einem lang gezogenen Rülpser, der dem Jaulen eines Seehunds nicht unähnlich klang. Wenn ich Heringe zur Hand gehabt hätte, hätte ich ihm einen zugeworfen.

»Tut mir Leid, Püppi«, erklärte er. »Da hat ein neues mexikanisches Restaurant aufgemacht, unten an der Ecke. Die liefern frei Haus.«

Und sie würden damit reich werden, mit Bobby als Kunden. Das Unglaublichste an dem Mann war, dass er ein Liebesleben hatte. Echt, es gab Frauen in Raleigh, North Carolina, die bereit waren, sich mit einem Zweihundertkilo-Mann einzulassen, der Polyesteranzüge, schwere Goldketten und ein mieses Toupet trug und sie mit Fingern begrapschte, die wie fette Würstchen aussahen.

»Kennst du jemanden in der Abteilung für Grundbucheintragungen im Katasteramt?«, fragte ich.

»Sicher«, röchelte er. »Nettes Mädchen namens Nancy. Langbeinige Blondine mit einem hübschen Paar erkennungsdienstlicher Merkmale und großartigen Fesseln. Leider unglücklich verheiratet.«

»Ruf sie an, und sage ihr, dass ich komme, okay? Sie soll die Unterlagen raussuchen über das Grundstück am Ufer der Neuse, das Ramsey Lee gehört. Und ich brauche die Unterlagen über das Grundstück genau gegenüber. Ich weiß nicht, wer der Eigentümer ist, und die Grundbuchnummern kenne ich auch nicht. Ob sie das trotzdem für mich raussuchen kann?«

»Sicher, Baby. Nancy kann alles finden. Besonders im Dunkeln.«

Ich wollte es gar nicht wissen. Ich schnappte mein Handtäschchen und schoss aus der Tür. Jemand hatte Thornton Mitchell aufgefordert, sich mitten in der Nacht, mitten im Nirgendwo, mit ihm zu treffen. Ich wollte wissen, wer dieser Jemand war. Es war logisch, mit dem Besitzer des Grundstücks anzufangen. Nicht, dass ich unbedingt an Logik glaubte.

Das nette »Mädchen« namens Nancy war auch kein Frühlingshühnchen mehr, eher ein Brathuhn. Eine wunderbare Spraydosenblondine – aber wieso sollte ich Steine aus dem Glashaus werfen? Ihr Donnerbusen wirkte verdächtig forsch, und ihr Teint besaß jene gegerbte Tönung, die man in diesen hautkrebsbewussten Zeiten nördlich von Boca Raton eigentlich nicht mehr antrifft. Aber sie hatte tatsächlich ein Paar großartige Beine, da musste ich Bobby Recht geben. Sie näherte sich mir im Scherenschritt, exzellent balanciert auf zehn Zentimeter hohen Absätzen. »Sie sind Casey?«, fragte sie und knallte mit ihrem Kaugummi, als wäre das Ploppen ein Fragezeichen am Ende ihres Satzes.

»Die bin ich.«

»Wie gehts Big Daddy?«, fragte sie und ließ zwei Aktenordner zu mir hinübergleiten.

Big Daddy? Oh bitte, nein. Nicht einmal Tennessee Williams hätte Bobby Dee aufreizend gefunden.

»Ihm gehts gut«, gab ich zu. »Groß und der Boss, wie man so sagt.«

»Das will ich meinen.« Sie beugte sich über den Schalter und gewährte mir einen tiefen Einblick in ihr Dekolletee. Ihre Brüste hatten die Farbe von Kokosnüssen und sahen genauso hart aus. Wenn auch dankenswerterweise nicht so haarig. »Dieser Mann bringt meinen Motor auf Touren.« Wie um es zu beweisen, begann ihre nasale Stimme leise zu schnurren. Ich erkundigte mich nach keinen weiteren Details. »Ich brauche das hier in zwanzig Minuten zurück«, sagte sie und deutete mit einer angewinkelten Augenbraue auf die beiden Mappen. »Mein Boss ist sauer auf mich, weil ich ihm mitgeteilt habe, dass er mich bei der Arbeit sexuell belästigt. Er wird also kein Auge zudrücken, wenn ich jemand anderem einen persönlichen Gefallen tue.« Der Kaugummi knallte wieder im genau richtigen Moment.

Ich nickte weise von Frau zu Frau, als ob Bobby seine Nachmittage damit verbrachte, mich um den Schreibtisch herumzujagen und ich wirklich verstehen konnte, wovon sie sprach. In Wahrheit hatte der letzte Typ, der mich sexuell belästigte – ohne Erlaubnis, meine ich natürlich – eine Tasse heißen Kaffee in den Schoß bekommen. Ich stopfte die Unterlagen in meine Tasche und ging hinaus, um sie zu lesen. Ich suchte mir dafür ein nettes Plätzchen auf einer Ziegelmauer in der Nähe. Es gab da das übliche neue Bauprojekt, das den Verkehr behinderte, am äußersten Rand der Fayetteville Einkaufsstraße. Wahrscheinlich ein weiteres Bürogebäude, das niemand braucht.

Nancy kannte sich aus. Sie hatte die Grundbuchauszüge und Bestandsblätter herausgekramt, sowohl von Ramsey Lees Grundstück, als auch von dem auf der gegenüberliegenden Seite des Flusses. Ramsey hatte das Gelände vor fünfzehn Jahren von einem seiner Großväter geerbt und hatte seither an jedem Quadratzentimeter eisern festgehalten. Die andere Eintragung war sogar noch interessanter. Das Land am anderen Ufer hatte einem ehemaligen Mitglied des Verwaltungsrats von Raleigh gehört. Diese Stadträtin hatte dann vor anderthalb Jahren ihre Eigentumsrechte an die Stadt übertragen, damit das Land in Zukunft als öffentlicher Park genutzt würde. Offenbar hatte es da aber irgendwelche Verzögerungen gegeben, denn es war klar, dass auf diesem Grundstück bisher kein Park entstanden war. Die Stempel auf dem Umschlag zeigten, dass das Interesse an der Akte in den vergangenen sechs Monaten heiß gelaufen sein musste. Alle möglichen Leute hatten Einsicht genommen, angefangen vom Sachverständigen des Stadtplanungskomitees über einen Bevollmächtigten für Parks und Erholungsstätten bis hin zu etlichen Rechtsanwälten, deren Namen ich wieder erkannte. Plus, raten Sie wer? Jawoll, Thornton Mitchell. Irgendwas Großes war da im Busch. Wenn Nancy es nicht wusste, würde ich im *NandoNet* nach Informationen darüber suchen.

»Ja, eine Menge Getöse um diese Akte«, knätschte Nancy. »Persönlich verfolge ich die Sachen ja nicht so genau.« Ich hatte ihr einen Zwanziger zugesteckt, und er verschwand rascher außer Sichtweite, als man brauchte, um das Wort »Wechselgeld« auszusprechen. »Oh, vielen Dank. Wie reizend von Ihnen. Kann ich Ihnen ein paar Fotokopien besorgen?« Ich nickte und reichte ihr auch die andere Akte.

Sie nahm die beiden Mappen ohne Kommentar und verschwand in einem Hinterzimmer. Knapp zwei Minuten später war sie wieder da, mit vollständigen Kopien, säuberlich Ecke an Ecke zusammengeheftet. Sie reichte sie mir mit einem sonnigen Lächeln, und mir wurde bewusst, dass Bobby Dee gar nicht mal so daneben lag: Sie hatte wirklich etwas Mädchenhaftes an sich. »Hier haben Sies, meine Süße«, sagte sie mit einem Augenzwinkern. Das Knacken ihres Kaugummis war fröhlicher geworden nach dem unverhofften Zwanzig-Dollar-Geldregen, und sie klang wie eine Schüssel Popcorn in der Mikrowelle.

»Danke Ihnen«, sagte ich. »Clairol Aschblond?«

»L'Oréal«, antwortete sie. »Weil ich es mir wert bin.«

Ich schaffte es rechtzeitig zurück ins Büro, um noch ein bisschen Cybersurfing zu betreiben und um Bobby auf den Fall des Parks anzusetzen, der noch kein Park war. Er saß nach wie vor in der gleichen Position da wie am Morgen und war scharf darauf, etwas zu tun, um den dreifachen Bonus zu verdienen.

»Irgendwas geht da ab mit diesem Grundstück, auf dem Mitchell getötet wurde«, erklärte ich. »Die Akte darüber ist in den letzten Monaten unzählige Male ausgeliehen worden. Ich werde die Presseberichte durchforsten. Was kannst du machen?«

»Das lass nur meine Sorge sein, Zuckerpüppchen«, versicherte er mir und langte nach dem Telefon.

Ich loggte mich ins *NandoNet* ein, startete eine Suchaktion mit dem Namen der früheren Grundstückseigentümerin. Ich landete gleich mehrere Volltreffer auf einmal. Das Land war seit Generationen in ihrem Familienbesitz, aber sie hatte es der Stadt gestiftet, mit der Auflage, dass es als öffentlicher Park dienen sollte, um Schulkindern die Bedeutung einer natürlichen Umwelt nahe zu bringen. Dann waren sie und ihr Mann zu neuen Ufern nach Colorado aufgebrochen. Politiker und Städteplaner hatten sich seitdem über das zurückgelassene Stück Land hergemacht, wie Kojoten über ein totgefahrenes Schaf am Straßenrand.

In den letzten vier Monaten waren mehrere Pläne im Stadtrat aufgelegt und diskutiert worden, in denen es sämtlich darum ging, welche gigantischen Arbeiten notwendig waren, um den Neuse-Park ins Leben zu rufen. Die Version, von der ich annahm, dass sie mit Thornton Mitchell in Zusammenhang stand, sah einen breiten Erholungsstrand vor, dazu ein künstliches Schwimmbad, Wasserrutschen, eine riesige Imbissbude und ein verzwicktes System von Straßen, die nach Norden und Süden in den Wald abzweigten. Ich hatte keine Ahnung, welchem Zweck diese Straßen dienen sollten, aber ich tippte darauf, dass Mitchell hoffte, den Park als Schmuckstück einer neuen Wohnbausiedlung mit einzubinden. Ein Park war ein großer Magnet für zukünftige Eigenheimkäufer. Er garantierte ihnen, dass sie zwar das Land und den Ausblick für andere verschandeln durften, dass aber kein anderer es ihnen heimzahlen konnte.

Ich stierte auf das Farbfoto eines ausführlichen Architekturmodells, das den Artikel begleitete. Es hatte alles, Miniaturbäume, Kieswege für Liliputaner, einen goldenen Streifen

Pseudo-Neuse, einen maßstabsgerecht verkleinerten Fütterungskomplex. Es gab sogar ein winziges Riesenrad in der Nähe des Strandes. Es war in hellem Gelb und Rot bemalt. Unmengen von Miniaturmenschen strömten auf das Riesenrad zu, als ob die gesamte Stadt Raleigh seit Generationen auf die Chance gewartet hätte, am Ufer der Neuse Zuckerwatte zu naschen. Kein Wunder, dass dieses Projekt abgelehnt worden war. Im gegenwärtigen Klima von Raleigh, das eher auf ein Einfrieren bei den Bauvorhaben drängte, war ein derartiges Projekt ein garantierter politischer Reinfall. Ich fragte mich, wie viel Mitchell wirklich damit zu tun gehabt hatte.

Jetzt war es aber Zeit, sich den Massen bei Stoney Maloneys Geldgeber-Party zu stellen. Vielleicht konnte ich Madame X ausfindig machen. Ich druckte eine Kopie des Artikels aus und legte ihn auf Bobbys Schreibtisch, bevor ich ging. »Ich muss wissen, wer die potenziellen Investoren bei diesem Blödsinn waren«, rief ich ihm über die Schulter zu. »Dieses Modell muss ein Vermögen gekostet haben. Wer hat das bezahlt?«

Er hielt die Kopie des Fotos gegen das Licht und kniff die Augen zusammen. »Ich liebe Zuckerwatte«, sagte er.

Meine Garderobe war hoffnungslos überfordert mit dem Abend. Alles war entweder zu knapp, zu eng, zu kurz oder zu durchsichtig für eine Fete an einem konservativen Jungmänner-College.

Ich entschloss mich endlich für ein ärmelloses weißes Kleid mit einem tiefen U-Ausschnitt, der beinahe, aber nicht ganz, bis zu meinem Nabel runterreichte. Das Kleid war oben ein bisschen eng, und ich merkte mir vor, mich bei den Fitnessgeräten für den Oberkörper etwas zurückzuhalten, weil ich anfing, auszusehen, wie ein Hydrant. Aber ich dachte, ich könnte den Eindruck abmildern, wenn ich meinen Einfallsreichtum einsetzte.

Ich hatte noch einen Restposten roten Satin, den ich mir für einen Vorhang aufgehoben hatte, und wickelte den um jede

Brust und über meine Schultern wie Miss Liberty. Es verdeckte meinen Ausschnitt und verlieh dem Ensemble einen patriotischen Touch. Und dann fand ich auch noch ein strahlblaues Negligé, das irgendeine fehlgeleitete Seele mir einmal geschenkt hatte. Ich wickelte es zu einem Gürtel und schnürte es zu einer aufreizenden Schleife zusammen, die auf meinem Po saß, als wäre mein Hinterteil ein Geschenk für die gesamte Party. Jetzt musste ich nur noch meine roten Pumps ausgraben, pinkfarbenen Lippenstift auftragen und mir einen von diesen bescheuerten Strohhüten aufsetzen, um bei der Veranstaltung nicht aufzufallen. Natürlich sah ich aus wie ein Festwagen bei einer Wahltagsparade, aber wir müssen schließlich alle für unsere Kunst leiden.

Es kostete mich zwanzig Dollar Eintritt, und um die Kosten für das, was ich zu verspeisen gedachte, zu decken, nahm ich mir vor, Mary Lee fünfzig zu berechnen. Der Wohltätigkeitsball wurde in der kleineren von zwei Basketballhallen an der University of North Carolina abgehalten. Der nicht eben geräumige Sportpalast bot keinen besonderen Luxus. Ich hatte das Frauenteam dort ein paar Mal spielen gesehen. An diesem Abend hatte man die Sitzbänke auf die Seite geschoben, um Platz zu machen für die beiden Bühnen. Lange Tische standen an den Seiten des Tanzbodens und dienten als eine Art Bar. In einem weiteren Anflug von Kreativität hatte man die Decke und die Wände mit rot-weiß-blauem Fahnenstoff und farblich dazu passenden Luftballons geschmückt.

Eine der Bühnen beherbergte einen Tisch und eine Reihe von leeren Stühlen. Auf der gegenüberliegenden Seite war eine ältliche Strandmusik-Band damit beschäftigt, uralte Tanzlieder abzuspulen. Das Publikum war hundertprozentig weiß, die Band war hundertprozentig schwarz. Ein veritables Sixpack von Shaft-Klonen, die aus den Siebzigerjahren übrig geblieben waren.

Sie waren herausgeputzt mit gestrickten Anzüge und glitzernden Hemden mit offenem Kragen. Und mit Blumenmustern. Sie waren schlank und rank und sahen monumental gelangweilt aus. Es war eine Zeitmaschine: Der Tanzboden war angefüllt mit jungen Männern in Madrasshorts und hellblauen oder rosafarbenen Arbeitshemden mit aufgerollten Ärmeln, und alle trugen Sandalen oder abgetragene Segelschuhe an ihren unbesockten Füßen. Sie sahen genauso aus, wie ihre Eltern ausgesehen hatten und wie deren Eltern davor. Eine merkwürdige Spezies. Goldene Halsketten schimmerten an den Hälsen der Mädchen, während die Jungs sich alle durch ihren gläsernen, konzentrierten Blick auszeichneten. Die aufgereihten Bierfässer hinter der provisorischen Bar erklärten den Blick. Diese Leute hatten ungefähr so viel politisches Bewusstsein wie Nacktschnecken. Die wollten einfach nur sich betrinken und tanzen. Aber was solls – sie waren jung und lagen nicht einmal völlig falsch mit dem Programm.

Ich näherte mich der Bar und verlangte eine Margarita pur, ohne Salz.

»Sie machen wohl Witze, Lady«, sagte der Herr mittleren Alters hinter der Theke. Hmmm … zweifellos ein Import aus dem Norden. »Ich kann Ihnen Gefrorene aus dem Kühlfass anbieten.« Er zeigte mit dem Daumen über die Schulter, wo eine große Gefriertonne stand. Es war die Sorte, wie man sie früher überall in den *Dairy-Queen*-Restaurants sah, wo sie den gefrorenen Vanillepudding produzierten. Jetzt fand man sie meistens nur noch in Yuppie-Bars, wo sie endlose Stränge gefrorenen grünen Schleims ausspuckten. Ich stöhnte. Gefrorene Margaritas konnten einem echt ins Hirn niesen, aber ich brauchte einen Drink, um mit diesem Haufen klar zu kommen. Ich akzeptierte ein enormes Plastikglas mit der Mixtur und bemerkte, dass die Mischung zum Ausgleich mit genügend Tequila angereichert war, um einen Elch einzuschläfern. Ich hoffte nur, dass die Organisatoren der Party daran gedacht hatten, die Tanzfläche mit genügend Kotzkübeln auszustatten.

Ich wanderte durch die wild gewordene Menschenmenge, stieß gegen schwitzende Collegekörper, wischte übereifrige Pfoten ab und empfand Mitleid mit den verhinderten Erwachsenen, die als einsames Häuflein Elend zusammengesackt dastanden. Es war Schwerstarbeit, mich über den Tanzboden zu bewegen, weil der Schuppen gerammelt voll war. Aber ich bin eine Expertin beim Durchqueren von überfüllten Bars, und ich schaffte es, mich mit meinen Ellbogen bis zu einer Ecke nahe der leeren Bühne durchzuschlagen, ohne einen Tropfen der Margaritas auf meinen wohl verzierten Busen zu verschütten.

»Nettes Outfit«, sagte ein Kleiner, der unerklärlicherweise mit einer Seiden-Smokingjacke bekleidet war. Er hielt eine Pfeife in der Hand, und ich wollte ihm stecken, dass die Zeiten von Hugh Hefner schon lange vorüber waren. Aber wenigstens rauchte er keine Zigarre. Er bewunderte mein Kleid noch einmal. »Irgendwie retro«, fügte er hinzu.

Ich lächelte unbestimmt. Was zum Geier sollte das nun schon wieder heißen? Ich sagte ihm nicht, dass er wie Jerry Lewis in *Der Verrückte Professor* aussah.

»Gefällt Ihnen die Band?«, fragte er und blies mir dazu Pfeifenrauch ins Gesicht. »Ich halte ja Strandmusik für passé, aber die Horden hier scheinen es amüsant zu finden.«

Ich dachte, dass prätentiöse kleine Dreikäsehochs, die versuchten ältere Frauen aufzureißen, noch viel mehr passé waren, aber behielt es für mich. »Die sind ideal für diesen Zweck«, sagte ich stattdessen. Ich hatte eine Massenbewegung von menschlichen Körpern in Richtung auf die leere Bühne ausgemacht. Stoney Maloney und seine Mannschaft näherten sich dem Podium.

Die Band verfiel nun in eine saloppe Version von *Bony Maronie,* ursprünglich eine Cajun-Melodie, die in den Sechzigerjahren zu einem Rock'n'Roll-Hit verhunzt worden war und jetzt als

Stoney Maloneys Erkennungsmelodie noch weiter verblödelt wurde. Ich hielt mich an meiner Margarita fest und hörte ungläubig zu, während hunderte von jungen, weißen Konservativen ihre Stimmen zur Hymne erhoben, den Namen von Stoney zur Musik schrien und sich auf den Fußboden warfen, um auf ihren Bäuchen in der Art von Alligatoren auf dem mittlerweile schleimigen Holz herumzurobben. Ich stürzte die Hälfte meines Drinks auf einmal hinunter – scheiß auf den Gehirnfrost –, während ich mir Gedanken darüber machte, wie albern an und für sich Leute weißer Hautfarbe aussehen, wenn sie tanzen. Gerade als Stoney und seine Leute die Bühne betraten, eskalierte das Singen zu einem dröhnenden Gebrüll. Zwei muskulöse junge Männer stellten sich in Positur auf – jeweils links und rechts neben einem ungeheuerlichen blauen Fahnentuch, das die Wand hinter dem Podium beherrschte. Sie griffen nach den Seilen, die vor ihnen herabhingen, und zogen daran. Der Vorhang fiel zu Boden und enthüllte ein kolossales Stoffbanner, auf dem zu lesen war: STONEY MALONEY – BESTÄNDIG WIE EIN FELSEN – EIN HARTER KÄMPFER FÜR CAROLINA. Ein Riesengeschrei erhob sich aus der Menge, und ich ließ fast meinen Drink aus der Hand fallen. Einen Moment lang dachte ich doch tatsächlich, ich hätte gelesen, EIN HARTER STÄNDER FÜR CAROLINA. Das eröffnete natürlich endlos neue, geradezu ungeahnte Möglichkeiten. Er konnte beispielsweise von Tür zu Tür gehen und diejenigen Wählerinnen herauspicken, die …

Meine schmutzigen Gedanken wurden unterbrochen, als der ambitionierte junge Organisator der Party anfing, Stoney vorzustellen. Die Menge wurde noch wilder und johlte, während der Junge einen schlechten Witz nach dem anderen abzog. Natürlich war diese Gruppe so gut durchfeuchtet, dass sie schon gejubelt hätten, wenn er nur dort gestanden und sich nass gemacht hätte. Ich überlegte, ob die Band ihn wohl hören konnte und seinen Humor zum Lachen fand, aber als ich hinüber sah, waren die

Pilzköpfe nirgends zu finden. Wahrscheinlich rauchten sie auf dem Gang hinter der Bühne einen Joint. Jeder, der heutzutage noch einen Afro trug, musste schon vor sehr langer Zeit damit angefangen haben.

Stoney trat schließlich ans Podium und begann mit seiner Rede. Ich habe keine Ahnung, worüber er quatschte, weil ich über den lauten Jubelrufen kein Wort verstehen konnte. Aber die Leute liebten ihn. Sie brüllten jedes Mal, wenn er von seinen Notizen aufblickte, winkten mit ihren Plastikbechern voller Fassbier zur Ehre des Gastes und grölten betrunkenen Zuspruch. Ich hielt meine Augen auf das Podium geheftet und suchte nach einer weiblichen Person, die nicht hierher gehörte. Ich sah etliche, die in der offiziellen Gruppe verteilt standen, aber keine wirkte besonders hingerissen von den Worten des Felsens. Und keine sah attraktiv genug aus, um ihretwegen eine politische Karriere aufs Spiel zu setzen.

Stoney Maloney spielte für niemanden den Narren. Er hielt die Rede kurz und knapp und beendete sie mit der Aufforderung an alle, weiter zu trinken und zu tanzen auf dem Weg zum Sieg. Während er die Arme hob und ein letztes lautstarkes Grölen der Zustimmung erntete, wanderten die Mitglieder der Band wieder auf die Bühne und intonierten liebenswürdigerweise *Tighten Up* von Archie Bell und den Drells. Die Masse drängte zusammen und tanzte sich in eine betrunkene Ekstase. Ich kämpfte mich zur Seite durch, wo ich meine Margarita in Ruhe austrinken konnte.

Stoney hing noch auf der Bühne herum, um Hände in der Menge zu schütteln. Er bearbeitete die zusammengedrängten Massen mit großem Können, lächelte, machte Witze und ignorierte das betrunkene Schwanken seiner Fans. Die jungen Frauen liebten ihn. Man konnte förmlich das verstärkte Hormonaufkommen riechen. Aber der Felsen-Mann bewahrte Distanz und verweilte bei niemandem allzu lange. Er war durch und durch sachlich, zeigte kaum ein persönliches Lächeln, das die Monotonie seines Plastikgrinsens durchbrochen hätte. Und so blieb er den ganzen Abend. Über die nächste Stunde hinweg blieb ich Stoney entschlossen auf der Spur, verfolgte ihn durch die ganze Turnhalle, beobachtete seine Anhänger, begutachtete seine Reaktionen, hielt die Augen offen, ob es eine besonders favorisierte Maid gab. Aber nichts. Fehlanzeige. Ein Schuss in den Ofen. Als irgendein Pfannkuchengesicht mir schließlich meine behelfsmäßige Schleife klaute und mit meinem Negligé auf dem Kopf durch die Menge rannte, wusste ich, dass es Zeit war, es gut sein zu lassen für heute. Bei politischen Versammlungen gab es einfach zu viel Remmidemmi. Ich organisierte mir von dem Barmann noch eine Margarita für den Heimweg und übte mich unterwegs in positivem Denken.

Ich schlief wie eine Collegesäuferin die ganze Nacht durch und bemerkte von der Welt rein gar nichts. Als ich am nächsten Morgen erwachte, fand ich es toll, wie gut es sich anfühlte, mit klarem Kopf und ohne Kater aufzuwachen. Die I-40 war erstaunlich wenig befahren, die leeren Spuren streckten sich einladend in der morgendlichen Brise dahin. Ich hätte ewig weiterfahren mögen, aber die Pflicht rief. Ich schaffte es bis ins Stadtzentrum von Raleigh in weniger als dreißig Minuten.

»Siehst gut aus, Casey«, flötete Bobby Dee durch einen Mund voll mit den allgegenwärtigen Käse- und Erdnussbutter-Snacks, die im Süden »Nabs« genannt werden. Grauenhaft orangefarbene Krümel hafteten an seinem Kinn und verdeckten das Glitzern seines einzigen Goldzahns, während er lächelte. »Hast dich neu machen lassen bei Thalheimers, oder was?«

»Ja«, antwortete ich, »und ich bin vorgemerkt für einen Persönlichkeitsumtausch um zwölf.« Seine Frotzeleien gingen mir voll am Arsch vorbei. Ich sah gut aus, und zwar aus gutem Grund. Ich wollte an diesem Tag die Tore der Zitadelle stürmen.

Wenigstens wollte ich versuchen, der *großen weißen Hoffnung* persönlich zu begegnen. Wenn Stoney Maloney in der Stimmung dazu war. Also war ich entsprechend gekleidet. Weiße Leinenhosen und eine kurze dazu passende Jacke über einem elfenbeinfarbenen T-Shirt. Ich kam mir vor wie eine große Tüte Vanilleeis. Aber ich sah respektabel aus, und das war alles, was zählte.

Es ist schwer, respektabel auszusehen, wenn man für Ärger gebaut ist. Ich bin ein großes Mädchen, vollschlank, wie man so schön sagt, und weil ich in der Angelegenheit keine Wahl habe, versuche ich das Beste aus dem zu machen, was ich habe. Mein Großpaps erklärte es mir, als ich zwölf Jahre alt war und mit gebrochenem Herzen und schniefender Nase vor ihm stand. Der Grund war die Behandlung, die mir soeben durch die erleuchteten Jugendlichen des Ortes während eines katastrophalen Schul-Tanzabends zuteil geworden war. Also, diese Jugendlichen waren vom Schicksal dazu ausersehen, erwachsen zu werden und im Schnitt sechs Zähne zu behalten, während ich vom Schicksal dazu ausersehen war, groß und stark genug zu werden, um ihnen diese sechs Zähne auszuschlagen. Aber damals wusste ich das noch nicht. Ich wusste nur, dass ich gegen die Wand der Turnhalle in der Schule gelehnt stand, ohne dass ein einziger Junge mich in geschlagenen drei Stunden auch nur einmal angesprochen hätte, außer um mich »Gefrierschrank-Hintern« zu nennen. Als ich nach Hause kam und das alles meinem Großpaps beichtete, setzte er mich hin. Und schenkte mir reinen Wein ein.

»Casey«, sagte er, »du wirst ein großes Mädchen werden, wie es deine Großmams auch war. Ganz ohne Zweifel. Also hast du die Wahl. Du kannst entweder eins von diesen großen Mädchen werden, die wie ein Vögelchen fressen und wie ein Leichnam aussehen, oder du kannst deine Muskeln arbeiten lassen, bis du die Scheiße aus jedem rausprügeln kannst, der an diesem guten Körper Missfallen findet, den der liebe Gott dir nun einmal mitgegeben hat. Wenn du bereit bist, mit dem Geflenne aufzuhören, werde ich dir zu zeigen, wie du stark wirst und stark bleibst. Wir können gleich morgen früh damit anfangen. Dann wird sich keiner mehr trauen, sich über dich den Mund zu zerreißen.«

Ich wählte Nummer Zwei und Großpaps sollte Recht behalten. Ein Jahr später gab es keinen mehr im ganzen Umkreis, der sich getraut hätte, mich oder meinen Hintern mit einem Namen zu belegen, den ich nicht selber ausgesucht hatte. Und mir gefiel es zusehends besser, meine eigene Herrin sein zu können. Heute sehe ich auf den ersten Blick rundlich aus, auf den zweiten gedrungen. Oder höllisch stark – für die, die sich auskennen. Meine Schultern sind breit und mein Rippenkasten ist wie ein Fass. Aber ich muss mir nichts von irgendjemandem gefallen lassen, ausgenommen von den allerstärksten Männern, und ich finde, das ist ein fairer Deal, insgesamt gesehen.

Ich zog mein Jackett aus und hängte es an den Haken an der Tür, wo Bobbys Fettfinger nicht unbedingt hinwandern würden. »Irgendwelche Nachrichten?«, rief ich, während ich meinen Schreibtisch nach Merkmalen seiner Schnüffeltätigkeit inspizierte.

»Höllisch viele Benachrichtigungen«, brüllte Bobby zurück. »Unzählig an der Zahl.«

»Warum zum Teufel hast du das nicht gleich gesagt, als ich reingekommen bin?« Ich war wieder einmal sprachlos über seine gut gelaunte Blödheit.

»Weißt du, Püppi, ich war so beschäftigt, dir zu deiner außerordentlichen gottverdammt hinreißenden Persönlichkeit zu gratulieren.« Er seufzte, lehnte sich zurück und faltete die Hände über seinem dicken Bauch. Das bedeutete, er hatte ein paar wichtige Neuigkeiten für mich und konnte sichs leisten, mich zappeln zu lassen. Ich lächelte ihn an. Er lächelte mich an.

»Nun rück schon raus damit«, fuhr ich ihn an.

»Die Hälfte des dreifachen Honorars«, entgegnete er.

»Gemacht.« Ich fühlte mich nicht in der Stimmung, zu feilschen.

Er konsultierte den zerfledderten gelben Schreibblock, den er neben dem Telefon liegen hat. Dieser Schreibblock verdient es, als historisches Sammlerstück aufbewahrt zu werden. Ich glaube nicht, dass er jemals einen neuen benutzt hat, solange ich ihn kenne.

»Als Erstes hat das SBI alle Ermittlungen gegen deine Klientin eingestellt. Sie haben die kriminaltechnischen Untersuchungsergebnisse veröffentlicht, wonach das Kraftfahrzeug von Mary Lee Masters nicht in der Nähe des Tatorts gefahren wurde.« Er sprach »Kraftfahrzeug« so aus, als ob es etwas wäre, an dem man lutschen könnte.

»Was für eine Erleuchtung«, bemerkte ich, »verdammt, die Kerle sind wirklich gut.«

Bobby ignorierte mich. »Stattdessen konzentrieren die sich jetzt auf Ramsey Lee, diesen Ökoterroristen, und zwar, weil er der Eigentümer des Grundstücks ist, das jener Stelle, wo dieser Mann erschossen wurde, auf der anderen Flussseite gegenüberliegt.«

»Noch eine große Überraschung«, sagte ich.

Bobby beobachtete mich kühl und nahm einen Schluck von seinem Budweiser. »Er war auch daran beteiligt, dieses Flussparkprojekt zu blockieren, über das du mich ausgefragt hast. Aber weil du sowieso schon alles weißt, ist es nicht nötig, die Liste der Investoren durchzugehen. Ich entschuldige mich, wenn ich dich heute Morgen gelangweilt habe.«

»Rück raus damit, Bobby, oder du bist tot.«

Er lächelte voller Triumph und konsultierte seine Notizen. »Genau der, den man erwartet hätte. Mitchell war der größte Investor, was andererseits wieder ungewöhnlich ist, weil er sonst gerne immer nur der stille Partner ist und vermeidet, sein eigenes Geld aufs Spiel zu setzen. Ein Dutzend oder so kleinere Privatinvestoren, die üblichen Verdächtigen aus den Reihen der Immobiliennutten. Niemand, der bisher im Zusammenhang mit dem Mord genannt wurde. Aber zwei Firmen sind als Investoren aufgelistet. Ich hab jemanden an der Hand, der sich die Besitzverhältnisse in diesem Moment ansieht. Ich glaube, an genau der Stelle werden wir finden, was wir suchen. Folge dem Geld, habe ich dir gesagt. Folge immer der Spur des Geldes.«

»Was hast du eben damit gemeint, Ramsey Lee hätte geholfen, das Projekt zu blockieren?«

»Ich kenne da eine Schnecke, die bei den Stadtratskonferenzen arbeitet«, erklärte Bobby. »Sie führt Protokoll, hilft den Fernsehteams beim Aufnehmen der Meetings, scharwenzelt um den Bürgermeister herum. Sie ist die, die letzte Woche dieses Mikrofon so ungeschickt platziert hat, als der Bürgermeister aufgenommen wurde, wie er den Rest des Stadtrats als einen Haufen Idioten bezeichnete. Der Mann ist völlig debil, aber das ist das Einzige, was er je gesagt hat, wo ich voll mit ihm übereinstimme. Jedenfalls, sie sagt, da gibt es eine clevere Gruppe von Umwelttypen, die die Drohung, vor Gericht zu gehen, so geschickt einsetzen, dass die Planer davon Abstand nehmen, Projekte in unserer Gegend zu entwickeln. Sie denken, dass Ramsey dazugehört und dass das Geld seiner Familie ihre Bemühungen finanziell am Leben erhält.«

»Das ist nicht sehr spezifisch«, erwiderte ich.

Er zuckte vielsagend mit seinen Augenbrauen. »Ich denke, ein Mittagessen oder zwei werden mir die Details, die du so ersehnst, verschaffen. Auch Rom wurde nicht an einem Tag erbaut.«

»Nur weil sie nicht den richtigen Senator bestochen haben«, versicherte ich ihm. »Sonst noch was?«

Bobby schüttelte den Kopf. »Nichts Wichtiges. Ein Typ namens Adam Schmaltz rief an. Ein Kerl aus dem Norden, bisschen sehr aufdringlich, spricht durch die Nase. Arbeitet für diesen Kandidaten.«

Ich blickte ihn ungläubig an. »Adam Stoltz?«, fragte ich.

Er zuckte mit den Schultern. »Kann auch sein.« Er wühlte in seiner Schublade, kramte eine weitere Packung *Nabs* hervor und riss die Zellophanverpackung mit einer gekonnten Drehbewegung seiner Zähne auf.

»Bobby«, erklärte ich ihm so ruhig ich konnte, obwohl es mich in den Händen juckte, ihm seine leere Bierdose über die Rübe zu ziehen. »Adam Stoltz ist Stoney Maloneys Medienberater. Wann hat er angerufen?«

»Also, was weiß ich, Baby. Ist nicht so lange her. Ich war noch bei meinen Donuts.«

Das hieß, Stoltz musste vor mindestens einer Stunde angerufen haben. Die Donuts hielten nie länger als zehn Minuten nach Bobbys Eintreffen. Ich hätte gerne gewusst, was der Typ wollte. Außerdem fragte ich mich, ob es zu spät war, um mich noch in eine Versammlung hineinzuwieseln, bevor Stoney zur nächsten Station seiner Wahltournee zog.

In dem kurzen Gespräch, das ich mit Stoltz führte, musste ich nicht um eine Audienz betteln. Stoney Maloney selber wollte mich sehen. So bald wie möglich. Ich sagte dem Typ, der durch die Nase sprach, dass ich schneller bei ihm sein würde, als er einem Eichhörnchen das Fell abziehen könnte.

Ich hatte den Eindruck, dass es ihm an der rechten Vertrautheit mit unseren südlichen Redewendungen noch mangelte, denn er legte den Hörer auf, als ob ich ihm soeben ins Ohr gerülpst hätte.

7

Das Hauptquartier von Maloney passte zum Felsen von Carolina. Es war ein quadratisches Backsteingebäude in der Mitte eines asphaltierten Parkplatzes, das ungefähr einen Kilometer die Hillsborough Street hinunter vom Regierungsgebäude entfernt lag. Das untere Stockwerk war von Glasfenstern gesäumt, die mit MALONEY-FÜR-DEN-SENAT-Plakaten zugepflastert waren. Das Gebäude war ein Fastfood-Schuppen gewesen, eines von diesen falschen Fünfzigerjahre-Drive-In-Restaurants mit tollen Milchshakes und sonst nichts, was einem nicht sofort auf den Magen schlug. Es war vor einem halben Jahr pleite gegangen, gerade rechtzeitig vor der Wahlkampagne. Man konnte noch die Spuren des Neondekors an den Türen und Fensterrahmen erkennen, und der Fußboden war in schreiend blauen und gelben Quadraten gehalten. Ich hatte Lust, meine Sonnenbrille aufzubehalten, musste mir aber ins Gedächtnis zurückrufen, dass Sittlichkeit und Anstand hier der Schlüssel zum Erfolg waren. Ich wollte ein paar Antworten. Als Klugscheißerin aufzutreten, war nicht unbedingt die beste Art dafür.

Die Klimaanlage blies mich mit voller Kraft an. Als ob man mit einem eiskalten Handtuch einen Schlag ins Gesicht abkriegte. »Kann ich Ihnen helfen?«, fragte mich eine ausgeschlafene junge Frau in einem blauen Minikleid, noch ehe die Tür hinter mir zugefallen war. Sie war hinter einen riesigen Empfangstisch gepfercht, auf dem haufenweise Autoaufkleber und Schilder aufgetürmt lagen. Eine kleine Lücke zwischen den Stapeln beherbergte ihren winzigen Körper. Ihr Schmunzeln war so gedehnt wie ein Gummiband, das gleich schnapp! machen würde. Vielleicht war es aber auch eingefroren.

»Ich habe einen Termin mit Stoney Maloney und Adam Stoltz«, sagte ich ihr in der Begräbnisinstituts-Stimme, die ich mir speziell für aufgeweckte Leute aufhebe. Sie betrachtete mich mit kühlem Blick. Es waren sicher wieder diese schwarzen Strähnen, meine ungepflegten Haaransätze. Ich lag bestimmt zwei Monate mit meiner Aufhelleranwendung hinter ihr zurück. »Sie haben einen Termin mit Mr Maloney?«, wiederholte sie mit Missfallen. Ihr Gesicht verzog sich, als ob sie soeben in einen sauren Apfel gebissen hätte.

Ich blickte auf die Uhr. »Ja, ich muss in einer Stunde schon wieder woanders sein.« Ich fixierte sie mit meinem blendendsten Lächeln, und sie wuselte auf und davon, in einen entfernten Winkel des grottenartigen Hauptraumes. Ihr Plastikgrinsen hatte sie längst abgelegt.

Ich sah sie nicht wieder. Aber ein schlanker Jungmann von kaum mehr als achtundzwanzig Jahren kam aus einem der rückwärtigen Zimmer herausgeschossen und ließ nervös mit den Händen in den Hosentaschen ein paar Münzen klimpern. Er war über eins achtzig groß und wog gerade genug, dass ihm seine Hose nicht runterrutschte. Seine Haut besaß ein permanent gerötetes Aussehen, als ob es ihm schwer fiel, sich mit dem permanent feuchten Klima von Carolina anzufreunden. Sein Rasenmäherhaarschnitt bestätigte, dass wir uns im konservativen Hauptquartier befanden, aber er war zu beschäftigt, um seine wöchentliche Nachschur einzuhalten, und ein paar lose Locken sprießten zu der Neonbeleuchtung an der Decke empor. Er hatte ein engelhaftes Gesicht, sehr viel hübscher als mein eigenes, mit großen, braunen Augen, einer zierlichen schmalen Nase und perfekt geformten Lippen, die sich um einen Zentimeter mehr als normal dehnten, während er ein professionelles Lächeln aufsetzte und dabei traurigen Schiffbruch erlitt. Das Grinsen rutschte von seinem Gesicht wie schmelzendes Speiseeis. Mir fiel auf, dass sein Anzug ein wenig zerknautscht und der Kragen von seinem Hemd nicht besonders rein war.

»Ich bin Adam Stoltz«, sagte er und streckte mir einen langen Arm zur Begrüßung entgegen. Seine sonore Bassstimme kontrastierte auf verblüffende Weise zu seinem kindlichen Gesicht. Sie klang, als ob sie aus einem Lautsprecher kam, der in seiner Brust eingepflanzt war.

Ich stellte mich vor und achtete darauf, dass ich seine Hand beim Schütteln zu Pulver quetschte. Ich hab es gerne, wenn die Leute wissen, dass ich sie genauso gut auf den Rücken werfen könnte. Es hilft ihnen dabei, sich Zurückhaltung aufzuerlegen.

»Hier entlang.« Er deutete hinter einen Stapel mit Kartons und führte mich um Tische voller Wahlhelfer, die an den Telefonen hingen oder Briefumschläge zuleckten. Alle sahen aus, als wären sie soeben frisch geduscht einem Mormonenferienlager entsprungen. Herrgott, was für ein wohl genährter und säuberlich geschrubbter Haufen! Und jung dazu. Ich fing an, mich wie Mama Methusalem zu fühlen, als wir endlich die Privatbüros im hinteren Teil erreichten. Das heißt, ich fühlte mich alt, grau und müde.

Stoltz pausierte vor einer geschlossenen Tür mit der Aufschrift »Privat«. »Ich kann es Ihnen genauso gut auch direkt sagen«, flüsterte er mir im tiefsten Bass zu. »Ich halte das Ganze für eine schlechte Idee. Ich weiß nicht, warum Stoney sich auf diese Wurschtelei überhaupt einlassen will. Ich habe ihm gesagt, er soll seine Aussage machen und sonst die Finger davon lassen. Aber er will nicht auf mich hören. Also, wenn Sie nichts Nützliches beitragen können, sagen Sies und gehen Sie.«

»Danke für Ihre freundlichen Worte«, sagte ich und trat an ihm vorbei, um die Tür zu öffnen. Und da war er. Der Felsen von Carolina. Stoney Maloney saß hinter einem enormen Eichenholztisch. Er war eingerahmt von einem Fenster, das von einer Wand zur anderen reichte, sorgfältig abgeschirmt gegen die brennende Sonne. Sein Kopf war tief über einen Stapel Papiere gebeugt, und er murmelte einer kleinen, älteren Dame etwas zu, die es sich auf einem Sessel neben ihm gemütlich gemacht hatte. Beide blickten auf, als ich hereinkam. Die Augen der Frau hafteten an meinen Haaren mit den schwarzen Ansätzen. Die Augen des Kandidaten hafteten auf meiner Oberweite.

»Miss Jones, es ist mir ein Vergnügen, Sie kennen zu lernen. Nennen Sie mich doch Stoney«, sagte er und erhob sich mit jener Art von eleganter Leichtfüßigkeit, die man nur bei Männern findet, die wirklich etwas für Frauen übrig haben.

Seine Hand war fest und glatt. Ich entschied mich gegen den Todesgriff, ließ aber die Berührung der Hände andauern. Ein kleiner elektrischer Strom floss durch seine Finger direkt bis in das Zentrum meines Herzens und reiste dann in südlicher Richtung weiter. Kein Wunder, dass er die weiblichen Stimmen wie mit dem Rechen einsammelte. Ich hatte ihn bei vielen Gelegenheiten gesehen, aber ich war immer damit beschäftigt gewesen, die Menge zu beobachten, in meiner Rolle als Mary Lees Bodyguard. Ich hatte noch keine Gelegenheit gehabt, ihn aus der Nähe kennen zu lernen. Er war höher aufgeschossen, als ich ihn in Erinnerung hatte, und er war kräftig gebaut, ohne ein Spur von überflüssigem Fett. Seine Schultern zeichneten sich breit unter dem maßgeschneiderten weißen Hemd ab, und seine Krawatte saß ein wenig locker. Sie war um ein oder zwei Zentimeter heruntergerutscht, als ob er erwartete, dass ich sie für ihn festrücken würde. Er nahm seine Goldrandbrille ab und verstaute sie in der Hemdtasche, was mir genug Zeit ließ, seine blauen Augen zu betrachten. Ich stehe ja normalerweise auf braune Augen, aber die seinen waren faszinierend. Sie waren breit und klar. Ein tiefes Blau, nicht diese hellblaue, wässrige Sorte, bei der man an Serial-Killer und eigensüchtige, kalte Herzen denkt. Das Kinn und die Wangenknochen waren etwas zu breit für das lange Gesicht, aber die Nase passte vollkommen ins Gesamtbild. Seine silbernen Haare leuchteten im Sonnenlicht, das durch die Jalousien gefiltert kam, und bildeten einen perfekten Kontrast zu dem tief gebräunten Teint. Eine scharfe Stimme brachte mich zur Realität zurück.

»Ich glaube nicht, dass wir einander bereits begegnet sind, junge Frau. Ich bin Sandra Douglas Jackson, Stonewalls Mutter.« Eine resolute Hand bohrte sich in meine Seite.

Ich sammelte all meinen professionellen Stolz zusammen und riss meine Augen von Stoney los. Seine Mutter war ein schwacher Ersatz. Sie war eine von diesen zierlichen Frauen, denen man nicht entkommen kann, die kaum einen Happen zu sich nehmen und dennoch bis spät nach Mitternacht weiterticken, wenn der Rest der Welt erschöpft niedersinkt und sich nichts sehnlicher wünscht, als endlich in die Falle zu gehen. Ihre nervöse Energie durchpulste das Zimmer und ließ mich die Zähne zusammenbeißen. Sie war kaum größer als einsfünfzig und trug einen teuren Designer-Hosenanzug, der einem Gartenzwerg gepasst hätte. Der Hosenanzug beeindruckte mich nicht. Hey, meiner war von Anne Klein und hatte mich nur zwanzig Grüne beim Lehrer-Eltern-Basar gekostet, während ihrer sie wahrscheinlich um einen Riesen ärmer gemacht hatte. Ihre weißen Haare waren um dreißig Jahre zu jugendlich geschnitten für ihr Alter, das ich auf fünfundsechzig taxierte. Sie war ein bisschen zu jung, um die Mutter eines Senators zu sein, so viel war klar. Sie musste Stoney vor langer Zeit geworfen haben, bevor sie total versauerte. Ihr Kopf war viel zu groß für ihren modisch ausgehungerten Körper, wodurch sie aussah wie eine Marionette, wenn sie sich zu schnell bewegte.

Ihre zarten Gesichtszüge vertrugen sich schlecht mit ihrem missbilligenden Ausdruck, während sie mein Gesicht nach Anzeichen von Leichtgläubigkeit, Feigheit oder sonstigen Schwächen absuchte, die sich ausnutzen ließen. Subtilität gehörte nicht zu ihren Stärken. Sie war eine politische Drahtzieherin, ganz klar, und ich glaubte an all die Geschichten, die sie als die treibende Kraft hinter dem jahrzehntelangen Erfolg ihres Bruders – und jetzt ihres Sohnes – bezeichneten.

Ich wühlte aus meinem geistigen Reservoir an trivialen Kenntnissen heraus, was ich über sie wusste. Es war nicht sehr viel. Ich wusste, dass sie in Washington gern die eiserne Südstaaten-Schönheit hervorkehrte und als Gastgeberin für ihren verwitweten Bruder auftrat. Ich wusste, dass ihr eigener Gatte niemals erwähnt wurde. Er war entweder tot oder schon vor langem abgehauen. Ich hörte mal ein Gerücht, dass er im Koreakrieg gestorben sei, aber als ich sie jetzt vor mir sah, stellte sich mir die Frage, ob die Schlacht nicht etwas näher an der Heimatfront stattgefunden haben könnte. Unter all den teuren Beinkleidern verbarg sich, wie ich argwöhnte, ein zäher alter Vogel von einer Farm aus dem östlichen Carolina. Als ich hierher gezogen war, war sie, wie ich mich noch entsinnen konnte, an drei aufeinander folgenden Jahren als Siegerin beim Frauen-Truthahnschießen auf der Landwirtschaftsmesse von North Carolina hervorgegangen. Was mich nicht einschüchterte. Ich konnte aus hundert Schritt Entfernung die Augen aus einer Schlange herausschießen. Und hatte es bereits getan.

Ich erwiderte ihren zerbrechlichen Pfötchengriff so kurz wie möglich. »Sie sind also nicht Mrs Maloney?«

Ihre Blick wurde oberschmal. Der Fehdehandschuh war hingeworfen. »Stoney besteht darauf, den Namen seines Vaters zu benutzen«, sagte sie eine Spur zu höflich.

»Kann man ihm nicht übel nehmen«, gab ich zu. »Stonewall Jackson wirkt wie der Name eines Generals aus dem Bürgerkrieg, oder?«

»Guter Punkt«, sagte der Kandidat, während er einen Stuhl herbeizog und einen Arm über die Lehne schwenken ließ, als Hinweis darauf, dass ich mich setzen konnte, falls meine hübschen kleinen Füßchen um Gnade winselten und mich keine Sekunde länger aufrecht stehend ertrugen. »Ich darf nicht vergessen, auch an all die aus dem Norden verpflanzten Wähler zu denken.«

Mir gefiel sein Stil, besonders, als er sich umdrehte, um seinen

Platz hinter dem Schreibtisch wieder einzunehmen und dabei seine Hand langsam über meine Schultern gleiten ließ, so sanft wie Schmetterlingsflügel, die vorbeiflatterten.

»Können wir das hinter uns bringen?«, fragte eine tiefe Stimme von der Tür her. Adam Stoltz stand noch immer dort, entschlossen, mich daran zu erinnern, dass er sehr viel wichtiger war als ich. Zumindest in diesem Raum.

Stoney lächelte entschuldigend. »Sie haben sich mit Adam bekannt gemacht?«, fragte er. »Adam ist mein Medienberater. Ein notwendiges Übel in diesen technologisch fortgeschrittenen Zeiten.« Er zuckte mit den Schultern. »Ich weiß, wann ich nicht in meinem Element bin, also nehme ich häufig seinen Rat entgegen, wie ich am besten die Themen vermitteln kann, die mir wichtig sind.«

»Nicht häufig genug«, unterbrach ihn Stoltz.

Stoney richtete einen klaren blauen Blick auf seinen Adlatus, der unwillkürlich einen Schritt zurückwich, als ob irgendeine magnetische Kraft ihn wegdrückte. »Adam ist felsenfest davon überzeugt, dass es eine schlechte Idee ist, sich mit Ihnen zu treffen«, sagte Stoney.

»Ganz meinerseits«, schnappte seine Mutter in ihrem gedehnten südlichen Tonfall. «Es besteht keinerlei Notwendigkeit, in demselben Schlamm zu waten, nur weil alle anderen es tun.«

Stoney hielt beide Hände hoch. Seine Mutter schaute weg und Stoltz rutschte gehorsam tiefer in den Sessel. »Wir haben dieses Thema jetzt genug erörtert«, warnte Stoney die beiden. »Jetzt, da wir Miss Jones bei uns haben, denke ich, können wir es uns leisten, als Team voranzuschreiten.« Er lächelte mich an, und es war ein merkwürdiges Gefühl. Ich glaube, er meinte es ernst. Es war so, als ob ihn meine unbedeutende Anwesenheit in seinem Büro glücklicher machte, als eine ganze Herde Schweine beim Sturm auf ein Mobiklo.

»Warum haben Sie mich rufen lassen?«, fragte ich ihn und

begegnete seinem Blick. Ich kann mithalten, wenn es darum geht, meine babygrünen Äuglein strahlen zu lassen. Meine Wimpern machten Überstunden.

Stoltz grunzte, als ob es ihm weh tat, Stoneys Gründe noch einmal mit anhören zu müssen, während Mrs Jackson abrupt ihre Beine kreuzte und dann wieder zurückkreuzte. Du lieber Himmel, die zwei hätten eine Zweiwochenpackung Psychopharmaka brauchen können. Es war ja nicht so, dass ich das Wahlreformkomitee repräsentierte, oder so was.

»Meines Wissens arbeiten Sie für Mary Lee Masters als Privatdetektivin«, sagte Stoney. Seine Stimme war wesentlich sanfter, wenn er keine Rede hielt. Ein Unterton schwebte im Raum, wenn er sprach, als ob er sich danach sehnte, mir privat noch ganz andere Dinge zu sagen, aber dass das bis zu einem besseren Zeitpunkt warten musste. Was für eine effektive Technik! Und ich glaubte nicht, dass er sie in einem Managementseminar *Öffentlich Sprechen für Anfänger* gelernt hatte. Der Junge war einfach schon mit Charme auf die Welt gekommen – etwas, was der nervös zuckenden alten Henne neben ihm völlig abging.

»Wie haben Sie das herausgefunden?«, fragte ich.

Er zuckte mit den Schultern. »Manchmal rufen mich Leute an und teilen mir Dinge mit, die ich ihrer Meinung nach wissen sollte.«

Mary Lee hatte also doch Recht gehabt, entschied ich. Irgendwer in ihrem Lager erstattete der Maloney-Kampagne Bericht.

»Es gibt keinen Grund, das zu verbergen«, sagte ich. »Sie bat mich, den Mord an Thornton Mitchell zu untersuchen. Sie ist bemüht, ihren Namen reinzuwaschen, und sie traut weder dem SBI noch der Polizei zu, den Fall zu lösen.«

»Sie vertraut den Behörden nicht?«, fragte Stoney. »Also, wenn wir denen nicht vertrauen können …« Seine Stimme versagte bedauerlicherweise an dieser Stelle und ließ damit die Frage offen, ob er mich zum Besten halten wollte oder nicht. Ich kam aber zu dem Schluss, dass er es wohl ernst meinte. Besonders als ich sah, wie seine Mutter wieder die Beine übereinander schlug und eine Zigarette herausschüttelte, um ihre Nerven zu beruhigen. Ganz klar, jemand in Mary Lees Umfeld sang, und ich verdächtige Stoneys Mutter als Chorleiterin.

»Also, warum wollten Sie mich sehen?«, fragte ich noch mal. Er würde mir nicht die Kleider vom Leib reißen und mich auf dem Schreibtisch nehmen, während seine Mutter dabei saß. Also könnte ich genauso gut auch selber den Ball ins Rollen bringen.

»Um meine Mitarbeit anzubieten«, sagte er. »Ich bin dringend daran interessiert, dass diese Sache aus der Welt geschafft wird, damit der Wahlkampf sich auf die relevanten Themen konzentrieren kann.«

Stoltz stöhnte, und ich hatte Mitleid mit dem Typ. Er hatte Schwierigkeiten, seinen Schützling unter Kontrolle zu behalten.

»Ist das ein Witz?«, fragte ich. »Ich habs. Sie wollen, dass ich hinauslaufe und die Presse wissen lasse, dass Sie kooperieren wollen. Stimmts?«

»Nein, nein, nein«, beteuerte Stoney. Seine Hände erhoben sich zum Nachdruck vom Tisch. »Ich versichere Ihnen, dass ich meine Dienste nicht wegen der Publicity anbiete. Ich meine es vollkommen ernst. Mary Lee und ich sind alte Freunde. Wir kennen uns noch aus unseren Collegetagen. Ich ging natürlich zur Duke University und sie zur University of North Carolina, aber wir sind uns häufig auf Parties begegnet. Duke ist bei uns Tradition. Meine Mutter ist dort auch hingegangen.« Er lächelte sie an und wurde etwas lockerer. »Sie war sogar die Schönheitskönigin ihres Jahrgangs, wenn ich mich nicht irre.«

Na super. Das machte mir die alte Schachtel gleich höllisch viel sympathischer.

»Adam hier ist natürlich einer unserer Brüder aus dem Norden.« Stoney lächelte entschuldigend, und da ich ja ein empfindliches Gemüt besitze, empfand ich ein kurzes Aufblitzen von

Mitleid mit ihm. Da war er nun seit vielen Monaten schon ein Fremder in einem fremden Land gewesen. »Er hat sein Examen in Harvard gemacht, aber das wollen wir ihm nicht vorwerfen, nicht wahr?« Stoney lächelte seinen Berater an. Ich hielt mich da zurück. Ich hatte beschlossen, Stoltz alles zum Vorwurf zu machen, was ging.

»Wie können Sie mir helfen?«, fragte ich Stoney. »Sind Sie sich über den Stand meiner Untersuchung bewusst?« Ich wusste sehr wohl, dass er das nicht war, da ich niemanden über den letzten Stand der Dinge informiert hatte. Ob das nicht der Grund für meine Einladung war? Wollte er mich nach Informationen aushorchen? Gab es dabei etwas, was ihm persönlich nützlich sein konnte?

»Ob ich mir über den Stand Ihrer Untersuchung bewusst bin?«, wiederholte er. »Also, um Ihre eigentliche Frage zu beantworten, ich versuche nicht, Sie durch Tricks dazu zu verleiten, irgendetwas Vertrauliches auszuplaudern. Da können Sie beruhigt sein.«

Autsch. Der Typ war so direkt, das war schon fast schmerzhaft. Was sollte ich jetzt tun? »Also noch mal: Sie bieten mir einfach an, alle Fragen zu beantworten, die ich an Sie richten könnte, um mir behilflich zu sein?« Ich dachte, seine Mutter und sein Berater würden den Geist aufgeben, als ich die Frage so formulierte.

Stoney nickte. »Wenn sie relevant für Ihre Untersuchung sind, ja. Wie gesagt, ich möchte dieses Thema aus der Welt schaffen.«

»Er meint, er wird jede Frage beantworten, die Bezug auf seine Beziehung zu Thornton Mitchell nimmt«, erläuterte Adam Stoltz. »Aber natürlich versteht es sich von selbst, dass seine eigenen Antworten nur unter der Voraussetzung gegeben werden, dass sie vertraulich bleiben und dass sie nicht an die Presse weitergeleitet werden in dem Versuch, eine eventuelle Bevorteilung der Wahlkampagne von Mary Lee Masters zu erreichen.«

Au Backe, war das wirklich die Art, wie die Leute im Norden redeten? »Ich bin kein Polit-Söldner«, versicherte ich ihm. »Ich hab noch nicht einmal im *Watergate Hotel* übernachtet.«

Er kapierte den Witz nicht. Oh Gott, wie alt war ich denn schon?

»Stonewall, das ist einfach unerträglich«, unterbrach Mrs Jackson. Die Qualen, die sie durchlitt, verliehen ihrer Stimme einen schrillen, eulenartigen Kreischton. »Wir müssen Onkel Boyd anrufen und um Rat fragen, bevor wir auch nur einen Schritt weitermachen. Siehst du denn nicht, dass dieser Frau deine Interessen völlig egal sind?« Sie zeigte auf mich, als hätte ich soeben drei junge Damen durch einen bösen Zauberspruch dazu gebracht, sich vor Schmerzen zu winden und auf dem Boden herumzukullern.

»Mama«, sagte Stoney und seine Fassung zerrann zum ersten Mal, seit ich ihm begegnet war. »Ich bin ein großer Junge. Ich habs nicht nötig, Onkel Boyd um Rat zu fragen. Ich hab ihm keine Ratschläge erteilt für seine Kampagnen. Ich hab ihn sein Amt führen lassen, wie er es für richtig hielt. Lass es sein. Ich werde Onkel Boyd nicht mit Anrufen über triviale Angelegenheiten belästigen. Lass ihn in Frieden sterben.«

»Unterstehen Sie sich, das zu weiterzusagen!«, schrie mich Sandy Jackson an. »Das haben Sie nicht gehört.«

»Was hab ich nicht gehört?«, fragte ich unschuldig. Also, Senator Boyd Jackson war näher an der Schwelle des Todes als ich oder sonst jemand ahnte.

»Sie dürfen das nicht weitersagen!«, insistierte Mrs Jackson. »Sie dringen in unsere Privatsphäre ein.«

»Ich bin auch keine Reporterin«, versicherte ich ihr. »Beruhigen Sie sich.«

»Ich bin vollkommen ruhig«, schnappte sie zurück, zog an ihrer Jacke und ruckelte sich auf ihrem Sessel zurecht wie ein störrisches Kind. Heiliger Bimbam, und ich dachte, meine eigene

Mutter sei eine Strapaze gewesen. Meine war wenigstens ehrlich genug zuzugeben, dass sie mich folterte.

»Ich hätte das nicht sagen sollen«, gab Stoney zu. »Und ich würde es als persönlichen Gefallen betrachten, wenn Sie die wahre Natur der schweren Erkrankung meines Onkels für sich behalten würden.« Ich zuckte mit den Schultern, und er nahm das für ein Ja. »Um nun zu der Angelegenheit zurückzukehren, die uns hier beschäftigt, ich kann Ihnen einige Informationen geben, die Sie nützlich finden mögen. Ich kannte Mr Mitchell nicht persönlich. In der Tat bin ich ihm nie begegnet, soweit ich mich erinnere. Er ist praktisch ein völlig Fremder für uns. Aber er hat Geldbeiträge zu meiner Kampagne geleistet, das muss ich zugeben. Wie viel war es doch gleich?«, fragte er Stoltz.

»Das Maximum«, grummelte Stoltz. »Vier Riesen.«

»Sind da seine PAK-Beiträge schon mitgezählt?«, fragte ich, weil ich wusste, dass Mitchell wahrscheinlich nur durch seine Beiträge alle Politischen Aktionskomitees im Staat am Leben erhalten hatte. PAKs sind eine gefinkelte Einrichtung, mit deren Hilfe sich Industrie und Wirtschaft um die rechtlichen Bestimmungen, was die Begrenzung von individuellen Spenden betrifft, herumschummeln können.

Ein langes Schweigen folgte meiner Bemerkung.

»Seine Firma hat zusätzliche Beiträge über ein PAK geleistet«, gab Stoltz düster zu.

»Aber der sachdienliche Punkt ist der, dass wir ihn nicht gekannt haben«, verdeutlichte Stoney wie der Rechtsanwalt, der er nun einmal war. »Er ist bei mehreren Geldmittelbeschaffungsveranstaltungen dabei gewesen, sowohl für mich selbst wie für meinen Onkel. Tatsache ist, er war bei den meisten dabei. Aber das waren die einzigen Beziehungen, die meine Familie zu ihm unterhielt. Es tut mir Leid, dass ich Ihnen nicht mit nützlicheren Informationen über Mr Mitchell dienlich sein kann. Vielleicht haben Sie weitere Fragen? Ich bin gerne bereit, sie zu beantworten. Im Austausch für unsere Bereitwilligkeit zur Zusammenarbeit hoffe ich, werden Sie uns vorzeitig wissen lassen, was das Ergebnis Ihrer Untersuchung sein wird.«

Das war der Moment, wo ich endlich verstand, was er mit dem ganzen beabsichtigte.

»Nachdem Sie sich mit Miss Masters abgesprochen haben, meine ich selbstverständlich«, fügte Stoney hinzu. »Sie ist eine sehr feinsinnige Dame, und ich bin sicher, sie würde es mich wissen lassen, bevor die Presse davon Wind bekommt, wenn Sie gewisse Informationen aufdecken.«

Oh Gott, er wird einen guten Senator abgeben. Er hatte Charme und gute Nerven haufenweise. Er wollte, dass ich ihn im Voraus informierte, damit er seine Reaktion vorbereiten und kühl, klar und kontrolliert wirken konnte.

»Wenn Mary Lee damit einverstanden ist, ist es abgemacht.« Ich wusste, dass sies nicht sein würde.

»Gut. Dann bin ich froh, dass wir dieses Gespräch geführt haben.« Er stand auf und strahlte mich mit seinem Hundert-Watt-Lächeln an. »Gib es sonst noch etwas, was ich für Sie tun kann?«

»Sicher«, gab ich zu. »Sie könnten mir sagen, wo Sie waren, in der Nacht als Thornton Mitchell ermordet wurde. Weil Sie ja nicht zu Hause waren.«

Sein Lächeln knipste sich aus. Sein Berater stöhnte. Seine Mutter ruckte abrupt in ihrem Sitz und ließ ein Bein mit einem »Tschunk« zu Boden fallen.

Der Kandidat setzte sich wieder. »Wer hat Ihnen das gesagt?«, fragte er gefasst.

»Das tut nichts zur Sache«, sagte ich. »Sie haben angeboten mitzuarbeiten. Jetzt haben Sie Ihre Chance dazu.«

»Ich habe Sie gewarnt!«, unterbrach Stoltz, aber die Kontrolle über seine Stimme war ihm entglitten. Sie dröhnte wie ein Nebelhorn, das durch den Smog schneidet. Ein jeder machte einen

Satz, und er schaute peinlich berührt zur Seite. »Ich habe Sie gewarnt«, wiederholte er leiser. »Nicht jeder wird wie ein Gentleman verfahren, Stoney. Sie können nicht nach einem Ehrenkodex handeln, an den sich sonst niemand hält. Sie versuchen, eine Art Ehrenspiel zu betreiben, aber Sie sind der Einzige, der die Regeln kennt. Auf die Weise können Sie nicht gewinnen.«

Häh? Wie war das? Ich verliere immer den Überblick bei solchen männlichen Sportmetaphern. Ich komme um den Verdacht nicht rum, dass da Absicht dahintersteckt.

»Mutter, könntest du uns einen Augenblick allein lassen?«, fragte Stoney höflich. Seine Stimme war sanft, aber der Blick, den er ihr zuwandte, war alles andere als sanft. Sie stand ohne ein Wort auf und verließ den Raum, nicht ohne die Tür hinter sich zuzuknallen.

Die Stille, die darauf folgte, wurde von Stoneys polierter Stimme unterbrochen. Er war völlig ruhig, das musste ich ihm lassen. Sehr kontrolliert. »Miss Jones«, sagte er gleichmütig. »Es stimmt, dass ich in der Nacht von Mitchells Ermordung nicht zu Hause war. Die Polizei ist sich dieser Tatsache bewusst, ebenso wie der Umstände, wo ich mich in dieser Nacht befand. Sie hat mein Alibi bestätigt, wenn Sie es so nennen möchten, und ist damit zufrieden. Obwohl ich Ihren Wunsch, die Details zu erfahren, verstehen kann, kann ich doch Ihre Neugierde nicht befriedigen. Es gibt gewisse Dinge, über die ein Ehrenmann nicht spricht. Es tut mir Leid.«

Und das Merkwürdige passierte wieder. Ich glaubte ihm. Ich saß da und starrte in sein entschlossenes und zugleich entnervtes Gesicht und konnte mich von seinem klaren Blick nicht losreißen. Er war mit einer Frau zusammen gewesen, und er weigerte sich, ihren Namen preiszugeben, weil sie ihm wichtig war. Die Glückliche.

»Tut mir auch Leid«, gab ich zu. »Das macht meinen Job nicht leichter.«

»Es tut mir Leid, wenn ich Ihnen Unannehmlichkeiten mache«, entschuldigte er sich noch einmal.

Ein Klopfen an der Tür unterbrach uns, und das Empfangsgirlie in dem blauen Minikleid steckte den Kopf durch die Spalte. »Mr Maloney«, quietschte sie vor Erregung. »Da draußen ist ein Mann von einer der Magazin-Sendungen im Fernsehen. Die machen einen Beitrag über den Mord und wollen ein Statement von Ihnen dazu.«

Stoney wechselte einen Blick mit seinem Berater, und ich wusste sofort, dass sie das Eintreten dieses Falles schon vor mehreren Tagen durchdiskutiert hatten. Er war vorbereitet. »Ich bin gleich bei Ihnen«, sagte er dem Fräulein.

»Okay«, befahl Stoltz, und meine Anwesenheit war vergessen, während er ein Gehabe von Autorität aufsetzte. »Lassen Sie uns schnell da hinausgehen, damit es improvisiert wirkt. Aber denken Sie dran, halten Sie sich an die Erklärung, die Sie bereits abgegeben haben. Sie stehen über der Sache. Sie können es locker machen, wenn Sie wollen. Wir sprechen hier im Fernsehen, jede Steifheit spricht also gegen Sie. Am besten, wir machen es gleich in kurzen Ärmeln.« Und schon er eilte hinüber, knöpfte Stoneys Hemdsärmel auf und schob sie hinauf, sodass der Stoff sich an den Ellbogen aufbauschte, als ob er seit Tagen über schwierigsten Gesetzesentwürfen gearbeitet hätte. »Wiederholen Sie mindestens zweimal, dass Sie und Mary Lee ein gutes Verhältnis haben, und wie sicher Sie sind, dass sie darin nicht verwickelt ist. Die Stimmen links und rechts von der Mitte sind wichtig und die Meinungsumfragen zeigen, dass wir Wähler im mittleren Bereich ansprechen, die Ihr Onkel nie erreicht hat. Und lachen Sie nicht. Was auch passiert, lachen Sie nicht, schließlich ist ein Mann getötet worden. Seien Sie höflich, aber denken Sie dran, dass diese ganze Angelegenheit letzten Endes ein wenig zu schäbig für Sie ist.«

»Die ganze Angelegenheit ist ein bisschen zu schäbig für

mich«, antwortete Stoney und ging zur Tür. Stoltz eilte hinter ihm her.

Ich blieb zurück, vergessen wie ein Teil der Möblierung. Ich stellte mir vor, wie ich meine Sonnenbrille aufsetzen und mich heimlich still und leise von hinten an Stoney heranschleichen würde, um ihn vor laufender Kamera in den Po zu zwicken und dann abzuhauen, und ganz Amerika würde sich wundern, wer die dreckblonde Braut mit den katzenhaft gesträhnten Haaren wohl war. Aber praktischere Dinge hatten Vorrang. Stattdessen durchsuchte ich also Stoneys Schreibtischschubladen nach Beweisen für eine romantische Liaison. Wenn er mir nicht den Namen der Dame nennen wollte, standen die Chancen nicht schlecht, dass sie verheiratet war. Das bedeutete eine Nacht im Hotel oder Motel, an einem Ort, wo keiner darauf achtete. Und das bedeutete Kreditkartenquittungen. Aber die Schubladen erbrachten nichts Erregenderes als ein Dreierpack rot-weiß-blauer Kondome mit amerikanischem Flaggenmotiv. Die Packung war ungeöffnet, also möglicherweise ein Geschenk, das ihm jemand als Gag überreicht hatte. Die Taschen seiner Jacke waren gleichermaßen ohne Inhalt, obwohl ich drei Zettelchen mit weiblichen Vornamen fand, samt ihren Telefonnummern. Alle drei waren in verschiedenen Handschriften geschrieben. Ich nahm an, dass Frauen ihm diese Fetzen den ganzen Tag über hinterherwarfen. Das war weniger auffallend, als wenn sie ihm ihre Büstenhalter nachgeworfen hätten. Ich überlegte, ob ich meine Karte zu dem Stapel dazugeben sollte, hielt mich aber dann doch zurück. Ich habs noch nie gemocht, hinten in der Schlange anzustehen.

Ich war gerade damit fertig, seine Jacke wieder auf der Stuhllehne aufzuhängen, als ich draußen im Korridor Geräusche hörte. Ich zischte zurück zu meinem Stuhl und zupfte gerade ganz unschuldig meine Hosen zurecht, als Stoney und eine kleine Gruppe seiner Gefolgsleute in den Raum zurückkehrten.

»Perfekt!«, sagte Stoltz voller Zufriedenheit. »Ihre Mutter, das macht sich gut. Wie sie im Hintergrund die Anrufe beantwortet. Das verdeutlicht, dass Sie unabhängig sind, aber der Wiedererkennungsfaktor Ihrer Mutter ist so hoch, dass die sie nicht ignorieren können. Sie müssen einfach fragen, wie es ihr geht, und so halten wir auch die Familienwähler. Das lief wie am Schnürchen. Perfekt!«

Stoney sah nicht so aus, als sei es perfekt gelaufen. Er sah aus, als ob er ein Magengeschwür bekäme. Seine Schultern hingen herab, als sei er müde von dem ganzen Spiel und hätte nichts dagegen, einmal für längere Zeit die Sitzbank zu wärmen. »Lassen Sie mich einen Moment lang mit Miss Jones allein«, befahl er. Stoltz und die drei Freiwilligen hinter ihm zögerten auf halbem Weg zur Tür. »Nur ein paar Minuten, Adam. Und dann fahren wir los nach Asheville.« Widerwillig verzogen sich der Berater und seine Lakaien.

»Ich hasse dieses Zeug«, bekannte Stoney, als wir allein waren. Er kehrte nicht zu seinem Sitz hinter dem Schreibtisch zurück, sondern zog einen Sessel herbei, bis er auf Armeslänge zu mir herangerückt war. Er ließ sich müde hineinfallen, fuhr sich mit den Fingern durchs Haar. Es war dicht und elastisch, wie Teddybärenfell. Ich hätte nichts dagegen gehabt, mit meinen Fingern durchzufahren. Und ihm vielleicht noch auf den Rücken zu klopfen und ihm die verspannten Muskeln auf den Schultern zu massieren, wenn ich schon mal dabei war. Der Felsen-Mann sah ausgelaugt aus.

Er seufzte und atmete gute fünf Sekunden lang die Luft aus.

»Hören Sie, das ist wirklich die Oberscheiße. Mary Lee verdient es nicht, dass diese Sorte Mist über ihrem Kopf hängt. Und alles, was man mich fragt, geht um diesen Mord. Ich bins leid. Ich hatte einen guten Wahlkampf laufen, bis das passierte. Ich will es aufgeklärt haben, und ich will es schnell aufgeklärt haben.«

»Aber nicht so sehr, dass Sie mir sagen, wo Sie in der Nacht vom Mittwoch waren?«

»Schauen Sie, Casey«, sagte er vertraulich und lehnte sich so nahe an mich heran, bis ich sein Aftershave riechen konnte. Hmmm. »Ich musste es der Polizei sagen. Und ich musste einen gewissen Familieneinfluss spielen lassen, damit darüber Stillschweigen gewahrt wird. Ich habe das nicht gerne getan, aber es musste sein. Aber ich werde es Ihnen nicht sagen und auch sonst niemandem. Die Frau, um die es hier geht, ist verheiratet, und jede Enthüllung würde ihr und ihrer Familie eine große Menge Ungelegenheiten bereiten. Das kann ich ihr nicht antun.«

»Weiß es Ihre Mutter?«, fragte ich, teilweise aus Neugierde, teilweise weil ich sauer war, dass er es mir nicht sagte.

Er zuckte zusammen. »Nein. Sie weiß, dass ich eine Beziehung habe, aber nicht mit wem. Das ist ein Kampf, den ich allein austragen muss.«

»Wie lange, erwarten Sie, wird die Sache halten?«, fragte ich. »Haben Sie vor, die Dame in Ihre Dienstwohnung in Washington mit hineinzuschmuggeln? Oder was?«

Er seufzte. »Ich erwarte nicht, dass die Beziehung Bestand hat. Es gibt zu viele Probleme. Aber ich gebe sie nicht auf, bevor ich es tun muss.«

»Es tut mir Leid«, sagte ich. Die Worte überraschten uns beide. »Nein, wirklich. Sie haben kein Privatleben, und ich weiß, es ist schwierig. Ich muss nur einen Blick auf Ihre Mutter werfen.«

Er nickte. »Das Problem mit meiner Mutter ist, dass sie gewöhnlich Recht hat. Sie kennt die Politik in North Carolina besser als sonst jemand im Staat. Aber ich könnte nicht ablassen von ... dieser Frau. Und ich werds nicht tun, solange ich nicht absolut dazu gezwungen werde. Ich hoffe, Sie verstehen das.«

»Ich hoffe, Sie können Ihr Geheimnis behalten«, sagte ich.

Er lächelte schmal. »Möchten Sie einen Drink mit mir nehmen, wenn das alles vorbei ist?«

»Was?« Ich hätte fast mein Höschen fallen lassen.

Er blickte zu mir, das Gesicht ein wenig traurig. »Nein, im Ernst. Sie gefallen mir. Sie sind clever, und sie verbergen ihre Klugheit nicht. Sie sind stark und lassen es die Leute wissen. Ich weiß, wer Sie sind. Von wie vielen Menschen kann man so was wirklich sagen?« Seine blauen Augen bohrten sich in meine, als ob er wirklich eine Antwort erwartete. Er bekam keine.

»Na ja, vielleicht frage ich Sie noch ein andermal«, sagte er schließlich.

»Tun Sie das«, antwortete ich und erhob mich zum Gehen.

Der Korridor war voll mit freiwilligen Wahlhelfern und bezahlten Mitarbeitern, Stoltz und Stoneys Mutter mit eingeschlossen. Sie schauten mir schweigend nach, während ich den langen Gang entlangschritt, den Kopf mit mehr Fragen angefüllt, als ich bei meiner Ankunft gehabt hatte.

Ich wurde aus Stoney Maloney nicht schlau. Er war nicht das, was ich erwartet hatte, kein bisschen. Er schien echt daran interessiert zu helfen. Und doch war es ein gefährliches Angebot, das er da machte. Für ihn. Er hatte nichts zu gewinnen, außer einer kleinen Vorwarnung, falls ich etwas Unerwartetes aufdecken sollte. Und er hatte eine Menge zu verlieren, wenn meine Untersuchung mich zu ihm oder in sein Lager führen sollte. Ich strengte mich an, den wirklichen Menschen von seinem Image zu trennen. Ich fing an zu glauben, dass er ein Mensch von der seltensten Gattung war, die es gibt. Jemand, der sich von seinem Herzen leiten ließ. Und ich fühlte mich nackt ohne meinen Zynismus.

8

Ich schätze einen Mann mit Prinzipien, vorausgesetzt, dass ich einen finden kann – aber das bedeutet noch nicht, dass ich so weit gehen würde, ihm zu vertrauen, bloß weil michs juckt. Nachdem ich das Hauptquartier von Maloney verlassen hatte, fuhr ich also im Kreis zurück zur Hillsborough Street und parkte hinter dem Müllcontainer des Nachtclubs auf der gegenüberliegenden Straßenseite. Ich hatte mein Auge auf einen kleinen roten Mazda Miata geworfen, der in der Nähe des Hintereingangs zum Wahlkampfzentrum auf mich wartete. Ich wusste, er gehörte Stoney, aber ich wusste auch, dass ich ihn durchsuchen würde. Dann erst würde ich Stoney vertrauen. Vielleicht.

Eine halbe Stunde und zwei lauwarme Pepsi Lights später lief eine schwarze Mammut-Limousine in den Parkplatz des Maloney-Hauptquartiers ein und drehte vor dem Hintereingang bei. Die Tür des Gebäudes öffnete sich, und die Geleitgruppe kam zum Vorschein und blinzelte in der Sonne. Adam Stoltz sah sich nervös um, als ob er wusste, dass ich ihn beobachtete. Aber Stoney war viel zu sehr damit beschäftigt, seine Mutter zu trösten, um argwöhnisch zu sein. Er hatte seinen Arm um ihre Schulter drapiert und beugte sich zu ihr nieder. Er sprach eifrig auf sie ein, während sie ein finsteres Gesicht aufsetzte. Mehrere Freiwillige folgten im Trott, die Arme voll gepackt mit Werbegeschenken. Der Fahrer des Straßenkreuzers stieg aus und ging nach hinten zum Kofferraum, um den Mitarbeitern beim Verstauen der Buttons und Autoaufkleber zu helfen. Stoney legte keinen Wert auf Zeremoniell. Er öffnete selber die Tür, stieg ein und ließ die Frau Mama draußen stehen. Adam Stoltz und die übrigen Wahlhelfer gesellten sich zu ihm, und der Wagen legte ab, in einer Wolke von Auspuffgasen. Sandy Jackson schaute den Rücklichtern nach, so lange sie konnte, dann marschierte sie wieder in das

Gebäude hinein, als ob sie das Bedürfnis hatte, ein paar guten Leuten in den Hintern zu treten.

Ich ließ meinen Valiant eingeklemmt zwischen zwei Müllcontainern stehen und sprintete auf die andere Seite der Hillsborough Street hinüber. Dann schlüpfte ich hinter eine große Hecke, die das Hauptquartier von der Zahnarztpraxis nebenan abschirmte. Ich trat aus der Buchsbaumhecke hervor, bereit für Spaß und Frohsinn, mit meinem altgedienten Friedrich, dem Dietrich in der Hand. Das ist ein handliches Stück gekrümmtes Metall, mit dem man das Schloss an praktisch jeder Autotür aufbrechen kann – ganz besonders bei Mazdas. Die sind so leicht zu knacken wie eine Dose Tunfisch. Die rückwärtige Tür des Hauptquartiers war fest verschlossen, und das einzige Geräusch war das gleichmäßige Brummen der Klimaanlage. Ich ließ Friedrich zwischen der äußeren und inneren Wand der Tür auf der Fahrerseite hineinschlüpfen und zog und schob, bis ich die richtige Kombination hatte und der Verriegelungsknopf raussprang. In zwei Sekunden war ich auf dem Vordersitz ausgebreitet, quer über das weiche Leder, sodass ich für jeden, der vorbeiging, unsichtbar blieb. Wenigstens hoffte ich es. Es bestand immer die Gefahr, dass mein Gefrierschrank-Hintern ein paar Zentimeter hervorlugte. Aber das Risiko musste ich eingehen.

In Stoneys Auto sah es aus wie Sau, und ich fühlte eine gewisse Verwandtschaft zwischen uns. Der Fußboden war mit politischen Werbebroschüren, Fastfood-Verpackungen, einer schwarzen Socke und zwei leeren Mountain-Dew-Dosen vollgemüllt. Ich beschloss, ihm sein Lieblingsgetränk nicht zum Vorwurf zu machen. Es gab keine leeren Bierdosen, offene Whiskyflaschen oder patriotische Kondompackungen. Die Konsole zwischen den beiden Vordersitzen enthielt eine Anzahl Viertel-Dollar-Münzen, und ich fragte mich, wozu. Es gab keine Maut-Straßen in der Nähe von Raleigh. Münzen für Telefongespräche vielleicht? Mit seinem geheimen Liebeshäschen? Ich hob mir das Handschuhfach bis zuletzt auf, weil ich die Spannung lieber noch etwas hinauszögern wollte. Hey, ich hole mir eben meine Kicks, wo ich sie kriegen kann. Als ich es endlich öffnete, ergoss sich ein Niagarafall von Kraftfahrzeughaftpflichtversicherungspolicen, zerknüllten Servietten, Aspirinschachteln, Sonnenbrillen, Plastikbehälterchen mit Fastfood-Saucen und schlecht zusammengefalteten Straßenkarten auf den Boden. Es war einzigartig blöde, seitwärts auf den Vordersitzen ausgestreckt zu liegen, mit undichten Ketchup-Packungen, die mir an der Stirn klebten, aber glücklicherweise bin ich es ja gewöhnt zu leiden.

Ich hörte eine Tür knallen und erstarrte. Ich zog meine Muskeln zusammen, in dem vergeblichen Versuch zusammenzuschrumpfen. Stimmen kamen näher. Zwei Frauen, die sich über einen Mann namens Artie ausließen und darüber, ob es okay sei, mit einem verheirateten Mann ins Bett zu gehen, wenn seine Frau Bescheid wusste und es ihr nichts ausmachte. Die eine, die voll dafür war, alle Torpedos abzufeuern und die Konsequenzen in den Wind zu schreiben, stand kurz davor, die andere von ihrer Ansicht zu überzeugen, als sie mit auf dem Asphalt klickenden Absätzen nur Zentimeter weit an meinen Ohren vorbeitrippelten. Ein Krampf schoss meine rechte Wade hoch, und ich fuhr zusammen, bewegte mich leicht, um den Schmerz zu mindern. Der Gangschaltungshebel bohrte sich in meine Blase, und ich fühlte ein intensives Bedürfnis, einmal auszutreten. Es ist einfach, wenn du ein Typ bist und in eine Konservendose pieseln kannst. Wir Frauen habens da schwerer bei der Observierung. Ich befahl den beiden Tussis in aller Stille, zum Teufel noch mal endlich weiterzumachen mit ihrem Leben. Dankenswerterweise verflüchtigten sich ihre Stimmen, und ich fing an, mich durch den Stapel von Dokumenten hindurch zu wühlen, bevor der Rest der Welt auch noch draußen an mir vorbeidefilierte.

Zu den faszinierenden Fakten, die ich über Stoney Maloney

herausfand, gehörten die Neigung zu überhöhter Geschwindigkeit, die Nichtbeachtung der örtlichen Parkgesetzgebung und die Angewohnheit, das Auto nicht rechtzeitig zur Inspektion zu bringen. Ich fragte mich, ob er sich wohl die Mühe machte, alle Strafzettel zu bezahlen, oder ob er sie einfach in dem Zauberland der gegenseitigen Gefälligkeiten der good old boys untergehen ließ.

Ich fand die Motelrechnungen in einer Plastikmappe des Automobilklubabschleppdienstes, zusammengehalten durch feuchte Flecken aus Ketchup, der aus einer weiteren geplatzten Kleinpackung gedrungen war. Die Schriftzüge auf den meisten Quittungszetteln waren verwaschen, weil der Kohleabdruck sich unter dem herben Einfluss von Essig und Tomatensauce aufgelöst hatte. Immerhin war zu erkennen, dass Stoney nicht seinen wirklichen Namen benutzte, sondern eher eine Variation davon. Es sah so aus, als ob sich sein Alter Ego S. Pickett Jackson Maloney nannte. Ich untersuchte den zerknüllten Zettel, der für die betreffende Mittwochnacht ausgestellt worden war, als Mitchell starb, und erkannte, dass ich Picketts Rechnung in Händen hielt. Da rede mir einer von historischen Begegnungen. Welcher Teufel hatte wohl seine Mutter geritten, als sie ihn Stonewall Pickett Jackson Maloney nannte? Lauter Namen von Südstaaten-Generälen aus dem Bürgerkrieg. Ob sie gedacht hatte, er würde zeitlebens immer nur diesseits der Mason-Dixon-Grenze bleiben? Aber was Schlimmer war: Der Name des Hotels war ungefähr so unleserlich wie Kindergartengekritzel. Ich drehte jeden Zettel seitwärts, auf den Kopf und hielt ihn sogar gegen das Licht über mir, aber das Höchste, was ich entziffern konnte, war das Wort »Inn«. Der Penner am Empfangstisch war nachlässig mit seinen Rechnungsquittungen umgegangen. Jede einzelne war viel zu weit links bedruckt, sodass der Name des betreffenden Etablissements auf der einen Seite abrutschte. Ich würde eine förmliche Beschwerde bei der Direktion vorbringen, um ihn per Fußtritt in den Allerwertesten auf der Stelle feuern zu lassen. Aber erst einmal musste ich herausfinden, wo sich diese Stelle überhaupt befand.

Ich rammte das Chaos zurück in das Handschuhfach, wobei ich die Schichten nach bestem Wissen und Gewissen wieder so arrangierte, um sein einzigartiges Aufbewahrungssystem nachzubilden, griff mir noch zwei Wahlkampf-Flyer, wegen der Fotos von Stoney, und sah zu, dass ich wegkam. Ich hatte mich kaum hinter der Hecke in Sicherheit gebracht, als auch schon Stoneys Mutter aus dem Hinterausgang stampfte, gefolgt von mehreren Freiwilligen. Sie stiegen in einen cremefarbigen Lincoln Continental und fuhren davon. Sandy Jackson saß im vorderen Beifahrersitz, und irgendein armer, niedergeschlagen wirkender Bursche war am Steuer. Der Fahrer duckte sich nervös, als er an meinem Versteck vorbeikam, und setzte dann die Fahrt mit Ruckeln und Zuckeln entlang der Avenue fort. Ein typischer Fall für das, was man den Halt-Weiter-Fahrstil nennt.

Ich durchsuchte fünf Telefonzellen, bis ich eine fand, die ein intaktes Telefonbuch enthielt. Wenigstens war es nur ein Jahr hinter dem aktuellen Stand. Ich fand sechs Motels mit dem Wort »Inn« im Namen, riss die entsprechenden Seiten aus dem Buch – keiner von uns ist ohne Fehl und Tadel – und verbrachte den Rest des Nachmittags damit, das Dekor und die Freundlichkeit in den Schmusenestern der Stadt zu überprüfen.

Ich war bei meinem dritten Motel, als ich den Beschatter entdeckte. Ich hätte ihn schon früher bemerkt, aber ich hatte keinen erwartet. Ich dachte, Bill Butler und das Polizeipräsidium von Raleigh hätten mich als Spinnerin abgeschrieben. Ich war gerade aus der kreiselförmigen Ausfahrt des *Plantation Inn* nördlich von Raleigh herausgekommen, als ich einen blauen Personenwagen bemerkte, der hinter dem Müllcontainer des Vierundzwanzig-Stunden-Ladens nebenan im Anschlag saß. Also, kommt schon, Leute – ich hatte mich grade eben noch selber hinter einem

Müllcontainer versteckt. Der Fahrer hätte ruhig etwas origineller sein dürfen.

Er reihte sich in den Verkehr ein und blieb ungefähr fünf Wagen hinter mir. Er war relativ unauffällig, weshalb ich ihn bis jetzt verpasst hatte. Und der kleine Dreckskerl war hartnäckig. Ich konnte sein Gesicht nicht erkennen, weil er eine dieser diskreten schwarzen Sonnenbrillen trug, die rund um die Schläfen gingen und ungefähr so subtil waren wie ein Schild auf seinem Hintern mit der Aufschrift »Ich bin ein Cop«. Aber ich konnte genug sehen, um zu wissen, dass er nur knapp die minimalen Anforderungen der Polizei in Sachen Körpergröße erfüllte und dass er sich über die Haarschnittvorschriften des Raleigh Police Department ebenfalls nicht mehr lange Sorgen machen musste, wenn seine fortgeschrittene Stirnglatze gewisse Rückschlüsse erlaubte. Ich versuchte, ihn an zwei Ampeln abzuschütteln, aber da saß in dem Wagen vor mir ein Seniorenpärchen auf Urlaubsreise, und die beiden schafften es, mich alle paar Meter auf die Palme zu bringen mit einem beknackten Fahrmanöver nach dem anderen. Die zwei waren der Albtraum jeder Versicherung, wie sie von einer Spur zur anderen schwenkten und vor jeder gelben Ampel stoppten. Gott, wenn ich alt werde, ziehe ich in den Norden, und dann werde ich dort meine Tage damit verbringen, wirklich ganz, ganz langsam auf ihren Super-Highways rumzugondeln.

Schließlich sagte ich mir, zur Hölle damit, soll er mir doch folgen, und fuhr hinaus zum Flughafen, um das *Courtyard Inn* zu testen. Dort weigerte sich das hübsche Girlie am Empfangspult, irgendwelche Fragen zu beantworten. Aber das musste sie gar nicht. Neben ihrem Ellbogen lag ein Stapel Quittungszettel, die denen in Stoneys Wagen vollkommen glichen. Am Broadway würde sie es nie schaffen, dazu fehlte ihr das mimische Talent. Ihre angemalten Augenbrauen küssten fast ihre Locken, als ich ihr Stoneys Wahlprospekt zeigte und sie fragte, ob sie den Mann darauf wieder erkannte. Ich kehrte in Triumphlaune zu meinem Wagen zurück, obwohl ich zugeben musste, dass ich noch immer nicht allzu viel wusste. Ich wusste, wo Stoney sie hingeführt hatte und dass Stoney sie hingeführt hatte, aber ich wusste immer noch nicht, wer sie war. Ich hatte noch fünf Tage bis zum nächsten Mittwochabend und konnte versuchen, den Abend auf dem Parkplatz zu verbringen und sie auf diese Weise zu erwischen. Wenigstens hatte ich bestätigt gefunden, dass seine Liaison keine Erfindung seiner Fantasie war. Der Felsen-Mann lebte, es gab ihn wirklich.

Aber ich war noch nicht fertig mit meinem Verfolger. Ich hatte meine Arbeit getan und jetzt war es Zeit zum Spielen. Ich suchte sechs weitere Motels in beliebiger Reihenfolge auf, was leicht war, weil die Flughafengegend sie in großer Zahl anzubieten hatte. Ich betrat jede Empfangshalle, ging auf die Toilette oder genehmigte mir eine Pepsi Light in der Bar und einmal sogar einen Wodka Gimlet pur, weil der Barkeeper süß war und ich auch schon müde wurde. Ich dehnte das Spiel über gute zwei Stunden aus, entschlossen, dass der Typ sich auch seine Überstunden verdienen sollte. Dann lockte ich ihn nach Garner hinaus, eine kleine ländliche Stadt neben Raleigh. Ich fuhr auf den kieselbestreuten Parkplatz der *Babydoll Lounge,* einer Kneipe, die ich von Bobby Dees Wanderungen durch die Oben-ohne-Bars kannte. Ich parkte meinen Hintern am Ende der Bar und ignorierte die notgeilen Bauarbeiter und müden alten Greise, die zu entscheiden versuchten, ob ich wohl leichter rumzukriegen wäre als die Professionellen, die auf der jämmerlichen Bühne hinter der Bar ihre Verrenkungen vollführten.

Als ich meinen Verfolger reinkommen und eine Sitzecke nahe bei der Tür einnehmen sah, fing ich ein Gespräch mit dem staubigen Hinterwäldler neben mir an. Er hatte insgesamt drei Zähne, alle auf der rechten Seite seines Mundes, aber ich brauchte ihn zu Ablenkungszwecken, nicht um ihn zu heiraten.

Ich gab ihm ein Bier aus und erzählte ihm die traurige Mär von meinem Exgatten, einem früheren Cop, der zur Gegenseite gewechselt war und nicht von mir ablassen konnte. Nachdem er mich jahrelang geschlagen hatte, gestand ich, war ich schließlich ausgebrochen, aber er konnte es einfach nicht ertragen, mich mein eigenes Leben in Frieden leben zu lassen. Die Bizepse des Typen wuchsen mit jeder neuen Schandtat, die ich erfand, und seine Augen glitzerten immer gefährlicher mit jedem Bier, das wir teilten. Ich verließ ihn schließlich mit der Bemerkung, ich müsste nur eben mal den Tau von meiner Lilie schütteln. Ich blieb lang genug auf der Damentoilette, um meinen Verfolger nervös zu machen, und hast du nicht gesehen, als der Cop seine Sitzecke verließ und mir in den rückwärtigen Bereich der Lounge folgte, ging mein Begleiter von der Bar seinerseits ihm nach. Ich konnte sie hören, wie sie auf der anderen Seite der Toilettentür miteinander ins Gespräch kamen.

»Hey, Mann, das ist doch vorbei mit Euch beiden«, blubberte mein zahnloser Liebhaber gerade. »Lass es sein, Mann. Sie ist eine echte Lady.«

»Wer zur Hölle sind Sie denn?«, hörte ich meinen Verfolger sagen.

Ich wartete den Rest nicht ab. Ich hüpfte auf die Toilettenbrille, öffnete das einzige Fenster in dem Raum und vollführte dann einen Limbo hinaus auf den Parkplatz. Es kostete mich ein paar gezogene Fäden in meinem mittlerweile völlig verdreckten Anne-Klein-Hosenanzug. Aber das ließ sich nicht vermeiden. In sechzig Sekunden war ich auf und davon. Ich war mir sicher, die Jungs würden das schon unter sich ausmachen. Alkohol mit Testosteron ist eine so interessante Kombination.

»Was zur Hölle ist bloß mit dir passiert?«, wollte Bobby Dee wissen. »Du siehst scheiße aus.« Es war nahezu neun Uhr, und er saß noch immer schwer an der Arbeit. Das heißt, er kaute an einer Pizza.

»Ich war bei einer Treibjagd«, erklärte ich. »Als Fuchs.«

Er grunzte, stellte aber keine weiteren Fragen mehr. Wenn er beim Essen ist, muss Bobby sich konzentrieren.

»Die brauchst du ja nicht alle«, sagte ich und krallte mir das größte Stück Pizza, das ich finden konnte.

»Hey!«, bellte er. »Halt dich zurück, ich muss meinen Blutzuckerspiegel hochhalten.«

Ich erstickte fast an meiner Pizza, weil ich so lachen musste, aber Bobby Dee schaffte es, mich mitten im schallendsten Ha-ha abzuschießen.

»Da wartet ein Typ auf dich in deinem Büro«, murmelte er durch einen Mundvoll mit Pepperoni und Käse.

»Wie bitte?«

»Da ist ein Typ, der mit dir reden will. Er wartet in deinem Büro.«

»Warum verdammt noch mal hast du ihn da reingelassen?«, flüsterte ich.

»Er wollte nicht hier draußen bleiben. Und ich dachte, es könnte wichtig sein.«

Ich wusste, warum der Typ nicht dableiben wollte, um Bobby beim Essen zuzusehen. Ich wusste nicht, warum Bobby meinte, es könne was Wichtiges sein.

»Bobby, das da drüben ist mein gottverdammtes Büro«, zischte ich. »Ich habe vertrauliche Informationen da drin.«

»Was denn zum Beispiel? Die Schachtel Playtex Super in der untersten Schublade?«

»Wie wärs mit der Astra Constable in der obersten rechten Schublade?«

»Das ist diejenige, die du immer verschlossen hältst, nicht wahr?«, erwiderte er. »Aber das ist sowieso nur eine Waffe für Weicheier.«

»Wie wärs, wenn ich aufschließen gehe und sie dir einmal ganz aus der Nähe zeige?«, sagte ich. »Dann können wir ja mal sehen, wer das Weichei ist, mit einer 38er Halbautomatik vor der Nase.«

»Beruhige dich«, sagte er und schluckte einen Batzen Mozzarella hinunter. »Ich habe den Typ wieder erkannt. Der wird dich schon nicht umbringen.«

»Wer ist es?«, herrschte ich ihn an.

»Ich komme jetzt nicht auf seinen Namen. Ich habe ihn aber mal im Fernsehen gesehen.«

Oh, großartig. Wahrscheinlich in *Amerikas meistgesuchte Verbrecher*. Ich überließ Bobby seiner ungehemmten Fresssucht und schlich mich zentimeterweise den Gang entlang. Ich war nicht in der Stimmung für Überraschungen. Ich erlebte trotzdem eine. Mein Besucher saß weit zurückgelehnt auf meinem Besucherstuhl aus Plastik, die Beine nach vorne von sich weggestreckt und schnarchte.

Ich beschloss, ihn nicht sofort zu wecken, bis ich herausgefunden hatte, wer zum Teufel er war. Ich schlich mich auf Zehenspitzen heran und betrachtete sein Gesicht. Er war dünn, und seine braunen Haare waren noch dünner. Er hatte einen traurig wirkenden Gesichtsausdruck wie ein enttäuschter Bluthund und eine Goldrandbrille, die ihm von der Nase rutschte. Seine Augenbrauen waren buschig und krochen aufeinander zu wie zwei Raupen unterwegs zu einer Liebesvereinigung. Seine Lider flatterten, während er träumte, und ein Bein zuckte heftig. Er leistete gerade Schwerstarbeit im REM-Bereich. Er kam mir irgendwie bekannt vor, aber ich konnte mich nicht an den Namen erinnern. Er war ein Fernsehreporter, dachte ich, bei irgendeinem Lokalsender.

»Hey!« Ich trat gegen die Sohle von einem seiner Schuhe, und er sprang hoch, als ob er soeben von einer Mokassinschlange gebissen worden wäre.

»Wa-has?!«, rief er und erschreckte nun seinerseits mich so sehr, dass ich in die Höhe fuhr. Er hatte eine von diesen Bariton-

Medienstimmen, und sie füllte sofort den ganzen Raum. Dann begann er krampfhaft zu schnaufen.

»Ganz ruhig«, sagte ich, aus Angst, dass er einen Erstickungsanfall mit tödlichem Ausgang kriegen könnte. »Sie wollten mich ja unbedingt sehen. Erinnern Sie sich?«

Er sah mich völlig verwirrt und überrascht an. »Wer sind Sie?«, fragte er und sein Schnaufen verlangsamte sich zu einem erstickten Pfeifen.

»Wer ich bin?« Ich schnippte mit meinen Fingern vor seiner Nase. »Aufwachen, Freundchen. Sie sind derjenige, der zu mir gekommen ist.«

Er starrte mich einen Moment lang an und wischte dann eine müde Hand durch den Rest seiner verbliebenen Haare. Seine Augen klarten sich auf und nahmen das ihn umgebende Büro deutlich wahr. Seine Atemfrequenz ging auf normal zurück. »Oh ja, richtig«, murmelte er. »Tschuldigung. Ich habe eine höllische Woche hinter mir.«

»Scheint ganz so.« Der Typ sah ziemlich harmlos aus. Konfus, aber harmlos. Ich zog meinen Stuhl herbei, setzte mich dankbar darauf und parkte die Füße auf dem Tisch. Ich trage keine hohen Absätze, so dumm bin ich nun wieder nicht, aber man braucht ein wenig Höhe um die Anne-Klein-Sachen tragen zu können. Und meine Füßchen winselten um Erbarmen nach einem heißen Tag in fünf Zentimeter hohen Schuhen.

Der Typ war immer noch damit beschäftigt, Luft zu holen und langsam aufzuwachen, und vollführte dabei all jene kleinen Bewegungen, die die Leute brauchen, um ihre verletzte Eitelkeit wieder herzustellen. Er rückte seine Krawatte zurecht, richtete seine Hosenaufschläge, kämmte sich mit den Fingern die wenigen Haare, schob die Brille an die richtige Stelle auf seiner Nase. »Also, Sie kennen mich nicht, aber ich kenne Sie«, sagte er, als er sich wieder im Griff hatte.

»Ach ja?«, sagte ich hilfsbereit.

»Na ja, Sie haben einem Freund von mir geholfen, aus einer miesen Ehe auszusteigen, ohne sich das letzte Hemd vom Leib reißen zu müssen. Und ich habe Sie öfters gesehen, während der Kampagne. Bei Ihrer Arbeit für Masters.«

»Ich erinnere mich nicht, Sie gesehen zu haben«, sagte ich, und mir war egal, wer sein Freund war. Ich wusste, dass ich mir seinen Namen bestimmt nicht gemerkt hatte. Alle meine Klienten wollen aus miesen Ehen aussteigen.

»Ich stehe normalerweise ziemlich am Rand, wo ich meinen Kommentar aufnehme. Sehen Sie denn nicht gelegentlich den öffentlichen Fernsehsender?«

»Ich sehe überhaupt nicht fern«, sagte ich ihm.

Er blickte mich an, als sei ich geradezu etwas Unamerikanisches. »Sie sehn kein Fernsehen?«, wiederholte er.

»Warum sagen Sie mir nicht einfach, wer Sie sind und was Sie wollen?«, sagte ich, als Vorschlag zur Güte. »Sie kommen mir irgendwie bekannt vor«, fügte ich hinzu, in der Hoffnung, ihn ein wenig aufzulockern.

»Mein Name ist Frank Waters«, sagte er. »Ich mache die politischen Kommentare für den ganzen Staat auf *WIX-TV*. Haben Sie nicht meine Serie über die Umweltgesetzgebung gesehen, letzten Monat?«

»Nein«, musste ich zugeben.

»Ach.« Er erholte sich schnell wieder von diesem Schlag unter die Gürtellinie seines Egos. »Lassen Sie mich einfach zum Punkt kommen.«

»Bitte, tun Sie das.«

»Ich war mittendrin, ein Exposé über Thornton Mitchell vorzubereiten, als er getötet wurde.«

Jetzt hatte er meine Aufmerksamkeit.

»Er ist in den letzten beiden Jahren immer wieder am Rand einer Menge von Geschichten aufgetaucht«, erklärte Waters. »Aber er war wirklich geschickt dabei. Vergessen Sie die jungen

Mädchen und das öffentliche Image. Er spielte die Rolle des Döskopps in manchen Dingen, aber glauben Sie mir, wenns ums Geschäftliche ging, war er scharf wie Nachbars Lumpi.«

»Was wollen Sie jetzt von mir?«, unterbrach ich ihn. »Im Austausch für diese Information?« Ich habs gerne, wenn ich weiß, was es mich kosten wird, bevor ich etwas kaufe.

Sein Atem bewegte sich rascher, als ob die nächste Asthmaattacke schon um die Ecke käme. »Ich brauche Ihre Hilfe. Ich dachte, das wüssten Sie.«

»Hilfe, wobei?«

»Es gibt da ein paar fehlende Teile in dem Puzzle, und ohne die komme ich nicht weiter. Ich bin überzeugt, dass sich das mit Ihrer Untersuchung überschneidet. Ich brauche Ihre Hilfe, um die Leerstellen aufzufüllen. Ich denke, wir könnten einander gegenseitig helfen.«

»Vielleicht«, sagte ich zweifelnd.

»Nicht nur vielleicht, sondern ganz bestimmt. Hören Sie mich erst an, bevor Sie eine Entscheidung treffen. Wenn Sie dann immer noch meinen, Sie können mir nicht helfen – na gut.«

Ein Fernsehreporter, der Informationen umsonst weitergab? Da stimmte doch etwas nicht. »Was geht hier eigentlich vor?«, beharrte ich. »Sagen Sie mir die Wahrheit.«

Er zögerte. »Ich sage Ihnen die Wahrheit. Aber es gibt da noch etwas anderes, was mir Sorgen macht. Vielleicht können Sie mir damit helfen.« Er holte tief Luft, und sein Adamsapfel fuhr in dem dürren Hals auf und ab. Sein Atem beschleunigte sich, bis er wie eine kleine Lokomotive klang, die mit Volldampf dahintschuggerte. Seine Hände zitterten, während er sprach, und ich hatte Schwierigkeiten zu entscheiden, ob er nur der nervöse Typ war oder schon im Endstadium des Säuferwahnsinns. »Ich denke, ich bin hier vielleicht in Gefahr. Jemand könnte mich beobachten oder verfolgen. Ich bekam diese Anrufe, kurz bevor Mitchell starb. Irgendjemand rief mich immer an und legte dann wieder auf. Das ist vorher auch schon passiert, wenn ich an einer Story arbeitete, aber es ist noch nie jemand mitten in der Recherche umgebracht worden. Was ist, wenn ich etwas ausgegraben habe, woran ich nicht hätte rühren dürfen?« Sein Gesicht wurde noch bleicher, und ich hegte schon Befürchtungen, er würde mir zu Füßen in Ohnmacht fallen.

»Atmen Sie mal tief durch«, sagte ich ihm. »Und halten Sie den Kopf zwischen den Knien.« Ich half ihm, diese Position einzunehmen und wartete geduldig. Warum ich, oh Herr? Warum tust du mir das an?

Nach einigen tiefen Atemzügen fuhr er fort: »Jedes Mal, wenn ich an Thornton Mitchell denke, mit einer riesigen Schusswunde mitten in der Brust, frage ich mich, ob ich wohl der Nächste bin. Ich muss herausfinden, was da läuft. Die Cops sind keine Hilfe. Wir stehen auf entgegengesetzten Seiten. Sie kennen die Geschichte von Mitchell schon, vielleicht besser als ich. Sie müssen mir helfen. Ich bin hinter der Wahrheit her, aber ich will nicht dafür getötet werden. Ich bin schon so nervös, dass ich Panikattacken kriege. Das hats bei mir nicht mehr gegeben, seit ich ein Kind war. Die könnten meine Karriere kaputt machen. Ich kann nicht auf Sendung gehen mit Asthma. Und ich bin mir nicht sicher, dass diese Story das Opfer meines Lebens wert ist.«

»Irgendjemand könnte aber dieser Meinung sein«, betonte ich.

Er schluckte wieder. »Ich weiß. Deswegen brauche ich Sie ja.«

»Okay«, nickte ich. »Ich lausche. Ganz ruhig. Und jetzt sagen Sie mir, was Sie wissen.«

»Ich mache jetzt schon seit über zehn Jahren politische Berichterstattung auf Staatsebene«, erklärte er. »Das ist mein Zuständigkeitsbereich, und darin bin ich gut. Ich kenne alle Teilnehmer in dem Spiel, sogar diejenigen, von denen man nie was hört, die hinter den Kulissen operieren. Ich verbringe meine Zeit größtenteils damit, die Regierung bei der Arbeit zu beobachten.

Ich bin selber physisch dort und achte darauf, wer draußen im Gang wartet, wer sich hinter geschlossenen Türen versteckt und wer die Rechnung beim Arbeitsessen bezahlt. Ich bin hier in der Gegend aufgewachsen. Ich weiß, wie ich mich einreihen muss, ohne aufzufallen. Niemand bemerkt mich jemals. Es ist Wahnsinn, was ich alles zu sehen kriege.«

Ich betrachtete ihn. Es war leicht zu glauben, was er sagte. Er besaß die mürbgraue Farbe von Fensterkitt. Der Typ war so farblos, dass er von einer Wand in einer Amtsstube nicht zu unterscheiden war.

»Es hat in den letzten paar Jahren viele Kontroversen über Stadtteilplanung im Dreieck gegeben«, fuhr er fort. Er meinte das Drei-Städte-Eck – das heißt, diejenige Region von North Carolina, die von den Städten Raleigh, Durham und Chapel Hill gebildet wird. »Seit damals, als dieser blödsinnige Artikel erschien, der die Gegend hier als die lebenswerteste in ganz Amerika bezeichnete, sind wir von einer veritablen Invasion geplagt worden.«

»Ich weiß«, pflichtete ich ihm bei. »Was kann man da machen?«

»Na ja, einige von uns lassen sich unterschiedliche Dinge einfallen«, erklärte er. »Und andere vergessen alles, außer wie sie aus der Situation möglichst rasch möglichst viel Geld rausschlagen können.«

»Ich dachte immer, Reporter hätten neutral zu sein«, sagte ich.

»Unsere Berichterstattung sollte das sein. Unsere Seelen können es nicht sein. Ich habe die Umweltthemen ganz besonders verfolgt, speziell den Zusammenhang zwischen übermäßiger Bebauung und der örtlichen Verwaltung. Man muss kein Einstein sein, um herauszufinden, dass die eine Seite Immobilienprojekte favorisiert, im Gegensatz zur anderen. Und dass die Männer, die an der Grundstückserschließung Geld verdienen, einen beträchtlichen Teil davon abzweigen für die Politiker, die das alles erst ermöglicht haben.«

»So läuft das schon seit zweihundert Jahren«, sagte ich.

Er nickte. »Ja, aber der Einsatz wächst von Tag zu Tag. Es gibt mehr Konkurrenz für die Projektplaner, die Möglichkeiten schrumpfen im gleichen Maß, in dem die Leute beschließen, dass sie die Schnauze voll davon haben, aber auf Grund der Nachfrage wird das Potenzial, um den ganz großen Reibach zu machen, immer größer. Verstehen Sie die Paradoxie der Situation?«

Ich nickte. Ich kenne die großen Wörter auch, aber ich fragte mich, worauf er eigentlich hinaus wollte.

»Ich fing an, den Zusammenhang zu untersuchen, der zwischen der Immobilienförderung in dieser Region und den Beiträgen zu den örtlichen politischen Kampagnen bestand«, erklärte er. »In der Vergangenheit gingen die Leute in dieser Hinsicht nicht besonders raffiniert vor. Es bestand eine ziemlich direkte Verbindungslinie zwischen dem Besitzer einer Baufirma und dem Wahlbüro des Bürgermeisters, oder was immer. Aber jetzt wird der Pfad, den das Geld einschlägt, immer weniger geradlinig, je weiter man sich auf der politischen Leiter nach oben bewegt. Das hängt zum Teil damit zusammen, dass hier Gesetze auf Staats- und Bundesebene zum Tragen kommen. Da gibt es Beschränkungen, wie viel man in den Topf einzahlen darf. Ich fing an, mir die Wahlkampagnen für die Staatsregierung und die Gouverneursposten anzusehen, ich grub die Listen der Spender und der Politischen Aktionskomitees aus und verfolgte die Spuren zurück in all den Fällen, wo das Geld aus dem Baugewerbe stammte oder aus Firmen, die mit dem Staat eine geschäftliche Beziehung unterhielten.«

»Und Thornton Mitchells Name sprang aus dem Toaster?«, riet ich.

Er nickte. »Er war immer sehr verschwiegen, er hat keine

großen Töne gespuckt. Er hat fast niemals jemandem direkt Geld gegeben. Manchmal musste ich zwei oder drei Holdinggesellschaften zurückgehen, um ihn schließlich identifizieren zu können. Er verdiente sich dumm und dämlich, vor allem im östlichen North Carolina. Vor ein paar Jahren machte er ein Vermögen mit seinen Ferienhaussiedlungen an der Küste.«

»Er ist also derjenige, der die Küste ruiniert hat?«, sagte ich.

Waters nickte. »Er und seine Spezis.«

»Und die sind wer?«, fragte ich.

»Das ist es eben, was ich nicht rauskriegen kann.« Seine Stimme gerann zu einem Flüstern. »Ich konnte kein Muster erkennen bei Mitchell. Seine Vertreter zogen vor dieses Komitee für Baubeschränkung oder jene staatliche Kommission, und genau in dem Moment, wo man dachte, sie würden nicht durchkommen, kam er immer an mit irgendeinem Vorschlag für einen Kompromiss, und schon war er wieder mal durchgeschlüpft. Er schien überall in jeder Nische des Staates einen Kumpel zu haben. Ich konnte aber nie einen Hauptverantwortlichen ausfindig machen.«

»Im ganzen Staat?«, fragte ich. »Da liegt doch die Lösung fast auf der Hand?«

Waters nickte. »Ich weiß. Es muss jemand Großes sein. Und der Größte hier ist Senator Boyd Jackson.«

»Stoney Maloney hat mir erzählt, dass niemand in seiner Familie Thornton Mitchell persönlich gekannt hat«, sagte ich. »Und ich gewann den entschiedenen Eindruck, dass er seinen Onkel dabei mit einbezog.«

»Das könnte stimmen«, räumte Waters ein. »Ich kann kein einziges Foto oder auch nur eine Erwähnung darüber finden, dass Thornton Mitchell und Boyd Jackson oder Maloney sich einmal begegnet sind. Aber das an sich macht mich schon wieder misstrauisch. Ich denke, die haben ihre Beziehung jahrelang sorgfältig verborgen gehalten. Und es muss einen Grund dafür geben. Ich weiß, dass es eine Verbindung zwischen ihnen gibt.«

»Wegen der besonderen Behandlung, die Mitchell zuteil wurde?«, fragte ich.

»Wegen der Behandlung in den letzten zwölf Monaten. Mitchell wurde zum ersten Mal überall abgewiesen. Er unterbreitete Vorschläge und konnte sie sich sonst wohin stecken. Er verlor seinen Zauber. Seine Anträge auf Aufhebung der Baubeschränkungen wurden abgelehnt, Investoren verloren Geld, sobald seine Finanzen den Sturzflug antraten. Er finanzierte immer alte Projekte, indem er in das Startgeld für neue Projekte griff. Es war ein legales Pyramidenschema. Aber das Kartenhaus fing an, zusammenzubrechen, sobald seine neuen Projekte anfingen zu harzen. Und ich dachte über das zeitliche Zusammentreffen nach ...« Seine Stimme verlor sich.

»Das war der Moment, wo Sie erkannten, dass Thornton Mitchells Verstoßung zeitlich zusammenfiel mit Boyd Jacksons allmählichem Versterben an Magenkrebs?«, fragte ich.

Waters nickte. »Die Familie versucht es geheim zu halten, aber jeder in Regierungskreisen weiß, dass Jackson rasant verfällt. Er hat schon tonnenweise Komiteezusammenkünfte in Washington abgeblasen, er kommt zu den Abstimmungen, aber er lässt die Debatten aus und ist nach den Bürostunden so gut wie nie mehr da. Seine Mitarbeiter lassen Presseerklärungen erscheinen und koordinieren die öffentlichen Auftritte, aber wenn man genau hinsieht, merkt man, wie spitz und eingefallen sein Gesicht bereits aussieht. Seine Mitarbeiter sparen seine Kräfte für die sichtbarsten Ereignisse auf, und ich denke, zwischen den Auftritten verbringt er wahrscheinlich die meiste Zeit im Bett.«

Ich hätte ihm mehr erzählen können, aber das halbe Versprechen, das ich Stoney abgegeben hatte, wog schwer auf dem Teilchen, das von meinem Gewissen noch übrig ist. Ich hielt mich für den Moment bedeckt. »Die Familie will damit bis nach der Wahl warten«, sagte ich.

Waters nickte erneut. »Wenn Jackson sich vor einem Jahr zurückgezogen hätte, als die Diagnose feststand, hätte der Gouverneur einen Ersatzmann ernennen können. Und der Gouverneur ist mit Jackson in keiner Weise liiert. Tatsache ist, die beiden hassen sich. Stoney Maloney wäre niemals nominiert worden.«

»Das hieße dann, jemand anderer hätte die Stelle des Pfründeinhabers übernommen und hätte jetzt bis zu diesem Wahltermin fest im Sattel kleben können?«

»Denke ich mal so«, pflichtete Waters mir bei. »Jedenfalls, der hüpfende Punkt ist folgender: Ich denke, es hat da ein Arrangement gegeben zwischen Thornton Mitchell und Boyd Jackson, ob Stoney Maloney das nun weiß oder nicht. Denn es fällt doch auf. Erst wird Boyd Jackson ausgezählt, und dann geht auch Thornton Mitchell k.o. Das ist kein Zufall. Aber ich denke, die Verbindung muss weit, weit zurückliegen, denn ich habe Mitchells Machenschaften aus den letzten vierzig Jahren durchleuchtet und mir vierzig Jahre Politik von North Carolina angesehen, und ich habe noch nicht den Punkt gefunden, wo sich ihre Pfade einmal kreuzten.«

»Dann müssen Sie eben noch weiter zurückgehen«, schlug ich vor.

»Ach ja.« Ich bemerkte einen feinen Schleier aus Schweiß über seinen Augenbrauen. »Ich will nicht versuchen, Ihnen was vorzuspielen, wie mutig ich bin. Ich habe einfach Schiss. Die Sache wird ziemlich heiß. Wie ich schon sagte, ich bekomme immer Anrufe.« Seine Stimme verlor sich, während er seine Entschlusskraft zusammennahm und den Atem unter Kontrolle brachte. Der Typ fing an, mich nervös zu machen, und ich bin nicht so leicht zu erschüttern. »Ich renne nicht davon, aber ich will eine Atempause einlegen«, sagte er. »Ich werde die Stadt für ein oder zwei Wochen verlassen und mich an ein ruhiges Plätzchen zurückziehen, weit weg von hier.«

»Und Sie wollen, dass ich Ihre Drecksarbeit für Sie erledige, während Sie weg sind?«, bot ich an.

»Wenn Sie so wollen«, sagte er. »Oder Sie können es auch anders sehen. Dass ich Ihnen einen Tipp gegeben habe, auf den Sie von allein nie gekommen wären.«

»Einen Tipp oder eine Theorie?«, entgegnete ich.

»Einen Tipp«, sagte er nachdrücklich. »Ich denke, der ganze Schlüssel zu dieser Scheiße liegt in inoffiziellen Verbindungen, beispielsweise Familienverbindungen. Die Familie ist die Familie in North Carolina. Sie wissen, wie das ist. Das sind keine Verbindungen, die man auf die leichte Schulter nimmt. Sie haben die Möglichkeiten, diese Spuren zu verfolgen, genauso gut wie ich. Ist es nicht Ihr Job, abgängige Leute zu finden, in Geburtsurkunden zu schnüffeln und all so was?«

»Meistens spioniere ich hinter unglücklichen Ehepartnern her«, machte ich ihm klar.

»Perfekt«, sagte er.

»Und Sie wollen, dass ich Ihnen die Informationen dann für Ihre Story gebe, wenn Sie zurückkommen?«

Er zuckte mit den Schultern. »Vielleicht. Aber auch das weiß ich nicht mal so genau. Mitchell ist tot. Und ich bin mir nicht sicher, ob mir die Rolle zusagt, derjenige zu sein, der Stücke aus seiner Leiche herauspickt. Aber es gibt da eine Story, und sie hat mit demjenigen zu tun, der ihn umgebracht hat. Irgendjemand hat ihn ermordet, und selbst wenn ich mit ihm politisch nicht übereinstimmte, ist da eine Grenze überschritten worden. Ich denke, der oder die Täter sollten gefasst werden. Und das wäre eine größere Story als die, an der ich gearbeitet habe.«

Er hatte da einen Punkt angesprochen, der in den letzten paar Tagen aus dem Blick geraten war. Vielleicht gab es nicht höllisch viele Leute, die Mitchells Tod betrauerten, aber irgendjemand hatte eine Grenzlinie durchbrochen, und zwar gewaltig. Und diese Linie schützt uns alle. Was immer er getan hatte, Mitchell verdiente Gerechtigkeit genauso sehr, wie der Rest von uns allen. Wer immer sich als oberste Gerichtsinstanz über ihn erhoben hatte, sollte abserviert werden. Bevor es zu einer Wiederholung der Tat kam.

»Okay«, stimmte ich zu. »Danke für den Hinweis. Ich fange gleich morgen an, mir die Familiengeschichte näher anzusehen.«

Sein Lächeln verwandelte seinen Gesichtsausdruck – von trüber Trauerkloß zu jungenhafter Strahlefroh. Der Intellektuellen-Look war nicht so übel, alles in allem, entschied ich.

»Das ist großartig«, sagte Waters, sprang auf und fing an, meinen Arm zu schwenken, als ob er Wasser pumpen wollte. »Ich rufe Sie dann in zwei Tagen an, um zu sehen, ob ich Ihnen mit dem, was Sie finden, weiterhelfen kann.«

»Ich könnte auch Sie anrufen«, bot ich ihm hoffnungsvoll an, trickreich wie immer.

Er schüttelte den Kopf. »Nein. Danke. Ich möchte nicht, dass jemand weiß, wo ich bin. Nichts für ungut.«

Er war schon aus der Tür, bevor ich noch weiter diskutieren konnte. Ich beobachtete ihn, wie er nervös den verlassenen Gehsteig entlangeilte und dabei über die Schulter blickte, während er an den leer stehenden Betongebäuden der nächtlichen Innenstadt von Raleigh vorbeihastete. Ich fragte mich, in welcher Gefahr er wohl wirklich schwebte. Der Typ war kein Einfaltspinsel. Er konnte durchaus Recht haben. Und das bedeutete, dass auch ich in echter Gefahr schwebte.

Ich schloss meine oberste Schublade auf und entnahm ihr meine 38er. Es war schon eine Weile her, seit ich sie überhaupt gehalten hatte. Sie lag schwer in meiner Hand.

Ich mag keine Schusswaffen. Zu viele Knallköpfe wedeln damit herum. Besonders seit die weisen Führer von North Carolina dafür gestimmt haben, dass jeder Hornochse, der einen Waffenschein besitzt, öffentlich mit einer an seinem Körper versteckten Wumme herumspazieren darf – natürlich nicht in Gebäuden und an Stellen, die Eigentum der öffentlichen Hand sind. Die Gesetzgeber sind schließlich nicht blöd genug, Waffen an ihrem eigenem Arbeitsplatz zuzulassen. Aber andererseits lustwandle ich auch nicht gerne unbewaffnet in gefährliche Situationen hinein. Ich nahm das Magazin aus dem Griff und entfernte die erste Patrone, nur um sicher zu gehen. Dann lud ich die Waffe erneut und steckte sie in meine Tasche, für den Heimweg. Sie zerriss beinahe das dünne Strickmaterial. Es war mir egal. Der Hosenanzug war Geschichte. Ich konnte ihn verbrennen, während ich mir einen schönen großen Gin Tonic zubereitete. Vielleicht würde ich sogar auf dem Weg nach draußen noch ein weiteres Pizzastück von Bobby schnorren. Wie konnte er mir die Bitte abschlagen? Schließlich war ich ja jetzt bewaffnet.

9

Bill Butler war einer von den starken, aber nicht ganz so stillen Typen. Am nächsten Morgen hinterließ er eine Nachricht auf meinem Anrufbeantworter, bei der die Milch in meinem Kaffee ausgeflockt wäre, wenn ich nicht sowieso auf »schwarz, kein Zucker« bestehen würde. Ich war smart genug, den Hörer nicht abzunehmen.

»Verdammt noch mal, Casey, dieser kleine Trick von Ihnen gestern Abend war aber nicht lustig«, sagte er. »Randy war einer meiner besten verdeckten Ermittler. Er hat sich beinahe die verdammte Schulter ausgerenkt. Ich habe drei Stunden gebraucht, um herauszufiltern, was zum Teufel überhaupt passiert ist. Und um die Festnahme dieses bedauernswerten, besoffenen Dummhubers zurückzuziehen, der meinte, er würde da Ihre höchst zweifelhafte Ehre verteidigen. Der Typ fing zum Schluss auch noch an zu blubbern, Herrgott noch mal. Seine Mutter musste schließlich kommen und ihn abholen. Es war alles sehr peinlich. Ich hoffe, das gefällt Ihnen.«

Es gefiel mir. Einfach nur der Klang von Bill Butlers Stimme brachte meine Zehen zum Kitzeln. Ich hörte mir seine Belehrungen noch ein paar Minuten länger an, während ich mich wieder mal höchst respektabel ankleidete.

Bills Anpfiff wurde gefolgt von einem gleichermaßen feindseligen Anschiss von Mary Lee Masters. Ich beschloss, auch da nicht abzuheben. »Casey? Erinnern Sie sich noch an mich? Ich bin diejenige, die Ihnen das Dreifache von dem bezahlt, was Sie normalerweise verdienen. Es wäre nett von Ihnen, wenn Sie sich hin und wieder einmal meldeten.« Es trat eine bedrohliche Pause ein, bevor sie fortfuhr: »Diese Idioten von der Presse treiben mich noch in den Wahnsinn. Und Maloney ist in den Umfragen drei Punkte voraus. Und ich erhielt heute wieder einen obszönen Anruf. Könnte ich hier ein wenig auf Ihre Hilfe rechnen? Rufen Sie mich zurück, oder betrachten Sie sich als Fleischbeilage.«

Vielleicht hatte sie ja so Unrecht nicht. Schließlich war es wirklich sie, die mich bezahlte.

»Wurde auch Zeit«, bellte sie mich an, als ich sie zurückrief. »Ich wusste ja, dass Sie daneben stehen und zuhören. Machen Sies schnell. Ich muss in dreißig Minuten bei einem dämlichen Auftritt in einer Erdnussfabrik sein.«

»Nüsse? Wahnsinn!«, sagte ich.

»Nun rücken Sie schon raus damit.«

Ich rückte. Sie hörte es gar nicht gern, als ich an die Stelle kam, wo ich Thornton Mitchells Vergangenheit durchstöberte, angefangen mit seiner Studienzeit an der University of North Carolina.

»Was zum Henker soll das bringen, alte Zeugnisse durchzublättern?«, fragte sie barsch. »Jeder Zweite hier im Staat war an der UNC. Na und?«

»Das stimmt«, gab ich zu. »Sie ja auch, wenn ich mich recht erinnere.«

»Was in Dreiteufelsnamen soll das nun schon wieder heißen?« Es klang wie eine Kampfansage, und ich überlegte, was sie so übertrieben reizbar machte. »Sehen Sie mal, Casey«, fuhr sie fort. »Sie verschwenden nur Ihre Zeit. Ich habs nicht gerne, wenn man mein Geld für unnötige Eskapaden verplempert.«

Und ich hatte es nicht gerne, wenn meine Klienten mir vorschrieben, was ich machen sollte. Was zum Teufel noch mal versuchte sie da zu verbergen?

Ich änderte das Thema. »Bradley ist aus der Sache raus. Er hat sich zur Tatzeit auf den Bahamas geaalt.«

»Das hätte ich mir denken können«, sagte sie verbittert. »Und, wie alt war sie diesmal?«

Hoppsa! »Man hat einen Verdächtigen in Haft«, sagte ich. »Sein Name ist Ramsey Lee.«

Es folgte ein kurzer Moment des Schweigens.

»Er war es nicht«, sagte sie ausdruckslos.

»Ich weiß«, pflichtete ich ihr bei. Ich fragte mich allerdings, wie sie davon so überzeugt sein konnte. Ob Mary Lee ihn kannte?

»Also dann, wenn er es nicht war, finden Sie heraus, wer es getan hat!«, sagte sie und legte auf, ehe ich Zeit gehabt hätte, weitere Fragen zu stellen. Typischer Fall von PMS, dachte ich.

Es gibt gewisse Dinge, die man mit einem Computer einfach nicht machen kann. Ich konnte Schulunterlagen durchblättern und mich in Daten einhacken, aber ohne Namen, nach denen ich suchen konnte, nützte mir das alles nichts. Um das herauszufinden, was ich jetzt brauchte, war etwas altmodische Drecksarbeit angesagt, und das bedeutete, sich durch staubige, alte Jahrbücher zu wühlen und die Finger schmutzig zu machen. Es führte kein Weg darum herum.

Chapel Hill war einmal eine verträumte Collegestadt. Jetzt ist sie überlaufen mit wohlhabenden weißen Ruheständlern und Mittelständlern samt ihren hochgradig überzogenen Vorstellungen von Grundstückspreisen. Wohngebiete und Einkaufszentrum haben die verschlafenen Äcker abgelöst, die einen früher an der Stadtgrenze begrüßten. Mein Großpaps hätte sich bei alledem sofort übergeben.

Zum Glück hatte sich die University of North Carolina allen Veränderungen widersetzt. Riesige Eichen und massive Steingebäude umringten eine grasreiche Grünfläche in der Mitte, auf der hunderte von Studenten zwischen den Vorlesungen herumsaßen, Sonne tankten und sich gegenseitig anlächelten und keine größeren Sorgen hatten, außer, ob sie ihre Semesterarbeit rechtzeitig abliefern würden. Genießt es, Leute, dachte ich, während ich an einer Gruppe von ultra-hippen Neu-Hippies vorbeiging, die auf dem Rasen herumgammelten; es wird nicht lange dauern.

Die Universitätsbibliothek war dunkel und kühl. Ich fühlte ein starkes Verlangen, mich in einer Ecke zusammenzurollen und ein Schläfchen zu halten. Stattdessen rollte ich meinen Hintern hinauf in den dritten Stock und zog mehrere Jahrgänge dessen hervor, was sich jetzt das *Yackety Yack* nannte, das alberne Jahrbuch, das jedes Jahr für die Abschlussklassen zusammengestellt wurde. Es war Furcht erregend, wie wenig sich das Leben auf dem Campus im Laufe der Jahre verändert hatte. Oder vielleicht war ich auch einfach nur neidisch. Ich hatte in meinem ganzen Leben noch nie die Gelegenheit gehabt, mich von der Alltagswirklichkeit loszueisen. Weil ich wusste, in welchem Jahr Thornton Mitchell graduiert hatte, begann ich ein paar Jahre früher und arbeitete mich allmählich vor. Wie ich schon vermutet hatte, war er noch vor dem Ende seines ersten Jahres einer Verbindung beigetreten. Er nahm teil bei Sportwettkämpfen mit anderen Universitäten, und er war Mitglied verschiedener industrieorientierter Universitätsklubs. Mir fiel auf, dass er sogar damals schon lieber hinter den Kulissen arbeitete. Ich erkannte ihn auf mehreren Fotos, und immer lungerte er im Hintergrund herum, immer ein bisschen zu weich und zu übergewichtig, aber mit einem geschienten Grinsen im Gesicht, die ihn niemals verließ.

Nachdem ich Mitchell gefunden hatte, konzentrierte ich mich darauf, seine Kumpels ausfindig zu machen. Dank des tief verwurzelten Verbindungssystems, das immer noch im Süden florierte, war das nicht allzu schwierig. Er war in den Orden des Goldenen Flieses aufgenommen worden, dem äußeren Anschein nach eine akademische Organisation. Immerhin sagte mir aber schon ein flüchtiger Blick auf die entsprechende Seite im Jahrbuch, dass das Hauptinteresse dieser Vereinigung weniger dem Parteien- als dem Party-Unwesen galt. Die Goldenen Fliesler sahen permanent zerknittert aus. Auf fast jedem Foto grinsten sie leicht verschämt und eindeutig verkatert in die Kamera. Die

Mädchen, die an ihren Armen hingen, sahen aus wie ihre weiblichen Pendants; aufgeweckte und lebhafte Partymädchen von den benachbarten Frauen-Colleges, die eingefahren wurden zwecks Konversation und Cocktails mit Carolinas intellektuell Angesäuselten. Die Mädels waren alle ein wenig zu dicklich und nicht wirklich blond genug, um in eine der traditionelleren weiblichen Verbindungen aufgenommen zu werden. Andererseits sahen sie auch nicht aus wie ein Haufen verklemmter Klosterschwestern.

Ich kopierte etliche Gruppenfotos aus mehreren Jahren, um an Namen von Leuten heranzukommen, die Thornton Mitchell schon zu einem Zeitpunkt gekannt hatten, bevor das Scheren der goldenen Schäfchen zur Hauptbeschäftigung seines Lebens wurde. Ich wusste, dass im Süden die Collegezeit immer schon dazu gedient hatte, die Kontakte für ein Netzwerk der good old boys zu knüpfen.

Nur aus Jux und Dollerei sah ich dann auch noch Mary Lee Masters in ihrem Abschlussjahrbuch nach. Ich war neugierig, warum sie so ein Getue darum gemacht hatte, und ich wollte mehr über ihre mögliche Beziehung zu Ramsey Lee herausbekommen. Ich wusste aus der Zeitung, dass er eine Weile an der UNC studiert hatte, etwa um die gleiche Zeit wie Mary Lee.

Ich kannte Mary Lees Mädchennamen nicht, also suchte ich die Fotos der gesamten Graduiertengruppe von 1974 ab. Als ich sie entdeckte, war meine Überraschung groß. Lee war ihr Mädchenname. Und die ganze Zeit über hatte ich geglaubt, sie sei einfach nur mit dem Lee-Syndrom behaftet, jener südlichen Tradition, die vorschreibt, dass der Name »Lee« automatisch an praktisch jeden anderen Vornamen in der Welt angekoppelt wird: Ricky Lee, Bobby Lee, Jordan Lee, Linda Lee, Jerry Lee. Aber verdammt, in ihrem Fall musste es natürlich ausgerechnet ihr Nachname sein, ihr voller Mädchenname lautete Mary Watson Lee. Ich wusste, dass sie mit dem reichen Watson-Clan verwandt war, aber mir war nicht klar, dass sie auch einem Zweig der legendären Lees angehörte. Ich betrachtete ihr Gesicht aufmerksam, suchte nach Zeichen ihrer Zukunft darin. Sie sah geradezu lächerlich lebenslustig aus und ihre Fünfzigerjahre-Tolle stach als besonders beknackt hervor unter all den Siebzigerjahre-Affenschnitten.

Und dann fiel der Penny bei mir endlich. Ich war ja so unbeschreiblich blöd gewesen. Ich könnte wetten, Mary Lee war mit Ramsey Lee verwandt, oder ich würde meine teure Reizwäsche auffuttern. Warum hatte sie mir das nicht gesagt? Der halbe Süden hieß natürlich Lee, aber keine von diesen Familien hatte nennenswertes Geld, mit Ausnahme von jenen gewissen Lees. Ramsey hatte Geld, tonnenweise. Und Mary Lee Masters genauso. Sie mussten beide aus dem gleichen Froschteich stammen. Kein Wunder, dass sie sich so sicher war, dass Ramsey ihr nicht ans Eingemachte wollte.

Ich konnte Ramsey Lee nicht in dem Jahrbuch finden, aber ich blätterte nach vorne, um zu sehen, ob Mary Lees Gatte, der eitle und eingebildete Bradley Masters, auch die gleiche liebreiche Alma Mater besucht hatte. Und da war er denn auch tatsächlich, und er sah aus wie eine Kreuzung aus Forrest Gump und einem der Beach Boys. Wie konnte irgendjemand solche Zähne haben? Ob die beiden wohl schon vor ihrem Abschlussjahr verlobt gewesen waren? Oder legten solche Leute die Verlobung und Hochzeit für den Sommer nach der Graduierung fest?

Ich erwog, die peinlichen Fotos vielleicht zu erpresserischen Zwecken zu kopieren, beschloss dann aber, lieber doch mit der Spurensuche nach frühen Mitstudenten von Thornton Mitchell anzufangen. Das heißt, vorher musste ich noch eine Kleinigkeit erledigen.

Ich wusste, dass Thornton Mitchell eine Tochter hatte, die an der UNC studierte. Vielleicht wusste sie etwas über den Tod ihres

Vaters oder konnte mich zumindest an einige von seinen Freunden verweisen. Ich sah Andrea Mitchells Adresse im Studentenverzeichnis nach und machte mich dann auf zum Zentrum des Campus, wo sich ihr Wohnheim befand. Ich kam mir vor wie hundert Jahre alt, als ich dort eintraf, und zu allem Überfluss auch noch übergewichtig und altmodisch angezogen. Blöd von mir, ich hätte meine zerfransten Bluejeans tragen sollen.

Das Mädchen, das an die Tür kam, konnte unmöglich Andrea sein. Sie war groß und schlank, mit der Grazie einer Balletteuse. Sie hatte auch die Farbe von hellbraunem Leder und den Kopf voller Dreadlocks, die mit bunten Stoffbändern zurückgebunden waren.

»Ich suche nach Andrea Mitchell«, sagte ich.

»Gehen Sie weg.« Das Mädchen versuchte, mir die Tür ins Gesicht zu schlagen, aber solche Behandlung war ich schon gewohnt. Große Füße haben auch ihre Vorzüge. Sie kriegte die Tür keinen Zentimeter weiter zu.

»Ich bin nicht von der Presse«, sagte ich.

»Was sind Sie dann?«, fragte sie nachdrücklich.

»Ich bin eine Privatdetektivin, die den Tod von ihrem Vater untersucht«, erklärte ich. Ich ließ meine Marke aufblitzen, aber sie zeigte sich nicht beeindruckt. Wo hatte ich meine 38er, wenn ich sie brauchte?

»Willst du mit ihr reden, Andi?«, rief das Mädchen über ihre Schulter nach hinten. Ihre Arme waren entschlossen gekreuzt, als ob ich einen Rammbock benötigte, um an ihr vorbeizukommen.

Eine schlanke Blondine trat aus dem rückwärtigen Teil des großen, sonnigen Zimmers, gekleidet in einen rosafarbenen Frottee-Bademantel. Sie war gerade dabei, mit einem Handtuch ihre Haare zu trocknen. Sie pausierte mit der Skalpschrubberei, um mich anzustarren, ihr Gesicht eine undurchdringliche Maske des Argwohns. »Ich glaube Ihnen nicht«, sagte sie schließlich.

»Ich bin von keiner Zeitung, ich bin bei keinem Fernsehsender. Ich bin beauftragt worden, den Mord an Ihrem Vater zu untersuchen, und zwar von jemandem, der ursprünglich der Tat verdächtigt wurde, aber inzwischen von dem Verdacht befreit werden konnte. Wollen Sie denn nicht herausfinden, wer es getan hat?«

»Die Polizei wird es schon herausbekommen«, sagte sie ruhig und rieb das Handtuch über ihren Hinterkopf. Ich roch das Aroma von Wasserstoffsuperoxid in der Luft. Aha! Noch eine Schwester der flaschenblonden Täuscherinnen.

»Und das glauben Sie wirklich?«, sagte ich. »Glauben Sie echt, die Cops sind auf der richtigen Spur? Haben Sie mal in die Zeitungen geguckt?«

Ihr Blick war trotzig. »Ich setze mein Vertrauen in die Polizei. Und nein, ich habe keine Zeit gehabt, die Zeitungen zu lesen. Ich bin ein bisschen zu bestürzt gewesen, falls Sie verstehen können, was ich meine.«

»Sie sehen auch wirklich total am Boden zerstört aus«, sagte ich trocken.

»Sie wissen nicht, wie sie sich fühlt«, unterbrach mich ihre Zimmergenossin ärgerlich. »Sie hat sich seit Tagen in den Schlaf geweint. Gehen Sie jetzt, und lassen Sie uns in Ruhe.« Sie war sauer, und der Zorn verlieh ihr extra Kräfte. Diesmal schaffte sie es mühelos, die Tür zuzudrücken – und dabei auch noch fast meinen großen Zeh mit abzutrennen.

»Ich werde Ihnen einfach meine Karte durch die Tür schieben«, rief ich laut, und mir wurde peinlich bewusst, dass sich den ganzen Gang entlang Türen öffneten, damit die Bewohner einen betont desinteressierten Blick hinauswerfen konnten. Ging denn hier niemals jemand zu irgendwelchen Vorlesungen? Ich ließ meine Karte unter der Tür hindurchgleiten, und ein Schatten fuhr über den Lichtspalt als jemand herunterlangte, um die Karte vom Teppichboden aufzulesen.

»Können Sie mir nicht wenigstens die Namen von einigen seiner Freunde nennen?«, fragte ich. Stille.

»Rufen Sie mich an, wenn Sie mit mir reden wollen«, sagte ich. Es begegnete mir nur noch mehr Stille. Also ich ging fort.

Bobby hing am Telefon, als ich ins Büro zurückkam, und ignorierte mich völlig. Ungewöhnlich. Und noch ungewöhnlicher: Er ignorierte den doppelten Cheeseburger, der auf dem Schreibtisch stand. Vielleicht verfolgte er gerade eine wichtige Spur. Wenigstens einer von uns.

Ich fing mit einem Anruf bei Mary Lees Sekretärin an, dass ich so bald wie möglich einen Rückruf von Ihrer Majestät erwartete. Wir mussten da ein paar Dinge zurechtrücken.

Als Nächstes startete ich mein maßgeschneidertes Such- und Schnüffelprogramm im Computer und durchsuchte alle Telefonbücher in Carolina nach den Namen von allen, die früher einmal zusammen mit Thornton Mitchell im Goldenen Flies gewesen waren. Ich erzielte drei Treffer in Raleigh und zehn weitere im ganzen Staat. Drei Stunden später hatte ich per Telefon mit den Ehefrauen der meisten Außerstädtischen gesprochen, hatte etliche von ihnen selber am Arbeitsplatz erreicht, hatte zweimal den Hörer aufgeknallt bekommen und hatte genau genommen Nullkommagarnichts erreicht.

Ich hob mir die Hiesigen zum Schluss auf. Von den dreien in der Gegend von Raleigh antwortete einer nicht, einer behauptete, er sei der falsche Hubert Pupkins, und die Letzte war eine Frau, die am Telefon mit einer hohen, zitternden Stimme sprach. Ich erkannte das Timbre sofort. Die liebe Dame hatte den ganzen Nachmittag über gesüffelt, wahrscheinlich mit niemand anderem zur Begleitung als ihrem treuen Hund. Alle Frauen, mit denen ich gesprochen hatte, klangen ein wenig verlassen und ganz schön einsam. Aber diese hier klang noch einsamer.

»Hallo?«, trillerte sie. »Mrs Alice Hampton Mackie am Apparat.«

Ich erklärte ihr, wer ich war und warum ich anrief. Ältere Leute werden oft nervös, wenn sie hören, dass ich Privatdetektivin bin. Es gibt ihnen das Gefühl, nicht ganz respektabel zu sein. Die hier wollte einfach nur jemandem zum Tratschen haben.

»Aber sicher«, sagte sie in einem angesäuselten südlichen Slang. »Harry und ich haben die ganze Woche schon über nichts anderes als den armen Thorny gesprochen. Es ist einfach schrecklich, so sterben zu müssen, hineingequetscht in das Fahrzeug eines Fremden. Ich war so niedergeschlagen, wenn ich bloß daran gedacht habe.«

»Kannten Sie Thorny schon im College?«, fragte ich. Hey, ich kannte den alten »Thorny« mittlerweile selber schon so gut wie jeder andere.

»Oh, aber sicher«, sagte sie. »Ausgezeichnet sogar. Er und mein Ehemann, Harry, waren ja beide im Orden vom Goldenen Flies. Meine Töchter gingen auch auf die UNC. Wir haben leider keinen Sohn.« Sie fügte das mit dem Ausdruck traurigsten Bedauerns hinzu, als ob sie den armen Harry schwer im Stich gelassen hätte, weil sie keine zukünftige Generation von Goldenen Flieslern produziert hatte.

»Sind Sie heute Nachmittag sehr beschäftigt?«, fragte ich sie. »Kann ich mit Ihnen persönlich sprechen, Mrs Mackie?« Meine Theorie ist, dass man älteren Menschen gegenüber gar nicht respektvoll genug sein kann, wenn man sich bei ihnen wegen dringend benötigter Informationen lieb Kind machen möchte.

»Aber selbstverständlich. Ich bin überhaupt nicht beschäftigt«, sagte sie eilfertig. »Kommen Sie nur gleich herüber.« Ich fühlte mich ein bisschen beschämt, dass sie bei der Aussicht auf Gesellschaft so vergnügt klang. Ich notierte mir die Anweisungen, wie ich dort hin gelangte und legte auf. Das Telefon klingelte fast im gleichen Augenblick wieder, und ich griff nach dem Hörer, begierig, mich auf den Weg zu machen.

»Ja bitte?«, grummelte ich, in der Hoffnung, dass es nicht Bill Butler war, der mir wieder eine Standpauke halten wollte.

»Ich bin es«, verkündete Mary Lee. »Was wollen Sie? Was gibts so Wichtiges? Ich nehme an, Sie haben den Nachmittag damit verbracht, in meinem Leben an der UNC herumzuspionieren?« Ihre Stimme klang angespannt. Ob ihre Kampagne nicht besonders gut lief?

»Ich war dort, um im Vorleben von Thornton Mitchell herumzuspionieren, nicht in Ihrem«, erinnerte ich sie. War sie immer schon so größenwahnsinnig gewesen, oder wurde das immer schlimmer?

»Was haben Sie herausgefunden?«, fragte sie mit gepresster Stimme.

»Ich hab herausgefunden, dass Lee Ihr Mädchenname ist«, sagte ich. »Warum haben Sie mir das nicht gleich am Anfang gesagt? Sie sind mit Ramsey Lee verwandt, nicht wahr?«

Es folgte ein Moment der Stille. »Ist das alles, weswegen Sie mich anrufen?«, fragte sie und lachte. »Er ist ein Cousin ersten Grades. Na und? Ich habe ungefähr fünfhundert Cousins ersten Grades. Ich dachte, das wüssten Sie. Eine tolle Detektivin sind Sie.«

Ich ließ die Luft aus und zählte bis zehn. »Ich möchte mit ihm sprechen. Arrangieren Sie es.«

»Wieso meinen Sie, dass ich ihn dazu bringen kann, sich mit Ihnen zusammenzusetzen?«, fragte sie.

»Vielleicht weil Stalin im Vergleich zu Ihnen ein altes Waschweib war.«

Grundgütiger! Ihr Lachen klang sogar richtig befriedigt über den Vergleich. »Ich werde sehen, was ich tun kann.« Sie legte auf. Ich konnte nicht rumsitzen und warten, bis ich ihr den Gefallen eines Tages zurückzahlen konnte. Ich entflog durch die Tür, bemüht, Mrs Alice Hampton Mackie zu sprechen, bevor sie wieder ausnüchterte.

Aber ich hätte mich nicht zu beeilen brauchen. Mrs Alice Hampton Mackie würde noch auf längere Zeit hinaus nicht wieder unter den Nüchternen weilen. Sie saß auf einem weißen Korbsessel, umringt von eingerahmten Familienfotos, und ließ in mäßigen, aber regelmäßigen Abständen einen ganzen Krug mit Gin Tonic in sich hineinlaufen, während wir miteinander redeten.

Ich hatte einen Drink abgelehnt. Irgendwas an ihrer würdevollen Beschwipsheit ließ in mir den Wunsch aufkommen, nüchtern zu bleiben.

»Thorny war ein lieber Junge«, sagte sie, nachdem sie sich zum Aufwärmen über den Ursprung meiner Familie erkundigt hatte und dann rasch zu einem weniger peinlichen Thema gewechselt war, einem Fünfzehn-Minuten-Monolog über ihren Garten. »Er war einer von den Jungs, die es vorziehen, hinter den Kulissen zu bleiben. Er gönnte anderen den Auftritt im Lichte der Scheinwerfer. Aber er kannte alle auf dem Campus, die etwas zählten. Und er hatte immer Unmengen von Geld zum Ausgeben. Er hatte Geldscheine noch und nöcher. Er liebte es, damit herumzuwedeln, verstehen Sie? Es war irgendwie goldig. Er merkte gar nicht, wie linkisch er damit wirkte.«

»Seine Familie war vermögend?«, fragte ich.

»Oh, nein. Thornys Familie war arm wie die Kirchenmäuse. Er war nur selber talentiert, Geld zu verdienen. Ich habe es nie verstanden. Ich war damals nur ein albernes junges Ding. Alles, worüber ich mir Gedanken machte, war der Brunch vor dem Footballspiel, oder ob mein Daddy mir das Auto kaufen würde, das ich mir wünschte. Solche Dinge eben.« Sie seufzte. »Mein Mann, Harry, war damals noch ein Traum von einem Mann. Er hatte noch alle seine Haare.«

»Und wie war es bei Thorny?«, fragte ich. »War er ein Frauenheld? Er scheint doch ziemlich, äh, beliebt bei den Damen gewesen zu sein, als er älter wurde.«

Ein missbilligender Ausdruck zog über ihr Gesicht. »Das war nur die Närrischkeit des fortgeschrittenen Alters. Mein eigener Harry ging durch eine ähnliche Phase, aber ich machte ihm klar, dass ich nie in eine Scheidung einwilligen würde. Und es legte sich bei ihm. Ich glaube, der arme alte Thorny versuchte einfach nur die Vergangenheit wettzumachen«, fuhr sie träumerisch fort. »Er war immer scheu gewesen mit den Mädchen, seinerzeit zu meiner Zeit. Er versuchte, uns mit seinem Geld zu beeindrucken, aber er war dabei nicht sehr geschickt. Er sah niemals besonders gut aus und war immer ein wenig übergewichtig. Das Aussehen zählt wirklich sehr im College, wissen Sie. Als Addy Poole sich hergab, um ihn zu heiraten, waren wir alle sehr erstaunt. Ich habe ihr das selbstverständlich nicht gesagt, aber ich dachte, dass Addy sich durchaus etwas Besseres hätte suchen können.«

Das hätte ich auch gedacht. »War Addy seine Freundin während der ganzen Collegezeit gewesen?«, fragte ich.

»Oh, nein.« Sie schüttelte den Kopf, und die Eiswürfel ratterten hilflos in ihrem leeren Glas. »Thorny fing erst an mit ihr zu gehen, als er schon im Abschlussjahr war.«

»Und hatte er davor schon eine Freundin?«

»Nicht in dem Sinne«, erklärte sie behutsam. »Er war verrückt nach Sandy Jackson, aber sie stammte aus einer vermögenden Familie, und sie ging auf die Duke University. Sie wollte nichts mit ihm zu tun haben.« Sie legte eine kurze Pause ein. »Wenigstens wollte sie nichts mehr von ihm wissen, nachdem sie ein paar Rendezvous zusammen gehabt hatten. Aber sie wurden gute Freunde, und als dann diese unglückselige Geschichte passierte, griff Thorny ihr sehr hilfreich unter die Arme.«

Das war es, worauf ich gewartet hatte. »Sandra Douglas Jackson?«, fragte ich. »Senator Boyd Jacksons Schwester?«

Die alte Dame nickte strahlend. »Ja, genau die. Sie ging nicht mit uns zur Uni. Frauen waren seinerzeit an der UNC noch nicht zugelassen, bis sie einen bestimmten Studienabschnitt hinter sich gebracht hatten, außer wenn sie Pharmazie studierten. Sie war also ein Duke-Mädel. Aber sie alle kamen herüber nach Chapel Hill, um sich nach einem schönen Mann umzusehen. Die Jungs an der Duke konnten so übertrieben ernsthaft sein. Es machte einfach keinen Spaß mit ihnen. Sie und ihr Bruder gingen beide zur Duke. Wie ihr Daddy das bezahlen konnte, ist mir unverständlich. Er war ein wohlhabender Erdnussfarmer, aber trotzdem. Duke ist so teuer.«

»Und was war das für eine unglückselige Geschichte?«, fragte ich.

Mrs Mackies Gesicht verfärbte sich zu einem Tiefrosa. »Unglückselig nur in dem Sinn, dass Sandy ihr Abschlussjahr nicht mehr schaffte. Sie zog nach South Carolina, heiratete dort und kehrte eine ganze Weile nicht mehr zurück.«

Wenn ich meine Fünfzigerjahre-Euphemismen richtig gelernt hatte, bedeutete das, dass Sandy Jackson in ihrem letzten Jahr einen Braten in der Röhre hatte. Sie hatte eine Ehe im Eilverfahren schließen müssen und war zu einer entfernten Tante fortgeschickt worden war, bis das Balg da war.

»Sie sprechen von Stoney Maloneys Mutter?«, hakte ich nach. »Sie verließ die Uni, um Stoneys Vater zu heiraten?«

»Oh, ja«, sagte Mrs Mackie und nickte eifrig mit dem Kopf während sie sehnsuchtsvoll den mittlerweile leeren Krug betrachtete. »Sie war eindeutig verheiratet, als Stoney auf die Welt kam. Die ganze Welt weiß das. Aber sie gab das Studium auf. Deswegen drängte sie später ihren Bruder so sehr. Sie war eine brillante Studentin, aber sie ging ab, als sie nur noch ein Jahr vor sich hatte. Sie versucht die verlorene Chance wettzumachen, verstehen Sie. Deswegen mag sie ein wenig aufdringlich erscheinen, was die Karriere ihres Sohnes betrifft.«

»Mit wem ist sie denn davongerannt?«, fragte ich. »Wie war sein Name?«

»Na, Albert Maloney natürlich«, sagte Mrs Mackie. »Das weiß doch jedes Kind. Er war jemand, den wir anderen sonst kaum kannten. Ich glaube, er war in meinen Zoologie-Vorlesungen, oder vielleicht war es in Biologie. Aber ich kann mir nicht vorstellen, wie Sandy ihn jemals kennen gelernt hat. Wir waren alle ziemlich überrascht, als die beiden auf einmal nicht mehr auftauchten. Niemand von uns hat Albert danach jemals wieder gesehen, weil er nicht wirklich zu unserem Kreis gehörte. Und wir hörten auch von Sandy erst nach ungefähr zehn Jahren wieder, als ihr Bruder für das Amt kandidierte und wir alle bemerkten, dass sie ihm dabei eine große Hilfe war. Das überraschte uns nicht. Sie hat ja in der Familie die Intelligenz gepachtet.

»Lebt Albert Maloney noch?«, fragte ich. »Ich hörte, er sei im Krieg umgekommen oder so was?«

»Im Krieg umgekommen?« Mrs Mackie lachte, und das Lachen gab ihrem Gesicht für einen Moment die verlorene Schönheit wieder. »Albert wäre nie in einen Krieg gegangen. Er konnte keiner Fliege etwas antun. Er war ein stiller Junge, noch stiller als Thorny. Nein, er ist ganz schön lebendig. Ich glaube mein Ehemann, Harry, hat mir mal erzählt, dass er irgendwo an der Ostküste lebt. Er hat ein Boots-Charter. Albert ist ein sehr einsamer Mann. Das war er immer schon. Er ist gerne allein. Ich kann mir nicht vorstellen, warum.« Sie sagte das mit der Überzeugung von jemandem, der es weiß. »Ich glaube nicht einmal, dass er seinen Sohn besucht, und dabei weiß doch jedermann, dass er der nächste Senator von North Carolina wird.«

»Ich verstehe nicht, wie alle Welt die Geschichte dieser Familie kennen kann und ich noch nie ein Wort darüber in der Presse gelesen habe«, beschwerte ich mich.

»Meine Liebe«, sagte Mrs Mackie und tätschelte dazu besänftigend meine Hand. »Natürlich haben Sie nichts darüber gelesen. Wir sind hier schließlich nicht in Washington. Wir haben hier was Besseres zu tun als mit dem Finger auf andere Leute zu zeigen. Die Jacksons sind eine aufrechte Familie aus North Carolina, und Stoney ist ein guter Junge. Niemand von uns kann es sich leisten, mit Steinen auf Glashäuser zu werfen, und keiner möchte damit anfangen. Jeder, der in North Carolina gelebt hat, weiß, dass es Dinge gibt, die man im engsten Kreis diskutiert, aber niemals in der Öffentlichkeit erwähnen würde. Das tut man eben nicht.«

Wäre ich selber ursprünglich aus North Carolina gewesen, so schien ihre Stimme anzudeuten, oder stammte ich aus einer reicheren oder besseren Familie, würde ich das sicher alles verstehen. Aber sie meinte es nicht unfreundlich, und ich nahm es nicht so auf. Stattdessen dankte ich ihr für die Information und erhob mich.

»Oh, Sie bleiben nicht? Mein Mann, Harry, hat angerufen. Er wird zum Essen nicht zu Hause sein können. Ich habe einen Schinken im Backofen und frische Teigteilchen gemacht. Ich hatte gehofft, dass Sie vielleicht Lust hätten, mir dabei Gesellschaft zu leisten?«

Ich hatte mehr als genug zu tun. Und ich hätte mal wieder einen Abend an der Bar nötig gehabt. Aber Mrs Alice Hampton Mackie war eine nette alte Dame, und das Haus war so still, dass man die große Standuhr ticken hören konnte. Außerdem habe ich immer schon gebackenen Schinken gemocht. Also, was solls? Es würde mich nicht umbringen, da zu bleiben und was zu essen. Es war das Mindeste, was ich tun konnte. Eine Hand wäscht die andere, heißt es. Sie hatte mir geholfen. Warum sollte ich nicht auch ihr einen Gefallen tun?

10

Es regnete heftig in dieser Nacht. Ich weiß es, weil ich noch lange aufsaß und aus dem Fenster hinaus zuschaute, wie die Sturzbäche die roten und gelben Blätter von den Bäumen auf meinem Nachbargrundstück runterwuschen. Bis zum Morgen würden nur noch die nackten Gerippe dastehen, und ein Teil des Herbstes war damit endgültig vorbei. Der Gedanke deprimierte mich. Ebenso wie der Gedanke an Mrs Alice Hampton Mackie. Genau besehen deprimierte mich der ganze Fall. Und die Tatsache, dass ich allein und nüchtern genug war, um das alles deprimierend zu finden.

Was mir am meisten an die Nieren ging, war der Umstand, dass Stoney Maloney auch nichts weiter als ein ganz großer, fetter Lügner sein konnte. Ich wollte glauben, dass er echt war. Aber irgendjemand sagte irgendwo nicht die Wahrheit. Es gab da entschieden eine Beziehung zwischen Thornton Mitchell und Stoneys Familie – vielleicht von allen die wichtigste Beziehung überhaupt.

Warum sollten Thornton Mitchell und Sandy Jackson im College die besten Freunde sein und dann den Rest ihres Lebens damit verbringen, einander aus dem Weg zu gehen? Und warum sollte Albert Maloney einen höchst erfolgreichen Sohn aufgeben und seine Tage damit verbringen, betrunkene Fischersleute über den Atlantik zu schippern? Dazu fiel mir nur ein, dass Albert Maloney überhaupt nicht Stoneys Vater war. Womit Thornton Mitchell als bester Kandidat übrig blieb.

Das war ein wirklich abstoßender Gedanke. Hatte Mitchell versucht, Stoney zu erpressen, indem er seinen Status preisgab, falls Stoney sich nicht zu gewissen Zugeständnissen bereit erklärte, wenn er erst mal in Amt und Würden war?

Hätte es denn irgendeinen Unterschied gemacht für die Wähler, wenn sie gewusst hätten, wer Stoneys wirklicher Vater war? Es war immerhin denkbar. Stoneys stärkste Unterstützung kam von der Moralischen Rechten. Denen war alles zuwider, was danach aussah, als ob jemand anderer mehr Spaß gehabt hatte als sie. Aber mir gefiel die Theorie nicht. Da gab es nämlich so eine Sache namens Genetik, wie zahlreiche bedauernswerte Geschöpfe an meinem eigenen absterbenden Familienstammbaum bekunden konnten. Verwandtschaft zeigt sich durch Ähnlichkeit, und es hatte wohl kaum jemals zwei Menschen gegeben, die einander unähnlicher waren als Stoney Maloney und Thornton Mitchell.

Andererseits machte es eine Menge Sinn. Sandy Jackson wird schwanger. Wir sprechen von den Fünfzigerjahren. Sie schwebt in Gefahr, gesellschaftliche Schande über sich zu bringen. Mitchell will sie nicht heiraten. Also findet sie einen Mann, der willig ist – Albert Maloney – und sie halten sich für ein, zwei Jahre bedeckt, bevor sie sich wieder trennen. Diese Angelegenheit macht aus Sandy Jackson und Thornton Mitchell lebenslange Feinde, die beide aus eigenen selbstsüchtigen Gründen davon abgehalten werden, die Wahrheit an die große Glocke zu hängen. Unvermeidlich, dass diese Gründe schließlich einmal miteinander in Konflikt geraten.

Wenn Stoney das alles wusste, dann war er wirklich ein dicker, fetter Lügner. Oder schlimmer, ein möglicher Mörder von wahrhaft biblischen Dimensionen.

Ich brauchte einen Drink, aber das würde mich nur noch mehr deprimieren. Je mehr es regnete, umso mehr schien meine Wohnung zu schrumpfen. Es gab nur eine Möglichkeit, mit dieser Situation fertig zu werden. Ich brauchte jetzt einen Trip mit meinem Auto, irgendwohin, die lange, lange Straße lang. Ich sollte Albert Maloney aufsuchen und ihn selber fragen. Wenn es jemanden gab, der die Wahrheit kannte, dann er. Das Telefon half mir dabei nicht weiter. Ich war schwieriger zu ignorieren, wenn ich direkt vor ihm stand, und ich konnte in seinem Gesicht lesen. Ich schaute auf meine Uhr. Die Atlantikküste war ungefähr vier oder fünf Stunden entfernt, je nachdem, wie hoch ich meinen Valiant jagen konnte, nachts, auf der verlassenen Schnellstraße. Wenn ich sofort losfuhr, konnte ich vor Sonnenaufgang dort sein. Wenn Albert Maloney einen Boots-Charter betrieb, wie Alice Mackie anscheinend meinte, konnte ich ihn möglicherweise noch erwischen, bevor er für den Rest des Tages aufs Meer hinausfuhr.

Ich war mir ziemlich sicher, dass er da sein würde. Oktober ist ein guter Monat für den Fischfang vor der Atlantikküste. Aber ich wollte keine unnötige Zeit verschwenden. Ich rief also die Auskunft in allen Städten entlang der Küste an, angefangen bei der Grenze zu Virginia. In Nags Head wurde ich schließlich fündig. Ich rief die Nummer an, und eine männliche Stimme meldete sich nach dem dritten Läuten.

»Hallo?«, murmelte der Mann, seine Stimme war noch vom Schlaf benommen. »Wer ist da? Wie spät ist es denn?«

»Albert Maloney?«

»Ja?«

Ich legte auf und griff mir meinen Autoschlüssel.

Der Regen hörte kurz nach Lake Gaston auf. Ich kurbelte die Seitenfenster herunter und ließ die kühle Nachtluft das Auto durchfluten und meine schlechte Stimmung mit sich davon tragen. Der endlose Streifen der schwarzen Schnellstraße beruhigte mich, und ich fing an, mich zu entspannen. Als die Sonne zentimeterweise über den Horizont gekrochen kam, konnte ich den Geruch von Salzwasser in der Luft wahrnehmen, und mein Kopf war wieder klar.

Bei einer menschenleeren Frittenbude kurz vor der Ausfahrt nach Nags Head hielt ich an und stärkte mich mit einem Kaffee und warmen Teigtaschen. Im Sommer mochte der Laden wohl gut gehen, aber jetzt in der Nachsaison verirrte sich nur noch ab und an ein Trucker hierher. Die Kassiererin war mit dem

Kopf auf der Edelstahltheke eingeschlafen, als ich eintrat. Aber der Kaffee war stark, und was noch besser war, die Bedienung wusste genau, an welcher Stelle die Charterschiffe die Docks verließen.

Ich folgte ihren Hinweisen und traf ein, noch bevor die Sonne aufging. Ich schnappte mir einen Parkplatz in der Nähe einer langen Reihe von Kajütbooten, die sanft auf dem Wasser der Bucht dahindümpelten. Die meisten der Kutter waren leer, aber bei einigen blinkten Lichter in der frühen Morgendämmerung. Einzelne Mannschaftsmitglieder stiegen hier und da herum, sicherten die Luken, rollten Taue auf und bereiteten die Ausfahrt vor. Die Luft war tiefkühl und durchsetzt mit den Gerüchen von Teer, Salzwasser und trocknendem Fisch. Hoch oben in der Luft kreisten Möwen im Frühnebel. Ihre schrillen Schreie durchschnitten die morgendliche Stille, als würden sie immer wieder für Augenblicke in Gezänk und Gezeter ausbrechen.

Ich erkannte Albert Maloney in dem Moment, als ich ihn auf den Kai zugehen sah. Und ich wusste auch, dass meine Reise umsonst gewesen war. Er war ein hoch gewachsener Mann, schlank, mit breiten Schultern und einem Schopf weißer Haare über einem attraktiven, wettergegerbten Gesicht. Stoney sah ganz genauso aus wie er. Seine Züge, verstärkt durch den kräftigen Kiefer, wirkten nachdenklich und verschlossen. Er blickte nicht auf, als er an mir vorbeiging. Ich wartete, bis er einen großen Kutter am Ende der Hafenanlage bestiegen hatte, bevor ich mich ihm näherte. Er war mit allen möglichen Arbeiten auf dem Kapitänsdeck befasst – einer kleinen metallenen Plattform hoch über dem Wasser, von wo aus er die dahinzischenden Fischschwärme ausspähen konnte. Ich war schon bis zur Mitte der Leiter hinaufgestiegen, bevor er mich bemerkte.

»Heute fahren wir nicht aus, Fräulein«, sagte er und entließ mich mit einem Blick ohne jedes weitere Interesse. Seine Stimme war belegt, als ob er nur selten sprach. Er beschäftigte sich wieder mit der Kalibrierung einer Anzeigetafel, die mit grünen Neonzahlen blinkte. »Versuchen Sie es bei einem der anderen Kollegen weiter unten am Kai.«

Er verwehrte es mir nicht, als ich mich zu ihm aufs Kapitänsdeck gesellte. »Sind Sie Albert Maloney?«, fragte ich ihn.

»Ja«, sagte er misstrauisch. Er irritierte mich mit dem ungerührten Blick, mit dem er mich musterte, bis mir klar wurde: Es war ihm egal, wie ich aussah. Er wollte nur sicher gehen, dass er mit mir fertig werden konnte, falls ich Probleme machte.

»Ich heiße Casey Jones. Ich bin Privatdetektivin und untersuche den Mord an Thornton Mitchell.«

»Ich habe darüber gelesen. Warum wollen Sie mit mir sprechen?« Er vergrub die Hände in den Manteltaschen, und ich merkte, dass mir selber auch kalt war. Der Nebel klammerte sich an die Rückseite meiner Beine wie ein Waschlappen. Ich schauderte und wünschte, ich hätte meine Jeans angezogen und eine wärmere Jacke.

»Ich weiß es nicht«, gab ich zu. »Ich wusste einfach nicht mehr, wohin ich mich noch wenden sollte.«

Er lachte. Ein kurzes, bellendes Geräusch, das über das Wasser trieb und eine Schar von Möwen aufscheuchte, die auf einem nahe gelegenen Pfosten saßen. »Dann, fürchte ich, haben Sie Ihren Ausflug umsonst gemacht, weil ich mit Sicherheit nicht weiß, wie ich Ihnen helfen kann.«

»Ich kenne Ihren Sohn«, sagte ich ihm. »Er ist ein netter Mann.«

Er wandte sein Gesicht ab und starrte gegen Osten, wo die Sonne aufgegangen war und jetzt wieder von schweren, grauen Wolken verdeckt wurde, die sich mit der Zinnfarbe des Ozeans vermischten. »Das wird er wohl sein«, war alles, was er dazu sagte.

»Er ist doch ihr Sohn, oder?«, fragte ich. »Stoney Maloney?«

»Wen interessiert das schon?«, fragte er. »Und was heißt das?«

»Sie müssen nicht mit mir reden. Und wenn Sie Ihren Sohn seit einiger Zeit nicht mehr gesehen haben, ist es vielleicht schmerzhaft für Sie, mir zu antworten. Aber es sitzt da in diesem Augenblick ein Mann im Gefängnis. Er ist des Mordes an Mitchell angeklagt worden, und ich glaube nicht, dass er es getan hat. Meine Klientin möchte, dass ich herausfinde, wer der Schuldige ist. Vielleicht sind Sie ein Teil des Puzzles und wissen es gar nicht.«

Albert Maloney schüttelte den Kopf. »Thorny wusste eben nie, wann man aufhören soll«, sagte er. »Es überrascht mich nicht, dass es so weit gekommen ist.«

»Also kannten Sie ihn?«

»Sicher. Vor langer Zeit.« Er lehnte sich zurück gegen die Reling und betrachtete die Wolken prüfend nach einem Hinweis auf das heutige Wetter. »Ich kannte ihn früher, im College. Er war einer von den Männern, die sich mit Vorliebe von hinten heranschleichen. Er versuchte immer, hier und da einen Dollar zu verdienen, indem er seine Freunde ausnutzte. Ich mochte ihn nicht besonders. Aber ich habe nie jemanden besonders gemocht, also ist das nichts Besonderes.«

»Haben Sie Sandy Jackson gemocht?«, fragte ich.

Er starrte mich an. »Ja, klar hab ich sie gemocht. Ich habe sie schließlich geheiratet.«

Ich war peinlich berührt. »Ich dachte vielleicht … wären Sie nicht Stoneys Vater. Dass Sie vielleicht …« Meine Idee erschien mir bei Tageslicht besehen nur noch lächerlich.

»Ich weiß, worauf Sie hinauswollen. Aber da sind Sie auf der falschen Fährte. Sandy hätte Thorny niemals an sich herangelassen. Sie hat sich für einen besseren aufgehoben. Glauben Sies mir.«

»Sie meinen – sich selber?«, fragte ich vorsichtig.

Er räusperte sich und spuckte über die Seite des Bootes. Die Spucke beschrieb einen kleinen silbernen Bogen, der in einem plötzlichen Strahl des Sonnenlichts aufleuchtete und wieder verschwand. »Für eine Weile hat sie das wohl geglaubt. Vermutlich haben wir uns beide geirrt.«

»Aber wie haben Sie ...« Ich unterbrach mich. »Vielleicht tut es sowieso nichts zur Sache.«

»Fräulein, lassen Sie mich Ihnen aus Ihrer Misere helfen«, sagte er nicht unfreundlich. »Ja, Stoney Maloney ist mein Sohn. Und nein, der Name war nicht meine Idee. Und ja, ich habe ihn seit sehr langer Zeit nicht mehr gesehen. Und nein, das war auch nicht meine Idee. Ich bin seiner Mutter peinlich, ich passe nicht hinein in das Bild des Lebens, das sie führen möchte. Wenn Sie Sandy kennen würden, würden Sie das verstehen. Sie mag es nicht, wenn sie Fehler macht. Sie mag keine unordentlichen Situationen. Sie mag die Dinge auf eine Art – auf ihre eigene Art. Und ich war der eine, große Fehler, den sie begangen hat.« Er spuckte wieder aus, wie um sich von der Erinnerung zu befreien. »Jawoll, ich bin der eine Fehler, den Sandy Jackson in ihrem sorgfältig geplanten Leben beging. Aber wir waren jung und, nun, wir waren eben jung. Als wir wussten, dass sie ein Baby erwartete, habe ich das Richtige getan. Ich habe sie geheiratet. Aber einen Monat nach der Geburt meines Sohnes, bin ich wieder ausgezogen. Weil sie es wollte und weil ihr Vater mir zwanzigtausend Dollar bot, wenn ich fortginge und nie wieder käme. Und wissen Sie was? Ich nahm es und kaufte mir mein erstes Boot von diesem Geld. Ich fürchte, das macht mich zu einem größeren Schweinehund als jeder von denen. Aber das können Sie mir glauben: Ich habe mir dieses Geld verdient. Abgesehen davon, liebte sie mich ohnehin nicht. Jedenfalls nicht, nachdem sie herausgefunden hatte, dass ich niemals der sein würde, den sie gerne hätte. Sie dachte, ich würde ein brillanter Wissenschaftler werden.« Er schüttelte den Kopf. »Sie hätte mich eben zuerst einmal fragen sollen. Ich hätte es ihr schon sagen können.« Er starrte die Gruppe von Fischern an, die lautstark und lebenslustig über den Kai getrottet kamen, voller Erwartung auf einen ereignisreichen Tag und einen vollen Kühlcontainer, den sie hinter sich her zogen. »Ich habe noch nie viel für andere Leute übrig gehabt, verstehen Sie?«

»Ich weiß, wie es Ihnen geht«, stimmte ich ihm zu.

Er betrachtete mein Gesicht. »Ich glaube, da könnten Sie sogar Recht haben. Ich glaube, Sie sehen, was Menschen einander antun können. In Ihrem Job.«

»Das sehe ich.«

»Wir sind eine mörderische Spezies«, erklärte er. »Wir verdienen die Erde gar nicht, die uns anvertraut ist.« Seine Haare glänzten silbern in der Sonne, die endlich über den Wolken aufgestiegen war und nun die stillen Gewässer der Bucht mit langen Fingern aus Licht überflutete. Er zeigte auf das Wasser. »Haben Sie jemals etwas Schöneres gesehen als das?«, fragte er.

»Nein«, gab ich zu. »Ich glaube nicht.«

Er strich sich mit der Hand über den weißen Stoppelbart, der sein Kinn bedeckte, und heftete den Blick wieder auf den Horizont.

»Haben Sie Ihren Sohn seit seiner Geburt noch mal gesehen?«, fragte ich. Ich hatte keine Lust, nach einer so langen Fahrt schon wieder umzukehren.

»Ob ich ihn gesehen habe?« Er sah mich an und blickte dann wieder weg. »Ich habe ihn gesehen. Er hat mich nicht gesehen. Die Leute wissen nichts von ihm. Ich habe nicht vor, es ihnen zu erzählen.«

»Wollen Sie ihn nicht kennen lernen?«, fragte ich. »Er ist doch Ihr Sohn.«

»So einfach ist das nicht«, antwortete er. »Sie kennen Sandy nicht so, wie ich sie kenne. Sie würde mich von ihm fernhalten, darauf können Sie Gift nehmen.«

»Haben Sie Ihre Exfrau noch mal gesehen, seit sie fortgegangen sind?«, fragte ich.

Er schüttelte den Kopf. »Nein. Und ich habs auch nicht vor.«

»Wie stehts mit Thornton Mitchell?«

Er schüttelte wieder den Kopf. »Der hätte sich nie mit jemandem wie mir abgegeben. Was hätte ich dem Mann nützen können? Er und Sandy, die waren sich ähnlich, in der Hinsicht. Die wollten nur Leute, die sie ausnutzen konnten.« Er lächelte bitter. »Sie hätte sich von ihm den Kopf verdrehen lassen sollen statt von mir.«

»Möglich.« Ich wusste nicht, was ich sonst sagen sollte.

»Passiert!« Er blickte hinauf in den Himmel über ihm. »Das alles ist vor so langer Zeit passiert. Man kann es nicht ungeschehen machen. Nichts davon. Aber es macht auch keinen Sinn, jetzt darin herumzustochern.«

»Sie haben nie wieder geheiratet?«, bohrte ich weiter.

»Nein.« Ein kurzes Glitzern blinkte in seinen Augen auf. »Warum, suchen Sie jemand?«

Ich musste lachen. »Ich werde zu schnell seekrank«, sagte ich.

»Dann suchen Sie lieber weiter.« Sein Lachen war kurz, aber es kam von Herzen.

»Ich muss jetzt gehen. Danke, dass Sie sich die Zeit genommen haben.«

»Kein Problem, Fräulein.« Er wandte sich wieder seiner Anzeigetafel zu. Meine Gegenwart war schon wieder so gut wie vergessen.

Aber als ich vom Ende des Hafenpiers aus noch mal zu ihm hinüberblickte, bemerkte ich, wie er mir nachstarrte. Sogar auf die Distanz hin konnte ich noch die Enttäuschung in seinem Gesicht erkennen.

Ich ging zurück zu meinem Auto und atmete tief die frische Seeluft ein. Ich war dem Killer von Thornton Mitchell seit dem Vorabend keinen Schritt näher gekommen. Aber irgendwie fühlte ich mich besser.

Ich verzichtete aufs Umziehen und fuhr direkt nach Raleigh hinein. Bis zum Mittag war ich wieder in meinem Büro. »Meine Güte, Püppi«, sagte Bobby Dee, als ich hereinkam. »Du sieht aus, als hättest du dich die ganze Nacht rumgeprügelt.«

»Da hättest du erst mal die anderen sehen sollen«, sagte ich und suchte in meinen Schubladen nach der Schachtel mit Aspirin. Ich hatte schon oft schlaflose Nächte verbracht, aber selten in so nüchternem Zustand. Mir war ein bisschen öde im Kopf nach den vielen Stunden hinterm Steuer. Ich zog meine Sachen aus und wechselte die Unterwäsche. Ich bewahre etwas frischen Ersatz unter Verschluss im Pistolenfach meiner Schublade auf, damit Bobbys Pfoten nicht daran herumgrapschen. Ich schlüpfte in das Kleid, das ich für alle Fälle auf dem Bügel hinter meiner Tür hängen hatte, und war bestürzt, als ich bemerkte, dass es ein wenig eingegangen war. Ich würde auf die Teigtaschen verzichten müssen. Ab morgen.

»Ich habe Hunger!«, rief ich zu Bobby rüber, als ich wieder vorzeigbar aussah. »Hast du was zum Essen da?« Das war so, als ob man den Papst fragt, ob er zur Kirche ginge.

»Ich habe noch ein extra Schinken- und Schweizerkäse-Sandwich, das ich erübrigen könnte.« Seine undeutliche Aussprache ließ mich erraten, wohin das andere gerade unterwegs war.

Ich schnappte mir das Sandwich, bevor er sichs anders überlegte, und parkte meine vier Buchstaben auf seinem Tisch, wo ich leichter an die Jumbo-Tüte mit Barbecue-Kartoffelchips heranreichen konnte, die er gerade vernichtete.

»Gibts was Neues?«, fragte ich mit vollem Mund. Bobby verstand etwas von Sandwichs.

»Die Lady, für die du arbeitest, geht mir allmählich auf den Geist«, antwortete er. »Die hat heute Morgen ungefähr dreimal angerufen und gefragt, wie du vorankommst.«

»Dreimal?« Ich zog seine Ausgabe der *N&O* zu mir rüber, um den politischen Veranstaltungskalender zu studieren. »Was gibts denn da auf einmal für eine große Aufregung? Da höre ich erst tagelang nichts von ihr, und dann wird sie ganz heiß darauf, jeden Schritt von mir genau zu verfolgen?«

Bobby langte nach einem Bier aus dem Mülleimer voller Eis zu seinen Füßen. »Vielleicht hat sie ihre Tage?«

»Ich finde deine psychologischen Einsichten sehr penetrant«, sagte ich, aber es war wie üblich reine Zeitverschwendung. Alles, was er gehört hatte, dürfte vermutlich das Wort »penetrant« gewesen sein, was er mit »Penetration« verwechseln dürfte – einem seiner Lieblingswörter. Ich blätterte die Zeitung durch, überflog jede Spalte. »Okay, hör dir das an. Für Mary Lee Masters sind allein an diesem Vormittag drei Auftritte vorgesehen. In einem Altersheim, in einer Kirche und in einem Kiwanis-Klub. Alles in der Nähe von Charlotte. Ein ziemlich gedrängter Zeitplan, wenn du mich fragst. Also: warum ruft sie mich dauernd an? Und warum hat die Menschheit jemals das Autotelefon erfunden?« Ich schaute mir den Rest des Terminkalenders durch. »Stoney kommt aus den Bergen zurück, um heute Abend mit Mary Lee eine politische Debatte in Charlotte zu führen. Gesponsert wird das Ganze von der Liga der weiblichen Wählerinnen vor Ort. Unterdessen ist Stoneys Mutter unterwegs in Greenboro, um die armen Dödels dort zu ermahnen, für ihren geliebten Sohn zu stimmen. Sie eröffnet eine Traktorenausstellung. Nirgends ein Wort über Bradley Masters. Ich nehme an, er muss bis heute Abend ein paar Studentinnen aus dem zweiten Semester vernaschen.«

»Klingt ganz so, als ob alle was zu tun hätten. Außer dir«, sagte Bobby.

Ich griff mir sein neues Bier, bevor er Zeit gefunden hatte, seine Schmalzlippen darum zu wickeln, und starrte ihn wütend an. »Vielen Dank für deine Unterstützung.«

»Schön, Püppi, akzeptiere es einfach. Dein Arbeitsstil scheint die Leute vor den Kopf zu stoßen. Du hast heute auch schon ein paar Anrufe von diesem Kerl, diesem Butler bekommen. Tu mir einen Gefallen, halte ihn dir gewogen. Ich brauche keine Schwierigkeiten mit dem Polizeipräsidium.«

»Ich weiß«, sagte ich. »Ich rufe ihn zurück.« Mich mit Bill Butler gut zu stellen war dem Gemeinwohl zuträglich. Ich konnte ihn beim nächsten Fall vielleicht gebrauchen. Es wurde Zeit, meinen Stolz runterzuschlucken.

Ich rechnete damit, erst mal einen Unterling an die Strippe zu kriegen. So überraschte er mich mit einem Mund voll Kartoffelchips, als er gleich beim ersten Klingeln abhob.

»Mmmrphf«, mümmelte ich. »Tschuljung, wir ham eine schlechte Verbindung. Kartoffelchips in der Leitung.«

»So – die große Casey Jones tritt an die Oberfläche und erachtet es der Mühe wert, den Behörden einen Anruf zu gewähren«, sagte er.

»Für Sie immer noch Miss Jones«, sagte ich. Ich konnte mir nicht helfen. Angesichts der Autorität löcke ich einfach automatisch gegen den Stachel.

Bill seufzte. »Kann ich annehmen, dass Sie meine Nachrichten erhalten haben?«

»Ja. Es tut mir Leid wegen dem Mann, den sie auf mich angesetzt haben. Aber Sie hätten es mir sagen sollen. Das war überhaupt eine oberfaule Sache, die Sie da gemacht haben, und ich bin absolut schockiert, wie wenig Vertrauen Sie in mich setzen. Sie brauchen mir keinen Spitzel hinterherzuschicken. Ich habe Sie nicht angelogen. Bisher jedenfalls noch nicht.« Ich kam zu dem Schluss, dass das Auslassen von ein paar geringfügigen Details kaum die Bezeichnung als Lüge verdiente. »Sie glauben doch auch nicht, dass Ramsey Lee die Tat begangen hat, oder? Sonst würden Sie sich wohl kaum die Mühe machen, mich beschatten zu lassen.«

Das ignorierte er. »Haben Sie etwas herausgefunden, was mich interessieren könnte?«

Ich ersparte ihm die Details und ging gleich zur Zusammenfassung über. »Nein.«

»Lassen Sie michs eben wissen, wenns was Neues gibt«, bat er, und seine Stimme verlor den schneidenden Unterton.

»Mach ich«, versprach ich. »Und wie stehts mit Ihnen? Haben Sie etwas Neues für mich?«

»Bradley Masters Alibi ist in Ordnung. Er war tatsächlich in Nassau. Aber der Kerl ist ein schräger Vogel. Da sitzt er da unten mit einer blutjungen Frau und verbringt den größten Teil seiner Zeit damit, zu Hause anzurufen.«

»Was?«, fragte ich.

»Wir haben die Aufzeichnungen der Telefonvermittlung im Hotel überprüft. Er hat mindestens sechs Mal zu Hause angerufen, innerhalb von drei Tagen.«

»Um seinen Anrufbeantworter abzuhören?« Ich stellte das als Vermutung in den Raum.

»Möglich«, antwortete Bill. »Wenn das so ist, kriegt er eine Menge Nachrichten. Einige seiner Anrufe dauerten zehn Minuten und länger. Aber jedenfalls war er mit Sicherheit nicht hier, um Mitchell zu töten.«

Ich war einen Moment lang still und versuchte, mir über die Situation Klarheit zu verschaffen. Wenn er zu Hause angerufen hatte, warum hatte Mary Lee dann so getan, als wisse sie nicht, wo er ist?

»Hmm«, sagte ich schließlich. »Was ist, wenn ich Ihnen sage, das Bradley Masters wusste, wo Mitchells Leiche abgelegt worden war – ohne dass es ihm jemand gesagt hätte.«

»Dann würde ich Ihnen sagen, dass ein Radiosender hier in Raleigh der CBS-Partner draußen auf den Bahamas ist. Der Sack hörte alle Details in den Abendnachrichten. Er wollte einfach nur seine Frau allein leiden lassen.«

»Was noch?«, fragte ich enttäuscht. »Haben Sie noch etwas erfahren, was Sie mir sagen können?«

Es folgte ein längeres Schweigen.

»Kommen Sie schon, Bill. Sie denken doch nicht wirklich, dass …«

»Okay«, unterbrach er mich. »Ich glaube nicht, dass Ramsey Lee die Tat begangen hat. Die Ergebnisse der kriminaltechnischen Untersuchungen sprechen dagegen, und er ist auch viel zu offen damit, wie sehr er das Opfer gehasst hat und wie sehr es ihn freut, dass Mitchell tot ist. Ich denke, der Kerl ist sauber. Aber ich denke auch, das er etwas weiß, was er uns noch nicht gesagt hat.«

»Und die Typen vom SBI? Was denken die?«

»Die versuchen immer noch, ihn mit reinzuziehen. Aber ich spüre Widerstand bei den unteren Rängen.«

»Danke«, sagte ich – und meinte es so. »Ich schulde Ihnen noch einen.«

»Ich weiß«, sagte er und legte auf.

Aber er war derjenige, der mir einen Gefallen schuldete, dachte ich, wenn ich seinen Arsch vor der Blamage retten und ihm die Antwort auf dem Silbertablett servieren würde.

Doch jetzt gerade sahen die Chancen dafür, dass das passieren könnte, ziemlich mies aus. Ich sagte mir, dass ich einfach ein wenig über die weiteren Möglichkeiten meditieren müsste, und kaum hatte ich michs versehen, war ich auch schon eingeschlafen. Bobby weckte mich eine Stunde später mit einem Bellen aus dem Nebenzimmer.

»Verrückter auf Leitung zwo, für dich«, rief er. »Er meint, du wartetest schon auf seinen Anruf.«

Das passte auf so ziemlich jeden Mann, der bisher in meinem Leben eine Rolle gespielt hat. Aber ich vermutete, dass es Frank Waters war, der furchtsame Fernsehreporter.

»Casey Jones«, sagte ich und unterdrückte ein Gähnen.

»Er will sich mit Ihnen treffen«, flüsterte eine männliche Stimme, als ob der Betreffende fürchtete, jemand könnte mithören, was er sagte. »Aber es muss heute Nachmittag sein. Sie verlegen ihn.«

»Wer spricht denn da?«, fragte ich. »Und worum gehts eigentlich?«

»Ramsey Lee will Sie sehen«, sagte die Stimme. »Mein Name tut nichts zur Sache.« Er legte auf, und ich saß da und starrte auf das stumme Telefon. Wo hatte ich diese Stimme schon einmal gehört?

Und was hatte es bloß auf sich mit dieser Geheimnistuerei heutzutage? Dachten die Leute alle, sie spielten in einem Fernsehfilm mit?

Bobby war damit beschäftigt, ins Telefon zu turteln und in einen Behälter mit Pommes einzutauchen. Er war der einzige Mensch in Raleigh, North Carolina, der McDonald's dazu bringen konnte, frei Haus zu liefern.

»Wo wird Ramsey Lee festgehalten?«, unterbrach ich ihn.

Er bedeckte das Mundstück und schaute mich ärgerlich an. »Ich versuche hier zu arbeiten.«

»Darauf möchte ich was wetten.«

»Er sitzt im Central Prison, aber die Bundesbeamten versuchen gerade, ihn zu verlegen.«

»Nicht ohne Erfolg, wie ich höre«, sagte ich. »Hast du etwas über diese Scheinfirmen herausgefunden?«

Er machte ein gekränktes Gesicht. »Ich arbeite in diesem Moment daran.« Dann wandte er sich wieder seinem Telefongeflüster zu, und ich stählte mich für einen Trip ins Zentralgefängnis. Ich blickte dem keineswegs mit Freude entgegen. Ich war schon früher als Besucherin dort, und man musste immer wieder seine Seele am Eingang abgeben. Ganz egal, wie oft man sich daran erinnerte, dass man jederzeit wieder rauskonnte, egal, wie sehr man meinte, die Gefangenen hätten es ohnehin verdient, dort zu sein, es war und blieb trotzdem ein Ort ohne jede Hoffnung oder Menschlichkeit.

Ich hatte noch etwas Zeit zu verplempern, bis die Besuchszeit anfing, also verschwendete ich sie weise. Ich suchte die nächstgelegene Boutique auf und kaufte mir einen schwarzen Pulli.

Auf keinen Fall wollte ich die steinkalten Mauern des Zentralgefängnisses betreten und dabei meine Brüste – in dem engen, orangefarbenen Kleid, das ich anhatte – in die Auslage hängen. Mit dem Kleid und dem Pulli sah ich aus wie jemand, der einen Halloween-Umzug anführen wollte. Aber es war mir lieber als die Vorstellung, dass hundert Typen in ihren Zellen saßen und sich einen runterholten, während sie dabei an mich dachten.

Der Beamte an der Besucherstelle sah so grau aus, als hätte man das Leben aus ihm herausgekocht. Und er war so beunruhigt über mein Ansinnen, Ramsey Lee zu besuchen, dass er erst mal was murmelte von wegen, er müsse das mit jemandem weiter oben abchecken und davonhastete. Der Vorgesetzte war eine Frau, eine hochgewachsene Schwarze mit einer zum Umfallen hinreißenden Figur, die in einem gut sitzenden blauen Anzug steckte. Sie musste jedes Mal einen Aufstand verursachen, wenn sie an der Belegschaft vorbeiging. Andererseits war der Blick, den sie mir zuwarf, frostig genug, um meine Nieren erfrieren zu lassen. Ich kam sehr schnell zu dem Beschluss, mich nicht mit ihr anzulegen.

»Hier entlang, Miss Jones«, sagte sie kurz angebunden. »Sie sind auf der Liste des Gefangenen aufgeführt, was mich völlig überrascht, also kann ich Ihren Besuch nicht abschlagen. Aber Sie werden sich auf zwanzig Minuten beschränken müssen. Er ist um vier Uhr nachmittags für eine Befragung durch die Behörden vorgesehen.«

Vermutlich unter Anwesenheit von J. Edgar Hoover persönlich. Der frühere FBI-Chef war zwar schon tot, aber er hatte immer noch mehr drauf als die Hälfte der Hirnis, die an diesem Fall herumlaborierten. Wir gingen schweigend durch die kalten, steinernen Gänge und Räume. Ihr frostiger Blick vermittelte den Eindruck, dass sie mich entweder für eine Nutte oder für Ramsey Lees Freundin aus dem Asozialenmilieu hielt. Was solls. Ich war schon ganz anderer Dinge bezichtigt worden. Ich spürte Leben, das sich hinter den Wänden und Türen regte und duckte, wie Ratten in der Kanalisation.

»Kein körperlicher Kontakt!«, warnte sie mich, als wir uns der Besucherzone näherten. »Oder der Besuch wird abgebrochen.« Sie führte mich in ein gut beleuchtetes Zimmer mit kotzfarbenem Linoleum, ein paar Cola-Automaten und einem halben Dutzend zerkratzter Plastiktische.

Es gab wenige Besucher, jetzt, unter der Woche. Die Weibsleute waren zweifellos alle eifrigst damit beschäftigt, in dutzenden von unterbezahlten Sklavenjobs auf Maloche zu gehen, um den Verdienstausfall wettzumachen, der entstand, als ihre Versagertypen in den Knast wanderten. Ich saß am Ende einer Bank vor einem der mittleren Tische und versuchte, so weit wie möglich von einer übergewichtigen Blondine wegzurücken, deren Haaransätze noch ungepflegter waren als meine. Sie schluchzte die ganze Zeit in ein schmutziges Taschentuch hinein, und ihr Liebster, ein dürrer Mann mit einer Hautfarbe wie die Unterseite einer Weinbergschnecke und mit ungefähr genauso vielen Zähnen im Mund, tätschelte hilflos ihre rosafarbenen Wurstfinger.

Ramsey betrat den Raum ein paar Minuten später. Seine Hände und Füße waren mit Ketten gefesselt. Ein typischer Fall von Overkill, dachte ich. Kein anderer Mensch in dem Raum war auf diese Weise gekleidet. Nur das Teenieweibchen in der schwarzen Leder-und-Ketten-Montur, die ihren Motorradfuzzi am Nebentisch auf Zunge küsste.

»Hallo, Ramsey«, sagte ich leise, als er sich auf der Bank an der mir gegenüberliegenden Tischseite niederließ. Er lehnte sich nach vorn, sodass sein Kopf fast den meinen berührte, damit nur ja keiner mithören konnte. Der Wachposten hinter der Glasscheibe riss seinen Blick von dem Schmusepärchen los, um uns drohend anzustarren. Ich glaube, dass es für manche Leute nicht als Körperkontakt zählt, wenn man sich gegenseitig die Zunge zwischen die Mandeln stopft. Ich bezweifelte, dass sie bei Ramsey Lee genauso kulant verfahren würden.

Ramsey war so nahe, dass ich seinen warmen Atem auf meiner Wange spüren konnte. Ich erwartete mindestens ein Staatsgeheimnis, aber er wollte einfach nur vorsichtig sein. »Sie sind meine erste Besucherin«, war alles, was er sagte.

»Wirklich?«, flüsterte ich zurück. »Ich bin überrascht, wo sie doch so viele Cousinen haben. Wie gehts der guten alten Mary Lee denn so?«

»Ahhhff«, sagte er und probierte dazu, sich den Ausdruck falscher Bescheidenheit aufzusetzen, den die Jungs auf dem Land immer kriegen, wenn sie einen bescheißen wollen. »Sie sind einfach nur sauer, weil ich Ihnen nicht gesagt habe, dass wir verwandt sind.«

»Ich bin sauer, weil sies mir nicht gesagt hat«, erklärte ich.

»Das können Sie ihr kaum zum Vorwurf machen. Es ist schlimm genug, wenn es so aussieht, als ob sie jemanden umgebracht hätte. Jetzt wird stattdessen ihr Cousin für die Tat verhaftet. Haben Sie irgendwas über mich in den Zeitungen gelesen?«

Ich schüttelte den Kopf. »Bisher noch nicht. Was mich eigentlich überrascht.«

»Es macht mich nervös, dass das so stillschweigend übergangen wird«, bekannte er. »Niemand weiß, dass ich hier bin, außer Ihnen und ein paar anderen Leuten und den Cops. Wenn ich verschwinde, wird es an Ihnen liegen, die Leute wissen zu lassen, was mit mir passiert ist.«

Ich starrte ihn skeptisch an. Schließlich waren wir hier in North Carolina, nicht in Argentinien. Trotzdem schien er ernsthaft besorgt, und ich beeilte mich, ihm zu versichern, dass ich die Hölle selber aus den Angeln heben würde, wenn er verschwände.

»Danke, dass Sie mich sprechen wollten«, sagte ich, nachdem ich ihn genügend beruhigt hatte. »Was hat Sie veranlasst, Ihre Meinung zu ändern?«

»Mary Lee hat mir eine Nachricht geschickt. Wenn ich gewusst hätte, dass Sie für meine Cousine arbeiten, hätte ich gleich mit Ihnen gesprochen. Warum haben Sie nicht gesagt, dass sie Ihre Klientin ist?«

»Es ist schwer, sich zu konzentrieren, wenn jemand versucht, aus einem Schaschlik zu machen.«

Er lachte, und der Wachposten lehnte sich vor und drückte das Gesicht gegen die Glasscheibe. Vielleicht war Lachen auch verboten? »Ich kann gut schießen, was?«, fragte er.

»Das kann man wohl sagen«, pflichtete ich ihm bei. Ich wurde mir unangenehm bewusst, dass Ramsey Lee aus der Nähe besehen ein sehr anziehender Mann war. Wenn man ihn enthaarte, wenn man ihm seinen roten Ziegenbart und den Lippenteppich abnahm und das Haupthaar etwas schor, dann hatte man einen Mann mit hohen, winkligen Wangenknochen, tief liegenden Augen und einem breiten, dünnen Mund, der sich in den Mundwinkeln aufrollte, als ob er jeden Augenblick in ein Lachen ausbrechen könnte. Ich merkte, dass ich wichtige Minuten meiner Besuchszeit verstreichen ließ, und hustete. »Sorry«, sagte ich, »ich war gerade dabei, Ihren Bart zu bewundern.«

Er lachte noch leiser, und falls er über mich lachte, fühlte ich mich jedenfalls nicht beleidigt.

Ich lächelte ihn an, und dann feuerte ich meine Munition ab. »Was verheimlichen Sie mir, Ramsey?«, fragte ich.

»Ich habe mit dieser Sache nichts zu tun«, sagte er. »Ich töte nur das, was ich essen will.«

»Ist das der Grund, warum Sie versuchten, mich abzuschießen?«, frotzelte ich. Ich wurde damit belohnt, dass er unerwarteterweise rot im Gesicht wurde. Hmmm … vielleicht war ihm der Gedanke also auch schon mal gekommen?

»Ich weiß, dass Sie Thornton Mitchell nicht umgebracht haben«, versicherte ich ihm. »Außerdem hätten Sies nicht verpfuscht.«

»Das stimmt«, sagte er. Der Gedanke gefiel ihm. »Aber ich denke kaum, dass die SBI-Typen eine solche Verteidigung akzeptieren.«

Unter seinem lang gedehnten, ländlichen Tonfall verbarg sich, wie ich plötzlich bemerkte, ein wohlgebildeter und redegewandter Mann. Eine gefährliche Kombination, dachte ich mir. Innen drin clever und äußerlich die Unschuld selbst. »Wie gut kennen Sie Mary Lee heute noch?«, fragte ich.

»Nicht so gut, wie ich sie früher kannte«, gab er zu. »Als wir noch Kinder waren, verbrachten wir jeden Sommer gemeinsam unten auf der Farm meiner Eltern, in der Nähe von Gastonia. Aber dann wurden wir älter und entwickelten uns sehr unterschiedlich. Sie ist allerdings nicht so übel, wie sie rüberkommt«, fügte er ernsthaft hinzu. »Wirklich. Ich weiß, wie sie in Ihren Augen aussieht, aber sie hat ein großes Herz, unter all diesen Designer-Kleidern und dem Make-up.«

»Ich will zugeben, dass sie ein Herz hat«, sagte ich. »Aber ich passe, wenn Sie sagen, dass es groß sei.«

Sein Lachen ratterte leise an mein Ohr. »Sie war nicht immer so. Das College hat sie verändert. Und dieser Widerling, den sie geheiratet hat, der hat sie auch verändert.«

»Warum bleibt sie dann mit ihm verheiratet?«, fragte ich. »Sie kann den Bastard doch sausen lassen.«

»Sie wissen, warum«, sagte er. »Es wäre das Ende ihrer Karriere.«

»Warum hat sie ihn denn überhaupt geheiratet?«

Er zögerte bevor er sprach. Ich fragte mich warum. »Vielleicht gibt es da ein paar Dinge, die wir nicht wissen«, sagte er. »Oder vielleicht ist sie so, wie die meisten Menschen auf dieser Welt, und hat befürchtet, es gäbe sonst niemanden für sie. Sie heiratete einfach den ersten attraktiven Typ, der des Weges daherkam.«

»Sie sind nicht so, oder?«, fragte ich. »Die Sorte, die immer nach jemandem Ausschau hält?«

»Das würde mir ohnehin nichts nützen«, gab er zu, und sein Arm näherte sich millimeterweise dem meinen. Ich konnte die Haare auf seinen Unterarmen spüren, wie sie gegen meine Hände strichen. »Ich bin viel zu gerne allein. Keine Frau würde sich damit abfinden.«

»Vielleicht eine Frau, die auch gerne allein gelassen wird?«, schlug ich vor.

Sein Lächeln ließ erkennen, dass er ziemlich sicher war, dass es kein solches Lebewesen auf der Oberfläche dieses Planeten gab. »Und warum helfen Sie Mary Lee?«, fragte er.

»Sie bezahlt mich«, sagte ich. »Und warum helfen Sie ihr? Selbst wenn sie Ihre Cousine ist, stehen Sie einander schließlich nicht besonders nahe.«

Ramsey zuckte mit den Schultern. »Ich denke, es wäre gut für das Land, wenn sie gewählt würde. Sie würde sich nicht von den Baukonzernen kaufen lassen, wie der andere Typ. Ich will sie gewinnen sehen. Sie müssen meine Unschuld nachweisen, bevor das alles an die Öffentlichkeit dringt und ihre Chancen noch mehr beeinträchtigt.«

Vielleicht war der Mann ein noch größeres Unschuldslamm als ich dachte. Denn ich bezweifelte, dass Mary Lee auch nur zehn Minuten zögern würde, die Hand aufzumachen, wenn ihr jemand die dicke Kohle als Wahlgeschenk hinhalten würde, solange sie glaubte, dass sie sie unbemerkt einsacken und trotzdem noch die linken Wählerstimmen behalten könnte.

»Geben Sie mir etwas, was mir hilft, Sie hier rauszuholen«, sagte ich ihm. »Waren Sie in jener Nacht am Fluss unten?«

Er lehnte sich noch näher heran, sodass seine Lippen beinahe mein rechtes Ohrläppchen berührten und sein Bart meinen Hals kitzelte.

Ich hatte seit der High School schon nicht mehr so viel Spaß beim Vorspiel gehabt.

»Ich hörte Leute am Flussufer in dieser Nacht«, flüsterte er.

»Thornton Mitchell und sein Killer?«

»Und noch jemand dazu«, erklärte er leise. »Ich hörte Stimmen, die sich stritten. Mehr als zwei Personen. Vielleicht drei oder noch mehr.«

»Was für Stimmen?«, fragte ich. »Männer oder Frauen?«

»Ich weiß es nicht. Ich war ziemlich weit vom Ufer entfernt, oben bei meinem Haus. Ich saß da auf der Veranda und genoss den Vollmond. Der Schall trägt ziemlich weit. Ich weiß, es waren mindestens zwei männliche Stimmen, aber bei den anderen bin ich mir nicht so sicher. Es hätte auch eine Braut sein können.«

»Eine Frau«, korrigierte ich ihn.

»Eine Frau«, wiederholte er gehorsam. Sein Blick senkte sich auf meine Brust. Was sollte man dazu sagen? Der Mann hatte also auch noch andere Interessen als das Leben in der Wildnis.

»Ich erinnere mich noch an den Mond in dieser Nacht«, sagte ich. »Er schien ganz schön hell. Haben Sie was gesehen?«

Er schüttelte den Kopf und eine Locke von seinem Haar streifte meine Wange. Der Wachmann steckte den Kopf durch die Tür und rief in den Raum hinein: »Ihr habt noch fünf Minuten, Leute.«

Ramsey wartete, bis der Wächter wieder in seinem Glassarg steckte, bevor er weitersprach. »Nein, jedenfalls nicht das, was Sie wollen. Ich hörte den Schuss, und in dem Moment nahm ich mir vor, durch den Wald zu gehen, um nachzusehen, ob jemand auf meinem Grundstück wilderte. Aber drei von meinen Hunden liefen gerade frei herum und versuchten, mir zu folgen. Ich wollte vermeiden, dass sie jemandem in die Quere kamen, besonders jemandem, der da draußen mit einem Gewehr herumlief. Diese bescheuerten Männer aus den Städten, die lassen sich voll laufen, und dann beschließen sie, dass sie jetzt auf die Jagd gehen müssen. Die schießen auf alles, was sich bewegt, einschließlich meiner Hunde. Also habe ich sie erst mal in den Zwinger gebracht.«

»Und wie lange hat das gedauert?«, fragte ich.

»Das hat mich ungefähr eine Viertelstunde lang aufgehalten. Einer von den Hunden ist immer wieder davongerannt. Wenn er nicht gerade ein Champion wäre, wärs mir ja egal gewesen. Aber ich konnte es mir nicht leisten, Big Red zu verlieren. Bis ich endlich hin kam, war das Flussufer leer. Ich konnte Leute hören, die sich stritten, drüben in der Nähe der Straße, und dann nach einiger Zeit hörte ich zwei Motoren. Ich dachte, es sei eben jemand, der da irgendeinen Mist baut, und ging wieder nach Hause.«

»Ach so.« Ich war enttäuscht. Das half mir nicht sehr viel weiter.

»Aber da gibts noch etwas«, flüsterte er, und sein warmer Atem schien sich schlangenförmig durch meinen Hörkanal hindurch zu schleichen, bis in mein Herz hinein, das daraufhin einen sehr viel rasanteren Takt anschlug. »Ich sah ein Lagerfeuer, ungefähr hundert Meter flussabwärts von der Stelle, wo Sie vor ein paar Tagen waren.«

»Und?«, fragte ich vorsichtig.

»Und das heißt, dass noch jemand dort war. Ein Angler vielleicht. Ich kümmere mich nicht um sie, wenn sie sich friedlich verhalten. Der könnte was gesehen oder gehört haben, vielleicht mehr als ich.«

»Wer war dieser Angler?«, fragte ich.

Er zuckte die Schultern. »Was weiß ich, Casey? Sie sind hier die Privatdetektivin. Ich bin nur der Bursche vom Land.«

»Das ist der größte Bockmist, der mir in der ganzen Woche untergekommen ist«, sagte ich ihm. »Versuchen Sie bloß nicht, dieses Mädchen vom Lande hier hereinzulegen. Und während wir dabei sind: Wer war das, der mich da heute Nachmittag angerufen hat, dass Sie mich sehen wollten?«

Er zögerte. »Einer von meinen Mithelfern«, sagte er.

»Also, Ihre Mithelfer sind ein bisschen paranoid, meinen Sie nicht?«, fragte ich. »Er wollte mir noch nicht einmal seinen Namen nennen. Was denkt er? Dass er ins Gefängnis kommt, weil er gegen Immobilienprojekte auftritt?«

»Nun, ich bin ja deswegen im Gefängnis, oder?«, fragte er.

Da hatte er Recht. »Ich bringe Sie hier raus«, versprach ich ihm. »Ich habe gehört, die Ergebnisse der kriminaltechnischen Tests hätten Sie sowieso freigesprochen. Die können Sie hier nicht ewig eingesperrt halten.«

»Meine Hunde«, sagte er.

»Was?«

»Meine Hunde. Die sind immer noch im Zwinger. Jemand muss nach ihnen sehen. Ich habe versucht, einen Freund anzurufen, aber ich bin nicht durchgekommen. Sie haben genug zu futtern, um eine Woche auszuhalten, aber jemand muss nach ihrem Wasser sehen. Manchmal ist das Rohr, das zum Trog führt, verstopft.«

»Das kann ich für Sie tun«, versprach ich. »Machen Sie sich deswegen keine Sorge. Sie werden ohnehin bald wieder zu Hause sein. Ich verspreche es Ihnen.«

»Danke. Tut mir Leid, dass ich Ihnen nicht früher schon vertraut habe.«

Und dann, verdammt noch eins, küsst mich der Typ doch auf einmal voll auf den Mund. Er streifte seine Lippen direkt über mein Ohr und über meine Wange und pflanzte einen – direkt auf meine Lippen. Ich habe ihn natürlich zurückgeküsst. Pfeile abschießen war nicht das Einzige, was der Junge gut konnte.

»Die Zeit ist abgelaufen«, unterbrach uns der Wachmann. »Also, hopp, hopp.«

Ups! Wir hatten die Keine-Berührung-Regel missachtet. Oh Gott, ich glaube, wir haben dafür dreißig Sekunden abgezogen bekommen.

Aber das war es mir wert.

11

Ich nahm mir vor, Bobby von *Sadlack's* aus anzurufen. Das war ein Sandwich-Bistro auf der Hillsborough Street. Ich wollte wissen, ob er die Eigentümer der Firmen ausfindig gemacht hatte, die ihr Geld in das fehlgeschlagene Flussparkprojekt an der Neuse investiert hatten. Ich hätte mich außerdem auch in den Allerwertesten treten können, weil ich versäumt hatte, Ramsey Lee auszufragen, was sein Beitrag dazu war, dass das Projekt einging. War es die ganze Zeit über seine Absicht gewesen, mich davon abzulenken?

Sadlack's ist berühmt für seine Toleranz gegenüber aufmüpfigen Liberalen, mittellosen Studenten und ungepflegten Versagern, die gerade noch diesseits der Gesetze leben und es mit Mühe und Not schaffen, ein paar Dollar für eine Biernacht zusammenzukratzen. Es war der perfekte Ort, um mich von meinem Trip ins Zentralgefängnis zu erholen. Denn jeder, der dieses Lokal aufsuchte, besaß einen Charakterzug im Übermaß, nämlich die Wertschätzung der persönlichen Freiheit. Der Barmann hatte Koteletten wie Elvis und eine Grundeinstellung wie Dschingis Khan, aber er ließ mich das Haustelefon benutzen, als sich heraus stellte, dass der Münzfernsprecher kaputt war.

»Beeile dich, und komm ins Büro«, sagte Bobby in der gleichen Sekunde, als er meine Stimme hörte.

»Hast du die Namen?«, fragte ich aufgeregt.

»Bald«, versprach er. »Sieh du nur zu, dass du deinen Hintern hier reinschiebst, und zwar jetzt gleich. Ich komme mit deinem neuesten Besuch nicht klar.«

Das hieß, es war entweder ein Kind oder eine weinende Frau. Wie sich herausstellte, war es jemand halbwegs dazwischen. Als ich im Büro eintraf, war das erste, was ich sah, der Anblick von Bobby, wie er sich eine kalte Pizza in den Rachen einwarf, während Thornton Mitchells Tochter ihm voller Entsetzen dabei zuschaute. Ein Faden aus kaltem Käse hing ihm aus dem Mund, wie ein Albinomäuseschwanz. Er hing da und zuckte, während Bobby mampfte. Ein Anblick, der so grauenhaft war, dass das Mädchen sogar für den Augenblick seine Tränen vergessen hatte. Sie saß so weit weg von Bobby, wie sie nur konnte, und starrte ihn an, wie man einen sexuell erregten Gorilla im Zoo anglotzt.

»Das ist die Tochter von dem Typ«, mümmelte Bobby und nickte mit dem Kopf auf unseren Gast.

»Ich weiß«, sagte ich. »Vielen Dank auch für dein Feingefühl.«

»Ich möchte, dass Sie mir helfen«, bat Andrea und stand auf, bevor sie sogleich wieder in eine frische Runde von Schluchzern ausbrach und auf ihren Stuhl zurücksank.

»Schaff sie hier raus, Menschenskind«, verlangte Bobby.

Eine Seele von Mensch. Ich führte sie hinüber in mein Büro und schloss die Tür hinter uns. Ich wartete geduldig, bis ihr Schluchzen in einen Schluckauf übergegangen war. Ihre Augen waren rot und kleine Bäche von Wimperntusche rannen ihre Wangen hinab, die hektisch mit Rouge beschmiert waren.

»Möchten Sie ein Glas Wasser?«, fragte ich. Ihr Schluckauf hatte noch nicht aufgehört.

»Nein, es geht schon«, schniefte sie und machte sich als Nächstes daran, die Luft anzuhalten, bis ihr Gesicht beinahe so blau angelaufen war wie die Flagge von Carolina. Nach einer Minute des Schweigens ließ sie die Luft mit einem »Fuuffffff« aus, tupfte sich die Augen, lehnte sich zurück und blickte mich ganz verloren an. »Sie haben gesagt, dass Sie Nachforschungen über den Tod meines Vaters anstellen würden«, flüsterte sie.

»Was hat Sie bewogen, jetzt meine Hilfe zu suchen?«, fragte ich.

»Es kümmert sich ja sonst keiner drum«, sagte sie. »Jetzt verstehe ich, was Sie gesagt haben, wegen den Zeitungen und dem Fernsehen. Ich bin der einzige Mensch auf der Welt, dem sein Tod offenbar überhaupt nahe geht.« Ihre Stimme versagte.

Ich schickte ein leises Stoßgebet zum Himmel, dass sie nicht schon wieder mit dem Geheule anfing.

»Jeder hat sich nur lustig gemacht über meinen Dad«, erklärte sie. »Mom hat Witze gemacht über seine Girlies, mein Bruder hasste ihn, die Zeitungen haben nur Fotos von ihm gedruckt, wo er wie ein dreckiger alter Kinderverführer aussah. Aber er war gar nicht so ein schlechter Mensch, ehrlich.«

»Und was soll ich jetzt machen?«

»Ich möchte, dass Sie dafür sorgen, dass die Leute aufhören, seinen Mord als ›Großen Witz‹ zu behandeln. Ich will, dass Sie herausfinden, wer ihn umgebracht hat und warum. Mein Dad hatte sich im Lauf des letzten Jahres sehr verändert. Er war dabei, ein besserer Mensch zu werden. Er hätte seine Chance haben sollen. Aber jemand hat ihn umgebracht, bevor er das zu Ende bringen konnte.«

»Auf welche Weise wurde er ein besserer Mensch?«, fragte ich skeptisch. Das war nun in der Tat eine völlig neue Melodie, die sie da auf einmal pfiff.

»Er hat gesagt, im letzten Jahr hätte er erkannt, dass es im Leben nicht nur ums Geld geht«, sagte sie, als ob sie dieser Ansicht zustimmte. Vielleicht war die Kleine letzten Endes gar nicht so übel – wenn man einmal darüber wegsah, dass sie mitten im Oktober ein durchgehend geknöpftes pinkfarbenes Hemdkleid trug.

»Wie hatte sich Ihr Vater denn im letzten Jahr verändert?«

»Er war sehr viel öfter da. Jahrelang hatte ich ihn kaum gesehen. Aber er fing an, mich an der Uni zu besuchen, nachdem er letztes Jahr einen Herzanfall hatte. Er ging in die Uniklinik zur Nachbehandlung. Das war der Grund, warum er so oft in der Stadt war. Ich habs meiner Mutter nicht erzählt, aber er holte mich öfters ab, und dann fuhren wir herum und gingen zusammen Mittag essen. Es tat ihm Leid, dass er mir nicht etwas mehr Geld fürs Studium geben konnte, aber ich sagte, er solle sich darüber keine Gedanken machen. Mom hätte reichlich davon. Ich wollte nur ein bisschen Zeit mit ihm verbringen. Das haben wir früher nie getan, er war immer viel zu beschäftigt gewesen mit seiner Arbeit.«

»Warum hat er im letzten Jahr so viel Geld eingebüßt?«, fragte ich. »Was ist mit seinen Geschäften passiert?«

Sie zuckte die Schultern. »Er sagte, es schiene so, als ob auf einmal alles gleichzeitig über ihn hereinbrechen würde. Erst verließ ihn seine Gesundheit, dann sein Geschäftssinn. Er sagte, er hätte seinen Instinkt verloren, aber wenn er nur noch ein paar Monate aushalten könnte, dann würde sich sein Glück schon noch wenden. Er hätte eine Geheimwaffe, meinte er. Ein Ass im Ärmel.«

»Eine Geheimwaffe? Was für eine Geheimwaffe?«

»Ich weiß es nicht. Das war einfach seine Art. Dad hat immer so geredet.«

»Wann haben Sie ihn zuletzt gesehen?«, fragte ich.

»Am Tag, bevor er gestorben ist. Er hat mich am Wohnheim abgeholt und dann gingen wir in ein Barbecue-Restaurant in Cary. Er soll eigentlich kein Schweinefleisch essen, aber er hat eben gegrillte Sachen so gerne …« Ihre Stimme versagte. »Hat er immer so gerne gehabt«, korrigierte sie sich.

»Hat er etwas gesagt, was mir dabei helfen kann, herauszufinden, wer ihn getötet hat?«

Ein paar frische Tränen tropften aus beiden Augen. »Er sagte nur, dass von jetzt an alles anders würde. Dass er seine Lektion gelernt hätte, das die Familie das Wichtigste auf Erden sei. Dass er mir mehr aushelfen könne und ich mir keine Sorgen machen solle. Er sagte: ›Ich habe einem der Ihrigen geholfen, jetzt können die einem der Meinen beistehen.‹« Sie machte eine Pause. »Ich war die Einzige in der ganzen Familie, die überhaupt mit ihm gesprochen hat, verstehen Sie. Die Einzige.«

Dieser Beichte folgte eine neuer Schwall von Tränen, und ich wartete noch immer darauf, dass sie zum Stillstand kamen, als Bobby aus dem Nebenraum herüberbrüllte.

»Noch ein Verrückter für dich auf Leitung eins.«

»Du bist ein wirklich gottvoller Sekretär«, brüllte ich zurück.

Es war kein Verrückter. Na ja, vielleicht doch. Es war Frank Waters, das Ass unter den Fernsehreportern und der Angsthase von Weltklasse. Und er schien in seiner Unterhose regelrecht zu bibbern, wenn seine panikreife Stimme überhaupt einen Schluss zuließ.

»Casey«, quietschte er. »Fragen Sie mich nicht, wo ich bin.«

»Hatte ich gar nicht vor«, sagte ich und beäugte Mitchells Tochter aufmerksam. Sie schien zu sehr mit ihrem eigenen Unglück befasst, um lange Lauscher zu machen, aber gesunde Paranoia ist eine von meinen nützlicheren Charaktereigenschaften.

»Ich bin an einem Ort, auf den Sie nie kommen«, gestand er, immer noch mit zitternder Stimme. »Ich habe Sie angelogen. Ich bin nicht im Urlaub. Ich bin immer noch hinter der Story her. Und ich glaube, ich bin da auf was ganz Großes gestoßen.«

»Was gibts denn?«, fragte ich, »Was wollen Sie?«

»Ich brauche Ihre Hilfe. Sie müssten etwas für mich überprüfen«, sagte er. »Ich würde es selber tun, aber ich bin hier oben in Bethesda, und da kann ichs nicht.«

So viel zum Thema Versteck.

»Was brauchen Sie?«, fragte ich.

»Ich glaube Boyd Jackson ist im Memorial Hospital behandelt worden, oder vielleicht im Duke, bevor er hierher nach Bethesda verlegt wurde, als der Senat zusammentrat. Ich brauche alle medizinischen Unterlagen über ihn, die Sie auftreiben können.«

»Warum? Die sollten diese Informationen doch dort oben haben.«

»Haben sie eben nicht«, flüsterte er. »Irgendwas ist komisch mit seiner Akte hier am Johns-Hopkins-Krankenhaus. Es fängt damit an, dass er vor neun Monaten mit der Diagnose auf

Magenkrebs eingeliefert wurde. Aber ich glaube, er war schon länger in Behandlung. Schon bevor er hierher kam. Seine Anamnese müsste sich eigentlich hier befinden. Dies ist schließlich das beste medizinische Pflegezentrum der Welt. Es ist also seltsam, dass die Akte fehlt.«

»Was bringt Sie dazu, zu meinen, er sei hier in unserer Ecke behandelt worden?«, fragte ich.

»Eine handschriftliche Notiz, die in der Akte steckt. Da heißt es, man solle einen Dr. Robert Dahler benachrichtigen, wenn es Änderungen in der Behandlung des Senators gibt. Die Nummer, die für ihn aufgeführt ist, hat eine 919er Vorwahl und eine Nummer aus Chapel Hill. Und fragen Sie mich nicht, wie ich an diese Akte gekommen bin.«

Das hatte ich auch nicht vor. Er würde es mir bald ganz von selber sagen. »Warum rufen Sie nicht einfach die Nummer des Arztes an und fragen ihn?«

»Die werden mir gerade vertrauliche Patienteninformationen zukommen lassen«, zischelte er. »Für wie amateurhaft halten Sie mich?« Es folgte ein längeres Schweigen. »Ich habs versucht«, gab er schließlich zu. »Eine Frau hob ab und meldete sich nur mit ›Ordination‹. Weiter wollte sie mir nichts sagen. Sie hat einfach aufgelegt. Aber dieser Doktor Dahler muss eine Verbindung zu einem der Krankenhäuser da unten haben.«

»Es ist ausgemachtes Pech, dass es hier unten so viele Krankenhäuser gibt«, sagte ich geduldig. »Neben dem Memorial und dem Duke gibt es allein in Durham noch Gott weiß wie viele kleinere Einrichtungen. Das ist der Grund, warum man es die Stadt der Medizin nennt, Sie Einstein.«

»Fangen Sie eben mit dem Memorial an«, sagte er. »Dahlers Büro hatte eine Nummer in Chapel Hill, das ist dort ganz in der Nähe.«

»Sie scheinen zu glauben, dass ich über Zauberkräfte verfüge«, sagte ich und musterte wieder meinen weiblichen Gast.

Es ärgerte mich, dass ich nicht deutlicher werden konnte, ohne dass jemand mithörte.

»Ich brauche Ihre Hilfe, Casey«, flehte er. Seine Stimme nahm einen verzweifelten, wimmernden Tonfall an, und der Beginn einer Asthmaattacke lauerte in jedem bereits deutlich verkürzten Atemzug. »Was ist, wenn ich verfolgt werde? Ich riskiere mein Leben.«

»Sind Sie sicher, dass das wichtig ist? Ich habe eine Morduntersuchung an der Hacke.«

»Natürlich ist es wichtig. Würde ich mein Leben riskieren, wenn es das nicht wäre?« Er fing an, noch heftiger zu atmen. Wenn ich ihn nicht beruhigte, ging er mir mit einer Panikattacke hops.

»Okay«, versicherte ich ihm. »Ich werde sehen, was ich tun kann. Rufen Sie mich morgen wieder an.«

»Mach ich«, versprach er. »Über eine abhörsichere Leitung.« Ach Gott, da hatte einer wieder zu viel Tom Clancy gelesen.

Nachdem ich aufgelegt hatte, fixierte mich Thornton Mitchells Tochter mit starrem Blick. »Sie nehmen einen anderen Auftrag an?«, entrüstete sie sich. »Während der Mörder meines Vaters noch frei herumläuft?«

»Es könnte was mit seinem Tod zu tun haben«, versicherte ich ihr, obwohl ich es selber nicht wirklich glaubte.

Ich brauchte Hilfe, um einen Röntgenblick in Boyd Jacksons medizinische Unterlagen werfen zu können. Und ich kannte genau den richtigen Mann. Jemand, der klug und charmant und ohne Skrupel war. Mein Freund Jack.

Es wäre leichter gewesen, Jack anzurufen – meinen menschlichen Labrador Retriever, treuen Gefährten und häufigen Liebhaber –, aber es war effektiver, ihm persönlich den Arm umzudrehen. Ich feuerte die schwarze Strickjacke in eine Ecke, weil es Momente gibt, wo ein enges Kleid sehr viel besser kommt. Ich hatte Glück mit dem Verkehr auf der I-40 und düste dahin, auf die Ausfahrt 15-501 zu. Die armen Pendler auf der Gegenfahrbahn taten mir Leid. Sie saßen im Stau, alle mit dem Blick nach Osten, alles Arbeiter aus dem Dreieck, die in Richtung Raleigh und Umgebung nach Hause fuhren. Ich kam bei MacLaines an, einem beliebten Abfülltempel auf halber Strecke zwischen Durham und Chapel Hill. Ich traf dort in genau dem Moment ein, als die grölende Menschenmenge gerade den Höhepunkt nach der Arbeit erreichte. Jack war hier der König an der Bar, und er hielt an jedem Arbeitstag Hof, von vier Uhr nachmittags bis in die frühen Morgenstunden, wenn ihn irgendeine glückliche Tusnelda an Land ziehen durfte. Ich wusste, dass Jack nie allein in die Falle ging und dass er eine Schwäche für Krankenschwestern hatte. Welcher Mann hat die nicht? Aber Jack war besonders anfällig für weiße Uniformen. Er verputzte mehr davon in einem Jahr als ein Waschsalon. Er hatte sicher reichliche Kontakte im Memorial Hospital.

»Casey Baby. Gefährliche Lady«, rief er mir über den dichten Lachteppich hinweg zu und schnippte mit Daumen und Zeigefinger, als ob er mit der Pistole auf mich schoss. Dann fing er an, wie wild einen frostig rauchenden Silberbehälter zu schütteln, während die Weibchen an der Bar seine Bizepse und engen schwarzen Jeans bewunderten. »Magst du einen Grape shot?«

»Nein, danke«, sagte ich. »Ich versuche mirs gerade abzugewöhnen.« Grape shot um sieben Uhr abends? Ihr Götter!

»Du bist heute aber früh dran«, sagte er. »Schweren Tag gehabt?«

»Ja, echt. Und ich hab immer noch nicht Feierabend.« Ich nickte zum Parkplatz hinüber. »Hast du mal eine Minute?«

Sein entsetzter Gesichtsausdruck brachte mich zum Lachen.

»Keine Sorge«, sagte ich. »Ich bin nicht da mit dem Attest vom Gesundheitsamt. Es geht um was anderes. Ich brauche deine Hilfe.«

Er sah erleichtert aus. Jack ist ziemlich gut, wenn es darum geht, Familie Trojan vor dem Bankrott zu bewahren. Aber er ist sich auch sehr wohl bewusst, dass er jedes Mal aufs Neue das Schicksal herausfordert, mit jeder neuen tiefer gehenden Begegnung, auf die er sich einlässt. »Lass mich das grade mal mit Hank regeln«, sagte er und goss gekonnt eine krank aussehende lila Mischung in eine Reihe von kleinen Schnapsgläser. Eine Dreierpackung gut gezähmter Sekretärinnen juchzten bereits vor Erwartung, als er die Drinks vor sie hinstellte. Während Jack im Büro untertauchte, kippten sich die Frauen ihre Drinks hinter die Kiemen. Ich hörte mir ihre Rebellenschreie voller Bewunderung an. Gegen ein Rudel Sekretärinnen nach der Arbeit sind eine Horde Lastwagenfahrer nichts als Wimmerlinge.

»Ich habe eine Minute Zeit, vielleicht auch zwei«, sagte Jack und manövrierte mich rasch durch die Tür nach draußen. Die Tippsen linsten uns mit gelben Augen hinterher. Tja, Ladies. Neid fressen Herzen auf. Ihr seid vielleicht jünger, ihr seid vielleicht dünner, aber ich habe Persönlichkeit. Ganz zu schweigen von Größe 44 und Auftreten.

Und ich setzte das alles ein, als ich Jack im Auto hatte. »Ich brauche dich, du musst etwas für mich tun«, sagte ich und erklärte, worum es ging. »Ich weiß, du hast mit der halben Tagesschicht im Memorial eine Nachtschicht eingelegt«, sagte ich. »Meinst du, irgendeine von denen würde die Akten ausgraben, wenn ich ernsthaft Knete rüberwachsen lasse?«

Jack verschwendete keine Zeit damit, sich für seinen Status als Playboy zu entschuldigen, was mir an ihm gefiel. Er gefiel sich in der Rolle des gut aussehenden Prolos, und ich war happy in der Rolle der gelegentlichen Prolette. Ich schaute ihm beim Nachdenken zu und dachte, welch eine kriminelle Verschwendung es doch sei, dass so ein schnuckliges Kerlchen mit so einem gut gebauten Körper nicht vervielfältigt und an Frauen in ganz Amerika verschickt werden konnte. Jack war einfach das Leckerste, was es diesseits der Rockies gab. Er hatte dichte, glänzende Haare und feine Züge in einem dreieckig geformten Gesicht. Seine Haut war von einem unwahrscheinlich gesunden Rosa, und sein Mund war breit und talentiert. In ein paar Jahren würde er anfangen, Fett anzusetzen – zu viele durchwachte Nächte, zu viele Cocktails. Aber fürs Erste und bis dahin war der Mann »bereit, willig und fähig«. Oh, wie die Ladies aus dem ganzen Dreieck ihn liebten.

»Ich habs«, sagte er nach einem Moment des Schweigens. Er hatte meine Bitte ernst genommen. Er hatte einen geistigen Katalog von Frauen durchgeblättert und sich für die Richtige entschieden. »Sie hat ein Problem, verstehst du, was ich meine?« Er tippte sich mit dem Finger an den Nasenflügel. »Sie ist ständig auf Anschaffe und es wird immer schlimmer. Ich wette, sie braucht das Geld dringend. Sie arbeitet in einem der Büros, ich glaube in der Versicherungsabteilung oder so was.«

»Prima. Dann wird sie sich mit dem Computersystem auskennen«, sagte ich. Ich vertraute seinem Urteil – er vergötterte schließlich nicht irgendwen, sondern mich.

»Aber hör zu, Casey«, fügte er eine Warnung hinzu. »Es könnte dabei Schwierigkeiten geben. Diese Braut ist eine Stammkundin, sie schaut jeden Abend vorbei. Das eine Mal, wo wir miteinander eine Nummer geschoben haben, war sie nachher echt nicht leicht abzuschütteln. Verstehst du, was ich meine?«

Ich wusste Bescheid. Die Frauen verliebten sich in Jack in Nullkommanichts und wurden anhänglich wie junge Hunde. Es war echt hart, ein Sexsymbol zu sein.

»Ich werde ihr sagen, wir sind verlobt«, versicherte ich ihm. »Ich werde ihr eine Tracht Prügel androhen, wenn sie nicht die Finger von meinem Mann lässt.«

Jack nickte, noch ganz in Gedanken. »Gefällt mir«, sagte er. »Das haut hin. Bestimmt.«

»Wie viel sollte ich ihr anbieten?«, fragte ich. Jeder hat so seinen Preis. Die Koksnasen kriegt man normalerweise billig.

»Überlass das mir. Zwei Hunderter müssten reichen.« Er öffnete die Autotür. »Ich muss zurück. Die Plebejer proben schon den Aufstand.«

»Danke, Jack«, sagte ich. »Du bist der Beste.« Und ich meinte es so. »Ich schulde dir einen.«

Er lehnte sich zurück und verpasste mir einen feuchten Kuss als Glücksbringer. »Ach was. Ruf mich einfach am Morgen an.«

Was für ein Kerl.

Ich hätte jetzt einen Drink brauchen können, aber ich war hundemüde. Und da wir gerade von Hunden sprechen, erinnerte ich mich, dass ich versprochen hatte, mich Ramsey Lees Tölen anzunehmen. Es war eine lange Fahrt bis rüber auf die andere Seite von Raleigh, aber ich tröstete mich mit dem Gedanken an die dereinstige Dankbarkeit des Mannes aus den Bergen. Und wenn Ramsey dort wirklich einen Fischersmann gesehen hatte, in der Nacht als Thornton Mitchell umgebracht wurde, dann standen die Chancen nicht schlecht, dass der Typ zu seinem regulären Angelplatz zurückkehrte. Wenn es einen Zeugen gab, dann hatte er vermutlich keine Ahnung, dass er etwas Wichtiges gesehen oder gehört hatte. Denn sonst wäre er schon längst mit der Polizei in Kontakt getreten. Außer es handelte sich um einen illegalen Einwanderer. Und wenn das der Fall war, dann hatte ich keine Chancen, an ihn heranzukommen, geschweige denn mit ihm zu reden.

Ich ließ mir die Möglichkeiten durch den Kopf gehen, während ich mich der Neuse näherte. Der Himmel hatte sich bewölkt, und das Dunkel wurde undurchdringlich. Der US 1 war wie leer gefegt, die Abgeschiedenheit wurde nur durch gelegentlich vorbeizischende Scheinwerfer unterbrochen. Ich hatte Schwierigkeiten, die Abfahrt zu Ramseys Haus zu finden, und musste zweimal umkehren. Ich kurbelte mein Autofenster runter und schaukelte langsam den tief zerfurchten Feldweg zu seiner Hütte entlang. Ein leichtes Tröpfeln in der Luft hatte die Grillen und Frösche aktiviert. Ihr Gezirpe erfüllte sanft die Nacht. Ramseys Hunde hörten das näher kommende Fahrzeug und fügten der Geräuschkulisse ihr eigenes unverkennbares Gejaule hinzu. Ihr schrilles Bellen durchdrang die Dunkelheit wie die Schreie von Totengeistern. Ein Stadtmädchen wäre in hellem Entsetzen geflohen, aber ich war an ihre Musik gewöhnt. Mein Großpaps sagte einmal, der Gesang von Hunden in einem Rudel sei der süßeste Klang auf Erden. So weit würde ich selber nicht gehen – ich bevorzuge das schäumende Plop einer eisgekühlten Bierdose an einem heißen Tag –, aber Angst hatte ich auch keine davor. Nicht einmal als sich das Gejaule zu einem wahren Höllenkonzert steigerte, während ich mich dem Zwinger näherte. Wie ich im Schein meiner Taschenlampe erkennen konnte, handelte es sich um eine bunte Meute von gut einem Dutzend Tieren, darunter Jagd-, Wach- und Spürhunde. Sie drängten sich um mich, mit wedelnden Schwänzen und aneinander stoßenden Hinterteilen, um sich ihre Streicheleinheiten abzuholen. Dies war keine Meute bösartiger Beißer, und ich hegte den Verdacht, dass Ramsey Lee eine Menge Zeit damit zubrachte, sich gemeinsam mit seinem Rudel vor dem Feuer herumzufläzen.

Ich entdeckte bald den Grund, warum sie so aufgeregt waren. Der Wasserschlauch war in Ordnung, aber der Futterautomat hatte sich verklemmt und das Hundefutter von mehreren Tagen hatte sich in dem Rohr aufgestaut. Ich rückte die Klappe zurecht, und die Hunde verfielen augenblicklich in eine gefräßige Stille. Sie drängelten sich gierig um die halbmondförmige Futterschüssel. Ich säuberte den Wassertrog und verbrachte ein paar Minuten damit, den Ansatz ihrer Schwänze sauber zu schaben. Ihr Geruch erinnerte mich an mondlichtdurchflutete Nächte in Florida, und ich meinte beinahe, meinen Großpaps in der Stille husten zu hören. Es war so echt, dass ich es fast hören konnte.

Ich hatte es wirklich gehört.

Ich erstarrte und trennte die Geräusche der schlabbernden Hunde von der übrigen Musik der Nacht. Ramsey hatte Recht gehabt, was die Akustik betraf. Ich konnte entfernte Stimmen vernehmen, die vom Ufer der Neuse heraufklangen. Ich kratzte meinen Mut zusammen und schlich durch die Bäume an den Fluss hinunter.

Das andere Ufer der Neuse war verschluckt von der Schwärze, und ich traute mich nicht, meine Taschenlampe zu benutzen. Es bestand die Möglichkeit, dass das SBI einen Wachposten dort postiert hatte, obwohl ich das bezweifelte. Meine Schuhe machten sanfte, knirschende Geräusche auf dem Teppich aus gefallenen Blättern, der den Boden bedeckte, während ich mich weiter flussabwärts bewegte. Ungefähr zwanzig Meter vom Mordschauplatz entfernt entdeckte ich eine Lichtung mit drei kleinen Lagerfeuern. Und fünfzig Meter flussabwärts blinkte noch ein weiteres kleines Feuer in der Nacht, als ob einer der Angler sich mit seinen Begleitern gestritten hätte und jetzt allein schmollend dasaß. Ich hörte Gelächter und leises Gemurmel in einer fremden Sprache. Das Einzige, was ich in einer anderen Sprache sagen konnte war, »un petite bière«. Das würde mir hier nicht sehr viel helfen.

Ich überlegte mir meine Optionen. Ich könnte rüberschwimmen, aber die Vorstellung, Mokassinschlangen aus dem Weg zu räumen, während ich die trübe Brühe der Neuse schluckte, war entschieden ohne Reiz. Ich könnte Steine werfen, bis ich die Aufmerksamkeit von denen dort drüben erregte, aber die Kommunikation mit Zeichensprache über eine Distanz von zwanzig Metern in völliger Dunkelheit hatte gewisse Tücken. Ich wanderte schließlich wieder zurück zu Ramseys Hütte und stieg in mein Auto, fuhr dann den US 1 entlang, bis ich zu einer Brücke kam, die ans andere Ufer der Neuse führte. Dieses Mal war die Einfahrt leichter zu finden. Gelbes Flatterband sperrte einen

Waldweg ab, der in die Schatten hineinführte, weg von einer kleinen Lichtung mit Kieselbelag, die sich ansonsten durch nichts weiter auszeichnete, als durch drei große, grüne Container, randvoll mit Müll. Ich ließ meinen Wagen etwas weiter abwärts in einer kleinen Einfahrt stehen, die offenbar nirgends hinführte, und ging zu Fuß zurück zu dem Weg und lief rasch neben ihm her, mehr auf Tempo als auf Heimlichkeit bedacht. Ich verlangsamte meine Schritte, als ich mich dem Fluss näherte, und achtete darauf, dass ich mich außerhalb des Weges hielt. Ich hatte keine Lust, meinen Fußabdrücken als Beweisstück B im Gerichtssaal wieder zu begegnen. Die Stimmen wurden lauter, als ich näher kam, und ich erkannte, um welche Sprachen es sich handelte: Spanisch und noch etwas irgendwie Raueres, vielleicht Maya. Diese nächtlichen Angler kamen eindeutig aus den Reihen der Wanderarbeiter, die sich in der Gegend um Raleigh angesiedelt hatten.

Ich war so beglückt über meine detektivischen Fähigkeiten, dass ich unaufmerksam wurde und über eine Baumwurzel stolperte. Ich fiel mit einem lauten Plumps zu Boden, zerstach mir das Knie und landete auf einem Haufen abgestorbener Äste, die mehr knackende und knisternde Geräusche verursachten als ein Fass voll Knusperreis. Damit hatte es sich mit meinem Überraschungsauftritt.

Und mit meinen Zeugen. Als ich die Lichtung erreichte, waren sie verschwunden. Drei kleine Lagerfeuer brannten munter an dem verlassenen Flussufer vor sich hin und schickten ihre golden gezackten, züngelnden Spiegelbilder über die lehmfarben glänzende Oberfläche der Neuse. Eine einzelne Angelrute blieb zurück, sie war an einen Baum gelehnt. Ihre roten und blauen Plastikschwimmer schwangen noch hin und her von dem Augenblick zuvor, als jemand an ihnen vorbeigestreift war. Fluch! Tob! Wieder nichts.

Ich hörte noch ein Husten und gefror zu Stein. Er klang

schleimig und voll. Das vierte Lagerfeuer, das weiter unten am Fluss lag, gehörte also doch nicht zu dieser Niederlassung. Und wer es auch entzündet hatte, dem war es offenbar vollkommen egal, dass man ihn hören konnte. Ich folgte dem sandigen Ufer stromabwärts, wobei mir das Feuer als Leuchtmarkierung diente. Als ich näher kam, hörte ich ein zweites Husten, gefolgt von dem Platsch von Kautabak auf Sand.

Zuerst dachte ich, ich wäre auf eine weitere verlassene Feuerstelle gestoßen. Der Angler war so schwarz, dass die Nacht ihn vollständig aufsog. Sein Gesicht war in der Dunkelheit verborgen und sein tiefblauer Overall wirkte ebenfalls unsichtbar, bis ich kaum mehr als einen Meter vor ihm stand. Es war ein alter Mann.

»Ist das jetzt Ihr Land?«, fragte mich der Angler ruhig. Seine Stimme war tief und rasselnd und wirkte noch rauer durch den Husten, der unter der Oberfläche brodelte.

»Nein«, sagte ich. »Angeln Sie nur ruhig weiter. Ich gehe bloß hier vorbei.«

Meine Augen gewöhnten sich an das Lagerfeuer. Mein Gegenüber war der älteste Mensch, der mir je begegnet war. Tiefe Falten durchfurchten sein Gesicht und ließen es so runzlig wirken wie einen Apfel, der in der Sonne trocknet. Seine Haare waren weiß und knapp an den kleinen, runden Kopf geschoren. Seine Augen waren groß und ruhig.

»Komische Zeit, um spazieren zu gehen«, sagte er und winkte mich zur Seite, damit er seine Angelleinen überprüfen konnte. Zwei hohe Bambuspfähle waren tief in den Sand versenkt und bogen sich leicht zum Fluss hin.

»Katzenwels?«

»Was immer ich kriegen kann.«

»Macht es Ihnen was aus, wenn ich mich setze?«

»Sie wollen etwas«, sagte der Mann. Es war eine Feststellung, keine Frage.

»Nur etwas reden«, versprach ich.

»Reden? Über was?«, fragte er, ohne zu mir herüber zu blicken.

Ich hatte das Gefühl, dieser alte Mann hatte in seinem Leben schon mit tausenden von weißen Leuten zu tun gehabt und aus diesem Grund sehr wenig für irgendeinen von uns übrig.

»Leben Sie hier in der Nähe?«, fragte ich.

»In der Nähe«, antwortete er. »Ich habe zwei Hektar Land, nicht weit von hier.«

Er war vielleicht der Letzte einer aussterbenden Art im Süden. Ein ehemaliger Farmpächter, der noch aus alten Zeiten übrig geblieben war. Er war überflüssig geworden, als das Farmland verschwand, ein einsamer Überlebender in einem Meer der übergreifenden Bebauungsprojekte. Er war ein Mann, der das Verschwinden der grünen Felder mit dem stoischen Gleichmut ertrug, den ihm sein eigener bevorstehender Tod verliehen hatte.

»Kommen Sie oft hierher zum Angeln?«, fragte ich.

»Jede Nacht«, sagte er, den Blick auf die Bambuspfähle geheftet. »Warum fragen Sie? Ich habe die Erlaubnis dazu von der Lady, der dieses Land gehört hat. Ich angle hier schon seit sechzig Jahren. Ich dachte nicht, dass das dem neuen Besitzer was ausmacht.«

»Sie hat es an die Stadt abgetreten«, sagte ich ihm. »Raleigh ist jetzt der neue Eigentümer.«

»Na ja, dann muss eben Raleigh kommen und mich vertreiben.«

So wie er es sagte, klang es, als ob Raleigh der große Rüpel aus der Nachbarschaft war, der ihn verprügeln wollte. Und vielleicht traf das tatsächlich zu. »Ich bin nicht hier, um Sie zu vertreiben«, versprach ich ihm. »Ich will Ihnen nur ein paar Fragen stellen.«

»Warum stellen Sie Ihre Fragen nicht denen da?«, sagte er und wies mit dem Kopf flussaufwärts zu den drei verlassenen Lagerfeuern. Er spuckte einen Klumpen Tabak aus, der auf den Sand klatschte. Einen Augenblick leuchtete er noch im Schein des Feuers auf, dann versank er im Schlamm. Das Husten, das danach folgte, röhrte durch die Stille.

»Die sind weg«, sagte ich ihm. »Die haben mich kommen gehört. Ich nehme an, das sind Illegale oder so was.«

»Wir müssen alle von irgendwoher kommen«, sagte er. Sein Alter und sein Ernst ließen den Satz wie den tiefgründigen Orakelspruch eines Weisen wirken. »Die versuchen nur, sich etwas zum Essen zu beschaffen.«

»Waren Sie vor drei Nächten hier?«, fragte ich.

»Ich habs Ihnen schon gesagt, ich bin jede Nacht hier.« Er sah mich kurz an, als ob er sich über meine Begriffsstutzigkeit wunderte. Wahrscheinlich tat er es.

»Haben Sie etwas Ungewöhnliches gesehen oder gehört?«, fragte ich. »Wissen Sie, was weiter flussaufwärts passiert ist?«

Er schüttelte den Kopf und zuckte mit den Schultern. »Ich kümmere mich um meine eigenen Angelegenheiten. Ich denke, andere Leute sollten das auch tun.«

»Haben Sie keinen Fernseher?«, fragte ich. War es möglich, dass er noch gar nichts von dem Mord wusste?

»Das würde mir nichts nützen«, vertraute er mir an. »Ich habe keine Elektrizität. Will auch keine haben. Diese E-Werk-Leute, die sollen hingehn und jemand anderem für ihre Elektrizität Geld abknöpfen. Ich komme ohne so was aus.«

Einer der Bambuspfähle neigte sich in einem Bogen langsam zum Fluss hin, bis seine Spitze fast das Wasser berührte. Der Alte ging darauf zu, zog die Angelrute aus dem Sand und gab ihr dann einen scharfen Ruck himmelwärts, um den Angelhaken festzusetzen. Katzenwelse kämpfen nicht wie andere Fische. Sie hängen sich einfach nur so an den Haken und lassen die Schnur durch ihr Gewicht bis zum Grund ausrollen.

Der alte Mann ignorierte mich, während er seinem Geschäft nachging. Er zog die Leine ein und untersuchte einen grauen

Katzenwels auf sein Gewicht, der daran zappelte und im Schein des Feuers nass glänzte. Zufrieden griff er ihn mit einer von der Arbeit zerschundenen Hand sorgsam in der Mitte, wobei er wohlweislich das knöcherne Horn am Kopf des Fisches vermied. Er legte ihn gegen eine Planke neben dem Feuer und schlug ihm mit einem dicken Ast gezielt auf den Kopf. Der Fisch lag still, sein zinkfarbener Körper reflektierte das goldene Licht des Feuers.

Der alte Mann zog einen langen Nagel aus der Tasche seines Overalls und platzierte ihn direkt über einem der flachen Augen des Fisches. Dann trieb er den Nagel mit seinem Schlagholz durch den Kopf des Fisches in das Brett hinein. Nachdem der Fisch derart befestigt war, zog der Alte ein Messer aus der Tasche und brachte mehrere lange Einschnitte längs in der ledernen Haut an. Seine scheinbar bodenlosen Taschen brachten als Nächstes eine Zange hervor, die er benutzte, um die Haut abzuziehen, und entblößte einen fetten Körper aus milchigem Fleisch. Er filetierte ihn geschickt und legte die Streifen sorgsam auf etwas Eis, das er in eine Kühlbox mittlerer Größe gepackt hatte. Grunzend wischte er sich die Hände an seinem Overall ab und warf die Haut des Katzenwels tief in den Wald für die Waschbären. Dann drehte er den Deckel von einem kleinen Glas auf und entnahm ihm eine Fingerspitze einer übel riechenden Substanz, die er zu einem kleinen Stöpsel rund um den leeren Angelhaken formte. Er warf die Leine zurück ins Wasser und rammte den Pfahl wieder tief in den Sand, um ihn sicher zu befestigen. Die ganze Operation hatte nicht mehr als drei Minuten gedauert. Der Mann war alt, aber er war immer noch ganz schön geschickt.

»Also, was war das noch, was Sie mich da gefragt haben?«, sagte er, als er sich wieder zu mir ans Feuer setzte. Die Luft war kalt geworden. Ich drängte mich nahe an die Flammen, dankbar für die Wärme.

»Ich fragte, ob Sie vor drei Nächten hier geangelt haben.«

»Yep«, sagte er. »Ich bin hier jede Nacht. Ich habe eine Menge Münder zu stopfen. Meine Tochter ist nach Atlanta davongerannt. Hat uns mit drei Enkeln zurückgelassen.«

Persönliche Details? Hey, er taute allmählich auf. Vielleicht als Belohnung, weil ich bei der Katzenwelsdarbietung nicht losgekotzt hatte.

»Haben Sie in der Nacht irgendwas Ungewöhnliches gesehen?«, fragte ich. »Ein wenig flussaufwärts, vielleicht? Jenseits von diesen Lagerfeuern dort?« Ich nickte hinüber zu den drei Feuern und sah, dass die Angler zurückgekommen waren. Sie benahmen sich vorsichtig und standen schweigend am Ufer, mit den Angelruten in der Hand. Ab und zu schauten sie in meine Richtung.

»Am Ufer habe ich nichts bemerkt«, sagte der alte Mann und unterstrich seine Aussage mit einem schnellen Ausspucken von Tabak und einem saftigen Husten. »Nur zwei Verrückte weiter oben an der Straße, die mit ihren Autos festsaßen. Ich musste helfen, einen von ihnen freizukriegen.«

»Zwei Verrückte?«, fragte ich und spürte ein Prickeln von Adrenalin.

»Yep. So ein hoch gewachsener Bursche. Er redete seltsam und fuhr einen weißen Wagen. Und die Frau versuchte einen großen schwarzen Wagen zu fahren. Sie war kaum groß genug, um über das Lenkrad sehen zu können. Sie war die, die feststeckte. Ich musste das Auto anschieben mit Hilfe des jungen Burschen, bis sie es wieder flott hatte und damit die Straße runterfahren konnte. Es war über und über mit Schlamm voll gespritzt. Verdammt blöd von ihr, damit überhaupt mitten in der Nacht herumzufahren. Ich vermeide diese Straße gewöhnlich. Ich komme zu Fuß vom anderen Ende her.«

»Wie sahen der Mann und die Frau aus«, fragte ich und wunderte mich, wie jemand so völlig ohne Neugierde sein konnte. Es interessierte ihn offenbar überhaupt nicht, warum diese Leute da gewesen oder wohin sie gegangen waren.

»Sie waren beide weiß«, antwortete er, als ob das schon alles sagte. »Weiß und dazu noch ganz schön schnippisch. Mit ›Bitte‹ und ›Danke‹ hielt sie sich erst gar nicht auf. Oh nein, die nicht. Ich bin ein ganzes Stück gelaufen, um ihnen zu helfen. Ich war eben erst hier angekommen und hatte kaum mein Feuer angemacht, als ich den Motor aufheulen hörte, und ich befürchtete, sie könnten alle Fische verjagen. Als ich bei der Straße ankam, schob der Lange den Wagen von hinten, und die Lady saß hinterm Lenkrad. Ich habe nichts gesagt, ich fing einfach nur an zu schieben, neben dem Jungen. Der Wagen war zu schwer für diese Straße, ich musste meine ganze Kraft aufwenden, um ihn aus dem Schlamm herauszubringen. Als die Lady das Auto ein Stück weit die Straße runtergefahren hatte, hielt sie an und kam zurück, um mit dem jungen Burschen zu sprechen. Sie sagte nicht einmal ›Danke‹ zu mir. Sie stand einfach nur vorne bei dem Wagen, wo ich sie kaum sehen konnte, und sagte: ›Wir müssen uns beeilen‹, oder so was. Aber der Junge hat mir gedankt. Er hat meine Hand geschüttelt. Dann stieg er mit der Lady in den schwarzen Wagen ein, und ich sah die beiden miteinander streiten. Zumindest sah es für mich so aus. Dann stieg der junge Bursche aus und ging zu seinem eigenen Auto, und die beiden fuhren davon, eins nach dem anderen. Die Lady fuhr voraus. Ich war überrascht, dass der Junge überhaupt fahren konnte, weil es ihn so durchschüttelte.«

»Sie meinen, das Auto schwankte so stark von einer Seite zu anderen?«, fragte ich.

Der alte Mann schüttelte den Kopf. »Nein, der Bursche selber zitterte. Er war einer von den nervösen Typen, wissen Sie. Er redete so komisch, durch die Nase irgendwie, und seine Hände zitterten, ungefähr so.« Der alte Mann hielte eine knorrige Hand in die Höhe und ließ sie im Schein des Feuers erzittern. »Ein

Junge aus der Stadt, hatte wahrscheinlich Angst vor der Dunkelheit. Aber nicht die Lady. Oh nein.« Er schüttelte den Kopf. »Sie war eiskalt. Königin der Nacht. Und ich war ihr Sklave. Mit solchen Leuten habe ich nichts am Hut.« Er starrte in das Feuer und ließ die Erinnerungsbilder an sich vorbeiziehen. »Nicht einmal ein einfaches ›Dankeschön‹ konnte sie sagen.«

»Ja, aber wie sahen sie aus?«, fragte ich noch einmal.

Der alte Mann zuckte mit den Schultern. »Der Bursche war hoch aufgeschossen. Jünger als ich. Knochig. Er konnte mir mit dem Wagen nicht viel helfen. Die Lady war klein. Ich habe sie nicht gut sehen können. Sie hielt sich im Schatten. Ich fühlte nur ihre Anwesenheit, verstehen Sie, und hörte ihre Stimme. Sie war es gewöhnt, Leute wie mich herumzukommandieren, das merkte ich gleich, und es tat mir Leid, dass ich mir die Mühe gemacht hatte, ihnen zu helfen. Ein Mann verdient wenigstens ein ›Dankeschön‹. Ich bin nicht auf diese Erde gesetzt worden, um ihr zu dienen, aber ich glaube, der liebe Gott hatte vergessen, ihr das zu sagen.«

»Was für eine Haarfarbe hatte sie?«, fragte ich, völlig frustriert. »Oder er?«

Er zuckte mit den Schultern. »Kann ich Ihnen nicht sagen. Der Junge trug eine Baseballmütze. Sie war weiß, glaube ich, mit schwarzen Streifen drauf. Nicht die Braves, irgendein anderes Team. Was die Haare der Lady betrifft, weiß ich nicht. Es war dunkel unter den Bäumen. Und ich habe nicht genau hingesehen. Ich wollte sie da nur weghaben.«

Ich seufzte.

»Tut mir Leid«, entschuldigte er sich. »Ich kümmere mich um meine eigenen Angelegenheiten. Sind Sie von der Polizei?«

»Nein.« Ich warf ein paar Späne ins Feuer und sah zu, wie sie Feuer fingen.

»Was haben diese Leute getan?«

»Machen Sie sich keine Gedanken. Fischen Sie einfach weiter.« Thornton Mitchells Tod hatte das Leben von etlichen Menschen in Unordnung gebracht, und dieser alte Mann brauchte keine weiteren Unannehmlichkeiten.

»Das habe ich auch vor«, sagte er und spuckte eine Ladung Tabaksaft ins Feuer. Es zischte. »Ich habe vor, hier zu fischen bis zu dem Tag, an dem ich sterbe.«

»Danke für Ihre Hilfe«, sagte ich ihm. »Vielen Dank.« Ich streckte ihm meine Hand hin. Er nahm sie sanft und wiegte sie in einer faltigen Tatze.

»Guten Fang.«

Er nickte stumm und wandte den Blick zurück zu seinen Bambuspfählen.

Auf dem Rückweg, am Flussufer entlang, hörte ich das Geräusch von raschelnden Blättern. Ich ging an dem anderen Lager vorbei und fand dort nichts als drei kleine Feuer, die hell vor sich hin tanzten. Die Lichtung lag still und verlassen da im Dunkel der Nacht über Carolina.

12

Ein großer Mann, der komisch redete? Wer könnte denn nach Ansicht des Alten komisch geredet haben? Es könnte Stoney gewesen sein, mit seinem durchtrainierten Organ. Oder Bradley Masters mit seinem aufgesetzten Bostoner Internatsakzent. Vielleicht sogar Frank Waters mit seiner asthmatisch angehauchten Fernsehstimme. Ich ließ mir die Möglichkeiten durch den Kopf gehen, während ich nachts im Bett lag. Aber nicht für lange. Ich versank in einen wohl verdienten Tiefschlaf und kam nicht wieder an die Oberfläche, bis mich Bobby Dee am nächsten Morgen mit einem Anruf weckte.

»Stehe auf und wandle, Puppengesichtchen«, dröhnte seine Stimme durch den Anrufbeantworter. Er zerfetzte meinen Traum, in dem Spürhunde gerade eine Gruppe mexikanischer Banditen am Ufer der Neuse jagten. »Wir haben nur noch zwei Tage, um diesen Fall zu lösen und unseren Dreifach-Dinero-Bonus zu kassieren.«

Nur der Gedanke an Extrageld konnte Bobby schon so früh so sehr erregen. Ich fummelte nach dem Telefon. »Was hats mit dieser ›Wir‹-Scheiße auf sich? In welcher Weise trägst du denn was dazu bei?«

»Hey«, protestierte er in verletztem Tonfall. »Ich rufe an, weil ich geliefert habe. Ich hab mein Ding geleistet. Jetzt ist es an der Zeit, dass du deinen Anteil beiträgst.«

»Was für ein Ding?«, fragte ich. Ich fühlte mich so schlaftrunken wie ein Gartenschlauch. Ich fand den Wecker, eingeklemmt zwischen Matratze und Bett. Es war schon fast neun Uhr.

»Zwei Briefkastenfirmen haben in das fehlgeschlagene Projekt an der Neuse mit Thornton Mitchell ihr Geld investiert«, erzählte er. »Die eine lässt sich zurückverfolgen auf eine andere Firma namens *Acorn Enterprises,* und die gehört wiederum ganz einer hiesigen Baufirma. Die haben wahrscheinlich gehofft, dass sie nachher am Rand von dem Park ihre Häuser hinbauen könnten.«

»Legal?«

»Sicher, Püppchen. Der Besitzer ist verheiratet mit der Schwester vom Bürgermeister. Sehr viel legaler kann es gar nicht mehr werden. Aber die zweite Firma bereitet mir Kopfzerbrechen. Die lässt sich zu einer anderen Firma zurückverfolgen, aber da hört die Spur auf. Ich komme an keine weitergehenden Informationen ran. Entweder sind die Akten verloren gegangen, oder die Leute haben sich nie als Firma eintragen lassen, und es ist ihnen bisher noch keiner auf die Schliche gekommen.«

»Verloren gegangen?«, fragte ich ungläubig.

»Verloren gegangen im Sinne von ›verschwinde wie die Nudel im Kinde‹«, gab Bobby zu. »Was kann ich dazu sagen? Vielleicht ist jemand schneller bei der Hand gewesen mit den Bestechungsgeldern. Ich habe mein Bestes versucht. Die letzte Firma, die aufgeführt wurde, hieß *Sand Dollar Limited.* Ich schätze mal, da werden die Dollars in den Sand gesetzt.«

»Sand Dollar?«, wiederholte ich. »Und mit wie viel hingen die am Haken?«

»Zwohundertfuffzig Riesen«, sagte Bobby. »Ein Viertel der Projektplanungspartnerschaft. Ich habe auch die anderen Partner unter die Lupe genommen. Die haben alle schon mal bei Mitchell investiert. Dieses Projekt ist das Einzige, das nicht richtig passt.«

»Danke, Bobby«, sagte ich, noch bevor ich mich selber daran hindern konnte. Wenn man Bobby zu viel dankt, wird er gleich unerträglich.

»Ich habs ja gesagt, Püppi«, strunzte er auch schon wie auf Knopfdruck. »Folge immer der Spur des Geldes.«

Ich legte auf und wälzte mich noch im Bett herum, während ich mir überlegte, ob wohl eine Dreißig-Minuten-Autofahrt ein allzu großer Aufwand wäre für ein paar Knusper-Creme-Donuts.

Ich brauchte dringend eine Zuckerinfusion, um mein Gehirn mit einem Kickstart anzuwerfen. Stattdessen schleppte ich mein müdes Gestell aus dem Bett und fing an, in der Küche in allen Regalen nach Kaffee zu kramen. Ich fand schließlich den luftdicht eingeschweißten, geschmacksversiegelten TetraPak-Ziegel mit dem Bohnenkaffee im Gemüsefach. Neben meinem verloren gegangenen pinkfarbenen Häschenpuschen. Ich wollte gar nicht so genau wissen, wie er da reingekommen war. Ich machte einen Pott Kaffee, duschte mich und holte die Morgenzeitung herein. Ich zog meinen einzigen Stuhl hinüber zum hinteren Fenster meiner Wohnung und legte meine Füße hoch auf die Fensterbank. Den Jumbobecher Kaffee in der Hand, die *N&O* zu meinen Füßen, wurde es Zeit für etwas ernsthafte Denkarbeit. Jack würde nicht vor weiteren zwei Stunden aufwachen und die ärztlichen Unterlagen auf keinen Fall vor dem frühen Nachmittag haben.

Ich versuchte, alle Puzzleteilchen zusammenzusetzen. Welcher hoch gewachsene Typ würde mit welcher kurzen Frau herumhängen? Stoney und seine geheime Geliebte? Thornton Mitchells Exfrau oder Stoney Maloneys Mutter mit einem potenten Junglover? Nicht sehr wahrscheinlich. Schrumpfkopf vom SBI als Transe im Fummel? Ein ansprechender Gedanke, aber noch unwahrscheinlicher. Frank Waters und eine Kontaktperson aus der Maloney-Kampagne? Ich konzentrierte mich auf das, was der alte Angler mir gesagt hatte. Der Typ war lang, der Typ sprach komisch. Stoneys Vater und sein Ostküstenakzent? Nein, der war schon zu alt. Andererseits konnte fast jeder für den alten Angler als junger Bursche durchgehen.

Ich versuchte es mit der anderen Beschreibung. Die Frau war klein. Aber wie klein? Vielleicht hatte der alte Mann übertrieben? Es war mitten in der Nacht gewesen. Schwer zu sehen, aber nicht schwer zu hören. Und er sagte, dass die Frau eine fiese Art hatte beim Sprechen. Das klang ganz nach Mary Lee Masters.

Oder Stoneys geheime Freundin? Eine Wahlhelferin? Ich versuchte es sogar mit der Kombination Bradley Masters und eine junge Zweitsemesterin in den Hauptrollen, aber dann hing ich wieder fest, als ich nach dem Motiv suchte. Ich dachte auch über eine mögliche Verbindung zu Thornton Mitchells Neuse-Park-Investoren, *Sand Dollar Limited,* nach. Was hatte der Name zu bedeuten? Ich rief Bobby drüben im Büro an.

»Kannst du Kopien der Aktenunterlagen für *Sand Dollar* bekommen?«, fragte ich.

»Sicher. Aber meine Kontaktperson hat bereits meiner Bitte entsprochen und sie mir übers Telefon vorgelesen. Nicht sehr hilfreich. Die Aktienbesitzer sind zwei weitere Firmen, *Sandman Properties* und *Dollar Incorporated.* Ich bin bei beiden in die Sackgasse geraten.«

»Beschaff mir die Unterlagen trotzdem«, sagte ich. »Vielleicht steht da eine Telefonnummer oder irgendwas drauf. Lass sie dir die Kopien rüberfaxen. Ich bin am Nachmittag im Büro.«

»Wie du willst«, sagte er und legte auf, um das runterzuschlucken, woran er gerade kaute.

Vielleicht würde mir ein Runde Jogging gut tun. Ich hasste die Rennerei. Es war blöde. Es war sinnlos. Und wesentlich weniger vergnüglich als Sex. Aber ich musste irgendwie die Zeit totschlagen und meinen Kopf frei machen. Widerstrebend zog ich meine Laufschuhe hervor. Der Lauf erwies sich als derart wieder belebend, dass ich mich gezwungen sah, auf dem Rückweg anzuhalten und ein riesiges Frühstück zu vertilgen. Ein Pfund Grütze mit Butter. Später – Rührei mit Wurst und Blätterteig mal nicht mitgerechnet – kehrte ich nach Hause zurück, duschte noch einmal und schlug die Zeit tot.

Gegen Mittag hielt ich es nicht länger aus und wählte Jacks Nummer. Er war groggy, aber wenigstens zu Hause. Jacks Schlafgewohnheiten und – Schlaf-Wohneinheiten – neigten zur Unregelmäßigkeit.

»Sag bloß nicht, du bist gestern allein nach Hause gestolpert?«, fragte ich. »Es passieren noch Wunder und Taten.«

»Ein Mann muss seine Kräfte schonen, wenn er es mit dir zu tun hat«, antwortete er.

Ich wollte rüberfahren und seine Theorie testen, aber die Pflicht rief. »Hast du die Sachen gekriegt?«, fragte ich und kam mir vor, als sei ich wieder ein Dealer.

»Sie hat angebissen«, sagte er. »Ich dachte schon, ich müsste noch mal bei ihr drüber, um den Deal fest zu klopfen, aber irgend so ein besoffener Schmock kam mir zuvor, und sie wollte mich eifersüchtig machen. Also hat sie ihn mitgenommen. Er hat ihr wahrscheinlich einen stärkeren Anreiz geboten. Ich persönlich rühre das Zeug nie an.«

»Ich hoffe bei Gott, sie hat es heute zur Arbeit geschafft«, sagte ich und spürte, wie die Panik-Chemikalien meine Ganglien überfluteten. »Ich brauche diese Unterlagen bis heute Nachmittag.«

»Sie ist da«, versprach Jack. »Sie gehört zu der Sorte, die denkt, wenn sie ihren Hintern zur Arbeit schleifen kann, dann hat sie kein Problem. Sie sagte, sie würde die Unterlagen dann so nach dem Mittagessen haben.«

»Großartig. Ich hole dich in einer halben Stunde ab.« Ich legte auf, bevor er protestieren konnte.

Jack saß ganz unglücklich, mit gekrümmtem Buckel auf meinem Beifahrersitz, um mich wissen zu lassen, welches Opfer er für mich erbrachte. So nahe an der Mittagsstunde, und er war schon auf und bei Bewusstsein. Er zog einen Flunsch, bis ich an einem *Wendy's* anhielt und ihn mit zwei doppelten Cheeseburgern, Pommes und einer großen Coke auftankte. Es dauerte nie lange, um ihn aus einer schlechten Stimmung rauszuhauen, vor allem, wenn man ihn mit Essbarem bestechen konnte.

Jacks bester Zug ist seine Gutmütigkeit – was auch einer der wichtigsten Gründe dafür ist, dass wir immer noch befreundet sind. Er ist wie ein ewiger Vierjähriger, der seine Intelligenz verbirgt und auf einem gigantischen Spielplatz herumrennt, an allen Zöpfen zieht, die er erwischen kann, und sich mit viel Charme von allen Seiten total verwöhnen lässt. Aber er entschuldigt sich sofort, wenn er eine Grenze überschreitet. Und er geht behutsam mit den Gefühlen seiner wirklichen Freunde um. In den fünf Jahren, die ich ihn nun schon kenne, hat Jack mich nie enttäuscht. Was nicht heißt, dass er völlig fehlerfrei ist. Ich ertappte ihn dabei, wie er heimlich im Seitenspiegel seine Haare betrachtete, und wurde an seine sorgfältig getarnte Eitelkeit erinnert.

»Siehst gut aus«, sagte ich, als wir beim Memorial Hospital ankamen. Ich leckte ihm den Senf vom linken Mundwinkel und kämmte ihm die Haare mit den Fingern. »Lass einfach deinen Charme raushängen. Und das kalte, harte Geld.«

»Alles klar«, sagte er und tätschelte seine Hosentasche.

Er war innerhalb von einer halben Stunde wieder zurück, in der Hand ein hellbraunes Kuvert. »Bingo«, verkündete er. «Aber die Zicke hat mir noch einen extra Hunderter abgeknöpft. Sie meinte, eine der Akten sei schwer zu finden gewesen.«

»Du hättest doch letzte Nacht mit ihr mitgehen sollen«, sagte ich. Ich gab ihm die dreihundert Dollar wieder, und er händigte mir den Umschlag aus. Wir halten gerne unsere geschäftliche Beziehung auf einer förmlichen Ebene.

Das Päckchen war prall und fühlte sich viel versprechend an. Ich hielt es in meinen Händen, unwillig, es zu öffnen und die Seifenblase aus Optimismus, die in mir aufstieg, vielleicht platzen zu lassen.

»Wer sind eigentlich diese Leute?«, fragte Jack und warf sich die letzte Handvoll Pommes ein. »Die Namen kommen mir irgendwie bekannt vor.«

»Niemand besonderes«, versicherte ich ihm. Hey, wenn Jack

der Ansicht war, dass die Namen seines gegenwärtigen Senators und eines der Topkandidaten, die ihn ersetzen sollten, nicht wichtig genug waren, um sie sich zu merken, warum sollte ich ihn belehren? Ich ließ Jack bei seinem Apartment raus und fuhr dann zum Park der Duke University, um die Unterlagen durchzuforsten. Ich war dabei, mehr als nur ein klein bisschen paranoid zu werden, und wollte sicher sein, dass ich unbeobachtet blieb. Es war zu spät im Jahr für blühende Rosen, und dic Spazierwege waren verlassen. Ich fand eine Bank unter Silbereichen, wo ich mich vor neugierigen Blicken sicher fühlte. Langsam entriegelte ich die Klammer und ließ einen Stapel fotokopierter Blätter auf meinen Schoß gleiten. Eine hastig hingekritzelte Notiz lag zuoberst: »Du weißt nicht, was du dir entgehen lässt. Ruf mich an. Dickes Schmatzi, Sylvia.« Die I-Pünktchen waren in Form von kleinen Herzchen gehalten. Kotz! Ich ersparte Jack die Mühe darauf zu antworten, indem ich den Zettel in den nächsten Abfallbehälter katapultierte.

Die ersten paar Seiten waren knapp und kamen ohne Umschweife zur Sache. Die Patientin war 1974 kurz eingeliefert worden, als sie noch Studentin an der University of North Carolina in Chapel Hill war. Hackte man sich durch den medizinischen Fachjargon hindurch, lag der Grund für die Einweisung klar auf der Hand. Mary Lee Masters hatte sich routinemäßig und völlig legal im ersten Trimester einer Abtreibung unterzogen, ausgeführt von Ärzten einer Privatklinik, die dem Memorial Hospital angeschlossen war. In der Folge hatten sich Komplikationen ergeben. Von einer Ärztin, die für den studentischen Gesundheitsdienst arbeitete, war sie dann in das Krankenhaus überwiesen worden. Die Komplikationen erwiesen sich als nicht ernster Natur. Im Grunde hatte man sie ausgekratzt, stabilisiert und wieder entlassen.

Pfui Spinne! Kein Wunder, dass sie sich fast eingenässt hatte bei dem Gedanken, dass ich in ihren medizinischen Akten rumschnüffeln könnte. Wenn sie ihre große Klappe gehalten und sich ein bisschen Zurückhaltung auferlegt hätte, wäre ich nie auf die Idee gekommen, auch nach ihrer Akte zu suchen. Aber jetzt verstand ich Mary Lees Panik und ihr plötzliches Interesse an meinen Fortschritten. Eine Abtreibung war nichts Außergewöhnliches für ein Collegemädchen in den Siebzigern. Aber im politischen Klima der Neunziger war es entschieden ein Risikofaktor. Sie konnte kaum behaupten, sie hätte nicht inhaliert. Die Wählerschaft würde ihr das nicht nachsehen. Vor allem, weil sie nicht Buße geübt und als Wiedergutmachung für ihre Tat nachher doch noch ein paar Blagen in die Welt gesetzt hatte. Also das war es, was sie verborgen hielt. Und das war auch der Grund, warum sie die Ehe mit Bradley Masters aufrecht erhalten hatte. Er war wahrscheinlich der Vater und kannte ihr Geheimnis. Falls sie ihm den Geldhahn abdrehte oder sich über seine Verschwendungssucht oder seine Affären beschwerte, konnte er einfach die alte Geschichte an die Öffentlichkeit dringen lassen. Das war genau das, was die Maloney-Kampagne brauchte.

Sind die Menschen nicht einfach fabelhaft? Ein Mann, der für die Hälfte einer Tat verantwortlich ist, erpresst seine Partnerin für dieselbe Tat, in dem sicheren Wissen, dass die Gesellschaft die Frau verdammen wird, aber keinen weiteren Gedanken an den Mann verschwendet.

Ich konnte mich nicht entschließen, ob ich Mary Lee sagen sollte, dass ich Bescheid wusste, oder nicht. Oder dass ich einen Ausweg für sie wüsste, dank Bill Butler und seinen Schnüfflerkollegen. Ich fing an, durch den Rest der fotokopierten Unterlagen zu blättern. Was dort auf mich wartete, war eine noch größere Überraschung.

Ich war ein wenig ahnungslos, was technische Ausdrücke betrifft, aber ich konnte verdammt sicher noch allemal eine schematische Zeichnung entziffern, wenn ich eine vor mir hatte. Und eine sorgfältig markierte Karte des menschlichen Körpers, die den Verlauf der Krebserkrankung durch die Innereien von Senator Boyd Jackson nachzeichnete, sagte mir etwas, was ich nie vermutet hätte. Er starb an Lungenkrebs.

Man könnte fragen: Lungenkrebs, Magenkrebs – wo ist da der Unterschied?

Der Unterschied ist, dass Senator Boyd Jackson ungefähr fünfzig Prozent seines politischen Lebens damit verbracht hatte, die Interessen der zwanzigtausend Tabakfarmer von North Carolina und einer Handvoll spendenfreudiger Tabakfirmen zu verteidigen. Wenn die Welt erfuhr, dass der sichtbarste Vertreter der Tabaklobby an Lungenkrebs starb, würde der Krieg gegen Zigaretten nie mehr der gleiche sein. Doch ich fragte mich, ob seine Motive beim Verstecken der Wahrheit nicht noch privaterer Natur waren. Boyd Jackson hatte einen Großteil seines Lebens darauf verwendet, die Interessen der Tabakindustrie zu verteidigen. Wenn er jetzt Tabak verdammte – oder seine Gefahren eingestand –, sah das nicht allzu sehr nach dem Eingeständnis aus, sein ganzes Leben für einen nicht sonderlich lohnenswerten Zweck geopfert zu haben? Ich kannte den Mann nicht, also wusste ich auch nicht, wie die Antwort lautete. Aber ich wusste, dass dies ein Geheimnis war, für das es lohnte, jemanden zu töten. Nie und nimmer würden Boyd Jackson und seine stolze Familie die wahre Natur seiner Krankheit an die Öffentlichkeit dringen lassen. Ich sah mir den Rest der Krankenberichte durch und musste dem nervösen Frank Waters zustimmen – der Fernsehreporter hatte Recht gehabt, was Dr. Robert Dahler betraf. Er war der Schlüssel zu der Spur, die zu dieser Akte führte. Er war eingetragen als der behandelnde Arzt und erschien auf allen Formularen, Rezepten und Diagnosen – was an sich schon ungewöhnlich war, denkt man an die heute übliche Behandlung durch ein Team. Aber ich konnte mir denken, warum: Er war vermutlich ein Freund der Familie und zur Verschwiegenheit eingeschworen.

Ich stopfte die Papiere zurück in den Umschlag und eilte nach Hause. Ich wollte dringend noch ein paar wichtige Fakten überprüfen, die mir dabei helfen könnten, den medizinischen Zustand des Senators mit dem Mord in Verbindung zu bringen. Genau im gleichen Moment, als ich durch die Wohnungstür trat, rief auch schon der Detective erster Klasse, Bill Butler an, und seine Stimme klang so hoffnungslos, dass ich tatsächlich den Hörer abnahm. Ich konnte es mir leisten, großmütig zu sein. Ich hatte einen Anhaltspunkt. Er hatte nur sein gutes Aussehen.

»Was tut sich bei Ihnen?«, fragte ich.

»Gar nichts«, gab er zu. »Das SBI wird in Kürze Ramsey Lee entlassen, natürlich nur sehr ungerne. Aber sie haben keine Beweise.«

»Weil er es nicht war«, sagte ich.

»Das meinten Sie ja schon früher. Was gibt es sonst noch?«

»Hat man denn die anderen Leute am Fluss befragt?«, erkundigte ich mich. Ich hatte Mitleid mit ihm, aber ich wollte auch nicht den alten Angler preisgeben. Abgesehen davon ließ sich Bill selber nicht in die Karten schauen, und ich wollte mich revanchieren.

»Was für Leute?«, fragte Bill. »Außer Lee wohnt dort niemand.«

Ich schwieg und wog mein Gewissen gegen den Wunsch ab, dem SBI eins auszuwischen. »Okay«, gab ich schließlich klein bei. »Wenn ich Ihnen etwas sage, müssen Sie schwören, absolut schwören, dass die Spur niemals zu mir zurückverfolgt werden kann und dass Sie nicht versuchen werden, meinen Zeugen zu kontaktieren.«

»Ein Zeuge?«, schrie er und perforierte beinahe mein Trommelfell.

»Platz, bei Fuß«, mahnte ich ihn. »Nicht ein Zeuge für die Tat, aber ein Zeuge für zwei Leute am Tatort, in jener Nacht. Ich hab einen alten Mann gefunden, der ausgesagt hat, er hätte zwei

Leute gesehen, deren Auto im Matsch stecken geblieben war, und zwar auf dem Weg, der zum Tatort führt. Und etwa zur richtigen Zeit.«

»Woher wissen Sie das mit dem Tatort?«, fragte er.

Ich ignorierte die Frage. »Er sagte, es handelte sich um einen Mann und eine Frau.« Ich beschrieb sie beide. Bill verhielt sich still, seine nordstaatliche Skepsis tröpfelte durch die Leitung.

»Keine besonders hilfreiche Beschreibung«, sagte er, als ich fertig war. »Groß? Redet komisch? Das trifft auf die ganze Bevölkerung hier unten zu.«

»Beachten Sie mal, wer da spricht«, sagte ich. »Ich würde meinen, das die meisten Leute hier unten denken, dass Sie komisch sprechen, mit ihrem Long-Island-Slang.«

Und dann kam mir die Erleuchtung. Aber klar!

»Hey, sind Sie ein Baseballfan?«, fragte ich.

»Ich habe mir ein paar Spiele der *Durham Bulls* angesehen, wieso?«, fragte er argwöhnisch.

»Beruhigen Sie sich. Ich will Sie ja nicht zu einem Rendezvous einladen. Ich will nur wissen, ob Sie sich mit Baseballteams auskennen?«

»Die meisten kenne ich«, gab er zu. »Warum?«

»Welches Team hat weiße Trikots mit schwarzen Streifen?«

Er dachte einen Moment lang nach. »Keines«, sagte er. »Die *New York Yankees* sind weiß mit dunkelblauen Streifen. Das kommt der Beschreibung am nächsten.«

Ich sagte nichts mehr. Ich hatte die Baseballmütze nicht erwähnt, die der große Mann getragen hatte. Aber das war die Antwort, die ich brauchte.

»Ich muss mit Ihrem Zeugen sprechen«, sagte er fest entschlossen.

»Der alte Mann hat nur seine Tochter besucht«, log ich. »Er ist heute wieder nach Atlanta zurück. Sie werden ihn nie finden.

Aber vielleicht hilft Ihnen die Information, die richtige Spur zu verfolgen.«

»Oder vielleicht werden Sie mir helfen, seine Spur wieder aufzunehmen.« Seine Stimme wurde sanfter. »Jedenfalls vielen Dank für den Tipp.« Er schwieg einen Moment. »Ich kann manchmal ein richtiges Ekel sein. Sie haben mir sehr geholfen. Ich wünschte, ich könnte irgendwie …« Er beendete den Satz nicht. Ich drängte nicht weiter in ihn.

Ich legte auf und fühlte mich elektrisierter als je zuvor bei diesem Fall. Denn jetzt kannte ich die Identität des großen Typs, der komisch redete. Ich brauchte nur noch seine Freundin festzunageln. Wenn ich den Herrn richtig kannte, würde er nicht lange stumm bleiben. Dazu hatte er gar nicht die Nerven.

Bobby Dee machte gerade ein Nickerchen, als ich im Büro eintraf, und er zeigte sich unbeeindruckt von meinem erhöhten Energiepegel. »Kann man denn nicht ein wenig der wohlverdienten Ruhe frönen?«

»Ich werde es dich wissen lassen, wenn du sie verdient hast. Wo ist die Zeitung von heute?«

»Auf deinem Schreibtisch«, sagte er gereizt und checkte den Mülleimer, um zu sehen, ob sein Sixpack bereits gekühlt genug war. »Neben einer gefaxten Kopie von diesen Firmenpapieren. Bist du der Lösung schon näher?« Er blickte nicht sehr hoffnungsvoll drein.

»Könnte sein«, sagte ich. »Ich muss nur noch den heutigen Wahlkampf-Terminkalender durchsehen.«

»Wir werden den Termin für den Dreifachtarif schaffen?«, fragte er, und sein Gesicht erstrahlte in einer schäbigen, weihnachtsmannähnlichen Wonne. »Oh Jesus«, sagte er. »Du liebst es aber knapp. Wir haben nur noch bis morgen Abend Zeit.«

»Wir schaffen es«, sagte ich, voller Entschlossenheit, mir diesen Fang nicht entgehen zu lassen. Der *N&O* zufolge war Stoney am Nachmittag in Raleigh, sollte aber am Abend bei einem Dinner in Winston-Salem sprechen. Ich sah auf die Uhr. Sein Team würde sich eben gerade für die zweistündige Autofahrt zusammenfinden.

Ich wollte aus der Tür hinaus, sah mir aber vorher gerade noch mal die notarielle Eigentümerliste der Firmeneintragung an. Ich wurde für meinen Fleiß belohnt. Die Firma, die in Thornton Mitchells fehlgeschlagenes Flussparkprojekt an der Neuse investiert hatte, hieß nämlich nicht *Sand Dollar Limited,* wie Bobby gesagt hatte. Sie hieß *Sand-Dahler.* Das machte einen großen Unterschied. Sogar einen sehr großen Unterschied. Man könnte auch sagen, es war genau das, was der Onkel Doktor verordnet hatte.

Ich überprüfte den Verschluss meiner 38er und zog den Schlitten zurück, um die erste Patrone auszuwerfen. Dann vergewisserte ich mich, dass die Sicherung eingerastet war. Kein Grund, vorzeitig meinen Zeh wegzuschießen. Ich trug Jeans und ein T-Shirt. Das machte es schwierig, eine Schusswaffe zu verbergen. Also tat ich, was jede Detektivin ihrer Selbstachtung schuldig ist, ich versteckte sie in meinem Handtäschlein. Ich griff mir auf dem Weg nach draußen noch eine Dose Bier und stopfte sie neben die Pistole. Ich würde nachher feiern. Wenn meine Ahnung sich als richtig erwies.

Das Empfangsgirlie im Hauptquartier von Maloney war nicht in Strahlelaune, mich wiederzusehen. Ich hätte mich vermutlich geschmeichelt fühlen sollen, dass sie sich überhaupt an mich erinnerte. Der sorgenvolle Ausdruck, der sich auf ihr hübsches kleines Gesichtchen presste, haftete ihr noch immer an, als sie mit dem Objekt meines Interesses zurückkehrte.

Adam Stoltz wirkte nicht viel freundlicher. Er warf einen Blick auf meine Jeans, dann auf seine Armbanduhr und dann auf eine Uhr an der Wand.

»Ich habs schon geschnallt«, sagte ich. »Dies wird nur eine Minute dauern. Zwei kleine Routinefragen, das ist alles.«

Er runzelte die Stirn. »Ich fahre in einer halben Stunde, und ich muss vorher noch ein paar Details mit Stoney besprechen.«

»Keine Sorge«, versicherte ich ihm. »Ich möchte Ihnen nur ein Foto zeigen, das ich im Auto habe.« Ich blickte mich um, mit gespielter Nervosität. »Es ist äußerst vertraulich. Können Sie mit hinauskommen?« Ich deutete mit dem Kopf in Richtung Ausgang.

Er seufzte vor Verärgerung tief auf, aber er folgte mir nach draußen. Ich hatte das Auto am Eingang zum Parkplatz abgestellt, was ihn zwang, rund hundert Meter mitzulaufen, bis wir meinen Valiant erreichten.

»So ein Mist«, stöhnte er, als ich die Wagentür aufschloss. »Ich hätte meine Wanderstiefel mitnehmen sollen.«

Ich bedeutete ihm einzusteigen. Zum ersten Mal sah ich Panik in seinen Augen aufblitzen. »Sie haben selber gesagt, ich sollte Sie kontaktieren, wenn ich etwas vorzuweisen habe, damit Stoney eine Erklärung vorbereiten kann.« Ich mimte die Ungeduldige. »Darum geht es. Ich bin soeben dabei, mein Versprechen wahr zu machen.«

Er stieg ohne ein weiteres Wort ein. Er hätte die Rädchen in seinem Kopf besser ölen sollen. Ich konnte förmlich hören, wie sie sich drehten und quietschten.

Ich setzte mich zu ihm nach vorne, verschloss beide Türen von innen, setzte das Handtäschlein auf meinen Schoss, griff hinein und zielte auf seine Brust. Die Umrisse der Knarre zeichneten sich klar durch den Stoff ab. Ich hatte keine Kugel im Lauf, aber das musste er ja nicht wissen.

»Ich habe eine Pistole auf Ihr Herz gerichtet«, erklärte ich ruhig und gefasst.

»Was?« Sein Kopf stieß gegen die Decke. Er langte nach dem Türgriff.

»Keine Bewegung«, warnte ich ihn. »Lehnen Sie sich einfach zurück, und halten Sie die Klappe.«

Er gehorchte. Sein Adamsapfel hüpfte auf und nieder, während er nach Luft schnappte.

»Ich weiß, Sie waren dabei, in der Nacht als Thornton Mitchell getötet wurde«, erklärte ich ohne Erregung. »Ich habe einen Zeugen, der Ihnen geholfen hat, das Auto aus dem Schlamm zu schieben. Sie trugen eine *Yankees*-Baseballmütze. Sie hatten Angst.«

»Der alte Mann«, sagte er säuerlich und blickte aus dem Fenster. »Sie sagte, wir sollten ihn auch beseitigen. Ich hätte auf sie hören sollen.«

»Sie hätten von Anfang an nicht auf sie hören sollen.« Er hatte mir einen Eröffnungszug angeboten, den ich nicht erwartet hatte. Ich wusste nicht, wer die Frau war, aber er dachte, dass ich es wusste.

»Sie ist ganz schön herrschsüchtig, was?«, sagte ich. »Das muss Sie ganz schön nerven.«

Etwas in meiner Stimme verriet mich.

»Sie wissen gar nicht, wer sie ist, nicht wahr?«, sagte er und setzte sich aufrecht hin. Ich ruckte mit der Pistole, und er lehnte sich wieder gegen die Rückenlehne. »Sie haben keine Ahnung, mit wem ich zusammen war. Sie hat sich die ganze Zeit über im Schatten gehalten. Gott, sie ist cleverer als wir alle zusammen.«

Ich konnte versuchen zu bluffen, oder ich konnte ihn dazu bringen, sich in die Hose zu machen. Ich entschloss mich für die verlässlichere Option. Ich holte die 38er aus meiner Handtasche und platzierte sie auf meinem Schoß, den Lauf auf seinen Schritt gerichtet.

»Ich bin eigentlich nicht in der Stimmung, um herumzuwichsen«, erklärte ich. »Also lassen Sie mich es so sagen. Sie können versuchen, die Frau zu schützen, oder sie können mir sagen, wer sie ist. Zunächst werde ich Ihnen sagen, warum es in Ihrem Interesse liegt, alles auszuspucken. Okay? Erstens: Wenn Sies nicht tun, besteht die Gefahr einer ernsthaften Magenverstimmung.« Ich wedelte mit der Pistole.

Seine Augen hafteten auf mir, still und weit geöffnet. Er nickte nervös.

»Zweitens: Der Staat North Carolina ist immer wieder überglücklich, wenn er bei Kapitalverbrechen die Todesstrafe verhängen kann. Wenn diese Frau klug genug war, ihre Identität verborgen zu halten, dann ist sie auch klug genug, Ihnen den Mord anzuhängen. Ich glaube nicht, dass Sies getan haben. Ich denke, Sie haben nicht die Nerven für so was. Ich glaube auch nicht, dass Sie das Temperament dazu haben. Sie sind einfach nicht der Typ dafür. Wenn Sie mir sagen, wer die Frau ist, und wenn Sie mit der Polizei zusammenarbeiten, indem Sie vor Gericht aussagen, sehen die Chancen gut aus, dass Sie am Leben bleiben. Ein guter Rechtsanwalt kann unter diesen Bedingungen eine ganze Menge für Sie rausholen. Aber Sie werden nirgendwo hingehen, außer den langen Gang zur Todeszelle, wenn Sie mir nicht hier und jetzt sofort sagen, mit wem Sie zusammen waren in der Nacht als Thornton Mitchell ermordet wurde. Das ist es. Das ist alles. Sagen Sies mir, und retten Sie Ihr Leben. Vielleicht sogar Ihre Karriere, wenn Sie eine Story haben, die gut genug für die Jury ist.«

Er schnappte danach, ohne einen Moment zu zögern. Das ultimative Krisenmanagement. »Es war nicht meine Schuld«, sagte er. »Ich hatte keine Ahnung, dass sie ihn erschießen würde. Sie sagte, sie wollte nur mit ihm reden, die Dinge ins Reine bringen, weil er sie zu erpressen versuchte. Als sie den Kofferraum des Autos aufmachte, dachte ich, sie holt eine Taschenlampe raus. Ich wusste nicht, dass sie eine Schrotflinte dabei hatte. Ich hatte in meinem ganzen Leben vorher noch keine gesehen.« Seine Stimme überschlug sich wie bei einem Jungen in der Pubertät.

»Wer ist sie?«, unterbrach ich ihn. Ich wettete auf die geheimnisvolle Freundin.

Er sagte es mir. Seine Version war präzise und wohl durchdacht.

Entweder erzählte er mir die Wahrheit, oder er hatte diesen Moment schon erwartet und sich dafür etwas zurechtgelegt. Das einzige Mal, wo er Überraschung zeigte, war, als ich ihn über Dr. Robert Dahler befragte.

»Sie wissen darüber Bescheid?«, fragte er.

»Ich weiß Bescheid«, sagte ich.

Er redete weiter, und ich hörte ihm weiter zu. Dann steckte ich die Waffe in meine Tasche und ließ den Motor an.

»Wo fahren wir denn hin?«, fragte er voller Entsetzen.

»Regen Sie sich nicht auf«, sagte ich. »Wir gehen einen Freund von mir besuchen.«

»Ich muss mit Stoney fahren«, protestierte er. »Wir haben heute Abend ein Dinner bei Winston-Salem.«

»Dieser Teil Ihres Lebens ist vorbei«, sagte ich ihm. »Gewöhnen Sie sich schon mal dran.«

Er machte keine Schwierigkeiten während der Fahrt. Ich parkte unvorschriftsmäßig, und wir nahmen die Treppe statt den Aufzug. Ich musste nicht einmal meine Pistole als Anreiz verwenden. Adam Stoltz marschierte hinauf, steif, den Kopf nach hinten gelehnt, als ob er bereits ein Mann auf dem Weg in die Todeszelle wäre.

Ich fand Bill Butler vor einem Kaffeeautomaten, wie er trübsinnig in seinen Becher stierte.

»Ich habe Ihnen ein Geschenk mitgebracht«, sagte ich. »Wir brauchen ein privates Plätzchen.«

Er blickte zu Adam Stoltz und dann auf das Leuchten in meinen Augen. »Hier herein«, sagte er und schob die Tür zu einem Konferenzzimmer mit der Fußspitze auf. »Nach Ihnen.«

Wir setzten uns an einen Tisch, und Adam erzählte seine

Geschichte. Ich trank mein Siegesbier und hörte mir das Ganze noch einmal an. Bill Butler sagte kein Wort. Als es vorbei war, schaute er mich voller Verwunderung an.

»Die Mutter?«, fragte er ungläubig. »Stoneys Mutter?«

»Die Obermutter aller Mütter«, sagte ich.

13

Es wurde noch ein langer Abend. Als ich Adam gegen zehn Uhr verließ, kauerte er mit den beiden Rechtsanwälten zusammen, die er angerufen hatte, als ihm bewusst geworden war, dass er besser von Anfang an seinen Mund gehalten hätte. Bill Butler hatte das Wort »Deal« vor dem ahnungslosen Jungen aus dem Norden hin- und hergeschwenkt wie ein Mann, der einen fetten Köder vor einem Hummer baumeln lässt. Adam war bereit, nach jeder Form von Abmachung zu schnappen – er wollte nur sicher gehen, dass er den allerbesten Deal abschließen konnte, der sich rausholen ließ. Mittlerweile war er verhaftet und unter nachdrücklicher Order, mit niemandem in der Maloney-Kampagne zu sprechen. Er hatte kein Problem damit, sterbenselend zu klingen, als er die Wahlkampfzentrale anrief, um sie wissen zu lassen, dass er krank geworden sei. Nur um auf Nummer sicher zu gehen, hatte Bill während des Anrufs über ihm geschwebt, die Hand auf der Gabel. Die beiden Rechtsanwälte saßen schweigsam dabei. Ihre Köpfe kalkulierten unterdessen in aller Stille, was und wie viel genau sie dabei für ihren Klienten herausschlagen konnten.

Nach dem Anruf zogen Bill und ich uns auf den Gang zurück, während Adam und seine Anwälte ihre Pokerhand zu berechnen versuchten. Für jemanden, der soeben auf den zweiten Platz verwiesen worden war, zeigte sich Bill durchaus kulant. Ein echter Gentleman.

»Ich entschuldige mich, Casey«, sagte er zu mir, und ich musste es dem Mann zu Gute halten – er blickte mir dabei direkt in die Augen. »Ich habe Sie falsch eingeschätzt. Sie hätten mir dieses Geschenk nicht bringen müssen. Und ich möchte Ihnen dafür danken.«

»Kein Problem«, sagte ich. »Besser Sie kriegen es als das SBI.«

Er hielt meinen Blick mit dem seinen fest, und ich fühlte wieder diese Schmetterlinge, die an meinen Magenwänden knabberten. Nie zuvor hatten Arbeit und Erschöpfung einem Mann so gut zu Gesicht gestanden. Ich wollte meine Finger durch seine grau gesprenkelten Haare gleiten lassen, schaffte es aber, eine gewisse Zurückhaltung zu bewahren. Irgendwann mal, versprach ich mir, eines Tages würde ichs tun.

»Wie wärs mit einem Drink?«, sagte er. »Einem richtigen? Wenn wir den Deal unter Dach und Fach haben?«

»Ist ein Deal«, sagte ich. »Das mit dem Drink, meine ich. Aber was ist mit dem Deal wegen dem Deal?«

Er sagte mir, was er vorhatte. Und dass er es nicht ohne mich schaffen würde. Das war der Teil, der mir am besten daran gefiel. Ich dachte darüber nach und stimmte zu, unter zwei Bedingungen: Kein SBI, und ich musste anonym bleiben.

»Ich glaube, ich kann es riskieren, ohne das SBI vorzugehen«, pflichtete er mir bei. »Die haben ohnehin seit zwei Tagen keinen meiner Anrufe mehr beantwortet. Ich kann vorgeben, dass wir einfach nur hingehen wollen, um mit ihr zu sprechen. Aber es wird schwierig sein, Sie dabei herauszuhalten, Casey. Die Presse wird überall herumtanzen.«

»Sagen Sie ihnen, ich arbeite als verdeckte Ermittlerin für Sie, und sie können meine Identität nicht preisgeben. Was ist schon eine kleine Lüge unter Freunden?«

Er nickte und kehrte zurück zum Konferenzzimmer, um Adams Rechtsanwälten seine Bedingungen zu skizzieren. Ich wartete unten in meinem Auto auf ihn. Froh über die frische Luft und etwas Zeit für mich selbst. Ich fing an, mich bang und unbehaglich zu fühlen, zweifellos etwas, was ich mir von Adam Stoltz eingefangen hatte. Das passiert mir immer wieder. Ich kann nicht mit den Getretenen herumhängen, ohne mich selber getreten zu fühlen. Ich kann andere Leute nicht unglücklich sehen, ohne mich selber mies zu fühlen. Es ist nur gut, dass ich nicht eine Karriere als Seelenklempnerin eingeschlagen habe.

Eine Stunde später saßen Bill und ich zusammen in der dunkelsten Ecke einer Transvestiten-Bar in der Morgan Street. Es war der einzige Ort in der Innenstadt, der offen hatte und wo wir sitzen konnten, ohne sofort erkannt zu werden.

»Sie werden jetzt doch nicht eine Perücke rausziehen und mir verkünden, dass Sie biologisch eine Frau sind, oder?«, fragte ich ihn. »Das würde eine Menge von meinen Fantasien abwürgen.«

Er lächelte. Die Falten um seinen Mund herum zerknitterten sich nur langsam, als ob er es nicht gewöhnt war, ein Grinsen im Gesicht zu tragen. »Ihre Fantasien sind bei mir sicher aufgehoben«, sagte er und berührte meine Hand. Just in diesem Moment gesellte sich die gertenschlanke schwarze Kellnerin zu uns mit unseren Drinks. Ich hätte nicht übel Lust gehabt, ihr den gefütterten BH abzureißen und in die Gurgel zu stopfen, weil sie in so einem delikaten Moment unterbrechen musste. Andererseits fand ich ihr paillettenbesetztes Oberteil so toll, dass ich ihr die Inszenierung nicht zerstören wollte.

Bill Butler berührte meine Hand nicht noch einmal, aber er wurde sichtlich entspannter. Ich hätte die ganze Nacht mit ihm in dieser dunklen Ecke zubringen können, aber wir hatten zu viel zu besprechen, und es hing zu viel davon ab, als dass wir am nächsten Tag verkatert herumlaufen konnten. Stattdessen gingen wir die Vorgehensweise mehrfach nach Fehlern durch und diskutierten die beste Stelle, um ein Abhörgerät zu verbergen.

»Zwischen meinen Brüsten.« Darauf bestand ich. »Wo sonst? Die Frau wird nicht zwischen diesen beiden Babys auf Fischfang gehen, glauben Sies mir.«

Bill starrte auf meinen Busen. »Es könnte den Klang dämpfen«, sagte er zweiflerisch.

»Ich werde Sie persönlich das Mikrofon platzieren und den Soundcheck machen lassen. Okay?«

Er nickte. »Darin bin ich gewissermaßen Experte.«

Wir kamen überein, dass ich am nächsten Tag das Büro meiden und zu Hause warten sollte, bis er anrief. Es würde ein langer Tag werden, das wusste ich, aber ich war zu abergläubisch, um den Ablauf zu beschleunigen. Es würde nicht funktionieren, wenn Sandy Jackson Verdacht schöpfte. Oder wenn Adam Stoltz kalte Füße bekam. Er war auch so schon problematisch genug.

»Muss ich ihn denn mitnehmen?«, fragte ich.

»Ja, das werden Sie müssen«, antwortete Bill. »Sie werden ihn brauchen, damit sie überzeugt ist, dass Sie es ernst meinen. Keine Sorge, wenn Sandy Jackson die Sorte Mensch ist, wie Sie sagen, wird sie keinerlei Probleme haben, Ihnen die niedrigen Motive abzunehmen, und sie wird einfach denken, dass er nervös ist, weil er Angst hat.«

»Was ist mit mir?«, fragte ich. »Wie erkläre ich meine eigenen schlotternden Knie?«

»Sie haben Knie?« Er warf einen Blick unter den Tisch. »Wie kommt es, dass ich den Eindruck gewinne, dass Sie die am allerwenigsten nervöse von uns allen sein werden?«

Er lächelte. Ich lächelte. Meine Gedanken wandten sich vom Geschäftlichen ab, aber ich holte sie auf die Erde zurück. Und entbot Bill ein freundliches Adieu.

Am Morgen war ich bereit und ausgeschlafen. Ich rief Bobby Dee an und ließ ihn wissen, wo ich steckte. Ich schärfte ihm ein, alle bis auf ein paar ausgewählte Anrufer abzuwimmeln. Aber ich sagte ihm nicht, was im Busch war. Bobby verkauft Informationen genauso gerne wie er sie einkauft, und diese Sache hier war zu wichtig, um ein solches Risiko einzugehen.

Der Morgen schleppte sich hin wie eine verregnete Woche. Ich wusste, Bill traf sich mit den Rechtsspezialisten der Abteilung, um die juristische Seite durchzusprechen und um ein handverlesenes Einsatzteam zusammenzustellen. Leute, denen er vertrauen konnte. Als das Telefon gegen Mittag klingelte, war ich sicher, dass es Bill war, der mich anrief, um noch einmal die

Instruktionen zu wiederholen. Ich nahm den Hörer ab, ohne zuvor auf die Nummer des Anrufers zu achten.

»Casey«, verkündete eine atemlose Stimme. »Was ist denn los? Ich habe versucht, Sie im Büro zu erreichen, und der Fettwanst meinte, ich sollte es hier versuchen. Warum sind Sie zu Hause?« Ein schwaches Hecheln flatterte unter der Stimme. Ich hörte das Rauschen von Verkehr im Hintergrund. Frank Waters rief vom Highway aus an.

»Ich kann Ihnen im Moment noch nicht alles erklären«, sagte ich. »Aber kommen Sie bis heute Abend vorbei, und ich gebe Ihnen die Story Ihres Lebens und dazu die Filmaufnahmen, mit denen Sie eine völlig neue Karriere anfangen können.«

»Sie machen wohl Witze? Worum gehts?«

Ich weihte ihn so weit ein, um ihm das Versprechen abzunehmen, dass er den ganzen Abend am Telefon seines Senders ausharren würde, um auf meine Anweisungen zu warten. »Ich bin in Virginia, in der Nähe von St. Petersburg«, sagte er. »Ich werde gegen vier zurück sein.«

»Halten Sie sich außen vor«, warnte ich ihn. »Und denken Sie dran: nur Sie und ein Kameramann. Sie müssen sich versteckt halten, bis wir zum Vordereingang herauskommen. Sie werden wissen, wann Sie sich nähern können, weil in dem Moment die Beamten der Eingreiftruppe sich überall über den Rasen verteilen werden. Lassen Sie sich nicht vorher von den Cops erwischen. Und wenn Sie filmen, will ich keinen Zoom auf mich haben. Ich habe eine Menge persönliche Gründe, warum ich das Rampenlicht meiden möchte.«

»Kapiert«, sagte er folgsam. Für den Karrierekick, den ich ihm hier verpasste, würde er mir mindestens sein Erstgeborenes schuldig sein.

»Machen Sie eine große Geschichte draus, über den leitenden Beamten«, sagte ich ihm. Ich erklärte, wer Bill Butler war, gab ihm einige Hintergrundinformationen über Bill und erklärte, er sei während der Untersuchungen ein bisschen in der Rolle des Außenseiters geblieben, der immer die offizielle Linie in Zweifel gezogen hatte und sich weigerte, durch falsche Beweise von der Fährte abgelenkt zu werden. Es war alles eine dicke, fette Lüge, aber sie klang gut und würde Bill gut dastehen lassen. Ich würde einen Freund fürs Leben haben. Einen Freund mitten im Polizeipräsidium von Raleigh. Und Shorty Schrumpfkopf würde eben meinen Gefrierschrank-Hintern küssen müssen, wenn wir mit allem fertig waren.

Der restliche Nachmittag ging schneller vorbei. Ich nahm die 38er aus meinem Täschchen und übte, sie hinten aus meinem Bund herauszuziehen. Nach hinten greifen, kurzer, fester Zug, halbe Drehung, Arm strecken und abdrücken. Ich fühlte mich wie Emma Peel, als Bill Butler endlich anrief.

»Wir machens«, sagte er. »Adam wird Sandy Jackson in einer Stunde anrufen. Sie kommt soeben von einem Termin in New Bern zurück. Er sagt, sie hat ein Dinner in Raleigh heute Abend, und er wird versuchen, sie im Anschluss daran zu erreichen.«

»Ich will dabei sein, wenn er sie anruft«, sagte ich. »Je mehr ich über sie erfahren kann und darüber, was sie denkt, umso besser.«

»Dann beeilen Sie sich lieber«, sagte er und legte auf.

Ich schaffte es nach Raleigh hinein in zwanzig Minuten. Schnell genug, dass Bill zweimal auf seine Uhr schaute. »Ich glaube, die Autobahnpolizei war gerade beim Essen.«

»Wozu ein unnötiges Risiko eingehen«, sagte ich.

Adam Stoltz war in einen hellen, orangefarbenen Ganzkörperanzug gekleidet, der an ihm hing wie eine lose Haut. Sein Gesicht war von einer pergamentenen Bleiche, als ob ein Vampir ihm über Nacht all sein Blut ausgesaugt hätte. Und er hatte ungefähr zwanzig Jahre an Selbstvertrauen eingebüßt.

»Ich würde sagen, Sie haben Ihren Deal bekommen«, sagte ich zu ihm. Seine Rechtsverdreher starrten mich an, als hätte ich mich soeben unsittlich zur Schau gestellt. Adam sagte gar nichts.

Der Tisch war von alten Kaffeebechern befreit worden und wurde nun beherrscht von einem *Star-Trek*-artigen, kreisförmigen Telefonier- und Aufnahmegerät. Bill und ein Techniker fummelten so lange an den Kontrollknöpfchen herum, bis ich kurz vor einem Schreikrampf stand, aber dann kam Adam endlich zu seinem Anruf.

»Maloney-Hauptquartier«, zwitscherte ein aufgekratztes Stimmchen. »Ihre Wahl für ein besseres Carolina.«

»Molly?«, sagte Adam, mit schwankender Stimme. »Ich bins, Adam.«

»Adam? Wie fühlst du dich? Ich höre, du hast die Grippe oder so was. Soll ich dir was besorgen aus der Apotheke?« Ihre echte Anteilnahme durchdrang die kühle, stählerne Atmosphäre des Konferenzzimmers. Ach, wohin waren sie entfleucht, die einfacheren Zeiten.

»Es ist ganz hübsch übel«, sagte er, »aber ich bin okay. Mach dir keine Gedanken.« Er klang wie ein Ochsenfrosch kurz vor dem Hitzekollaps. Der Junge hatte vielleicht Nerven aus Stahl für die Politik, aber fürs Kriminalfach fehlte ihm das Temperament. »Ist Sandy da? Ich muss mit ihr sprechen.«

Die Stimme des Girlies kippte um eine Oktave. »Bist du sicher, dass du dich fit genug fühlst? Sie ist schon den ganzen Abend auf hundertachtzig. Sie hatte eine Auseinandersetzung mit Stoney, und sie ist absolut am Rotieren. Sie hat Roger mit einem Stapel Autoaufkleber beworfen.«

»Ja, verbinde mich mit ihr«, sagte er mit krächzender Stimme. »Es ist wichtig.«

»Wie du willst, es ist dein Begräbnis«, antwortete sie und stellte die Verbindung her.

»Ich habe Ihnen gesagt, dass ich nicht gestört werden möchte.« Sandy Jacksons fest an der Leine geführter Tonfall schlängelte sich aus dem Telefondraht und rollte sich auf dem Tisch zusammen.

»Sandy«, sagte Adam. »Ich bins.«

»Wo zum Teufel stecken Sie?«, fuhr sie ihn an. »Wir zahlen Ihnen kein sechsstelliges Honorar, damit Sie sich eine Grippe holen. Es gibt keinen Krankenurlaub, bis diese Wahl gewonnen ist, haben Sie mich verstanden? Meinen Sie, ich kann das alles hier allein machen?«

»Sie weiß Bescheid«, unterbrach Adam ihren Redeschwall. Er schloss die Augen und wartete.

Es folgte ein kurzes Schweigen. »Wer weiß was?« Ihre Stimme klang fest. Sandy Jackson war entweder sehr kühl oder sehr herzlos. Vermutlich beides.

»Die Detektivin. Die eine da, die von Mary Lee Masters angeheuert wurde.«

»Was?«, fragte sie. »Das schäbige Ding?«

Ich zuckte zusammen, aber niemand sonst schien etwas bemerkt zu haben.

»Nun ja …« Adams Stimme versagte, als er nervös zu mir herüberblickte.

»Wie hat sie was herausfinden können?«, fragte sie. »Was haben Sie ihr gesagt?«

»Nichts!«, protestierte er, mit echter Angst in der Stimme. »Ich habe überhaupt nichts gesagt. Das müssen Sie mir glauben. Sie hat es aber irgendwie rausgekriegt. Und jetzt will sie ein Geschäft machen.«

Seine Stimme brach, und er verschluckte sich an etwas, das wie ein Schluchzen klang. Das war der Moment, wo mir bewusst wurde, dass Adam Stoltz nicht vor der Polizei Angst hatte oder davor, was seine Familie denken könnte. Er hatte Angst vor Sandy Jackson.

»Das sieht ihr ähnlich«, sagte Stoneys Mutter angewidert. »Sie ist der Typ dafür. Die erste Gelegenheit, die sich ihr bietet, an Geld zu kommen, und schon fliegen alle ihre Skrupel aus dem Fenster. Das überrascht mich nicht. Ich habe sie gleich für ein

Flittchen gehalten, schon als ich sie zum ersten Mal gesehen habe.«

Also, wie finde ich denn das? Da hatte die dumme Tucke doch kaltblütig einen alten Freund weggepustet, und mich musste sie mit unfeinen Namen belegen?

»Aber sie will eine Menge Geld«, sagte Adam und sah zu mir auf, voller Verachtung, als ob er gerade dabei wäre, ihr die Wahrheit zu sagen.

»Na, das wollen wir doch mal sehen«, antwortete die Frau. Ihr Lachen war noch widerlicher als ihre Stimme. »Wie will Sie es denn machen?«

»Sie will sich mit Ihnen treffen und den Preis vereinbaren. Sie sagt, sie hat einen Brief hinterlassen, für den Fall, dass ihr etwas zustößt, und wir täten besser dran, sie nicht anzufassen.«

»Anfassen?« Sandy Jackson lachte. »Ich würde nicht einmal ein einziges von ihren ungewaschenen Haaren anfassen. Und ich gebe ihr nur nach, weil es das Einfachste und Klügste ist, sie mit Geld einzufangen. Besonders, weil sie billig ist. Sie wird ganz leicht runterkommen, glauben Sie mir. Ich kenne ihre Sorte.«

Oh Mann, wie sich die alte Zicke ihr eigenes Grab buddelte. Jedes Zögern, das ich verspürt hatte, jegliche Zweifel, die noch an mir nagten, von wegen moralische Fallenstellerei, jedwedes Mitgefühl für ihr Alter und ihre verpassten Chancen flogen schnurstracks aus dem Fenster, als sie diesen Spruch losließ. Ich würde diese Frau zu Fall bringen.

Ich war so in meine Rachepläne versunken, dass ich nicht einmal bemerkte, als Adam die letzten Abmachungen traf und dann auflegte.

»Geschafft«, sagte er und schaute Zustimmung heischend zu Bill Butler. Mit einem unbehaglichen Gefühl bemerkte ich, dass die Rechtsanwälte alle mich anstarrten, wie um zu entscheiden, ob ich wirklich ein billiges Flittchen war oder nicht.

»Wir machen es«, sagte Bill. Dann starrte auch er mich an. Ich überlegte, was ich Flittchenmäßiges tun könnte, aber mir fiel nichts ein.

»Sie sind immer noch dabei, stimmts?«, fragte er mich. »Heute Abend um zehn Uhr?«

»Zehn Uhr«, bestätigte ich. »Tschüss dann und Aloha. Vergesst nicht zu kommen.«

Ich musste einen weiten Pulli tragen, um die Waffe zu verstecken, und ich kam um darin. Die Nacht war zwar kühl, aber ich schwitzte trotzdem wie ein Schwein. Meine Unterarme trieften und kleine Bäche tröpfelten an meinem Hals herunter, wodurch das versteckte Mikrofon zu jucken anfing. Zu jedem anderen Zeitpunkt wäre ich hingerissen gewesen, Bill Butlers Gesicht zwischen meinen Brüsten zu begraben, aber in diesem Moment war es mir eigentlich nur peinlich.

»Versuchen Sie, sich zu entspannen«, sagte er. »Wir sind ganz in der Nähe. Ich werde nicht zulassen, dass Ihnen etwas zustößt.«

»Es ist nicht Angst«, log ich. »Es ist dieser synthetische Sweater. Ich hasse Kunstseide.«

Er lächelte und adjustierte das winzige Mikrofon, sodass es über die Rüschen meines BHs hinweglugte. »Wie ist der Ton, Mark? Von hier aus siehts gut aus.« Er schaute mich an und zwinkerte. Entgegen allen Erwartungen brachte auch ich ein Lächeln zustande. Er legte die Hand um den Empfänger in seinem Ohr und nickte. »Sie wird okay sein. Vielleicht sollten wir sprayen?« Er nickte wieder und entschuldigte sich für einen Moment, kehrte aber gleich darauf mit einer kleinen Dose *Wüstenluft extra trocken* zurück. »Halten Sie still«, befahl er, zupfte das Mikrofon frei und besprühte meinen Brustkorb mit dem Schweißhemmer. »Ich hoffe, Sie nehmen das nicht allzu persönlich.«

Ich stöhnte. Mein Ego würde sich nie von dieser Schmach erholen.

Der Polizeiwagen fuhr an den Rand der abgedunkelten Sackgasse heran und parkte. Es war wenige Minuten vor zehn. Wir hielten oben auf einem kleinen, stark bewaldeten Hügel, der den Blick auf den Garten an der rückwärtigen Seite von Sandy Jacksons Haus freigab.

»Wir können es nicht riskieren, die Vorderseite zu bewachen«, hatte Bill auf dem Weg dorthin erklärt. »Sie steht gut mit den Nachbarn. Die Gärten liegen zu nahe beieinander. Und sie ist zu gerissen. Wir kommen von hinten rein, und ich schicke Leute von der Seite und von vorne, sobald Sie drinnen sind. Wenn nicht gerade irgendein Hilfssheriff die Polizei anruft, um Herumtreiber zu melden, sind wir okay.«

»Sie werden okay sein, was immer passiert«, erinnerte ich ihn.

»Sie werden auch okay sein«, sagte er. »Darauf können Sie Gift nehmen.«

Meine Waffe fühlte sich schwer und feucht an in der Kuhle an meinem Rücken, aber als Rückversicherung war sie ihr Gewicht in Gold wert. Ich prüfte, ob sie auch entsichert war und das Magazin voll geladen. Bills Warnungen waren mir egal. Ich riskierte es lieber, mir ein paar Zentimeter Zellulitis von meinem Po abzuschießen, als Zeit zu verlieren, wenn es am meisten drauf ankam.

»Gehen wir«, sagte ich zu Adam, als ich fertig war. Ein Beamter war uns in meinem Valiant gefolgt, und wir stiegen wortlos um. Adams Gesichtsfarbe hatte sich zu einem grünlichen Weiß gewandelt, und der Schweiß stand ihm auf der Oberlippe. »Nun hören Sie schon auf damit«, sagte ich, als wir vor Sandy Jacksons Haus vorfuhren. »Sie machen mich ja ganz nervös.«

»Ich kann nicht anders«, winselte er. »Ich habe Angst.«

»Ich bin bewaffnet«, antwortete ich, »und wenn Sie sich nicht beruhigen, werde ich unter Umständen gezwungen sein, zu schießen.« Ich glaube, der arme Kerl merkte gar nicht, dass ich ihn verarschen wollte.

Aber als Sandy Jackson mit einer Schrotflinte in der Hand zur Tür kam, wusste ich, dass wir keinen guten Anfang gemacht hatten. »Beeilen Sie sich, und kommen Sie rein«, sagte sie gebieterisch. »Ich will nicht, dass die Nachbarn sehen, dass ich mit so einer wie Ihnen Umgang pflege.«

»Wenigstens bin ich keine Mörderin«, sagte ich gleichmütig und trat über die Fußmatte, die mit Magnolienblüten dekoriert war und dazu mit der Aufschrift: Herzlich Willkommen im Süden. Ja, ganz genau.

»Ein Erpresser ist die niedrigste Lebensform auf Erden«, spuckte sie mich förmlich an und deutete mit dem Lauf ihrer Schrotflinte in Richtung auf ihr Wohnzimmer.

»Ist das der Grund, warum Sie Thornton Mitchell umgebracht haben?«, fragte ich.

»Halten Sie den Mund, und gehen Sie da von den Fenstern weg«, befahl sie.

Kein Problem. Ich wollte sowieso, dass die ganze Szene so weit wie möglich bei den hinteren Fenstern ablief, wo ich meinen Schutzengel stehen hatte.

Der Plüschteppich unter meinen Schuhen war dick und zu einem cremefarbenen Weiß eingefärbt. Angeleuchtet wurde er von mehreren kostspieligen Stehlampen. Die Möbel stammten aus der obersten Preisklasse, und die Bilder an den Wänden waren Originalgemälde. Sandy Jackson hatte ihre Statussymbole offenbar am liebsten von der gehobenen Stange.

»Filzen Sie sie«, befahl sie Adam.

»Was soll ich tun?«, fragte er, als sei er etwas von schwer von Begriff. Das gedämpfte Licht trug dazu bei, den Schweiß auf seiner Stirn zu verbergen, aber ich fürchtete, dass er jeden Moment in Ohnmacht fiel.

»Sehen Sie nach, ob sie eine Waffe bei sich hat, Sie Idiot«, befahl Stoneys Mutter und schwang den langen Lauf der Schrotflinte zu Adam. Er trippelte hinüber zu mir und fing an, meinen

Körper von oben bis unten abzuklopfen, als ob er eine Vogelscheuche mit Heu ausstopfen wollte.

»Hey, Pfoten weg, da«, beschwerte ich mich, als er bei meinen Brüsten angekommen war. Das lenkte die alte Glucke genug ab, um ihre Aufmerksamkeit nicht weiter auf Adams klägliche Versuche zu richten. Das letzte, was ich jetzt brauchen konnte, war, dass sie das Filzen übernahm. Aber selbst Adam hatte genug Köpfchen, um sich vor mich hinzustellen und so seine Suche vor ihren Blicken abzuschirmen. Meine Waffe blieb sicher in meinem Bund verborgen.

»Sie ist okay«, krächzte Adam. »Kann ich mich jetzt hinsetzen?«

»Aber passen Sie um Himmels willen auf«, sagte Sandy angewidert, »dass Sie Ihre Füße nicht auf die Polster legen.«

Adam ließ sich dankbar auf die weiße Brokatcouch niedersinken und lockerte seinen Kragen mit dem Finger. Ich blieb stehen und starrte meine Widersacherin an. Ich fragte mich, was auf der Welt die Frau wohl zu der Annahme bewegte, dass die Spielregeln für alle anderen galten, nur für sie nicht.

»Fangen wir an«, sagte sie mit unwiderstehlicher Widerlichkeit. »Ich zahle Ihren Preis nicht, und Sie können jetzt schon anfangen runterzuhandeln. Sie haben gesehen, was mit der letzten Person geschah, die mich erpressen wollte.«

»Ach so, das war der Grund«, sagte ich und prägte mir den Schnitt des Wohnzimmers ein, während ich quasselte. Eine Tür im rückwärtigen Teil führte zur Küche, dahinter war ein Zugang zur Garage. Direkt nach vorne hinaus befand sich der Bogengang zum Eingangsfoyer. Zwei Ausgänge also.

»Thornton Mitchell hat versucht, Sie zu erpressen? Weswegen? Weil Ihr Bruder dabei ist, an Lungenkrebs zu sterben?«

»Halten Sie Ihr Schandmaul«, quäkte sie, und die Flinte machte einen Satz von mehreren Zentimetern.

Hoppla. »Es tut mir Leid, dass Ihr Bruder an Lungenkrebs

stirbt«, sagte ich. »Aber die Menschen werden es letztendlich doch erfahren. Sie hätten Thornton Mitchell nicht umbringen müssen, bloß weil er das gewusst hat.« Ich vollführte einen verbalen Eiertanz. Ich wollte sie dazu bringen, über den Mord zu sprechen, ohne ihr die Worte in den Mund zu legen.

»Er wollte ja einfach nicht aufhören«, sagte sie. Ihre zusammengekniffenen Augen glitzerten im reflektierten Strahl einer nahen Lampe. »Er war früher schon einmal zu mir gekommen. Er sagte, wenn ich ihm kein Geld gäbe für irgend so ein hirnverbranntes Projekt, dann würde er es die ganze Welt wissen lassen, dass er Stoneys Ausbildung an der Universität bezahlt hatte. Dabei war es sowieso von Anfang an seine Idee gewesen. Aber ich wusste, die Leute würden es ins Schäbige drehen und in den Dreck ziehen, also gab ich nach und investierte in sein dämliches Flussparkprojekt. Aber dann kam er wieder und wollte mehr. Sie sollten das im Gedächtnis behalten, wenn Sie hier rausgehen. Denn das ist das einzige Treffen. Ich will Sie aus meinem Haus und aus meinem Leben, aber schnell. Sie gehören hier nicht her. Sie sind nichts weiter als Abschaum.«

»Wir müssen alle von irgendwoher kommen«, sagte ich, da ich mich gerade an die Worte des alten schwarzen Anglers erinnerte, den Sandy Jackson beleidigt hatte. Wenn sie nur eine Spur höflicher gewesen wäre, dachte ich, würde ich nicht an der Stelle stehen, wo ich mich jetzt befand.

»Nennen Sie Ihren Preis, und nennen Sie ihn jetzt, damit Sie Ihren fetten Hintern aus meiner Wohnung heben können.«

»Mein Hintern ist vielleicht fett, aber nicht billig«, improvisierte ich. »Einen Mord zu vertuschen, das sollte mehr wert sein als einen Lungenkrebs zu verschweigen, meinen Sie nicht auch?«

»Wie viel mehr?«, verlangte sie.

»Sie will eine halbe Million«, krächzte Adam vom Sofa her.

Ich hätte ihn erwürgen können. Er stahl mir meinen Text. Was versuchte er, damit zu erreichen? Ich sah sein angeschlagenes

Gesicht. Er wollte nur gut aussehen, wenn es nachher zur Urteilsverkündung kam. Er wollte sich Liebkind machen, so gut es ging.

»Eine halbe Million Dollar?«, wiederholte Sandy Jackson. Sie warf den Kopf zurück und lachte. »Für eine halbe Million Dollar kann ich mir Sendezeit an jedem Tag zwischen heute und Ultimo kaufen. Was soll ein Mädchen wie Sie mit einer halben Million Dollar anfangen?« Sie senkte die Flinte vor lauter Widerwillen und schüttelte den Kopf. »Ich gebe Ihnen fünfundzwanzigtausend Dollar. Das ist alles. Nehmen Sies oder lassen Sie es bleiben.«

»Fünfundzwanzigtausend Dollar?«, wiederholte ich ungläubig. »Damit ich den Mund über einen Mord halte?« Komm schon, Alte, flüsterte ich ihr im Stillen zu. Du bist doch sonst so arrogant. Friss den Köder.

»Sie können nicht beweisen, dass ich ihn getötet habe«, sagte sie mit spitzen Lippen. »Adam hier wird nicht den Mund aufmachen. Oder wie stehts damit?« Sie wandte sich ihm mit der Flinte zu, und ich dachte, er würde gleich hintüber kippen. Sein Mund klappte auf und zu wie ein Fischmaul, das nach Luft schnappt. Aber es kam kein Laut. Die alte Frau lachte. »Sehen Sie, was ich meine? Wenn er nur einen Pieps von sich gibt, ist seine Karriere vorbei, und der Junge ist eine politische Hure. Er kann nichts anderes. Ist es nicht so, Adam?« Sie lächelte ihn an, und ihre Zähne wirkten klein und scharf, wie die Zähne einer Katze, die einer Maus das Fleisch vom Leibe riss. Adam blickte auf den Boden und schluckte schwer.

»Sie werden etwas mehr hinblättern müssen als fünfundzwanzigtausend Dollar«, sagte ich. »Ich habe einen Zeugen, den ich ausbezahlen muss.«

Sie erstarrte. »Der alte farbige Mann.« Ihr Gesicht war ausdruckslos. »Ich habs Ihnen ja gesagt. Wir hätten ihn beseitigen sollen«, wandte sie sich an Adam.

Bingo. Sie hatte soeben bestätigt, dass Adam die Wahrheit gesagt hatte. Das würde wehtun, vor Gericht.

»Der alte Mann wird sich ruhig verhalten«, versicherte ich ihr. »Aber ich werde auch Geld für ihn brauchen. Machen Sie runde zweihunderttausend.«

Sie verlor die Beherrschung. »Ich werde hier nicht rumstehen und mit einer dahergelaufenen, billigen Straßenschlampe um den Preis schachern«, sagte sie. »Sie können das Geld nehmen, das ich Ihnen anbiete, oder Sie können sich mit mir anlegen. Ich habe schon einmal getötet, und hören Sie mir gut zu, Schwester, ich werde keine Probleme haben, es noch einmal zu tun. Sie können das Geld nehmen und heute Abend hier hinausmarschieren, und ich sehe Ihre miese Fresse nie wieder, oder Sie können sich den Rest Ihres Lebens die Frage stellen, wann ich komme und Sie finde. Ich habe schon mit dem Schießeisen hantiert, als ich meine ersten Schritte gemacht habe. Sie werden nie wissen, woher der Schuss kommt. Und keiner wird je erfahren, was mit Ihnen passiert ist. Wenn nicht mein Sohn so ein herzensguter Mensch wäre, hätten Sie nie etwas über diesen fetten, alten Erpressersack erfahren. Mein Sohn ist ein guter Mensch, und Sie werden ihn nicht abschießen. Ich werde Sie töten und Ihre Leiche auf den Rasen des Capitols werfen, wenn mir danach zumute ist.«

Jetzt hatte ich sie. Sie hatte sich soeben selbst ein Loch gegraben, das tief genug war, um das gesamte Geschworenengericht drin herum zu rollen.

»Wie lange, haben Sie gesagt, schießen Sie schon?«, fragte ich sie plötzlich. Es verwirrte sie für einen Moment.

»Seit meinem dritten Lebensjahr«, antwortete sie. »Ich bin auf einer Farm aufgewachsen. Ich kann die Augen von einem Eichhörnchen auf zwanzig Meter treffen. Und, meine Süße, Sie sind eine wesentlich größere Zielscheibe.«

»Seit Ihrem dritten Lebensjahr also? Nun, ich sage das nur

ungern, aber ich habe schon die Flöhe von meinem Jagdhund runtergeschossen, als ich erst zwei war.« In einer einzigen fließenden Bewegung zog ich meine 38er von hinten heraus und sprang die alte Frau an. Ich drückte den Lauf der Flinte nieder und hielt meine Hand fest um ihr Handgelenk gepresst. Ich hatte meine Waffe in ihrem Gesicht, bevor sie auch nur einmal blinzeln konnte. Und es fühlte sich gut an.

»Jetzt hören Sie mir mal zu«, sagte ich mit zusammengebissenen Zähnen. »Ich lege keinen Wert darauf, dass man mir mit einer Schrotflinte im Gesicht rumfummelt. Wie finden Sie das denn, wenn man Ihnen eine Pistole unter die Nase hält?« Bill Butler machte sich wahrscheinlich in dem Moment gerade in die Hose.

Grundgütiger, die Frau flatterte noch nicht mal mit den Augenlidern. »So kriegen Sie Ihr Geld nicht«, zischte sie. »Und Angst habe ich vor Ihrer Sorte schon gar keine.«

»Lassen Sie die Schrotflinte fallen«, befahl ich ihr und drückte ihr Handgelenk noch fester, bis ich bemerkte, dass ihre Nerven schon abstarben.

Ich ließ ihre Hand los und die Flinte plumpste auf den Teppich. Ich bedeutete ihr, von der Waffe abzurücken und sich auf die Couch neben Adam zu setzen. Sie nahm dort übellaunig Platz und blickte finster zu ihrem Begleiter hinüber. »Ich habe Ihnen doch gesagt, Sie sollen sie durchsuchen«, spuckte sie ihn förmlich an. »Sie können aber auch nicht die geringste gottverdammte Kleinigkeit richtig machen, was?« Sie starrte mich an, ihr Gesicht hässlich verzerrt vor Zorn. »So kriegen Sie ihr heiß geliebtes Geld nie.«

»Mich interessiert Ihr Geld nicht«, wollte ich gerade sagen, aber der Wandel in ihrem Gesichtsausdruck ließ mich abrupt einhalten. Ihr Blick war an mir vorbeigeglitten. Sie starrte auf die Küche, ihr Gesicht völlig entgeistert von einem grotesken Lächeln.

»Stonewall!«, rief sie. »Komm und schau dir das an. Diese Frau ist in meine Wohnung eingedrungen, mit allen möglichen Anschuldigungen. Sie arbeitet für diese furchtbare Person, Mary Lee Masters. Sie versucht, deine Kampagne kaputt zu machen.«

Stoney Maloney trat aus dem Kücheneingang, die Autoschlüssel in der Hand. Er blickte zuerst auf das seltsame Lächeln im Gesicht seiner Mutter und dann auf die Waffe in meiner Hand. »Was geht hier vor?«, fragte er besorgt, wachsam und auf der Hut.

»Was machen *Sie* denn hier?«, fragte ich ihn und versuchte den Abstand zwischen der Flinte und der Küchentür abzuschätzen. Was, wenn er versuchte, sich auf sie zu stürzen?

»Ich denke, Sie wissen, warum ich hier bin«, sagte er. Seine Stimme war kontrolliert. »Ich bin überrascht, dass Sie an dieser Sache beteiligt sind, Casey. Meiner Mutter steht juristischer Beistand zu.«

»Wer hat Ihnen gesagt, dass wir hier sind?«, fragte ich. Steckte er mit den anderen unter einer Decke? Hatte seine Mutter ihm alles gesagt? Wusste Adam, dass Stoney involviert war? Hatte er versucht, Stoneys Kandidatur durch sein Schweigen zu retten?

»Ich habe Freunde bei der Polizei«, sagte er und zuckte mit den Schultern, als sei das etwas ganz Selbstverständliches. »Einer von ihnen rief mich an und sagte, die Polizei hätte vor, heute Abend meine Mutter zu befragen. Also, was tun *Sie* hier? Und wo sind die Cops? Warum haben Sie meiner Mutter nicht gesagt, dass sie einen Rechtsbeistand dabei haben kann?«

Vielleicht wusste er es wirklich nicht, dachte ich. Ach Gott, bitte lass ihn nicht mit da drinhängen. Ich suchte in seinem Gesicht nach einem Hinweis, und das war mein Fehler.

In dem Moment, wo ich meinen Blick von ihr abwandte, hechtete sie nach der Flinte. Der alte Vogel flog von der Couch und griff sich die Schrotflinte schneller, als ich je in meinem

Leben einen Menschen sich bewegen gesehen habe. Sie zielte damit auf meinen Kopf, noch bevor ich schlucken konnte.

»Werfen Sie die Waffe dort drüben zum Kamin!«, schrie sie mit gellender Stimme. »Oder ich mache Ihren Kopf zu Kürbisgemüse.«

Ich glaubte ihr. Ich warf meine Pistole über den Teppich und betete, dass sie nicht aus Versehen losgehen würde. Sie plumpste harmlos auf das dicke Flies des Teppichs.

»Was machst du da?«, fragte Stoney entsetzt. Er starrte auf die Schrotflinte und wandte dann seinen Blick zu seiner Mutter. Seine Stimme zitterte, aber er schreckte nicht zurück. »Was für eine verdammte Scheiße treibst du da, Mama? Nimm die Waffe runter.«

»Das werde ich nicht tun!«, schrie seine Mutter. »Dieses miese kleine Flittchen hier ist eine ausgekochte Lügnerin. Sie hat doch tatsächlich die Stirn, hier hereinzutrampeln und zu behaupten, ich wäre diejenige, die Thornton erschossen hat. Sie versucht, mir die Schuld in die Schuhe zu schieben. Sie arbeitet für diese Masters ›Lady‹. *Die* war es. Wahrscheinlich haben die beiden es gemeinsam getan.«

»Mary Lee hat Thornton Mitchell nicht getötet!«, sagte Stoney. Er kam näher, mit ausgestreckter Hand. Seine Stimme wurde sanfter. »Leg die Waffe nieder, Mama.«

»Sie hat es getan«, zischte seine Mutter. »Ich sage dir, dass sie es war. Sie ist der Typ dafür. Sie wollen nur versuchen, mich in ein schlechtes Licht zu stellen. Sie wollen erreichen, dass du schlecht dastehst. Sie versuchen, dich klein zu kriegen. Das werde ich nicht zulassen.«

Stoney trat zwischen mich und seine Mutter. »Gib mir die Schrotflinte«, wiederholte er langsam, die eine Hand ausgestreckt. »Diese Frau hat Thornton Mitchell nicht getötet«, sagte er. »Und Mary Lee kann ihn auch nicht getötet haben. Sie ist nicht der Typ, der so etwas tun würde, Mama. Überleg dir, was du da sagst. Sie ist nicht die Art von Mensch, die einen anderen umbringt.«

»Ach, wirklich nicht?«, tobte die alte Frau. »Sie setzt doch gerade alles daran, dich umzubringen. Kannst du das nicht begreifen? Sie würde alles tun, um zu gewinnen. Sie würde töten und betrügen und stehlen und dieses billige Drecksstück hier einsetzen. Siehst du denn nicht, mit was für einer Person du es hier zu tun hast? Wir könnten diese Wahl verlieren, Stonewall. Wir könnten alles verlieren. Sie wird vor nichts zurückschrecken, um dich zu Fall zu bringen.«

»Mama!« Stoneys Stimme schwoll an, bis sie das ganze Zimmer anfüllte. »Gib mir das Gewehr. Diese beiden Frauen hatten nichts mit dem Mord an Mr Mitchell zu tun. Überlass es der Polizei, herausfinden, wer es getan hat.«

»Das werde ich nicht«, schrie sie zurück. »Warum hörst du mir nicht wenigstens einmal zu? Ich habe versucht, dir von Anfang an klar zu machen, was für eine Person diese Masters wirklich ist. Aber du willst mir ja nicht zuhören.«

Stoney schob den Gewehrlauf beiseite und ergriff den Arm seiner Mutter, um die Waffe gegen die Zimmerdecke zu richten. »Mutter«, sagte er gleichmäßig, und jedes Wort, das folgte, war deutlich und klar in den Raum gesprochen, als ob es ihm Schmerzen bereitete, die Dinge laut auszusprechen. »Hör jetzt sofort auf, solche Dinge zu sagen. Mary Lee Masters kann Thornton Mitchell gar nicht erschossen haben. In der Nacht, als er getötet wurde, war sie nämlich bei mir.«

14

Danach fühlte ich fast so was wie Mitleid mit der alten Henne. Sie schmolz mit einem gottserbärmlichen Geschluchze auf den Boden und rollte sich auf dem Teppich zusammen wie ein Baby, schnappte nach Luft und stöhnte Unverständliches. Fünfundsechzig Jahre lang hatte sie die stählerne Kontrolle einer Südstaatenfrau bewahrt, und jetzt, wo sie es richtig kritisch wurde, verlor sie die Contenance im großen Stil.

Ich glaube nicht mal, dass sie es bemerkte, als die Leute von der Einsatzgruppe schließlich eintrafen. Sie brachen durch die Vordertür herein, ungefähr zehn Minuten zu spät, um noch für irgendwas nütze zu sein. Sie waren viel zu beschäftigt gewesen, draußen rumzustehen und zu debattieren, was sie nun machen sollten, nachdem Stoney angefahren kam und ins Haus hineinging. Was, wenn er mit drinhing? Sie wollten sich nicht die Chance vermasseln, ihn ebenfalls aufs Tonband zu kriegen. Anscheinend hatte sich keiner allzu große Sorgen darüber gemacht, ob jemand meine Chancen vermasseln könnte.

Stoney hatte keinen Schimmer, was da abging. Ich war wieder mal die Glückliche, die es ihm verklickern durfte. »Sie hat ihn umgelegt«, sagte ich ihm, als er eine Polizeibeamtin daran hindern wollte, seiner Mutter Handschellen anzulegen.

Er starrte mich mit leerem Blick an.

»Ihre Mutter hat Thornton Mitchell erschossen«, erklärte ich. »Fragen Sie ihn.«

Ich nickte zum Sofa hinüber. Adam Stoltz war gerade dabei, sich über die Armlehne der Couch zu beugen und auf den weißen Teppich zu kotzen. Er nickte unglücklich und wischte sich den Mund mit dem Hemdsärmel. »Irgendwas stimmt nicht mit der Frau«, sagte er.

Stoney starrte hinter seiner Mutter her. Sie sah zerknittert und zerbrechlich aus, wie sie mit eingezogenen Schultern von zwei

Beamtinnen praktisch hinausgetragen wurde. Er sprach kein Wort mit mir. Er drehte sich nur um und ging ihr nach.

Frank Waters und sein Kameramann warteten am Rande des Rasens. Sie waren voll am Drehen, noch ehe Bill Butler oder sonst jemand sie davon abhalten konnte, wenigstens nicht ohne dabei gefilmt zu werden, wie sie Franks in der Verfassung garantiertes Recht auf freie Meinungsausübung einschränkten.

Die Story war der Aufmacher in allen morgendlichen Nachrichten, inklusive derer auf Bundesebene. Die Aufnahmen zeigten Stoney Maloney, wie er seine Mutter tröstete, als sie zum wartenden Polizeifahrzeug geführt wurde, während Bill Butler auf den Eingangsstufen Hof hielt und erklärte, wie er den Mörder von Thornton Mitchell aufgespürt hatte. Frank Waters schaffte es auf bewundernswerte Weise, alle greifbaren Hintergrundinformationen einzuflechten, und die Zuschauer konnten kaum den Hauch eines asthmatischen Schnaufers vernehmen, als er mit tiefer Stimme über Mitchells Beziehung zu Senator Boyd Jackson sprach, der übrigens, wie er einer erstaunten Nation mitteilte, mit Lungenkrebs darnieder und im Sterben lag.

Seine Nachbetrachtung ging ungefähr eine Woche später über den Äther und endete damit, dass sie dem Staatsanwalt rund zwanzigtausend Dollar Untersuchungskosten ersparte. Frank hatte bereits die ganze Drecksarbeit für ihn erledigt. Thornton Mitchell, so berichtete er, hatte jahrelang Bargeld in Boyd Jacksons Kampagnen gesteckt. Er hatte auch, obwohl dieser Umstand von dessen eigener Familie vor Stoney Maloney geheim gehalten wurde, die Studiengebühren während Stoneys gesamter Ausbildung an der Duke University bis zu seiner Referendarszeit bezahlt, um dem Senator für erwiesene Freundlichkeiten gefällig zu sein – ohne dass die Öffentlichkeit etwas davon erfuhr. Als Mitchell anfing, seine Geschäfte in den Sand zu setzen, weil Boyd Jackson zu krank war, um ihm Protektion zu gewähren, war er

Sandy Jackson um Hilfe angegangen. Es sei an der Zeit, sich für frühere Gefälligkeiten erkenntlich zu zeigen und einem alten Freund zu helfen. Sie hatte in sein neues Projekt investiert, den Park an der Neuse. In ihrer typischen effizienten Art hatte sie gleich zwei Fliegen mit einer Klappe erschlagen, indem sie ihren alten Familienberater in medizinischen Dingen, Doktor Robert Dahler, für sein Schweigen über Boyd Jacksons wahren Zustand belohnte, indem sie ihn zu einem Partner in dem Projekt machte.

Als der Plan in die Binsen ging, gab es mehrere Probleme: Sandy Jackson war verärgert, Dahler ohne Bezahlung und Mitchell immer noch in Schwierigkeiten. Schlimmer noch, Mitchell erfuhr, dass ein Reporter eine Geschichte über seine Geschäftspraktiken plante. Ziemlich frustriert hatte er den Reporter mehrmals angerufen, wie Frank persönlich bezeugen konnte. Vielleicht um Informationen über Boyd Jackson im Gegenzug für Franks Schweigen zu tauschen. Aber er hatte jedes Mal wieder aufgehängt, ohne etwas zu sagen, und war wie ein kopfloses Huhn herumgerannt.

Völlig verzweifelt war Mitchell wieder zu Sandy Jackson gekommen, mit einer besonderen Trumpfkarte in seinem Hemdsärmel. Er wusste, dass Boyd Jackson an Lungenkrebs starb. Er hatte den Senator zufällig im Memorial Hospital erspäht, als er selbst dort in der Herzklinik war, und es war ihm gelungen, die Information, die er brauchte, auszugraben, nachdem er begriffen hatte, dass die Familie ihre Krankenvisiten geheim zu halten versuchte. Er hatte zugestimmt, sich mit Sandy Jackson an dem verschwiegensten Ort zu treffen, den sie beide kannten. Dem Stück Land, das für den missglückten Neuse-Park vorgesehen war. Beide fühlten sich betrogen, aber nur eine von beiden hatte die Schrotflinte. Der Mord war eine Überraschung gewesen. Thornton war vor den Augen eines angstgelähmten Adam Stoltz getötet und dann in Mary Lees Auffahrt gekippt worden, um ihre Wahlkampagne zu diskreditieren. Mitchells Wagen hatte man auf Ramsey Lees Grundstück abgestellt, wegen seiner Vorstrafen und in der Hoffnung, eine Verschwörungstheorie zwischen Cousin und Cousine anzuregen. Sandy Jackson selbst hatte die Polizei angerufen und sich als junges Mädchen ausgegeben, das noch des Nachts mit ihrem Freund unterwegs war.

Das war, wie mir schien, Sandra Douglas Jackson in Reinkultur. Die Frau hatte immer schon versucht, ein bisschen zu viel auf einmal zu machen.

Bis die ganze Show vorbei war, hatte Frank die Sender von North Carolina weit hinter sich gelassen. Er moderiert heute seine eigene landesweite Nachrichtensendung. Der Ruhm hindert ihn nicht daran, immer mehr Haare zu lassen.

Stoney Maloney entstieg dem ganzen Tohuwabohu unbefleckt wie ein Edelpfadfinder. Er hatte nie etwas von Thornton Mitchells Anteilnahme an seinem Leben gewusst, und seine Aussagen klangen überzeugend. Ebenso erging es ihm mit dem Lügendetektortest, dem er sich freiwillig unterzog, um seine Unschuld zu beweisen. Er veröffentlichte das Aufzeichnungsband von dem Prozedere in voller Länge, und Ausschnitte davon wurden in den Abendnachrichten gezeigt. Ich erkannte Stoneys Vater an seiner Seite. Jetzt, wo Sandy Jackson ihm nicht mehr im Weg stehen konnte, hatte er endlich die Vaterrolle antreten dürfen. Er sah aus, als ob er ihm nicht nur eine Stippvisite abstattete. Stoney hatte eine Mutter verloren, aber einen Vater gewonnen. Es hätte schlimmer kommen können. Am meisten jedoch zeigte Stoneys unerschütterliche Unterstützung seiner Mutter und sein Verhalten nach der Anklageerhebung ihn als Mann von Prinzipien, der daran glaubte, das Richtige zu tun. Egal wie schwierig oder peinlich es auch sein mochte. Die Presse spürte ihn sogar dabei auf, wie er der Tochter von Thornton Mitchell einen Besuch abstattete, um ihr sein Beileid für ihren Verlust auszusprechen und sich für den Anteil, den seine Familie dabei gespielt hatte, zu entschuldigen.

Dieser Anstand im Angesicht der konstanten Presseaufmerksamkeit half ihm vier Wochen später auch die Wahl zu gewinnen. Ich stand vor der Stimmabgabe und stellte fest, dass ich seit Menschengedenken das erste Mitglied der Familie war, das für die Republikaner stimmt. Aber ich denke, mein Großpaps hätte es gutgeheißen. Er hasste die Kotzbrocken, aber noch mehr hasste er die Schleimer, und Stoney Maloney war kein Schleimer.

Mary Lee blieb ein Geheimnis. Sie hielt sich aus der Politik heraus, nachdem sie das Rennen gegen Stoney verloren hatte.

Ich traf sie am Tag nach der Verhaftung von Sandra Douglas Jackson. Ich glaube, es war das einzige ehrliche Gespräch, das wir jemals miteinander führten.

»Sie sind also Stoney Maloneys Geheimfrau.«

»Ich will nicht drüber reden, Casey«, sagte sie. »Ich liebe ihn wirklich. Wenn das rauskommt, ist er ruiniert.«

»Ich hab nicht vor, mir darüber das Maul zu zerreißen«, sagte ich und wunderte mich, dass sie zur Abwechslung tatsächlich mal an jemanden anderen als an sich selber dachte. »Ich wünsche Ihnen beiden viel Glück. Sie werden es brauchen können.«

»Hier.« Sie schob mir einen Blankoscheck über den Tisch hinweg zu. »Füllen Sie ihn selber aus. Was immer Sie wollen. Sie haben sichs verdient. Ich weiß, dass Sie mich nicht mögen, aber Sie haben mir trotzdem einen guten Dienst erwiesen. Und ich bin bereit, den Preis dafür zu zahlen.«

»Alles klar«, stimmte ich ihr zu und füllte den Scheck so aus, dass sie den Betrag sehen konnte. Ich berechnete ihr genau das, was wir vereinbart hatten. Das Dreifache meines üblichen Tarifs, plus Aufwandsentschädigungen. Und ich setzte noch einen Extra Tausender ein für einen neuen Anne-Klein-Hosenanzug, weil ich vermutlich in diesem Jahrhundert nicht noch mal einen in einer Secondhand-Boutique finden würde.

Und dann ersparte ich ihr noch ungefähr zehntausend Dollar an Scheidungskosten.

»Ich habe ein Geschenk für Sie«, sagte ich zu ihr. »Umsonst.«

Ihre Augen wurden schmal. Sie war einer der wenigen Menschen auf der Welt, die noch argwöhnischer sind als ich. »Was für ein Geschenk?«, fragte sie.

»Sie erinnern sich doch an die obszönen Anrufe, die Sie immer bekommen haben?«, fragte ich.

»Ja«, sagte sie. »Besteht da ein Zusammenhang?«

»Gewissermaßen«, lächelte ich. »Es war Bradley. Und ich habe die Datenaufzeichnung, um es zu beweisen.«

»Bradley?«, sagte sie erstaunt. »Wer belästigt denn seine eigene Frau am Telefon?«

»Na eben, Bradley. Ich schätze, er fühlte sich echt in die Ecke gedrängt durch Ihren Erfolg.« Ich zuckte mit den Schultern. »Ihre Umfrageergebnisse zogen an, und seine Geschäfte gingen den Bach runter. Das hat ihm einen Zacken aus der Krone gebrochen. Aber ich denke, die Rolle des Sexunholds muss ihm echt was gebracht haben, denn er hat Sie sogar aus Nassau angerufen. So habe ich ihn auch erwischt. Und das war schon, nachdem er wusste, dass Mitchells Leiche in Ihrem Auto gefunden worden war. Es stellte sich nämlich raus, dass *Channel Five* der CBS-Partner unten auf den Bahamas ist. Das heißt, er sah den Bericht im Fernsehen und machte sich nicht einmal die Mühe, nach Hause zu kommen. Er blieb lieber dort und bumste seine Studentin und rief Sie dann auf Ihrer Privatnummer an, um mit Ihnen in Ihrer schwärzesten Stunde darüber zu quatschen, wie er Sie in Ihrem Seidennegligé fesseln würde. Er ist wahrhaftig ein Prinz unter den Männern.«

»Diese miese Figur.« Sie starrte zur Tür ihres Büros hinaus und dachte darüber nach, wann er jeweils angerufen und was er gesagt hatte. Und wie sie ihn loswerden könnte. Das war der wunde Punkt, wo ich ihr auszuhelfen gedachte.

»Bradley macht es doch nichts aus, wenn seine Herumvögelei bekannt wird, oder?«, fragte ich.

Sie schüttelte den Kopf. »Er denkt vermutlich, es lässt ihn männlicher erscheinen.«

»Aber es wäre ihm peinlich, wenn die ganze Welt erfährt, dass er ein perverser Iltis ist, der sich einen abjodelt, während er seine Sprüche über hohe Absätze und Damenunterwäsche ins Telefon krächzt?«

»Oh ja.« Mary Lee nickte nachdrücklich. »Bradley schätzt seine Golfklubs und seine Freunde mit den guten Beziehungen. Er würde sich eigenhändig aus dem Leben katapultieren, wenn es irgendjemand erfährt. Und sein Vater würde ihn hinterher noch mal erwürgen. Bradley hat bereits alles Geld von seiner Großmutter verjubelt. Seine einzige Hoffnung besteht darin, jetzt das Geld von seinem Vater zu erben, wenn der mal den Löffel abgibt.«

»Also dann, Mary Lee«, erklärte ich behutsam, »sagen wir doch mal, rein theoretisch, dass Sie und Bradley ein gemeinsames Geheimnis hatten, das weit in der Vergangenheit zurückliegt, und dass Sie mit ihm verheiratet geblieben sind, aufgrund dieses Geheimnisses.«

Sie starrte mich an, hielt aber den Mund. Es war ein Erlebnis, wie man es nur einmal im Leben zu sehen bekommt.

»Und jetzt, wo Sie etwas haben, um ihm die Hammelbeine lang zu ziehen«, erklärte ich, »können Sie den Schweinehund ohne Angst fallen lassen, wann immer Sie wollen.«

Und sie wollte. Innerhalb eines Jahres war ihre Scheidung durch, und sie war nach Washington gezogen. Sie erschien im Capitol in der gleichen Woche, als der frühere Senator Boyd Jackson an Lungenkrebs starb, den hingebungsvollen Neffen an seiner Seite. Mary Lee und Stoney Maloney heirateten im darauf folgenden Herbst, und die politischen Kommentatoren von hier bis Kalifornien rissen alle den selben müden Witz. Von wegen kein Fraktionszwang im Bett und so weiter und so weiter. Ich fragte mich, ob Mary Lee wohl Stoney bei seinen monatlichen Besuchen begleitete, die er seiner Mutter in der Frauenabteilung des Zentralgefängnisses von Raleigh abstattete. Irgendwie bezweifelte ich es.

Ja, Sandra Douglas Jackson wurde verurteilt. Sie wurde für vollkommen normal, vollkommen hinterfotzig und vollkommen schuldig befunden, einen vorsätzlichen Mord begangen zu haben. Hauptsächlich natürlich deswegen, weil Adam Stoltz loslegte wie ein Gockel am Ostersonntag, nachdem er erst mal den Zeugenstand betreten hatte. Was für ein Theater. Aber in gewisser Weise entging Sandy Jackson der Bestrafung. Sie gaben ihr nicht die Todesstrafe, sondern nur lebenslänglich. Und das Leben war ihr schon genommen.

Adam Stoltz überlebte mit einem besseren Deal als jeder von uns sich das vorgestellt hatte. Er schrieb ein Buch, während er seine Zeit im Gefängnis absaß, das ein Bestseller wurde. Es handelte angeblich von Politik. Auf die Weise konnten Thornton Mitchells Angehörige sich nicht an den Profiten vergreifen. Aber es ging weg wie warme Semmeln, weil jeder wusste, dass der Autor persönlich anwesend war in jener kühlen Oktobernacht, als eine vornehme Südstaatenlady aus der obersten Gesellschaftsschicht einen Satz Schrotpatronen ins Herz ihres ältesten und geheimsten Freundes abfeuerte.

Thornton Mitchell hatte sein Leben lang von Boyd Jackson geheime Gefälligkeiten gekauft. Er hatte sich vierzig Jahre lang mit Abmachungen hinter verschlossenen Türen dringend benötigtes Geld beschafft. Es war ein Arrangement, das beide Männer trafen, als sie erst am Anfang ihrer Karrieren standen, und Sandy Jackson hatte als ihre Mittelsperson gedient. Aber Mitchell musste am Ende für die Beziehung mit seinem Leben bezahlen. Vier Jahrzehnte gegenseitiger Korruption waren mit dem Zucken eines Fingers am Abzug und einer Blutlache im Sand zu Ende gegangen. Dass er als Zeuge bei diesem Geschäftsabschluss dabei war, machte Adam Stoltz zu einem sehr wohlhabenden Knastinsassen.

Wir übrigen gingen auch nicht leer aus. Ramsey Lee hätte einen Prozess wegen widerrechtlicher Festnahme anstrengen können, aber das SBI war schon genug gedemütigt, und er hatte bessere Dinge vor mit seinem Geld. Er blockiert noch heute die Projektentwicklung am Ufer der Neuse.

Bobby Dee erhielt seinen Anteil der Erfolgsprämie, aber ein paar Tage später setzte er den ganzen Batzen beim Playoff auf die *Braves* und verlor die Wette. Sein Verlust machte ihn so unglücklich, dass er eine ganze Stunde lang nichts mehr essen konnte und vielleicht ein halbes Pfund Gewicht verlor.

Was mich betrifft, so wartete ich mehr als eine Woche lang darauf, dass Bill Butler an meiner Tür erscheinen würde, um ›Danke‹ zu sagen und mich zu fragen, ob ich nicht den Rest meines Lebens mit ihm verbringen wollte.

Der Anruf kam schließlich an einem Freitagabend, als ich eben dabei war, mich fein zu machen, um mit einem neuen Freund zum Dinner auszugehen. »Casey?« Bills Stimme füllte den Raum aus und stoppte meinen Kajalstift ungefähr einen Zentimeter vor meinem linken Auge. »Ich weiß, dass Sie da sind, also heben Sie schon ab. Ich will dringend mit Ihnen sprechen.«

»Wie wärs denn, wenn Sie dringend ›Danke‹ sagen wollten?«, fragte ich ihn, während ich das Telefon in der einen Hand hielt und mit der anderen meine Netzstrümpfe auseinander klamüserte.

»Das auch«, sagte Bill. »Aber das ist etwas, was ich persönlich tun möchte. Im übrigen gibt es etwas Wichtiges, was ich gerne mit ihnen teilen würde. Kann ich rüberkommen? Nur für ein paar Minuten?«

»Sie wollen dreißig Minuten von Raleigh herüberfahren, um sich bei mir zu bedanken?«, fragte ich skeptisch.

Ein Schweigen trat ein. »Vertrauen Sie mir, Casey«, sagte er endlich. »Ich weiß, was ich tue, und ich möchte gerne rüberkommen.«

Ich starrte das Telefon einen Moment lang an. Eine Menge Gedanken gingen mir durch den Kopf. Ich dachte an meinen Ex und daran, wie doch so oft ein hübsches Gesicht dazu dient, ein böses Herz zu verbergen. Ich dachte an Bill Butlers dunkle Augen und seine langen Hände, an die Art wie er sich bewegte. Wie eine große Katze, die durch die Nacht schleicht. Und ich dachte an sein Lächeln, das man so selten sah und das doch so umwerfend war, wenn es dann endlich erschien. Es war die Erinnerung an sein Lächeln, die mich dann schwach machte. Ich falle immer wieder drauf rein – auf ein strahlendes Lächeln.

»Na gut«, sagte ich schließlich und endlich. »Ich bin noch hier bis halb acht.«

Die Türklingel rasselte kaum dreißig Minuten später. Ich öffnete vorsichtig und blinzelte hinaus. Bill hatte beide Hände hinter seinem Rücken versteckt. »Ich habe Ihnen ein Geschenk mitgebracht«, sagte er. »Das ist meine Art, ›Danke‹ zu sagen.« Er strahlte mich an, und die Tür öffnete sich von selbst. Ich beschloss, ihn in mein Leben einzulassen.

Was aber in mein Leben Einlass fand, war die erstaunlichste Konkretisierung des Wortes ›Hund‹, die ich in meinem ganzen Leben gesehen habe. Es war ein großer Jagdhund, vollkommen eingedeckt mit mehrfarbigen Flecken, als ob eine Tintenbombe direkt über ihm in der Luft explodiert wäre. Er war mit schwarzen Flecken an seinem Hohlkreuz übersäht, rote Sommersprossen überzogen alle vier Beine, dazu samtene, rostbraune Ohren, die so lang waren wie die von einem Basset, und eine grau gefleckte Schnauze wie bei einem Beagle. Ein großer, schwarzer Fleck markierte den Ansatz seines langen Schwanzes, der langsam wedelte und sich dabei wie ein Federbusch ohne Federn krümmte.

»Was zum Keiler ist denn das?«, fragte ich, während der Hund an mir vorbeitappte, mit meinem Sessel kollidierte, an meinem Bettgestell vorbeischleuderte und in der Mitte des Teppichs niederfloppte. Das Tier gab einen enormen Seufzer von sich und fing sofort an, lauthals loszuschnarchen. Er streckte alle viere seitwärts von sich und sah aus, als bestünde er zu hundert Prozent aus Haut ohne Knochen.

»Das ist Beauford«, erklärte Bill. »Er gehört jetzt ganz und gar Ihnen.«

»Mir?« Ich starrte Bill an. Meine Stimme wurde grimmig. »Nie und nimmer, nicht einmal wenn alle Teufel der Hölle ...«

»Casey, Sie müssen ihn einfach nehmen«, bettelte Bill, und seine Stimme ging zwei Oktaven nach oben, bis er wie ein kleiner Junge klang. »Wenn Sie ihn nicht nehmen, wird er eingeschläfert. Ich kann ihn nicht mitnehmen zu mir nach Hause, denn ich habe schon einen Hund, und der hasst andere Hunde.«

»Wer will diesen Hund einschläfern lassen?«, fragte ich. »Und wäre das nicht völlig unnötig beziehungsweise doppelt gemoppelt?«

Wir beide blickten hinunter auf den gigantischen Haufen Hundefleisch, der sich auf und niedersenkte, während das Tier lustvoll schnarchte. Sein Körper war eine Masse vielfarbiger Flecken, die sich gegen den falben blauen Teppich abhoben. Ich beobachtete voller Entsetzen, wie sich ein Bächlein Urin aus dem Zentrum des Fleischmassivs löste und über den Teppich dahinschlängelte, wie ein kleiner Fluss auf der Suche nach dem Meer.

»Dieser Hund hat soeben auf meinen Teppich gepisst«, legte ich mit Nachdruck dar. »Niemand pisst auf meinen Teppich. Weder Mensch noch Tier.«

Bill wirkte kurzfristig peinlich berührt. »Er ist aus dem Drogentraining rausgeflogen.«

»Wie bitte?« Die Hunde der DEA erschnüffelten die Anwesenheit von Betäubungsmitteln in Gepäckstücken und Ladeluken, aber sie gingen nicht rum und wässerten auf anderer Leute Teppiche.

»Er ist heute erst aus dem Training rausgeflogen.«

»Weshalb? Weil er dem Lehrer ans Bein gepinkelt hat?«

Bill blickte unbehaglich drein. »Er hat eine größere Menge Beweismaterial geschluckt.«

Ich fing an zu lachen. »Sie meinen, dieser Hund hier«, ich zeigte auf den schlummernden Vierbeiner, »hat heute eine Handvoll Marihuana verschlungen? Ist es das, was Sie mir mitteilen wollen?«

Bill nickte ernsthaft. »Und den Plastikbeutel dazu.«

Ich konnte nicht aufhören zu lachen.

»Heißt das jetzt, Beauford kann bleiben?«, fragte Bill hoffnungsfroh. »Er ist ein wirklich gutmütiger Hund.«

»Das glaube ich Ihnen gerne«, sagte ich und schnappte immer noch lachend nach Luft, »aber ich bin nicht sicher, dass ich mir seine Sucht leisten kann.«

Wie auf ein Stichwort hob Beauford den Kopf und starrte mich aus braunen Augen schläfrig an. Mit einem großen, glasigen Blick, der von völliger Benommenheit gezeichnet war. Er hat riesige Backentaschen, die ihm links und rechts vom Maul herabbaumelten und einen herrlichen Brustpanzer aus rot geflecktem Fell.

»Kann er bleiben?«, flehte Bill. »Bitte, Casey. Er gehört nicht zu der Sorte Hund, den die Leute aus dem Tierschutzheim mitnehmen. Sie werden ihn sonst einschläfern.«

»Okay, er kann bleiben«, sagte ich. »Ich kenne ein gutes Zuhause für ihn. Aber Sie haben eine reichlich seltsame Art, Ihren Freunden für erwiesene Gefälligkeiten Dankeschön zu sagen.«

Bill stieß die Luft in einem langen, erleichterten Pfeifton aus. »Eigentlich betrachte ich Beauford als einen weiteren Grund, warum ich Ihnen eins schulde. Aber das hier ist als teilweise

Begleichung meiner Schulden gedacht.« Er brachte ein riesiges Blumenbouquet hinter seinem Rücken hervor. Eine Bestechung, die er in Reserve gehalten hatte, um mich zu überzeugen, dass ich den Hund nehmen sollte? Oder wahrhaftig eine Dankesgeste?

»Ich dachte, vielleicht könnte ich Sie heute Abend zum Essen einladen, wenn ich schon mal da bin?« Seine langen Wimpern arbeiteten in Höchstform, als sie die unschuldigen braunen Glubschaugen erstrahlen ließen.

Oh, mamma mia. Das war es, was ich mir viele Nächte hindurch vorgestellt hatte, während ich mich in den Schlaf wiegte. Hier war meine Chance, die Sache mit der Länge im Detail weiterzuverfolgen, meine Chance, nach silbernen Brusthaaren zu suchen – verdammt noch eins, hier war meine Chance, zur Abwechslung mal mit einem Mann auszugehen, der den Kindergarten schon lange hinter sich gelassen hatte.

Und doch schossen mir die Gedanken an meinen Exmann durch den Kopf. Ich hatte auf Bill Butlers Anruf genauso gewartet, wie ich auf den fatalen Anruf von meinem Ex gewartet hatte, der niemals kam, damals, vor vielen Jahren. Und Bill würde mich auch wieder warten lassen, das wusste ich. Er war ein Cop. Wollte ich das haben – für den Rest meines Lebens? Ich hatte mir selber bestimmte Versprechen gegeben. Sollten das nur leere Versprechungen bleiben?

Wie auch immer: jedenfalls war es mir lieber, Bill Butler war in meiner Schuld als in meinem Bett.

»Ich glaube nicht«, sagte ich und überraschte mich selber dabei mehr als ihn.

»Was?«, fragte er und begann in seiner Aufregung mit den Blumen zu rascheln.

»Wir werden auch weiterhin zusammenarbeiten«, sagte ich. »Ich halte das für keine sehr gute Idee.«

»Casey«, sagte er. »Die einzigen Frauen, die ich kennen lerne, sind die Frauen, mit denen ich zusammenarbeite. Oder die, die ich verhafte.«

»Prima«, sagte ich strahlend, »wenn Sie sich an die Verhafteten ranhalten, können Sie die Ware immer schon mal im voraus begutachten, indem Sie Ganzkörperuntersuchungen durchführen.«

»Sehr witzig.« Er verfiel für einen Moment in Schweigen. »Das ist jetzt dafür, dass ich Ihnen nicht sehr viel geholfen habe, nicht wahr?«

»Bestimmt nicht«, versicherte ich ihm, nahm die Blumen und drehte ihn zur Tür. Ich gab ihm einen leichten Schubs. »Glauben Sies oder glauben Sies nicht, aber das hat sehr wenig mit Ihnen zu schaffen.«

Als er fort war, steckte ich die Blumen ins Wasser und betrachtete meinen neuen vierbeinigen Freund. Ich gab ihm einen leichten Rippenstoß mit der Fußspitze. Er bewegte sich ein wenig. »Komm schon, Beauford«, rief ich ihm zu. Keine Reaktion. Ich hob eines seiner langen, seidigen Ohren auf und flüsterte in seinen Hörkanal hinein: »Chappi-Zeit.«

Diesmal öffnete er ein Auge und blinzelte mich an. »Wir ziehen um«, sagte ich entschieden, griff ihn beim Kragen und zog den Hund in die Höhe. Er stand auf wackeligen Beinen, aber er folgte mir brav nach draußen, und nachdem er bei dem Versuch, auf die Buchsbaumhecke der Vermieterin zu pinkeln, umgefallen war, schaffte er es auch noch unbeschädigt bis in mein Auto hinein.

Auf halbem Weg ins Wake County musste ich das Fenster runterdrehen oder ich wäre zu meinem Abendessen erschienen und hätte geduftet wie das Lieblingstier eines mexikanischen Drogenlords. Ich kam gut voran, es sah so aus, als würde ich sogar zu früh kommen. Mein Gastgeber musste sich auf mehr als nur eine Überraschung gefasst machen.

Die Einfahrt war diesmal leicht zu finden im Dunkeln. Ich war schon früher mal bei Nacht dort gewesen. Ein eigenartiger Laster war neben der Hütte geparkt, obwohl mir das Kennzeichen bekannt vorkam. Ich zerrte Beauford vom Rücksitz des Valiant und schaffte es, ihn bis zur Veranda hin zu schieben und zu ziehen. Die Außenlichter erstrahlten, als wir die Stufen erreichten.

»Was zum Teufel ist mit dem Hund?«, fragte Ramsey Lee und verfiel in Gelächter. »Wenn ichs nicht besser wüsste, würde ich sagen, er ist bekifft bis an die Kiemen.«

»Das ist eine lange Geschichte«, gab ich zu. »Tut mir Leid, dass ich zu früh gekommen bin. Dies hier ist Beauford. Kann er bei deinen Hunden unterkommen? Ich bin am Ende meiner Nerven mit ihm. Er sitzt den ganzen Tag bekifft herum, weigert sich, auf Arbeitssuche zu gehen, guckt immer nur in die Glotze und hebt nicht mal seine eigene Dreckswäsche auf. Schnupper nur mal an ihm.«

Er lachte noch ärger. »Na sicher kann er bleiben. Der alte Bursche sieht wie ein guter Jagdhund aus. Lass mich ihn mal aus der Nähe beäugen. Slim – komm und schau dir an, was uns da hereingeschneit ist.«

Slim Jim Jones – Partisane des Paddelboots und gehorsamer Sohn seiner kauzigen alten Mami – trat hervor auf die Veranda vor Ramseys Lee Hütte. Unsere Blicke trafen sich über den Rücken unseres Gastgebers hinweg. »Ich wusste gar nicht, dass du mit Ramsey befreundet bist«, sagte ich gleichmütig. »Kleine Welt, was?«

Slim zuckte mit den Schultern. »Tja, Casey. Das sage ich auch immer.« Er spuckte einen Batzen Tabaksaft über den Rand der Veranda und – wenn mir die schwache Beleuchtung nicht gerade etwas vortäuschte – ich hätte schwören mögen, dass er mir zuzwinkerte.

Mein Gott, diese Männer aus den Bergen. Selbst ohne Berg konnte man sie auf den ersten Blick erkennen. Sie waren hartnäckig, widerborstig, selbstsicher, klapperdürr, Schwerstarbeiter. Und praktisch die letzten Menschen auf der Welt, die sich noch um irgendetwas anderes Sorgen machten als bloß ums Geldverdienen.

»Wie lange kennst du Ramsey eigentlich schon?«, fragte ich ihn.

»Oh, lange genug«, antwortete Slim Jim und gab Beauford einen Klaps auf den Kopf. »Na, wird wohl wieder Zeit, dass ich nach Hause zu Mami zurückkehre«, sagte er und trat in den Hof hinaus. »Der Hund hat ein gutes Knochengerüst, Ramsey. Wenn er wieder ausnüchtert, wirst du einen tüchtigen Spürhund an ihm haben.« Beauford wählte diesen Moment, um sich für ein weiteres ernsthaftes Nickerchen hinplumpsen zu lassen. Sein Körper erstreckte sich über vier Stufen nach oben, während die Haut zum hinteren Ende schlidderte und sich um den Schwanz herum in Akkordeonfalten ansammelte. Slim Jim fing an zu lachen, und ich lauschte, wie sein Gelächter sich mit dem Motorengeräusch seines Trucks vermischte und den Weg entlang davon fuhr.

»Sie sind ein guter Mensch, Ramsey Lee. Sie nehmen streunende Hunde auf. Und Sie haben auch nie den Cops die Namen der Männer genannt, die Ihnen damals geholfen haben, die Baustelle in die Luft zu jagen, hab ich recht?«

Ramsey kraulte Beauford hinter den Ohren. »Ich denke, ich war nie eine große Petze«, sagte er. »Gehen wir rein, was essen.«

Er hatte uns eigenhändig ein Brunswick Stew gekocht, so, wie sichs gehört, komplett mit gehacktem Rind-, Hühner-, Schweine- und Eichhörnchenfleisch. »Das köchelt schon den ganzen Tag«, versicherte er mir. »Also erwarte ich, dass du wenigstens die ganze Nacht daran essen wirst.«

Wir aßen schweigend, in glücklicher Zweisamkeit – wie wir es seither noch oft getan haben. Ramsey redet nicht gerne, und ich bin völlig zufrieden, wenn ich nicht quatschen muss. Das Gerede zeigt nur die Schwächen der Leute. Das ist der Grund, warum ich die starken und stillen Typen bevorzuge.

Diese Nacht war der Anfang eines sehr guten Winters, alles in allem genommen. In den nachfolgenden Monaten verbrachte ich eine Menge Zeit in Ramseys Hütte, mit Spaziergängen am Ufer der Neuse bei Tag und gemeinsam mit ihm im Bett bei Nacht. Genau wie ich mochte er es meistens, aber nicht immer, allein zu sein. Am besten aber war, dass ich viele Stunden zusammengerollt vor seinem Kamin verbrachte, zusammen mit einem Rudel sehr verwöhnter Hunde.

Es heißt, wenn einer mit Hunden zu Bett geht, steht er mit Flöhen auf. Aber es gibt schlimmere Dinge im Leben als Flöhe.

Katy Munger

Katy Munger (www.katymunger.com) wurde 1956 auf Hawaii geboren. Aufgewachsen ist sie in Raleigh – einem Eckpunkt des so genannten Triangle in North Carolina. Nach dem Studium an der University of North Carolina in Chapel Hill (zweiter Punkt des Triangles) zog sie 1980 nach New York. Dort begann sie auch ihre schriftstellerische Laufbahn mit den so genannten »Hubbert-&-Lil-Mysteries«, die sie unter den Pseudonym Gallagher Gray verfasste. Casey Jones ist dort schon als Nebenfigur angelegt. Zurück in der Heimat, diesmal in Punkt drei des Dreiecks, in Durham, North Carolina, gründete sie eine PR-Firma, die Finanzdienstleister in Print- und multimedialen Angelegenheiten berät, brachte eine Tochter zur Welt und begann mit Casey Jones eine der trendsettenden »neuen« Krimiserien. Zusammen mit ihren Kolleginnen Sparkle Hayter und Lauren Henderson bildet Katy Munger die Gruppe »Tart Noir«, die in den USA durch ihren respektlosen »Neofeminismus« auf sich aufmerksam zu machen weiß.

Bibliografie

Die *Casey-Jones*-Serie: *Legwork* (1997, dt. *Beinarbeit. Ein Fall für Casey Jones*, 2001), *Out of Time* (1998), *Money to Burn* (1999), *Bad to the Bone* (2000).

Unter dem Pseudonym Gallagher Gray:

Die *Hubbert-&-Lil*-Serie: *Partners in Crime* (1991), *A Cast of Killers* (1992), *Death of a Dream Maker* (1994), *A Motive for Murder* (1995).

Witzig, warmherzig, links

Interview mit Katy Munger

Jon Jordan: *Wie würden Sie Leuten, die, unter welchem Vorwand auch immer, Ihre Romane noch nicht gelesen haben, die Bücher beschreiben?*

Katy Munger: Als Unterhaltung. Aber als Unterhaltung, die auf einer bestimmten Weltsicht basiert, nämlich aus dem Bauch heraus, mit Humor und basierend auf der Liebe zu Menschen, die keine Angst haben zu sein wie sie sind. Auch und gerade wenn sie anders sind. Meine Bücher sind an der Oberfläche witzig, in der Mitte warmherzig und im Innern links. Sie handeln von einer hartgesottenen Privatdetektivin, die austeilen kann und sich nicht darum schert, was andere Leute von ihr denken. Sie spielen im Süden, aber es ist vermutlich nicht der Süden, den man Ihnen in schlechten Fernsehserien andrehen will. Ich versuche, eine Balance aus Plot, Charakterstudie und Humor zu finden und gebe mir viel Mühe, Tempo zu machen. Es gibt zwar Kanonen, Gewalt und Sex, doch das alles spielt sich, abgesehen von den Verfolgungsjagden, hinter den Kulissen ab. Aber gute Verfolgungsjagden liebe ich. Man hat den Casey-Büchern manchmal Feminismus vorgeworfen, aber ich habe eine Menge männlicher Fans und ich möchte auf keinen verzichten. Meine männlichen Leser sind richtige Männer, die sich von starken Frauen nicht bedroht fühlen. Der Witz für die Snobs dieser Welt, die nie einen Krimi zur Hand nehmen würden, ist, dass sie, hätten sie in der Schule und der Uni aufgepasst, eine ganze Menge Anspielungen auf »klassische Literatur« finden könnten – so 'ne Art »Such's Balli« für Intellektuelle. Vielleicht sollte ich noch hinzufügen, dass ich »spaßige Krimis« ohne Plot nicht mag. Ich mag keine Figuren ohne Herz. Vor allem hasse ich Dummheit und Ignoranz. So, das alles sollte jetzt sehr schön Verwirrung gestiftet haben. Was natürlich eine Inszenierung ist, damit die Leute meine Bücher kaufen.

Man hat viele Gemeinsamkeiten zwischen Casey und Ihnen festgestellt. Aber wo unterscheiden Sie sich wesentlich (abgesehen davon, dass Sie keinen Hintern haben wie ein Kühlschrank)?

Danke für die werte Schätzung meines Arschs, na ja, wenn man es als Kompliment auffassen kann, dass er nicht mit einem Kühlschrank verglichen wird. Ja, wie unterscheide ich mich von Casey? Hm, ich wiege jetzt mehr als die Alte. Zum einen. Zum anderen wird man Casey wohl kaum dabei zusehen, wie sie den Hintern eines Zweijährigen abwischt, nie und nimmer. Davon abgesehen habe ich ein noch schmutzigeres Maul als Casey und auch einen schrägeren Sinn für Humor. Ich hatte aber irgendwie das Gefühl, dass die lesende amerikanische Öffentlichkeit für meine Revolverschnauze noch nicht reif genug ist. Casey ist außerdem viel besser in Form als ich, und sie hat viel mehr Selbstvertrauen und den Hang dazu, ihre Muskeln und ihre körperliche Kraft einzusetzen. Und: Casey hat nichts gegen kurze Bekanntschaften, sagen wir mal, so in der fünf-Stunden-Kategorie. Ich habe es nie ganz geschafft, das durchzuziehen, nicht mal in meiner Hoch-Zeit als Schlampe. Ich bin politisch bedeutend aktiver als Casey, aber weil ich politisierende Krimis nicht mag, lasse ich die Politik raus. Und ich ziehe mich nicht ganz so farbenfroh an. Schließlich: Casey wird nicht älter. Ich schon, hoffe ich wenigstens. Aber abgesehen davon fürchte ich, dass Sie Recht haben. Sie ist hat schon etwas von einem Alter Ego. Wir beide bewundern Underdogs, schließen die Elenden und Entrechteten in unsere Herzen, hassen Feiglinge und schießen mit unseren Schnauzen auf alles, jederzeit und ohne zu zögern.

Was würde die Leute wirklich überraschen, wenn sie es von Ihnen wüssten?

Vermutlich, dass ich ein sehr glücklicher Mensch bin. Überhaupt nicht sarkastisch oder so, voller Liebe für andere Menschen bis hin zum Kitsch. Ich mag sogar kleine Schmierlappen, ich finde sie putzig, auf fatale Art und Weise. Man hat mich als manisch-fröhlich bezeichnet, und das ist keine Show. So bin ich zur Welt gekommen, und so werde ich sterben. Alles genetisch. Meine Tochter ist genauso. Wichtig ist, dass meine Bücher im Süden spielen, weil Casey mit vielem nur im Süden durchkommen kann (na ja, zumindest unversehrt). Viel von der Komik hängt auch vom Zusammenspiel zwischen Zugereisten und alten Südstaatlern ab. Das gilt auch für Männer und Frauen in einem bestimmten sozialen Dampfkochtopf. Den Schauplatz zu wechseln, würde auch das Feeling verändern. Interessanterweise, finde ich wenigstens, hat Casey in New York angefangen. Sie war eine Nebenfigur in einem Buch, das ich unter dem Pseudonym Gallagher Gray geschrieben habe. Sie arbeitete als P.I. aus dem Süden in New York, als ich den Auftrag für das erste Casey-Buch erhielt. Der Verleger bat mich, sie aus New York herauszuschaffen, weil sich die Bücher mit New York als Schauplatz so schlecht verkauften. Ich hatte auch gerade beschlossen, aus New York zurück nach North Carolina zu ziehen, und hatte selbst Angst vor der mangelnden Authentizität meines Schauplatzes, also hab ich sie mitgenommen. Und so wurde sie viel warmherziger, nicht mehr so gemein, eher zurückhaltend und mehr sie selbst.

Was lesen Sie, wenn Sie Zeit dazu haben?

Zunächst mal: Viel. Ob ich Zeit dazu habe oder nicht. Und hauptsächlich mein eigenes Genre. Für den ganzen psychobrabbelnden Quatsch, der sich zurzeit als gute Literatur verkleidet, fehlt mir die Geduld. Also bleibe ich bei allen Arten von Kriminalliteratur, dazu lustige kleine Bücher wie Mapp & Lucia oder irgendwas von Joe Queenan. Ich liebe Joseph Wambaugh, Rex Stout und Ann Rule, entdecke gerade Elizabeth George und sitze in einer Jury, was mich dazu zwingt, hundertvierzig Bücher im Jahr von nahezu jedem zu lesen, der im Geschäft ist. Das bedeutet auch, dass ich schnell ein paar gute neue Namen entdecke wie Greg Rucka und Russell Atwood. Also gehöre ich nicht zu den Schriftstellern, die nie Kollegen lesen. Das wäre auch ein Fehler. Man kann nämlich ungeheuer viel aus anderer Leute Bücher lernen, ob sie nun gut sind oder schlecht. Außerdem lese ich Vanity Fair und die drei größten Boulevardblätter. Menschen sind so erstaunlich fehlbar, wie uns diese Publikationen auf jeder Seite beweisen.

Haben Sie eine strenge Arbeitsdisziplin oder schreiben Sie nur, wenn Sie inspiriert sind?

Ich leite hauptberuflich eine Firma, schreibe eine Kolumne und bespreche Krimis für die *Washington Post,* vertue Zeit mit dem Internet und ziehe ein zweijähriges Kind groß – zusätzlich zu den Casey-Büchern. Das heißt, ich kann es mir nicht leisten, auf Inspiration zu warten. Ich schreibe, wenn es gerade geht und solange es gerade geht. Gewöhnlich gleich am frühen Morgen, bevor meine Firmenkunden anfangen, mich zu nerven. Oder abends, anstatt fernzusehen. Irgendwie funktionierts. Aber selbst wenn ich einen ganzen Tag frei hätte, könnte ich nicht mehr als drei oder vier Stunden an meinen Büchern schreiben. Es ist einfach zu anstrengend. Man muss Zeit für den Umgang mit richtigen, echten Menschen haben, sonst verliert man seine Fähigkeit, in anderer Leute Kopf zu kriechen und wirkliche, starke Figuren zu erfinden. Was mir sehr bei der Arbeit ohne Inspiration hilft, sind die ausführlichen Entwürfe, die ich mache, bevor ich ein Buch anfange. Dann weiß ich immer, wo es langgeht, kann also leicht beginnen.

Drei Bücher sind jetzt erschienen, ein viertes erscheint demnächst. Wie lange würden Sie überhaupt noch über Casey schreiben wollen?

Ich bin ihrer noch nicht mal annähernd überdrüssig, also würde ich gerne mindestens zehn Casey-Jones-Bücher schreiben wollen. Stoff habe ich für alle. Und am liebsten würde ich unbegrenzt weitermachen. Rex Stout hat ungefähr dreißig Nero-Wolfs geschrieben, ohne wesentlichen Qualitätsverlust; na ja, mit Ausnahmen hier und da. Es gibt genug Personen in Caseys Leben, um die Geschichten interessant zu halten. Und es ist ja nicht so, dass Casey perfekt ist. Sie hat eine Menge Fehler, und ihre Hochs und Tiefs zu beobachten, kann schon eine lange und interessante Serie ergeben. Im Moment habe ich einen Vertrag über fünf Bücher mit Avon. Ob und wie es dann weitergeht, hängt vermutlich von den Verkaufszahlen ab.

Wenn Sie sich die Veränderungen in Ihrem Leben anschauen, färben die auf Casey ab? Zum Beispiel ein Kind kriegen, umziehen usw.?

Klar. Aber nie so, wie ich es erwarte. Als ich plötzlich Mutter war, wurde mein Stil noch hartgesottener, als ob mein Inneres um den Ausgleich zwischen Sentimentalität und Zynismus kämpfen müsste. Aber solche Veränderungen tangieren mich nur am Anfang eines Buchs, das heißt, sie können den Ton und die Story einfärben, aber vermutlich nicht den Gang der Handlung und die Dialoge. Als Figur kommt Casey immer schnell in die Gänge und bewegt sich dann selbstständig fort.

Was geht Ihnen an der Menschheit auf den Keks?

Ich kann von ihrer eigenen Wichtigkeit durchdrungene Leute nicht ausstehen, die unfähig sind, anderen Menschen mit Respekt zu begegnen, oder die nicht kapieren, dass wir alle nicht wichtiger sind als ein Maikäfer im großen Weltenplan. Mir tun Leute Leid, die andere Menschen hassen, nur weil die anders sind als sie, und das resultiert aus Angst. So kann man nicht leben. Mir gefällt überhaut nicht, dass wir heutzutage anscheinend nur über eine kurze Aufmerksamkeitsspanne verfügen. Die wirklich guten Sachen im Leben neigen dazu, sich ganz langsam anzuschleichen. Und wenn man immer ganz oben und immer mit Vollgas lebt, dann kann man sie einfach verpassen. Mir stinkt, dass halb Amerika in dem Moment, wo jemand einen zündenden Einfall oder eine neue Idee hat (egal, ob es um Religion, Psychologie, Literatur oder Ernährung oder was immer geht), alles tut, es in eine Geldmaschine zu verwandeln. Sehr bald ersäuft dann jeder Funke von Kreativität in einem Ozean von Mittelmäßigkeit und Gier. Ich verabscheue unsere Besessenheit von gutem Aussehen und den Selbsthass, der daraus hervorgeht. Mir stinkt es, dass wir weder alten Leuten noch Kindern mit Respekt begegnen. Ich finde es traurig, dass Liebe sich zu einer peinlichen, totanalysierten Erfahrung verwandelt hat, die durch Kitsch-Postkarten und schlechte Fernsehfilme definiert wird. Kein Wunder, dass die Menschen mehr und mehr Angst davor haben, etwas zu riskieren und ihre Herzen zu öffnen.

Ich könnte jetzt weitermachen, aber Sie sehen die Richtung. Ich will in einer Welt leben, wo jeder er selbst sein kann, wo es keine Rolle spielt, ob jemand angepasst ist oder einzigartig. Ich will bloß eine Welt, in der die Menschen sich finden.

Ich vermute mal, dass Sie auf der High School ähnlich waren wie heute. Gab das Probleme?

Auf der High School war ich offen gestanden ein so braves Mädchen, dass es mich angekotzt hat. Auf dem College war ich eine, ähm, Erforscherin höherwertiger Substanzen. Zumindest im ersten, ach so schwierigen Jahr, wo man sich zwischen Feiern und Studieren nicht entscheiden kann. Feiern gewinnt immer. Meine Ausrede war dann meist, dass man nicht über das Leben schreiben kann, ohne es voll und ganz erfahren zu haben. Eine Ausrede, die von achtzig Prozent aller Creative-Writing-Studenten gerne genommen wird. Aber Probleme gab es dadurch nicht. Alle waren damals so.

Wird Casey je wieder heiraten?
Nur über meine Leiche, und dann vielleicht eine Leiche. Ihr Ex erhebt sein grässliches Haupt im nächsten Buch, *Bad to the Bone.*

Haben Sie ein bisschen Klatsch und Tratsch über Kollegen?
Aber klar. Ich hänge ja meistens auf Schriftstellertreffen in den Bars rum, also kenne ich alle guten Geschichten. Ich gebe Ihnen ein literarisches Babe Watch.

Lise McClendon ist ganz charmant und sieht klasse aus. Außerdem kann sie sich gleichzeitig von einem grimmig entschlossenen Kerl anbaggern und einen anderen abblitzen lassen, sogar wenn sie bis zu den Kiemen dicht ist. Lauren Henderson ist schon jenseits von scharf, die Kerle fallen in Ohnmacht, wenn sie ihnen mit ihren gepiercten Augenbrauen zuzwinkert. Kate Flora sieht wie eine grazile Blondine aus, ist aber köstlich scharfzüngig und wunderbar roh, wenn notwendig. Ganz sicher kein Dummchen. Nevada Barr wirkt nur schüchtern. Sie kann vernichtend komische Kommentare abgeben, allerdings muss man aufpassen, dass man sie mitbekommt. Val McDermid in der Bar dabei zu haben, ist toll. Sie ist laut, komisch und raubeinig und immer inmitten einer Blase von Freunden. Gesegnet sei sie. Jerrilyn Farmer ist als Mensch genauso komisch wie ihre Bücher. Ihr entgeht nichts. Ihre Augen bewegen sich unaufhörlich und sie bekommt absolut alles mit, was sich im Raum abspielt. C. J. Songer hat unglaublich schöne Haare, eine Kaskade blonder Locken, und eine wunderbare kalifornische Haut. Laura Lippman ist groß, schlank und elegant, mit einem irgendwie schüchternen Benehmen, das einen tödlichen Sinn für Humor überdeckt. Sparkle Hayter ist innerlich genauso schön wie äußerlich, sie ist smart und treu und steht zu ihren Freunden. Zum Schluss noch ein Blick auf Karin Slaughter, Morrows Star fürs nächste Programm. Sie ist irgendwie beängstigend. Intelligent, belesen und eine Kreuzung zwischen Lady Di, Jody Foster und, na ja, ihr selbst. Das Biest ist auch noch jung.

Ich sollte auch die Jungs nicht vergessen, wenn ich meine Zunge so lange im Mund behalten halten kann. Greg Rucka sieht sehr scharf aus mit seiner Lederjacke und der Goldrandbrille. Gary Phillips ist intelligent und beredt, meine erste Wahl als Begleiter, egal ob zum Poker, ins Restaurant oder in die Kneipe. Sein Lachen ist ansteckend, wie rollender Donner, es gibt keinen mächtigeren Sound auf der Welt. Keith Snyder hat lange, dunkle Haare und sieht toll aus in seinen Jeans. Das Beste an ihm: Er mag kluge Frauen, er fühlt sich nicht bedroht und ist selbst ganz schön schlau. Kent Krueger kann Vögel die Bäume runtercharmieren. Und vermutlich aus den Höschen (wenn Vögel Höschen anhaben). Er ist teuflisch komisch. Und niedlich. Parnell Hall hat eine unglaubliche Sprungkraft und ist gut in Form, die armen Kerle in der gegnerischen Basketballmannschaft haben keine Chance. Steve Hamilton ist wunderbar, bodenständig, ein Familienmensch, der es vorzieht, aus dem Rampenlicht rauszubleiben, wenn möglich. Wird aber nicht möglich sein. Jerry Healy ist ein rechter Schelm; die Ladies lieben ihn. Ich auch. Die folgenden Herrschaften sind nicht nur hoch begabte Schriftsteller, sondern nette, normale Jungs, unbelastet von einem großen Ego: Michael Connelly, Dennis Lehane und Jeffrey Deaver. So, das muss Ihrer Neugier jetzt genügen, für die Saison. Nächstes Jahr spricht sowieso niemand mehr mit mir.

Haben Sie je Leute, die Sie kennen, in Ihren Büchern verarbeitet?
Hmm. Ich habs versucht. Ich hab sogar mal damit angefangen, einen Exfreund in ein Buch zu stecken, mit gewissen Racheplänen. Ich habe die unkontrollierbare Neigung, mich nur an das Beste von Menschen zu erinnern. Meine Figuren sind meist Mischungen aus zwei oder drei Personen, die ich gekannt habe. Ich erfinde auch Figuren im Kopf oder im Herz. Einige kriechen vielleicht auch aus Schlagzeilen hervor oder aus Anekdoten, die ich gehört habe, oder aus meiner Erinnerung, aus meiner Einbildungskraft. Auch völlig fremde Leute von der Straße.

Wenn Sie vor zwanzig Jahren mit Casey hätten reden können, was hätten Sie ihr gesagt?

Mädel, du musst nicht so lange saufen, bis die Flasche leer ist. Und du bist auch überhaupt nicht fett. Eines Tages wirst du nämlich rauskriegen, dass du töten würdest, um diesen Körper wieder zu kriegen. Was andere Leute denken, spielt nun wirklich keine Rolle, du musst mit dir leben. Entspann dich und lass es auf dich zukommen, das Schicksal hat was vor mit dir. Und stell dein Licht nicht unter den Scheffel, manche Leute sind halt einfach laut geboren.

Sie scheinen mit Ihren Mitmenschen gut klarzukommen. Vermutlich haben Sie auch gerne Kontakt mit Ihren Fans. Kriegen Sie von denen auch Geschenke und, wenn ja, was war das merkwürdigste?

Mit sehr vielen Leuten komme ich sehr gut klar, weil es mir Spaß macht, jemanden kennen zu lernen, und weil ich mir ausdenke, wer er so ist und wie er tickt. Und ja, ich bekomme Geschenke. Vermutlich war das Merkwürdigste, das ich bekommen habe, ein Hemd. Der Typ hat darauf bestanden, es auszuziehen, weil mir die Farbe so gut gefallen hat. Er hatte hübsche Muskeln, fällt mir dabei ein, aber die hat er mir nicht angeboten.

Wenn Sie Bücher rezensieren, greifen Sie dann auch in die Trickkiste, zum Beispiel, um ein Buch nicht zu vernichten, das Ihnen nicht gefällt?

Ich schreibe meine Sicht der Dinge, wenn ich rezensiere, auch wenn es unvorteilhaft ist. Das hört sich jetzt honoriger an als es ist. Zunächst einmal: Ich kann keine Bücher von Freunden besprechen, weil das ein Interessenkonflikt ist. Also muss ich mich nicht um die Gefühle von jemandem scheren, an dem mir liegt (oder wichtiger: dem ich wieder ins Gesicht gucken muss). Zweitens: Gewöhnlich bekomme ich ein Paket mit zehn oder zwölf Büchern, aus denen ich mir für die Washington Post fünf oder sechs aussuche. Wenn das Buch wirklich schlecht und von einem Durchschnittsautor ist, dann sehe ich keinen Grund, es überhaupt zu besprechen. Dauernde Nichtachtung ist Strafe genug. Aber wenn das Buch schlecht ist und von einem Bestsellerautor stammt, haben die Leser das Recht, davor gewarnt zu werden, ihr Geld auszugeben. Aber dennoch, anderer Leute Bücher in die Pfanne zu hauen, bereitet mir Unbehagen. Immerhin, auch meine sind nicht perfekt, und ein großer Teil einer Besprechung lässt sich auch auf Geschmack reduzieren. Also versuche ich, nicht allzu klugscheißerisch zu sein. Manchmal gelingt es mir. Ein paar Schriftsteller waren sehr nobel hinsichtlich meiner nicht allzu tollen Besprechungen ihrer Bücher – und ich weiß ihre menschliche Reife sehr zu schätzen. Ich denke, wenn man versucht, fair zu sein, dann merken die Leute das. Die schlimmste Sünde, die ein Kritiker begehen kann, ist, ein Buch nur deswegen in die Pfanne zu hauen, um zeigen zu können, was für ein kluges Kerlchen er selbst ist.

Jeder Mensch hat Laster. Haben Sie welche, die sie aufgeben sollten und welche, die sie nie aufgeben werden?

Ich sollte vermutlich damit aufhören, junges Rock-and-Roll-Fleisch anzuschmachten. Ich bin alt, ich bin verheiratet. Ich bin zu dick. Jene Tage sind vergangen. Irgendwie traurig, was das betrifft. Aber es ist ja was dran an diesen kleinen, knuddeligen, mageren Kerlchen mit ihren schlechten Frisuren, köstlichen Gesichtern und ihren Wollhemden. Mmmmmmm-mmmmmm-mmm – dasjenige Laster, das ich übrigens nie aufgeben werde, ist junges Rock-and-Roll-Fleisch anzuschmachten.

Jon Jordan

www.mysteryone.com/KatyMunger.htm

Weitere Informationen über Katy Munger:

www.katymunger.com

www.tartcity.com

www.unionsverlag.ch

Der Übersetzer

Tom Appleton, gebürtiger Berliner, Kindheit in Teheran, Gymnasial- und Uni-Jahre in Westdeutschland, dann Journalist, Übersetzer, Theaterproduzent in Neuseeland, anschließend in Wien, lebt heute als Übersetzer, Journalist und Buchautor in der österreichischen Toskana. Als Krimifan gilt seine Sammlerleidenschaft dem amerikanischen Noir-Genre der Vierzigerjahre.

UT *metro*

»Die ersten metro-Bände gehören auf jeden Fall zum Besten, was derzeit an so genannter Spannungsliteratur zu haben ist.«
Michaela Grohm, Südwestrundfunk

Jean-Claude Izzo
Total Cheops; Chourmo; Solea
»Izzo war für Marseille, was Malet für Paris, Hammett für San Francisco, Jerome Charyn für New York war. Als er starb, das war, als habe die Stadt ihr Gedächtnis verloren.«
Süddeutsche Zeitung

Helen Zahavi
Donna und der Fettsack
»Zahavi gewinnt dem Machtkampf zwischen Mann und Frau bizarre Seiten ab. Gäbs den Film zum Buch, er wäre von Quentin Tarantino.« *Stern*

Walter Mosley *Socrates in Watts*
Nach siebenundzwanzig Jahren im Knast will Socrates ein ordentlicher Mensch werden. »Ein Buch mit dem Blick von unten: wahrhaftig, glaubhaft und ehrlich.« *Deutsche Welle*

Stan Jones *Weißer Himmel, Schwarzes Eis*
In einem brisanten Umweltskandal riskiert Nathan Active Kopf, Kragen und Karriere. »Ein packender Kriminalroman – in der eisigkalten Welt Nordamerikas.« *Nordwest-Zeitung*

Christopher G. Moore
Haus der Geister; Nana Plaza
»Konsequente Action, meisterhafte Sprache, authentischer Schweiß aus Bangkok, dazu angelsächsischer Humor at it's best.«
DeutschlandRadio

R. Bradley, S. Sloan *Temutma*
Ein blutdürstiger Mörder macht Hongkong unsicher. »Mystery mit Biss: eine schnörkellos erzählte X-Akte made in China – gruselig, philosophisch, spannend.« *Brigitte*

Chester Himes *Die Geldmacher von Harlem; Lauf Mann, lauf!; Der Traum vom großen Geld; Fenstersturz in Harlem; Heiße Nacht für kühle Killer; Plan B*
»Wer Chester Himes' Krimis liest, taucht ab ins tiefste Harlem ... Hier harrt ein Klassiker seiner Entdeckung.« *Annabelle*

Jon Ewo *Torpedo*
»Hier wird sichtbar, wovor die westlichen Gesellschaften so gern die Augen schließen: Das organisierte Verbrechens agiert, als habe nicht der Staat, sondern die Mafia das Gewaltmonopol.« *Stuttgarter Zeitung*

Mongo Beti *Sonne, Liebe, Tod*
Zam, der Journalist, hat Sorgen: Leiche in der Wohnung, Freundin entführt, Überfälle. »Ein schwelgerisches Buch, bunt mäandernd zieht es uns in seinen Bann.« *Sächsische Zeitung*

Jerry Raine *Frankie Bosser kommt heim*
»Ein blendend geschriebener Krimi, der das Gewohnte von seiner hässlichen Seite zeigt. Nichts für schwache Nerven – für robustere ein Vergnügen!« *Zürich Express*

Jerome Charyn *Der Tod des Tango-Königs*
»Mehr als nur einen Thriller: das visionäre Porträt einer Stadt, in der sich der gesamte irrationale Wahnsinn des globalen Zeitalters konzentriert.« *Robert Brack, schwarze taz*

Celil Oker *Schnee am Bosporus*
In Istanbul steht ein Privatdetektiv oft mit einem Fuß außerhalb des Gesetzes. Nicht nur seine Klienten gehen der Polizei aus dem Weg.»Ein Klasse-Krimi, großstädtisch, orientalisch.« *Saarbrücker Zeitung*

Brian Lecomber *Letzter Looping*
Wer sich mit der Mafia anlegt, muss vorsichtig sein. Vor allem als Kunstflieger. »Brian Lecomber macht aus Flugzeugen und Piloten, was Dick Francis aus Pferden und Pferderennen macht.« *New York Times*

UT *metro*

Pierre Bourgeade *Das rosa Telefon*
In den Labyrinthen des Telefonsex: »Eine frivol und mit laszivem Zungenschnalzen servierte Story, die in ein überraschendes Finale mündet.« *Neue Luzerner Zeitung*

Blue Lightning
Ohne Musik wäre das Leben ein Irrtum. »Es kommt nicht oft vor, dass der unterhaltsamste Krimi des Jahres eine Sammlung von Kurzgeschichten ist.« *London Times*

William Marshall *Manila Bay*
Battling Mendez, der legendäre Kampfhahn, auf Spurensuche. »Dieses Buch ist Schwindel erregend, verrückt, grob und gesittet, exzentrisch und exzessiv.« *Los Angeles Times*

Alicia Giménez-Bartlett *Hundstage*
Dicke Luft zwischen Inspectora Delicado und Subinspector Garzón: Ihre Beziehungen machen ihnen Sorgen, und es gibt genug Gründe, einander zur Hölle zu wünschen. »Ein Paar wie von Cervantes und Hammett.« *La Esfera*

Bill Moody *Solo Hand*
Was haben Jazz und das Aufklären von Verbrechen gemeinsam? Die Kunst der Improvisation! »Wenn Bill Moody schreibt, hört man die Blue Notes von den Wänden hallen.« *New York Times*

Katy Munger
Beinarbeit – Ein Fall für Casey Jones
»Ein erfrischender Wechsel weg von all den saft- und kraftlosen DetektivInnen, die Weißwein trinken und die kalifornische Küste rauf- und runterjoggen.« *Thrilling Detective*

Santiago Gamboa
Verlieren ist eine Frage der Methode
In Bogotá gerät der Journalist Silanpa in einen Strudel aus Traum und Albtraum. »Ein raffinierter Großstadt-Krimi – spannend bis zur letzten Seite.« *Der Spiegel*

Noch mehr Spannung im Unionsverlag

Guillermo Arriaga *Der süße Duft des Todes*
In einem kleinen Dorf in Mexiko entsteht aus Lügen eine Wahrheit, von der niemand verschon bleibt. »Voll versteckter Poesie, die der Hemingway'schen Prosa nahe kommt.« *Semanario Siempre*

Pablo De Santis *Die Übersetzung*
»Die Gratwanderung zwischen Fiktion und Krimi stellt die Sprache in den Mittelpunkt, gibt das Rätsel auf, löst es, fesselt die Leser bis zum Ende.« *Lateinamerika Nachrichten*

Leigh Brackett *Raubtiere unter uns*
Walter Sherris geht nachts allein spazieren. Er wird überfallen und beginnt einen Rachefeldzug. Bis er merkt, dass die Jugendbande aus den besten Familien stammt.

Dolores Hitchens *Wer mit Fremden schläft*
Long Beach, California – die Grundstückpreise explodieren, die Ölquellen sprudeln. Felicia Wanderley wird tot im Ölsumpf gefunden. Wem stand sie im Wege?

Dorothy Hughes *Einsamer Ort*
Dix Steele besitzt, was man in Hollywood braucht, und er zieht Frauen magisch an. Doch Dix hat ein böses Geheimnis. Dieser Thriller machte Hughes zu einer Pionierin des Genres.

Friedrich Glauser *Schlumpf Erwin Mord; Matto regiert; Die Fieberkurve; Der Chinese; Die Speiche; Der Tee der drei Damen*
»Der Glauser mit dem gläsernen Herzen – noch heute sieht man beim Lesen seiner Kriminalgeschichten ungehindert in diesen klaren, wahren Kern hinein.« *Vogue*

David Goodis *Schießen Sie auf den Pianisten; Die Nacht bricht an*
»Nach und nach baut sich eine ungeheuerliche Spannung auf, trotz oder gerade wegen der unterkühlten Erzählweise von David Goodis, einem der Säulenheiligen des ganz hart gesottenen schwarzen Krimis.« *Ticket*